BASTEI LÜBBE

Taschenbücher von LINDA LEAL MILLER
im BASTEI-LÜBBE-Programm:

18 100 Wer das Paradies nur finden will
18 101 Wer ein Lächeln des Glücks einfängt
18 102 Wer dem Zauber der Liebe verfällt
18 103 Wer dem Weg des Herzens folgt . . .
18 104 Wie der Glanz des silbernen Mondes . . .
18 105 Wie das helle Feuer der Sterne
18 106 Lily und der Major
18 108 Emma und der Rebell
18 110 Caroline und der Bandit
18 112 Bis ans Ende meines Lebens
18 113 Bis die Liebe dich bezwingt . . .
18 114 Bis du deinem Herzen glaubst

LINDA LAEL MILLER

EINE WIDERSPENSTIGE GELIEBTE

Roman

Ins Deutsche übertragen
von Katharina Braun

BASTEI
LÜBBE

BASTEI-LÜBBE-TASCHENBUCH
Band 18 115

Erste Auflage:
Juni 1993

Originaltitel: Lauralee
Lektorat: Katharina Woicke
Titelillustration: Pino Daeni;/
Agentur Schlück
Umschlaggestaltung:
Quadro Grafik, Bensberg
Satz: KCS GmbH,
Buchholz/Hamburg
Druck und Verarbeitung:
Brodard & Taupin, La Flêche,
Frankreich
Printed in France

ISBN 3-404-18115-8

Der Preis dieses Bandes
versteht sich einschließlich der
gesetzlichen Mehrwertsteuer.

1

Halpern's Ferry, Washington – August 1901

Ein markerschütternder Schrei, der Lauralee Parker vor Schreck erstarren ließ, zerriß die Luft. In einem langen Hosenrock und einem alten Hemd von Virgil stand sie auf der Leiter, um die Apfelbäume gegen Ungeziefer zu besprühen. Als der Schrei erklang, ließ sie das Sprühgerät fallen, kletterte die Sprossen herunter und rannte los in Richtung Haus.

Lauralee, die sehr schlank war und gestählt durch das Farmerleben, lief ziemlich schnell, aber so flink wie Joe Little Eagle, der zeitweise für sie arbeitete, war sie natürlich nicht. Er rannte an ihr vorbei, setzte mit einem Sprung über den Bach und verschwand im hohen Gras der Weide.

Als sie durch den Bach watete, verlor Lauralee ihren breitkrempigen Strohhut; beim Laufen über die Weide lösten sich die Nadeln aus ihrem silberblonden Haar, so daß es ihr offen auf die Schultern fiel. Ihre blaugrünen Augen weiteten sich entsetzt, als sie einen Pistolenschuß vernahm, und für einen Moment war sie wie gelähmt vor Angst. Doch dann, obwohl ihr der Schweiß ausbrach und ihr Herz wie wild gegen die Rippen klopfte, rannte sie entschlossen weiter.

Endlich kam das verwitterte zweistöckige Haus in Sicht. Joe war bereits da und stand mit indianischer Unbeweglichkeit in der hellen Sommersonne, gleich neben Tim McCallum, dem Besitzer des *Mud Bucket Saloon*.

McCallum, ein großer junger Mann mit hellem Haar und knochigem Körperbau, steckte gerade mit einem selbstzufriedenen Grinsen den Revolver ins Halfter zurück.

Lauralees Angst verwandelte sich in Zorn. Nun war es also doch soweit gekommen, daß die Zechbrüder aus der sündigen Lasterhöhle auf der anderen Straßenseite gewagt hatten, ihr Land zu betreten! Bei allem, was Lauralee heilig war – falls sie Clarie oder Alexander etwas angetan hatten ...

Aber Alexander, Lauralees zehn Monate alter Sohn, saß still auf seiner Decke im Schatten des Gemüsegartens, während Clarie, die Hacke in der Hand und am ganzen Körper zitternd, bei den Zwiebelbeeten stand. Lauralee schaute sich nach den Störenfrieden um, konnte jedoch nur Joe Little Eagle und Mr. McCallum sehen.

»Was ist geschehen?« fragte sie, während sie sich auf die Knie fallen ließ und Alexander an sich zog. Das Kind, das bis dahin still gewesen war, begann zu weinen.

»Eine Schlange«, sagte Clarie wie in Trance. »Eine Schlange.« Eine eiskalte Hand griff nach Lauralees Herz, als sie ihren Blick von Joe Little Eagles rundem, ausdruckslosem Gesicht auf Tim McCallums arrogante Züge richtete. Und dann entdeckte sie die beeindruckenden Überreste einer Klapperschlange, nur wenige Zentimeter von Alexanders Decke entfernt. Lauralees Kehle wurde eng; sie preßte das Baby noch fester an ihre Brust. »O Gott!« flüsterte sie vor sich hin.

Joe sammelte die zerfetzten Überreste der Schlange ein und warf sie in die Fliederbüsche, die das kleine Toilettenhäuschen verbargen. Lauralee zwang sich, McCallums herausfordernden Blick zu erwidern. »Sie haben Claries Schrei gehört«, sagte sie betroffen. »Sie haben die Schlange erschossen!«

»Das ist richtig, Mrs. Parker«, erwiderte McCallum gelassen.

Lauralee haßte es, diesem Mann für irgend etwas danken zu müssen. Er war ihr Feind und sie seiner, aber er hatte Alexanders Leben gerettet, und nur das zählte jetzt. Resolut richtete sie sich auf. »Mr. McCallum, ich bin Ihnen zu großem Dank verpflichtet«, sagte sie ruhig.

Etwas wie Schalk blitzte in McCallums graublauen Augen auf. »Ich hätte nie gedacht, daß ich solche Worte einmal von der Anführerin der *Prayer Raiders* hören würde!«

Das war ein ausdrücklicher Hinweis darauf, daß Mr. McCallums berüchtiger *Mud Bucket Saloon* – der ausgerechnet Lauralees Farm gegenüberlag – das letzte dieser Art von Etablissements war, der der lokalen Abstinenzkampagne bisher standgehalten hatten. Die Erinnerung daran ließ Lauralee vor Zorn erröten. »Das eine hat mit dem anderen nichts zu tun«, entgegnete sie kalt.

Joe wählte diesen Moment, um zu seiner Arbeit im Obstgarten zurückzukehren. Clarie legte ihre Hacke fort, nahm Lauralee wortlos das Baby ab und trug es zum Haus hinüber.

Von der Tür aus maß die Zwölfjährige ihre Stiefmutter mit einem trotzigen Blick, bevor sie sich direkt an Mr. McCallum wandte. »Danke«, sagte sie und war so blaß dabei, daß jede einzelne ihrer Sommersprossen deutlich sichtbar war.

Tim antwortete mit einem Kopfnicken, ohne Lauralee aus den Augen zu lassen. »Es war nicht meine Schuld«, sagte er leise. »Was mit Virgil geschehen ist, meine ich.«

Sein sanfter Ton beschämte Lauralee, aber sie brauchte nur an jene schreckliche Nacht vor elf Monaten zurückdenken, um diese flüchtige Schwäche zu überwinden. Virgil Parker war gestorben – des Trinkens und des Glückspiels wegen – und hatte seine hochschwangere Frau und seine kleine Tochter schutzlos und allein zurückgelassen.

Noch heute konnte Lauralee nur mit Schmerz und Entsetzen an jenen Abend denken. Männer aus dem *Mud Bucket Saloon*, unter ihnen Tim McCallum, hatten Virgil auf einer alten Holzlatte nach Hause getragen. Sein Hemd war vorne blutdurchtränkt gewesen ... Lauralee hob das Kinn und ermahnte sich, in die schwierige und freudlose Gegenwart zurückzukehren. »Wenn mein Mann sich nicht in Ihrem Saloon aufgehalten hätte ...«

»Das war Virgils eigene Entscheidung«, fiel McCallum ihr ins Wort. »Ich habe ihn nicht überredet, ins Mud Bucket zu kommen.«

»Dann vergessen Sie nicht, das zu erwähnen, wenn Sie am Tag des Jüngsten Gerichts vor unserem Herrgott stehen, Mr. McCallum!«

Der Saloonbesitzer verdrehte die Augen und schüttelte den Kopf. »Mit Ihnen ist einfach nicht vernünftig zu reden, was? Sie brauchen einen Sündenbock, dem Sie die Schuld an Virgils Verhalten und Charakter zuschreiben können! Warum gehen Sie dann nicht einfach in Ihr schuldenbelastetes Haus und betrachten sich einmal im Spiegel?«

Lauralee errötete und hoffte, daß dieser Schuft nicht merkte, welche empfindliche Stelle er getroffen hatte. War es möglich, daß es ihre eigenen Mängel gewesen waren, als Frau oder Geliebte, die ihren Mann zum Trinken und damit in den Ruin getrieben hatten?

»Verlassen Sie sofort mein Land, Mr. McCallum!«

Doch der schamlose Wüstling rührte sich nicht. Welch bittere Ironie des Schicksals, daß ausgerechnet er, der andere Männer zum Trinken brachte, indem er ihnen Alkohol verkaufte, dieses Teufelszeug selbst nicht anrührte! »Wissen Sie, was Sie brauchen, Mrs. Parker?« fragte er dreist. »Einen neuen Mann, eine ordentliche Tracht Prügel und eine heiße Nacht. In dieser Reihenfolge.«

Lauralee kochte innerlich vor Zorn und war fast nicht mehr fähig, sich zu beherrschen. »Wenn Sie nicht sofort verschwinden, hole ich Virgils Flinte und erschieße Sie!«

McCallum lachte und schüttelte den Kopf, aber diesmal ging er und verschwand hinter dem Haus, das Lauralee und Virgil einst eigenhändig errichtet hatten. Damals waren sie glücklich gewesen und voller ehrgeiziger Träume für die vierzig Hektar Land, die sich von der kurvigen Straße bis zum Ufer des Columbia River erstreckten.

Tränen standen in Lauralees Augen, aber wie stets gelang es ihr, sie zurückzudrängen. Durch den Hintereingang ging sie in die Küche.

Clarie, die noch immer sehr blaß und niedergeschlagen war, fütterte Alexander. Der Junge war jedoch so übermüdet, daß er fast alles, was Clarie ihm gab, wieder ausspuckte.

Lauralee beobachtete das Mädchen unschlüssig; sie war sich nicht sicher, ob sie Distanz halten oder Clarie tröstend in die Arme nehmen sollte. Seit Virgils Tod bestanden seltsame und schwer einzuordnende Spannungen zwischen ihnen.

»Alles in Ordnung, Clarie?« Das Mädchen, das mit dem hellbraunen Haar und den kaffeebraunen Augen seinem Vater verblüffend ähnlich sah, nickte kurz. »Es tut mir nur leid, daß ich die Schlange nicht selbst getötet habe«, sagte sie. »Aber ich hatte solche Angst. Ich konnte nur noch schreien.«

»Das wichtigste ist, daß euch beiden nichts zugestoßen ist.«

Clarie schaute Lauralee nicht an. »Vielleicht haben die Leute recht. Vielleicht können wir wirklich nicht die Farm führen, ohne einen Mann zu haben, der uns dabei zur Seite steht.«

Lauralee schluckte; ihre Geduld wurde heute einer harten Prüfung unterzogen. »Das ist purer Unsinn, Clarinda Parker, das weißt du selbst. Wir haben schließlich Joe, nicht wahr?«

Clarie wandte sich abrupt an. »Und wenn Mr. McCallum meine Schreie nicht gehört hätte, Lauralee?« rief sie anklagend. »Wenn er nicht da gewesen wäre, um die Schlange zu erschießen?«

Lauralee seufzte und schloß die Augen. »Angenommen, es hätte noch einen anderen Mann außer Joe auf der Farm gegeben? Meinst du, dadurch wäre irgend etwas anders gekommen?«

»Vielleicht nicht«, gab Clarie zu. »Aber wir sind immer allein in diesem Haus, außer wenn Jenny ein paar Tage bei uns ist oder Mr. Neggers das Gästezimmer mietet. Mr. McCallums Saloon ist direkt auf der anderen Straßenseite, und es wäre ganz einfach für die . . . die Betrunkenen, hier einzudringen und uns etwas anzutun.«

Lauralee hatte selbst schon viele Nächte wachgelegen und auf das Gegröle und Geschrei aus dem Saloon gelauscht, während sie sich ängstliche fragte, was sie tun sollte, falls jemand die Tür aufbrach. Aber Clarie gegenüber durfte sie sich solche Gedanken nicht anmerken lassen. »Wir sind hier sicher, Clarie«, beharrte sie.

»Mit Papa waren wir sicher.« Clarie schob den Teller fort, nahm ein Handtuch und wischte Alexanders Gesicht ab. Ihre schmalen Schultern unter dem verwaschenen Kattun ihres Kleids versteiften sich vor Trotz.

Claries Behauptung ließ sich durchaus widerlegen, denn als Virgil mit dem Trinken begonnen hatte, hatte sich auch sein Charakter verändert. Aus dem ursprünglich eher sanften Mann war ein düsterer, griesgrämiger Geselle mit einem bösartigen, unberechenbaren Temperament geworden. Wenn Virgil betrunken gewesen war, hatten Clarie und Lauralee größte Vorsicht walten lassen müssen, um Virgil nicht zu reizen.

»Ich muß im Obstgarten weitermachen«, sagte Lauralee und widerstand der Versuchung, Clarie an die Fehler ihres Vaters zu erinnern. »Wenn du gegessen hast, dann geh bitte auch wieder an die Arbeit.«

Clarie verzog das Gesicht, aber wie stets gehorchte sie widerspruchslos. Lauralee hätte das Mädchen gern ein bißchen verwöhnt. Aber sie hatte weder die Zeit noch das nötige Geld, um Clarie ein hübsches Kleid zu kaufen oder auf ein Erdbeereis mit ihr nach Halpern's Ferry zu fahren.

Die Obstbäume beanspruchten Lauralees gesamte Energie und jeden Cent, den sie zusammenkratzen konnte. Wie Timothy McCallum so rücksichtslos bemerkt hatte, war die Farm schwer verschuldet, und das ließ wenig Raum für Irrtümer.

Von derartigen Überlegungen getrieben, wandte sich Lauralee zur Tür, obwohl sie lieber geblieben wäre, um mit Clarie zu plaudern, zu lesen oder das Akkordeon zu spielen.

»Was sage ich der zimperlichen Priscilla, wenn sie kommt?« fragte Clarie mürrisch, als Lauralee schon im Begriff war, die Küche zu verlassen.

Rasch ging sie zurück und küßte Clarie und Alexander. »Ich werde rechtzeitig zum Unterricht zurück sein«, versprach sie. »Aber falls Priscilla früher kommt, dann sag ihr, daß sie sich ans Akkordeon setzen und schon einmal üben soll.«

»Sie hört ja doch nicht auf mich, das überhebliche Biest«,

murmelte Clarie. »Ich hasse sie. Ich hasse ihre Rüschen und Haarbänder, obwohl sie meine Cousine ist.«

Priscilla Yates, das verwöhnte einzige Kind von Lauralees verwitwetem Bruder Ellery, war gar nicht Claries richtige Cousine, aber daran erinnerte Lauralee sie lieber nicht. Denn sonst wäre Clarie sich nur noch mehr wie eine Außerseiterin vorgekommen.

Lauralee schüttelte nur den Kopf und ging hinaus, um die vielen harten Arbeitsstunden, die vor ihr lagen, so schnell wie möglich hinter sich zu bringen. Auf dem Hof vernahm sie Pianogeklimper und rauhes Gelächter aus dem *Mud Bucket Saloon*. Es kam ihr fast wie eine Verhöhnung vor, eine Verspottung ihrer schwieligen Hände, ihrer sonnenverbrannten Nase und ihrer unordentlichen Frisur.

Zum Obstgarten zurück schlug Lauralee einen anderen Weg ein und machte auf der kleinen Lichtung Halt, wo sie und Virgil gelebt hatten, als sie vor sechs Jahren hergekommen waren. Damals war Lauralee noch jung und unschuldig gewesen – erst siebzehn Jahre alt und noch voller Illusionen.

Die Hütte existierte immer noch und auch der schwarze Ring aus Steinen, der Lauralee damals als Herd gedient hatte. Sie trat durch die offene Tür der Hütte; der einzige Raum war dick mit Staub bedeckt und roch nach Mäusedreck und Ratten. Spinnweben glitzerten im Sonnenschein, der durch Löcher im Dach hereindrang, und auf dem Fußboden aus gestampfter Erde wuchs Unkraut. Mit einem traurigen Lächeln erinnerte sich Lauralee an die Zeit, als sie morgens erwachte und Giftpilze unter Tisch und Herd vorfand, die über Nacht gewachsen waren.

Lauralee berührte die Holzkiste, die Virgil als Schrankersatz an eine der Holzwände genagelt hatte. In jenen Tagen hatte es noch kein hochverschuldetes Haus gegeben, keinen Alexander und keine Clarie – denn Virgil hatte nie etwas davon gesagt, daß er eine Tochter hatte, bis er sich dazu gezwungen sah. Die Hütte war nicht viel mehr als ein Kuhstall gewesen, und doch hatte Lauralee hier die glücklichste Zeit ihrer Ehe verlebt.

Sie wandte sich ab und ging hinaus. Ihre Kehle war wie zugeschnürt vor Trauer, obwohl ihr bewußt war, daß es nichts Gutes brachte, ihre Zeit mit Erinnerungen zu vergeuden, wenn es soviel Arbeit zu erledigen gab. Und dennoch zögerte sie, diesen Ort zu verlassen.

In der sanften Brise, die vom Fluß hochkam, glaubte sie Virgils Lachen zu vernehmen. Fast alles war ihm damals komisch erschienen – als sei das Leben ein Spiel, und als seien sie beide Kinder, denen man gestattet hatte, länger aufzubleiben.

Ellery, Lauralees Bruder und Vormund hatte keine Begeisterung für Virgil Parker aufgebracht und ihn als Herumtreiber und Tunichtgut bezeichnet. Es würde kein gutes Ende nehmen, wenn sie ihn heiratete, hatte er Lauralee prophezeit.

Eines Tages jedoch hatte Ellerys Frau Margaret ihre junge Schwägerin und den gutaussehenden Mr. Parker in einer Situation ertappt, die nur als kompromittierend zu bezeichnen war. Aus der Überzeugung heraus, es sei besser zu heiraten, als in der Hölle zu schmoren, hatte Margaret veranlaßt, daß sie unverzüglich getraut wurden. Ellery, der Besitzer einer florierenden Transportfirma, hatte den Neuvermählten Geld geliehen, um Land zu kaufen. Sein Mißfallen an Lauralees Heirat hatte er allerdings erst nach Margarets Tod zum Ausdruck gebracht, indem er Lauralee künftig seine Zuneigung vorenthielt.

Die Erinnerung daran schmerzte, und Lauralee verdrängte sie deshalb aus ihrem Bewußtsein. Auf der Lichtung zwischen der Hütte und dem Fluß hob sie ein wenig den Rock und drehte sich im Kreis, als tanzte sie mit Virgil, wie sie es damals in jenen märchenhaft schönen Tagen so häufig getan hatten. Irgendwann hielt Lauralee inne und richtete ihren Blick auf die weiche Erde. Hier hatten sie und Virgil gelegen, wenn das Wetter gut war, ganz allein auf der Welt, aber glücklich. So glücklich ... Virgil hatte sie in seinen Armen gehalten und an Stellen geküßt, die sich noch heute nach der Berührung seiner Lippen und seiner Hände sehnten.

Manchmal hatte er Empfindungen in Lauralee geweckt, die so überwältigend gewesen waren, daß sie geglaubt hatte, sterben zu müssen. Aber das war ein ganz anderer Virgil gewesen, ein Mann, der für Lauralee gestorben war, lange bevor ein aufgebrachter Glücksspieler ihm ein Messer in die Brust getrieben hatte.

Lauralee wischte mit dem Handrücken ihre Tränen ab und machte sich auf den Weg zum Obstgarten. Die lachenden, so leidenschaftlichen Geister von sich und Virgil ließ sie hinter sich zurück.

»Meinst du, es wird regnen!« rief sie, als sie die ersten Obstbäume erreichte – nicht, weil sie glaubte, Joe Little Eagle könne in die Zukunft schauen, sondern weil sie den Klang einer menschlichen Stimme brauchte.

Zweige raschelten in einem nahen Baum. »Der Himmel zieht sich zu, Mrs. Parker«, antwortete Joe bedächtig. »Morgen wird es regnen.«

Das Gebäude war schäbig, windschief, verfallen und häßlich. Sogar das Schild, das an einer rostigen Kette über der Schwingtür hing, war kaum noch zu entziffern: ›Mud Bucket Saloon‹.

Der Name paßt, dachte Jay McCallum, als er den Hut abnahm, mit zwei Fingern sein dunkles Haar zurückstrich und aus dem Sattel stieg. Ein Mann muß schon verdammt durstig sein, um an einem solchen Ort zu trinken, sagte er sich, während er das Pferd, das er von Colville hierher geritten hatte, an das altersschwache Geländer band.

Um das Innere des Saloons war es fast noch schlimmer bestellt als um das Äußere. Die Fußböden bestanden aus grobem Sägemehl, die Tische aus ehemaligen Kabelrollen, und die Frauen . . . Jay hielt es für besser, sie gar nicht erst zur Kenntnis zu nehmen.

Während er sich suchend umschaute, näherte er sich der Bar, die aus zwei langen Brettern bestand, die an beiden Seiten auf Holzfässern ruhten.

Der Barkeeper, der mit einem schmuddeligen Tuch Gläser abwischte, richtete seinen wäßrigen Blick auf Jay. »Was soll es sein, Mister? Wir haben Whiskey und Bier.«

Jay zog importierten Brandy vor, war jedoch so klug, es nicht zu sagen. Er lehnte höflich ab und fragte: »Ist Tim McCallum da?«

»Und wer will das wissen?« fragte der Barkeeper argwöhnisch.

»Sein Bruder.«

»Sein Bruder!« krächzte der alte Mann entzückt. »Hey, Mabel! Sheba! Das hier ist Tims Bruder!«

Mabel und Sheba näherten sich der Bar; der aufdringliche Duft nach Parfüm, der ihnen vorauseilte, trieb Jay die Tränen in die Augen. Als er aufschaute, sah er Tim im Hintergrund der Bar eine Treppe herunterkommen. Sogar in dem schwachen Licht, das durch die Ritzen in der Wand hereinfiel, konnte Jay erkennen, daß irgend etwas seinen Bruder zu beunruhigen schien. Was nach Tims Telegramm jedoch nicht anders zu erwarten war.

Beim Anblick seines Bruders hellte sich Tims Miene auf; die Erleichterung, die sich auf seinem Gesicht abzeichnete, war rührend und gleichzeitig äußerst verwirrend. »Wir können oben reden«, sagte er und verzichtete auf die stürmische Begrüßung, die sonst so typisch für ihn war.

Jay folgte seinem jüngsten Bruder über die wackelige Treppe in das zweite Stockwerk, das zweifellos als Bordell diente, ausgenommen vielleicht der kleine Raum, der Tim als Schlafzimmer und Büro diente.

»Du hast sicher ein Zimmer in der Stadt genommen«, bemerkte Tim, nachdem er an eines der schmierigen Fenster getreten war und Jay den Rücken zukehrte.

Erleichtert dachte Jay an sein sauberes Hotelzimmer mit dem breiten Bett und der funktionierenden Badewanne. »Ja«, sagte er, verschränkte die Arme vor der Brust und wartete ab. Es war schon immer zwecklos gewesen, Tim zu etwas zu drängen.

»Wie geht es den anderen in Spokane?«

Jay verdrehte die Augen. »Gut. Aber du hast mich doch nicht hierher gebeten, um dich nach der Familie zu erkundigen?«

Tim ließ den Kopf hängen. Irgend etwas draußen vor diesem Fenster schien ihn stark zu verunsichern. »Ich habe Ärger.«

Jay war nicht überrascht. »Das habe ich mir schon gedacht.«

»Siehst du das Haus dort drüben?«

Jay musterte das gegenüberliegende Farmhaus flüchtig. Da er es schon bei seiner Ankunft bemerkt hatte, sah er keinen Grund, es jetzt näher zu betrachten. »Ja.« Er seufzte. Er war sattelwund, müde, hungrig und fragte sich, ob Tim ihn allen Ernstes hergebeten hatte, um ihm ein Haus zu zeigen.

»Die Frau, die dort wohnt, wird mich noch ruinieren, Jay. Sie ist . . .«

»Moment mal«, wandte Jay ein. »Wie kann eine einzige Frau einen Mann wie dich in den Ruin treiben?«

»Ich habe dir vor ein paar Monaten schon von ihr geschrieben. Sie ist die Frau, die die Schließung des *Pearl Handle* und des *Pig and Dog* erreicht hat.«

Jay verkniff sich ein Lächeln. »Ganz allein?«

Tim, der die Belustigung seines Bruders spürte, schnappte wütend: »Keineswegs! Sie hat eine Armee von hundert Frauen hinter sich, und alle singen Hymnen und tragen Äxte mit sich herum!«

»Interessante Kombination – Hymnen und Äxte! Aber was genau haben die Frauen getan, um das *Pearl Pig* zu schließen?«

»Das *Pig and Dog*«, berichtigte Tim gereizt. »Und das *Pearl Handle*!«

»Wie immer sie auch heißen mögen. Würdest du jetzt bitte meine Frage beantworten, Tim?«

Tim ballte ganz unbewußt die Fäuste. »Sie haben Hymnen gesungen, mehr nicht. Sie standen einfach draußen und sangen Hymnen! Als das nichts nutzte, knieten sie auf dem Bürgersteig nieder und fingen an zu beten. Das hat die meisten der wenigen Gäste vertrieben, aber Mrs. Parker reichte es noch immer nicht. O nein – eines Sonntags morgens erschienen sie und ihre Verbündeten im *Pig and Dog* und machten Kleinholz daraus!«

Jay biß sich auf die Unterlippe. »Und der andere Saloon?«

»Ach, da brauchten sie nicht einmal zu erscheinen. Bill Whitman nagelte Bretter vor die Tür und verließ die Stadt. Der *Mud Bucket* ist jetzt im Umkreis von vierzig Meilen der einzige Ort, wo ein Mann noch etwas zu trinken kriegt!«

In Jays Hotel in der Stadt konnte man Brandy bekommen,

aber Jay sagte nichts. Ganz offensichtlich sprach Tim von jener Sorte Männern, die über mehr Durst als Geld verfügten. »Also das ist Mrs. Parkers nächstes Ziel.«

Tim nickte und strich entnervt über sein blondes Haar. »Richtig. Ihre Hymnen haben sie bereits gesungen, und gebetet haben sie auch schon. Weißt du, was drei Choräle von ›*Vorwärts, Kämpfer Christi!*‹ einem Mann antun können, Jay?«

Das konnte Jay sich sehr gut vorstellen, vor allem, wenn der betreffende Mann eine Flasche billigen Whiskey in der Hand und eine Hure auf dem Schoß hielt. »Und was soll ich für dich tun, Tim?«

»Du könntest mit Lauralee reden und ihr mit Gefängnis drohen oder so etwas! Schließlich bist du Anwalt!«

Lauralee . . . Jay gefiel der Name. Nur schade, daß seine Trägerin vermutlich ein fanatischer Blaustrumpf mit einer Neigung zur Zerstörung fremden Eigentums war. »Hast du schon versucht, mit ihr zu reden, Tim?«

»Ja, und es war völlig sinnlos! Erst heute morgen habe ich eine Schlange erschossen, die ihren kleinen Sohn getötet hätte, und weißt du, was sie sagte, Jay? Sie sagte: ›Ich bin Ihnen zu Dank verpflichtet, Mr. McCallum.‹«

»Was hätte sie denn sonst sagen sollen, Tim?«

»Es waren nicht die Worte, die mich störten, sondern die hochnäsige Art, mit der sie es sagte! Und praktisch im gleichen Atemzug behauptete sie, daß ihr Mann nie gestorben wäre, wenn er nicht in meinem Saloon gewesen wäre. Ich sage dir, sie wird mir noch aus purem Haß meinen Saloon einreißen!«

Wieder seufzte Jay. Er hätte es nicht als großen Verlust betrachtet. Ein richtiges Unwetter würde dem *Mud Bucket* ohnehin zu einer noch größeren Ähnlichkeit mit seinem Namen verhelfen, und schließlich war es ja nicht so, als stünden Tim keine anderen Möglichkeiten im Leben offen. Immerhin stammte er aus einer der reichsten Familien des ganzen Landes. Ein bißchen Versöhnungsbereitschaft seinerseits, und schon konnte er dorthin zurückkehren, wohin er gehörte.

»Warum bedeutet diese Spelunke dir soviel?«

Tim bedachte ihn mit einem ärgerlichen Blick. »Weil sie mir

gehört, verdammt! Das *Mud Bucket* sieht vielleicht nicht nach viel aus, aber es gehört mir!«

Jay schüttelte den Kopf. »Ich spreche mit Mrs. Parker«, meinte er dann. Doch auch ohne die Frau zu kennen, hegte er beträchtliche Zweifel, ob er etwas bei ihr erreichen würde. Diese Abstinenzler neigten fast zu Fanatismus. Aber er war es seinem Bruder schuldig, es wenigstens zu versuchen. »Wenn es mir gelingt, diese Frau zu überreden, daß sie dich in Ruhe läßt, verlange ich, daß du im Ausgleich dafür etwas für mich tust, Tim.«

»Was?« erkundigte Tim sich argwöhnisch.

»Du wirst mich nach Spokane zurückbegleiten und dich mit der Familie aussöhnen.«

»Das wäre gar nicht möglich, Jay!«

Jay wußte es besser; ihm war bekannt, wie sehr seine Eltern sich danach sehnten, Frieden mit ihrem jüngsten Sohn zu schließen. »Ich bitte dich ja nur darum, es zu versuchen.«

Tim seufzte und legte seine Stirn ans Fenster. »Na gut.«

Jay ging zur Tür. »Ich kehre zum Übernachten in die Stadt zurück. Du kannst gern mitkommen, falls du noch etwas mit mir besprechen willst.«

Tim starrte wieder aus dem Fenster; sein Gesicht war haßverzerrt. »Dieser verdammte Virgil Parker!« murmelte er.

Jay, der sah, daß keine Antwort zu erwarten war, ging hinaus und stieg die altersschwache Treppe in den Saloon hinab. Mabel und Sheba lagen schon auf der Lauer, aber es gelang ihm, ihnen auszuweichen und hinaus in die frische Luft zu entkommen.

Tim McCallum stand noch lange Zeit am Fenster und beobachtete, wie die Schatten länger wurden. Es dauerte, bis die Nacht anbrach, und als er Licht in Lauralees Wohnzimmer aufleuchten sah, wandte er sich vom Fenster ab.

Von unten aus dem Saloon hörte er Musik, Gelächter und das Klirren von Flaschen und Gläsern, was Einnahmen für ihn bedeutete – Geld, das er selbst verdiente und weder seinem Vater noch seinen älteren Brüdern zu verdanken hatte.

Seine Brüder ... Tim war nie so solide gewesen wie Brice oder so klug wie Jay. Chance, nach Tim der Jüngste, war ein notorischer Verschwender, aber dafür sah er blendend aus, und die Frauen beteten ihn an. Diese Qualitäten – wie auch Brice' unerschütterliche Ruhe oder Jays überdurchschnittliche Intelligenz – waren Charakterzüge, die Tim nicht für sich beanspruchen zu können glaubte.

Normalerweise wäre er jetzt hinuntergegangen, um eine Partie Karten zu spielen, aber heute war er nicht in der Stimmung dazu. Er fühlte sich seltsam rastlos, einsam und sehr, sehr weit entfernt von seiner Familie.

Ich hätte Jay begleiten sollen, dachte er, dann wäre ich wenigstens zu einem anständigen Dinner in Halpern's Ferry gekommen. Aber er war viel zu beunruhigt. Etwas Schreckliches würde geschehen, das ahnte er – und Lauralee Parker würde dahinterstecken!

Das Rattern von Wagenrädern auf der Straße brachte Tim zum Fenster zurück. Mindestens ein Dutzend Einspänner und Pferdewagen bogen in die Einfahrt zu Lauralee Parkers Haus. Er hatte also recht behalten; die Razzia würde heute nacht stattfinden. Lauralees krinolinengeschmückte Armee sammelte sich bereits! Wie lange würde es dauern, bis sie vor seinem Saloon aufmarschierten und das einzige, was er in seinem Leben mit eigenen Händen geschaffen hatte, zerstören würden?

Tim bemühte sich, ruhig zu bleiben. Als erstes mußte er jemanden nach Jay schicken. Sein Bruder würde Rat wissen. Tim trat an den Treppenabsatz und rief seinen Barkeeper.

Wie durch ein Wunder hörte Charlie ihn und schlurfte eilig die ausgetretenen Stufen zu Tim hinauf.

»Ich will nicht, daß die Gäste schon etwas erfahren, hörst du?« sagte er leise. »Wenn sie nämlich merken, daß eine von Mrs. Parkers Razzien bevorsteht, ergreifen sie die Flucht. Schick nur jemanden zu meinem Bruder, aber das so schnell wie möglich!«

»Vielleicht könnte das magere Kerlchen, das im Schuppen übernachtet hat, hinreiten?« schlug Charlie vor.

Tim schob den alten Mann ungeduldig auf die Treppe zu,

dann kehrte er zum Fenster zurück und versuchte, die Vorgänge auf der anderen Straßenseite im Auge zu behalten.

Viel war in der Dunkelheit nicht zu sehen, aber Tim dachte nicht daran, seinen Wachtposten aufzugeben.

Der stechende Schmerz in seinem Nacken traf ihn mit brutaler Überraschung; seine Knie gaben nach, er stürzte mit dem Gesicht voran auf den schmutzigen Boden. Das Blut strömte aus ihm heraus, bildete eine Lache um ihn und drohte ihn zu ersticken. Tim war nicht fähig, zu schreien, obwohl er es versuchte, und die kalte Starre, die seine Glieder erfaßt hatte, machte jede Bewegung unmöglich.

Sein Angreifer kniete neben ihm nieder, packte ihn mit einer Hand am Haar und drehte seinen Kopf zu sich herum. »Das ist die Strafe für das, was du Virgil angetan hast!« zischte eine verzerrte Stimme.

Der Schmerz, der weißglühend in Tims Kopf und Magen explodierte, war so unerträglich, daß er die Augen schloß.

Als der Tod kam, war es fast eine Erleichterung für Tim.

2

Lauralee hatte irrigerweise geglaubt, der hektische Tag sei nun vorbei. Sie hatte sich vorgenommen, ein Bad zu nehmen und in ihren Handarbeitsbüchern nach einem Häkelmuster für eine neue Tischdecke zu suchen, denn bald stand der Winter vor der Tür, und dann hatte sie Zeit für solche Arbeiten. Als sie jetzt die ersten Wagen und Kutschen hörte, schlug sie sich entsetzt mit der Hand an die Stirn. »Du liebe Güte, Clarie! Das Abstinenzlertreffen hatte ich ganz vergessen!«

Clarie zuckte mit den Schultern. »Wir haben auch keine Pastete mehr übrig.«

Lauralee, die noch immer ihren Hosenrock und Virgils altes Hemd trug, geriet in Panik und rannte die Treppe hinauf in ihr Schlafzimmer. Energisch bürstete sie ihr langes Haar und steckte es zu einem Knoten auf; dann zog sie ihre besten Sachen an, einen schwarzen Satinrock, dem man das allzu häufige Tragen ansah, und eine weiße Bluse.

Durch das offene Fenster hörte sie, wie ihre Freundinnen sich in der Dunkelheit begrüßten. Doch selbst über das Stimmengewirr hinweg waren die störenden Geräusche aus dem Saloon zu vernehmen. Lauralee warf einen Blick auf das breite, leere Bett und fühlte sich von einer unerklärlichen Einsamkeit erfaßt. Sie schloß das Fenster, blies die Lampe aus und verließ den Raum so hastig, wie sie ihn betreten hatte.

Clarie hatte Kaffee aufgebrüht, aber das war ganz offensichtlich auch schon alle Unterstützung, die sie dem Abstinenzlerkomitee zukommen lassen wollte, denn sie nahm Alex auf den Arm und ging mit ihm nach oben.

»Merkwürdiges Kind«, bemerkte Adrienne Burch. Wie Lauralee war Adrienne Witwe, aber da hörten die Ähnlichkeiten auch schon auf. Adrienne war sehr groß und hatte dunkles Haar und dunkle Augen, und ihre Kleidung, aus feinsten Seiden-, Satin- und Spitzenstoffen angefertigt, entsprach stets der neuesten Mode. Keine Hypothek belastete ihr Haus, das im Umkreis vieler Meilen das beeindruckendste Gebäude von Halpern's Ferry war, und Lauralee konnte sie sich weder mit Schwielen an den Händen noch mit einer sonnenverbrannten Nase vorstellen.

»Clarie hat einen anstrengenden Tag gehabt«, entgegnete Lauralee höflich, aber kühl.

Adrienne, die von keinem Mitglied der kleinen Gruppe so richtig geschätzt und eigentlich nur toleriert wurde, weil die Frauen jede Stimme und jede Axt benötigten, lächelte herablassend und sagte: »Keine von uns hat es leicht, seit Virgil tot ist, nicht wahr, Lauralee?«

Lauralee runzelte die Stirn, doch bevor sie fragen konnte, was Adrienne zu einer solch eigenartigen Bemerkung veranlaßt hatte, bestand Elmira Doobermeyer darauf, daß die Versammlung ordnungsgemäß ihren Anfang nahm.

Mehrere Mitglieder befürworteten ein sofortiges Vorgehen gegen den *Mud Bucket Saloon* und wollten das Lokal noch in dieser Nacht stürmen. Da ihre Hymnen und Gebete nicht beachtet worden waren, so argumentierten sie, sei jetzt Handeln angebracht.

Lauralee zögerte innerlich und verspürte so etwas wie Schuldbewußtsein. War es wirklich zu vertreten, daß der Besitz eines anderen Menschen zerstört wurde – egal, wie gerechtfertigt der Anlaß war? Und wenn dabei jemand verletzt wurde?

Adrienne, die rechts neben Lauralee saß, schien das Zögern

ihrer Gastgeberin zu spüren. »Virgil würde heute noch leben, wenn dieser Saloon nicht wäre«, stellte sie in vielsagendem Ton fest.

Wieder fühlte sich Lauralee verletzt und schaute Adrienne forschend an. Aber sie sah nichts als Gelassenheit in deren Zügen. »Wir können nicht im Dunkeln marschieren«, sagte sie nach kurzem Zögern. »Das wäre hinterhältig, und damit möchte ich nichts zu tun haben.«

Eine lebhafte Debatte entstand über diesen Punkt. Natürlich gab es wie immer jene, die es nicht erwarten konnten zu handeln. Hatte nicht auch Jesus persönlich in einem Anfall heiligen Zorns die Geldverleiher aus dem Tempel vertrieben? Sollten vielleicht jene, die gegen den Teufel Alkohol kämpften, weniger tun – ob es nun Nacht oder Tag war?

Andere Mitglieder wollten Ihr Ziel mit friedlicheren Mitteln erreichen. »Lauralee hat recht«, beharrte Susan Clark, die sonst nur selten ihre Meinung laut äußerte. »Die Arbeit des Herrn soll nicht im Dunkeln geleistet werden, sondern bei hellem Tageslicht.«

»Mr. McCallum hat sich unseren Versuchen, seinem bösen Treiben ein Ende zu bereiten, wiederholt widersetzt!« entgegnete Marion Wilson. »Ich würde sagen, wir gehen hinüber und zeigen diesen Trunkenbolden, daß wir uns unsere anständige Gesellschaft nicht von ihnen verderben lassen . . .«

Lauralee hob beide Hände. »Wir gehen morgen früh zu Mr. McCallum«, stellte sie abschließend fest. »Wir werden es noch einmal mit Singen und Beten versuchen.«

Eine der fanatischeren Frauen verzog enttäuscht das Gesicht. »Ohne Äxte?«

Ein leises Schamgefühl schlich sich in Lauralees Bewußtsein ein. Wenn Tim McCallum nicht gewesen wäre und nicht so schnell gehandelt hätte, wäre Alexander an einem Schlangenbiß gestorben. Schuldete sie dem Mann nicht etwas dafür, daß er das Leben ihres Sohnes gerettet hatte? Doch während sie noch darüber nachdachte, zerfloß die Realität, und Lauralee sah statt der um den Tisch sitzenden Frauen wieder Virgil vor sich. Sie sah sich das Blut und den Geruch von Alkohol von seinem toten Körper abwaschen, sah wieder seine schrecklichen Wunden ... »Morgen werden wir singen und beten. Keine Äxte«, sagte sie mit erstickter Stimme, und nach einem kurzen Gemurmel gingen die Frauen zu anderen Themen über. Würde Jenny French, die Lehrerin, den ganzen Sommer bei Lauralee wohnen bleiben? Die arme Jenny. Eine Schande, das mit ihrem Vater, nicht wahr? Kein Wunder, daß sie zu spät zur Abstinenzlerversammlung gekommen war und sich früh zurückgezogen hatte. Könnte die Methodistenkirche nicht einen neuen Anstrich brauchen? Kannte irgend jemand ein neues Häkelmuster für Topflappen?

Adrienne war die letzte, die sich verabschiedete. »Hast du meine Handschuhe gesehen?« fragte sie und schaute sich suchend in Lauralees bescheidener Küche um. »Ich bin sicher, daß ich sie mitgebracht habe.«

Lauralee konnte es kaum erwarten, allein zu sein, obwohl sie sich gleichzeitig davor fürchtete, weil sie nicht denken und schon gar nicht zu Erkenntnissen gelangen wollte, die schon im Hintergrund ihres Bewußtseins lauerten.

»Meinst du, es ist falsch, was wir tun, Adrienne?« fragte sie plötzlich.

»Falsch?« wiederholte Adrienne erstaunt. »Ausgerechnet du fragst das? Ich muß sagen, du überraschst mich, Lauralee!«

Lauralee schaute zum *Mud Bucket Saloon* hinüber, und obwohl er im Dunkeln nicht zu erkennen war, sah sie ihn so klar vor sich, als stünde sie zur Mittagszeit davor. Würde die Zerstörung dieser letzten Bastion von Sünde und Entartung wirklich etwas ändern? Würde es ihr Virgil zurückbringen oder seinen Tod wenigstens rächen?

»Lauralee?«

Adriennes Stimme ließ sie zusammenfahren, vermittelte ihr jedoch den Mut, die Frage zu stellen, die ihr den ganzen Abend keine Ruhe gelassen hatte. »Was hast du vorhin gemeint, als du sagtest, keine von uns hätte es leicht, seit Virgil tot ist?«

Ein merkwürdiges Funkeln erschien in Adriennes dunklen Augen, aber sie wich Lauralees forschenden Blicken aus. »Nichts«, antwortete sie schließlich.

Lauralee war überzeugt, daß Adrienne sie belog und ihr etwas Wichtiges verschwieg – eine Wahrheit, die schrecklich weh tun würde und doch lebenswichtig für sie, Lauralee, war, selbst wenn sie sich eingestehen mußte, daß sie ihr im Hintergrund ihres Bewußtseins längst bekannt gewesen war. Lauralee war nie frei gewesen von jenen Zweifeln, die ein schlecht funktionierendes Eheleben weckte. »All jene Nächte, in denen ich glaubte, daß Virgil irgendwo beim Trinken war . . .«

Adriennes schöne Augen schimmerten plötzlich feucht; sie gab einen Ton von sich, der wie ein gequälter Aufschrei klang, und verließ fluchtartig die Küche. Lauralee folgte ihr nicht; es bestand keine Notwendigkeit zu weiteren Fragen. Sie sank auf einen Stuhl, schlug beide Hände vors Gesicht und stieß ein leises Schluchzen aus.

»Ich hasse diese Frau!« sagte Clarie, die unbemerkt hereingekommen war.

Lauralee nahm die Hände vom Gesicht und zwang sich, ihre Tränen zurückzudrängen. Sie wollte Clarie nicht belasten; das Kind hatte genug eigene Probleme. »Das ist das zweite Mal heute, Clarie, daß du mir sagst, du würdest einen Menschen hassen.«

Clarie, in Nachthemd und Pantoffeln, setzte sich zu Lauralee an den Tisch. »Bei Priscilla hatte ich es nicht so gemeint«, murmelte sie mit gesenktem Kopf. »Sie ist biestig und verwöhnt, aber ich hasse sie nicht wirklich.«

»Und was ist mit Mrs. Burch?« fragte Lauralee leise, obwohl sie die Antwort schon zu kennen glaubte.

Clarie machte ein unglückliches Gesicht. »Papa ist oft zu ihr gegangen. Alle wußten es.«

Lauralee kämpfte gegen den rasenden Zorn an, der sie überwältigte. Wenn das so weiterging, würde sie noch den Verstand verlieren! Am liebsten wäre sie jetzt zu Virgils Grab hinausgestürmt, um . . . Ja, wozu eigentlich? Um ihn anzuschreien und zu verfluchen? Um eine Erklärung von ihm zu fordern?

»Nicht alle wußten es, Clarie«, sagte sie beherrscht und erhob sich von ihrem Stuhl. »Nicht alle.«

»Lauralee . . .«

Die Welt verdunkelte sich vor Lauralees Augen; sie umklammerte mit beiden Händen das Treppengeländer. »Gute Nacht, Clarinda«, sagte sie, während sie langsam eine Stufe nach der anderen nahm. In dem Zimmer, wo Virgil geschworen hatte, sie zu lieben, und wo er ihr Kind gezeugt hatte, zog sie sich wie in Trance aus, streifte ein Nachthemd über und löste die Nadeln aus ihrem Haar. Dann ging sie in Alexanders Zimmer und danach in Claries. Jenny French, die junge Lehrerin, hatte sich auf einer Seite des Betts zusammengerollt.

Obwohl die Schule erst in wenigen Wochen beginnen würde, hatte Jennys unerwartete Ankunft Lauralee nicht überrascht. Ihr Haus war ein Zufluchtsort für Jenny, den sie aufsuchte und wieder verließ, ganz wie es ihr beliebte.

»Jenny?«

Das Mädchen bewegte sich, ihr rotbraunes Haar schimmerte im Mondlicht. »Es ist wegen Papa«, sagte sie mit zitternder Stimme, die Lauralees Mitleid erregte. »Er läßt mir keine Ruhe.«

»Wir sprechen morgen früh darüber«, sagte Lauralee leise, als sie sah, daß Clarie ins Zimmer kam. Niemand, der Isaiah French, Jennys Vater kannte, hätte sich über das Verhalten des Mädchens gewundert. Auch Lauralee verdrängte die Angelegenheit aus ihrem Bewußtsein und ging in ihr einsames Zimmer zurück.

Tränen rollten über ihre Wangen, als sie sich in dem alten Schaukelstuhl zusammenkauerte. Obwohl sie bemüht war, nicht über Virgil nachzudenken, beherrschten er und sein Verrat ihre Gedanken.

Als Jay McCallum zum zweitenmal an diesem Tag die ausgetretenen Stufen hinaufstieg, erfaßte ihn eine böse Vorahnung. »Tim?«

Keine Antwort. Die Tür zu Tims Zimmer stand halb offen, ein schwacher Lichtschein fiel heraus. Jay, der für gewöhnlich nicht zu Aberglauben neigte, glaubte etwas derart Böses in der Atmosphäre zu spüren, daß es ihm den Atem verschlug.

Mit der Spitze seines blankgeputzten Stiefels stieß er die Tür auf. »Tim?« rief er noch einmal, und diesmal klang seine Stimme schon ganz rauh vor Sorge.

Tim lag auf dem Boden; die Klinge einer Axt steckte in seinem Nacken, sein Gesicht war blaß und maskenhaft starr.

Jay schwankte und schloß die Augen. Als er tief Atem holte, drang der stechende Geruch von Blut und Tod in seine Kehle. Sein Magen drehte sich um, und Galle stieg in seiner Kehle auf. »O Gott«, rief er fassungslos und zutiefst verzweifelt.

Eine der Prostituierten aus dem Salonn war Jay gefolgt, und darüber war er froh, denn ihr Schrei brach die Starre, die ihn daran gehindert hatte, das Zimmer zu betreten. Rasch durchquerte er den Raum und ließ sich neben seinem Bruder auf die Knie fallen.

Überall war Blut, soviel Blut, und Tim – o Gott, wie jung und blaß er aussah! – war tot. »Nein«, flüsterte Jay. »Nein ...«

Mabel – oder war es Sheba? – hörte nicht auf zu schreien, was schließlich die anderen Gäste die Treppe heraufIockte. Männer drängten in den Raum, murmelten und fluchten und strömten einen unerträglichen Geruch nach billigem Whiskey aus.

»Hinaus!« zischte Jay. »Verschwindet hier ... Alle!«

Nur der Barkeeper und der nervöse kleine Mann mit dem pockennarbigen Gesicht, der Jay benachrichtigt hatte, blieben zurück. »Tim war der einzige Freund, den ich hatte«, sagte der dürre kleine Mann. »Ich bleibe hier.«

»Wer würde so etwas tun?« winselte der fette Barkeeper. »Ich möchte wissen, wer!«

Niemand hatte darauf eine Antwort; außer dem Mörder natürlich. Und Jay McCallum mußte zuerst seinen ärgsten Schmerz unter Kontrolle bringen, bevor er sich darauf konzentrieren konnte, Tims Mörder zu finden und zu bestrafen.

Sanft entfernte er die Axt aus der tiefen Wunde und drehte seinen Bruder auf den Rücken. Dann hob er ihn auf und trug ihn zu dem schmalen Bett in der Zimmerecke. Er ließ den Barkeeper Wasser und Tücher holen, und als beides gebracht wurde, beugte er sich über Tims Leiche und wusch soviel von dem Blut ab, wie er konnte.

Im flackernden Laternenschein hätte man fast meinen können, Tim schliefe nur. Jay hätte es gern geglaubt, aber diesen falschen Trost gestattete er sich nicht. Tim war tot; das war die Wirklichkeit.

Er zog den einzigen Stuhl heran und setzte sich, um Totenwache zu halten. Die ganze Nacht lang schwankte er zwischen Gegenwart und Vergangenheit, als Tim noch ein kleiner Junge gewesen war, der ihm, dem älteren Bruder, ständig an den Rockschößen hing. Aber Jay dachte auch an die Zukunft, in der er seiner Familie mitteilen mußte, was Tim zugestoßen war.

Gegen Morgen hatte sich der Mord in ganz Halpern's Ferry herumgesprochen. Die Neuigkeiten brachten den Marshal herbei, den Arzt und den Bestattungsunternehmer, alle drei vom gleichen Entsetzen und der gleichen Fassungslosigkeit erfaßt.

Der Marshal war Mitte Dreißig, blond und wie Jay ein großer Mann mit breiten Schultern. Seine Augen spiegelten sein Entsetzen darüber wider, daß derartige Dinge in seiner Stadt geschehen konnten. »Haben Sie jemand gesehen?« fragte er Jay.

»Nein«, erwiderte Jay. Wenn er den Mörder gesehen hätte, dann wären jetzt zwei Leichen fortzuschaffen . . .

Der Arzt und der Bestattungsunternehmer beugten sich über die wächserne Hülle, die einst Tims Körper gewesen war, aber der Marshal bückte sich und hob mit angewidertem Gesichtsausdruck die blutige Axt auf. Nach einer gemurmelten Verwünschung fragte er: »Hatten Sie Streit mit Ihrem Bruder, Mr. McCallum?«

Jay hatte diese Frage schon erwartet – immerhin war er als Erster am Schauplatz des Verbrechens eingetroffen, und seine Kleider waren mit Tims Blut beschmiert – und dennoch erfüllte sie ihn mit fast unkontrollierbarem Zorn. Es kostete ihn große Überwindung, ruhig zu bleiben und zu antworten. »Nein.«

»Mr. McCallum hat Tim nicht umgebracht«, warf eine weibliche Stimme ein. Jay drehte sich um und sah Sheba – oder Mabel – in ihrem kurzen, schäbigen Samtkleid an der Tür stehen. Die schwarze Schminke aus ihren Augen lief in zwei dunklen Rinnsalen über ihr vom Weinen geschwollenes Gesicht und vermischtt sich mit verschmiertem Lippenstift und Schmutz. »Ich stand direkt hinter ihm, als er die Tür öffnete.«

Der Marshal wechselte einen Blick mit dem Arzt, der eine alte Decke über Tims Gesicht gezogen hatte.

»Ich tue nur meine Arbeit«, meinte der Vertreter des Gesetzes verteidigend.

»Das hoffe ich!« entgegnete Jay drohend, drehte sich nach einem letzten Blick auf das schmale Lager um, schob sich an der weinenden Frau in der Tür vorbei und hastete die Treppe hinunter und ins Freie. Dort, endlich, konnte er wieder atmen.

»Lauralee!« Claries schriller Schrei riß Lauralee aus dem Schlaf. Sie öffnete die Augen und streckte ihre von der langen Nacht im Schaukelstuhl schmerzenden Glieder. Ihre Augen fühlten sich stark geschwollen an, und sie schämte sich, daß ihr Leid ihr so deutlich anzusehen war.

»Was ist?« fragte sie unwillig.

Clarie trug Alexander auf der Hüfte. Ihre braunen Augen, die Virgils so ähnlich waren, huschten von dem unberührten Bett zu Lauralees Gesicht, und das kleine Mädchen schluckte hart. »Der Wagen des Bestattungsunternehmers steht vor dem *Mud Bucket*!«

Lauralee trat ans Fenster. Richtig, da stand Mr. Everetts grimmiger schwarzer Wagen, gleich neben Dr. Jamesons Buggy! Lauralees Magen verkrampfte sich vor Schreck. »Warum, glaubst du . . .«

»Jemand ist tot, das ist doch klar«, fiel Clarie ihr mit der furchtbaren Gelassenheit sehr junger Menschen ins Wort. »Ich wette, daß es Tim McCallum ist.«

Lauralee erschauerte. Keine Zuneigung verband sie und diesen jungen Mann, das stand fest, aber sie hätte ihm doch nie den Tod gewünscht. »Weck Jenny auf und bereite das Frühstück vor«, wies sie Clarie an, während sie ein Kattunkleid aus dem Schrank nahm. »Was im *Mud Bucket* geschieht, geht uns nichts an.«

»Das habt ihr gestern nacht aber nicht gesagt!« wandte Clarie ein und zuckte zusammen, als Alexander mit seiner plumpen kleinen Hand ihr Haar ergriff und kräftig daran zog. »Und Jenny kann ich nicht wecken, weil sie nicht hier ist.«

Lauralee seufzte. »Dieses Mädchen«, murmelte sie. »Kaum ist sie da, geht sie schon wieder fort . . .«

Clarie entfernte Alexanders Finger aus ihrem Haar. »Willst du jetzt noch immer den *Mud Bucket* stürmen?«

Lauralee wandte sich errötend ab. »Das wäre ein sehr unchristliches Verhalten.«

Clarie holte tief Atem, als wolle sie noch etwas sagen, aber dann überlegte sie es sich anders und ging hinaus, Alexander nahm sie mit.

Lauralee wusch sich und kleidete sich an, flocht ihr helles Haar und steckte es zu einer Krone auf. Aber als sie zum Frühstück hinunterging, war ihr Appetit verflogen. Die Frage, was dort drüben passiert sein mochte, ging ihr nicht mehr aus dem Kopf, und wenn sie zufällig einmal nicht darüber nachgrübelte, stellte sie sich Virgil und Adrienne zusammen vor . . .

Als die drängende Ungewißheit schließlich übermächtig wurde, legte Lauralee ihren Umhang um und zog die Kapuze über den Kopf, denn draußen fielen schon die ersten Regentropfen.

Clarie, die lesend am Tisch saß, schaute sie fragend an.»Du wirst doch nicht hinübergehen?« fragte sie erstaunt. Lauralee nickte und verließ wortlos das Haus. Es wehte ein heftiger Wind, der ihr den Regen ins Gesicht trieb, aber sie ging unbeirrt weiter, zum Tor hinaus und über die Straße. Leicht fiel es ihr nicht, schließlich war Virgil am gleichen Ort einen gewaltsamen Tod gestorben, aber irgend etwas zwang sie, hinüberzugehen und sich zu erkundigen, was vorgefallen war.

Ein großer, kräftiger Mann mit wirrem dunklem Haar und stahlgrauen Augen stand auf der windschiefen Veranda des Saloons. Den Regen, der von allen Seiten auf ihn niederprasselte, schien er gar nicht zu spüren.

Als Lauralee die Blutflecken auf seinen Kleidern und an seinen Händen sah, blieb sie erschrocken stehen.

Der Mann schien sie genausowenig wahrzunehmen wie den

Regen. Man sah seine Anspannung, als er den Arm hob und einen verbeulten Emaillebecher an die Lippen führte. Der heiße Dampf, der aus dem Becher aufstieg, ließ ihn die Augen zusammenkneifen.

In dem Augenblick, als er den Becher an die Lippen setzte, bemerkte der Fremde Lauralee.

Flüchtig richtete er den Blick auf ihre schlanke, unter dem Cape verborgene Gestalt und wandte den Kopf dann wieder ab. Lauralee empfand seine Gleichgültigkeit als merkwürdig verletzend.

»Entschuldigen Sie«, sagte sie mit fester Stimme, obwohl sie innerlich zitterte vor diesem Mann, der Blut an seiner Kleidung hatte und den Eindruck machte, als störte ihn dies überhaupt nicht.

»Was zum Teufel wollen *Sie* denn?« fragte er in so scharfem Ton, daß Lauralee unwillkürlich einen Schritt zurückwich. Der Regen prasselte jetzt auf den Boden nieder und begann Pfützen um ihre Füße zu bilden.

»Ich . . . ich wohne gegenüber. Mein Name ist Lauralee Parker.«

Der Mann stellte den Kaffeebecher klirrend auf der Verandabrüstung ab, an der er eben noch gelehnt hatte. Und bevor Lauralee wußte, wie ihr geschah, oder bevor sie fliehen konnte, war der Mann bei ihr und schloß seine Hände um ihre Oberarme.

Lauralee war vor Entsetzen wie gelähmt; sie konnte nur stumm in diese wilden grauen Augen starren, und die Angst ließ ihren Atem stocken.

Ein furchterregender Ausdruck huschte über das Gesicht des Fremden, aber dann ließ er Lauralee so plötzlich los, wie er sie ergriffen hatte. Fast wäre sie gestürzt, und bevor sie sich abwenden und fliehen konnte, was das Vernünftigste gewesen wäre, kam Marshal Townsend aus dem Saloon. Ihm folgten der Arzt und der Bestattungsunternehmer, die gemeinsam einen langen Sarg aus Fichtenholz schleppten.

Lauralees schlimmste Befürchtungen waren damit bestätigt. »Tim?« fragte sie niemand im Besonderen, und Pete Townsend nickte zustimmend, als er sich ihr näherte. Der Stern an seinem langen Regenmantel schien ungewöhnlich schwer zu wiegen.

Der Fremde richtete von neuem seinen Blick auf Lauralee und schaute sie an, als würde er sie am liebsten in Stücke reißen. »Jetzt haben Sie, was Sie wollten, Mrs. Parker«, sagte er, spreizte die Hände und lächelte auf eine so boshafte Art, daß Lauralee vor Angst erschauerte. »Kein *Mud Bucket* mehr. Ihre Gebete sind erhört worden.«

Pete Townsend, der Lauralee auf seine scheue Weise seit Monaten umwarb, warf dem Fremden einen Blick zu, in dem sich Zorn und Mitleid mischten. »Geh nach Hause, Lauralee. Hier gibt es nichts für dich zu tun.«

»Es ist schon alles für sie erledigt worden«, stellte der blutbefleckte Fremde höhnisch fest, während er seine stahlgrauen Augen auf Lauralee richtete. »Oder haben *Sie* Ihre berühmte Axt geschwungen, Mrs. Parker?«

Lauralee spürte, wie sie erblaßte; ihre Knie drohten unter ihr nachzugeben. »Beschuldigen Sie mich etwa . . .«

»Geh nach Hause, Lauralee!« wiederholte Pete, diesmal schon schärfer.

Sie wäre gern geblieben, um die Männer darauf hinzuweisen, daß nicht *sie* es war, deren Kleider mit dem Blut eines Toten befleckt waren. Aber der Regen durchnäßte ihren Umhang und ihr Kleid, und Pete Townsend sah aus, als würde er sie gleich über die Schulter werfen und gewaltsam nach Hause bringen, falls sie nicht freiwillig ging.

So wandte sie sich ab und stürmte blindlings zu ihrem Haus zurück, ohne die tiefen Pfützen auf der Straße zu beachten.

In ihrer Küche legte sie den Umhang ab und hängte ihn an einen Haken an der Tür. »Tim McCallum ist tot«, sagte sie zu Clarie, ohne das Mädchen anzusehen. »Er ist ermordet worden.«

»Ermordet!«

Lauralee ging zum Herd und schenkte sich Kaffee ein. Der Regen, der draußen niederprasselte, schloß jeglichen Gedanken an Arbeit im Obstgarten aus. Aber Lauralee freute sich nicht auf den müßigen Tag, der vor ihr lag, weil es einen Mann gab, der sie für fähig hielt, einen Mord zu begehen.

»Wer war es?« wollte Clarie wissen.

Lauralee setzte die Tasse ab und ging zum Schrank, wo sie erst eine Schublade öffnete und dann eine andere und mit zerstreuter Miene nach ihren Handarbeitsvorlagen suchte. Sie wollte sich die komplizierteste von allen heraussuchen – vielleicht die Tischdecke mit dem Motiv vom Letzten Abendmahl – um sich von den Geschehnissen abzulenken. »Du liebe Güte«, meinte sie gereizt, als verspätete Antwort auf Claries Frage. »Woher soll ich das wissen?«

»Du mochtest Tim McCallum nicht«, stellte Clarie fest.

Lauralee drehte sich zu ihrer Stieftochter um. »Deshalb habe ich ihm noch lange nicht den Tod gewünscht!«

»Einige könnten sagen, daß du ihn umgebracht hast.«

Lauralee war entrüstet über soviel Dreistigkeit. »Ich war es aber nicht!« schrie sie Clarie an.

Alexander zuckte zusammen und begann angstvoll zu weinen, und auch Claries Augen füllten sich mit Tränen. Lauralee war beschämt; das Mädchen war sehr sensibel und faßte jede Zurechtweisung als Mangel an Liebe auf. Kein Wunder, nachdem ihre eigene Mutter sie auf Virgils Schwelle ausgesetzt hatte – mit dem Versprechen, sie abzuholen, sobald sich ›ihre Lage besserte‹.

Lauralee setzte sich auf einen Stuhl. »Es tut mir leid.«

Alexander krabbelte zu ihr und zupfte mit seinen winzigen Händen an ihrem Rock. Sie nahm ihn auf den Schoß und drückte ihn an ihre Brust.

Clarie starrte in den Regen. »Es ist nur gerecht«, sagte sie in nachdenklichem, zerstreuten Ton.

»Was ist nur gerecht?« fragte Lauralee, ihre Wange an Alexanders feinem, weichen Haar.

»Daß Mr. McCallum gestorben ist.«

»Clarie!«

»Nun, seinetwegen haben wir Papa verloren, oder?«

Lauralee fröstelte, obwohl ein warmes Feuer im Küchenherd brannte. »Wie kannst du so etwas Häßliches sagen, Clarinda!«

Clarie schob ihren Stuhl zurück und klappte das Buch zu, in dem sie gelesen hatte. »Das ist mir egal«, erwiderte sie trotzig, drehte sich auf dem Absatz um und stürmte aus dem Zimmer.

Lauralee konnte dem Mädchen guten Gewissens keine weiteren Vorwürfe mehr machen. Claries Einstellung gründete sich auf das, was sie unter diesem Dach gehört hatte – und aus Lauralees eigenem Mund. Beschämt setzte sie Alexander auf seine Decke auf dem Fußboden zurück, wo er zufrieden mit den Holzfiguren spielte, die Joe Little Eagle für ihn geschnitzt hatte.

Lauralee nahm ihre Häkelnadel und eine Rolle feines Garn und begann, die Maschen für die neue Tischdecke anzuschlagen. Aus dem Wohnzimmer erklangen die ersten ächzenden Töne des Akkordeons.

Lauralee versteifte sich und preßte die Lippen zusammen, als Clarie einen Trauermarsch zu spielen begann.

Jay McCallum brachte es schließlich doch nicht über sich, seiner Familie ein Telegramm zu senden. Eine so tragische Nachricht mußte persönlich überbracht werden, egal, um wieviel härter und schmerzhafter es ihn selbst auch treffen mochte.

Er gab Mabel und Sheba ihren Lohn, bezahlte den Barkeeper und den dünnen kleinen Mann, der im Schuppen hinter dem Saloon lebte, und schickte sie alle fort. Fenster und Türen zu vernageln, erschien ihm ein sinnloses Unterfangen: wer würde sich schon an einer so schäbigen Hütte vergreifen?

In Halpern's Ferry, einer geschäftigen kleinen Stadt mit einem Sägemühlenwerk, aber ohne Eisenbahn, mietete Jay zwei Pferde und einen Wagen und fuhr mit Tims Sarg nach Colville. Dort ging es mit dem Zug weiter.

Zwei Tage später erreichte Jay Spokane. Nachdem er am Bahnhof einen weiteren Wagen gemietet hatte, brachte er seinen Bruder heim.

Die Familie reagierte, wie Jay erwartet hatte: Sein Vater schloß sich in sein Arbeitszimmer ein und sprach mit niemandem; seine Mutter, die stets an Tims Heimkommen geglaubt hatte, weigerte sich, den Tod ihres Sohnes zu akzeptieren; seine

Brüder Chance und Brice wollten Tims Mörder finden und ihn lynchen, und ihre Frauen weinten.

Tim wurde auf dem Familienfriedhof beerdigt.

Jay trauerte auf seine Art um ihn, indem er sich in die Arbeit in seiner Anwaltskanzlei stürzte und bis spät in die Nacht hinein Briefe und Akten las. Aber er blieb telegraphisch mit dem Marshal in Halpern's Ferry in Verbindung, weil er wußte, daß der Aufruhr in seinem Innersten nicht eher nachlassen würde, bis Tims Mörder – oder seine Mörderin – gefunden, vor Gericht gestellt und verurteilt war.

Der Sommer ging in den Herbst über, aus Herbst wurde Winter, und aus Winter Frühling. Marshal Townsend war inzwischen zu der Überzeugung gelangt, daß Tims Mörder sich nur vorübergehend in der Gegend aufgehalten hatte und längst über alle Berge war. Jay hingegen hatte eine völlig andere Theorie, die in dem traurigen, endlosen Winter nach Tims Tod entstanden war.

Ungeachtet der Einwände seiner Eltern, schloß Jay seine Kanzlei in Spokane und machte sich auf nach Halpern's Ferry.

Es wurde Zeit, ins Saloongeschäft einzusteigen und festzustellen, wen er alles damit gegen sich aufbrachte.

3

Als eine bunte Pracht von Frühlingsblumen die Weide hinter Lauralees Haus überzog, legte sie die Tischdecke, die das Letzte Abendmahl darstellen sollte, beiseite. Es wurde nun Zeit, sich um das Anlegen eines Gemüsegartens zu kümmern und die Obstbäume zu beschneiden.

Joe Little Eagle arbeitete neben ihr, schweigsam wie eh und je. Manchmal beobachtete Lauralee ihn verstohlen und fragte sich, wohin er nach Tims Tod verschwunden sein mochte. Er war über einen Monat fortgewesen, doch als es Zeit wurde, die ersten Äpfel zu ernten, war er zurückgekommen. Joe hatte seine Abwesenheit mit keinem Wort erklärt, und Lauralee hatte ihm keine Fragen gestellt. Zu diesem Zeitpunkt war sie viel zu sehr mit der Ernte und dem Verkauf ihres Obstes beschäftigt gewesen.

Aber nun, als die Natur um sie herum wieder erwachte, fragte sie sich oft, wer Mr. McCallum umgebracht haben mochte und aus welchem Grund. Joes merkwürdiges Verschwinden schien keinen Verdacht erregt zu haben – Pete Townsend hatte ihn nur ganz kurz verhört –, aber Lauralee mußte immerzu daran denken, auf welche Weise sie und Virgil an ihr Land gekommen waren. Sie hatten es Joe Little Eagle abgekauft; er hatte ein anderes Mitglied des Colville-Stammes bei einem Kampf getötet und Geld für einen Anwalt gebraucht. Zum guten Schluß war er freigesprochen worden, weil zwölf gleichgültige Jurymitglieder beschlossen hatten, daß es kein großer Verlust war, wenn ein ›Injun‹ einen anderen tötete.

Lauralee hörte Wagen auf der Straße und hob lauschend den Kopf, seltsam erregt über ein Geräusch, das so alltäglich war, daß es ihr eigentlich nicht hätte auffallen dürfen.

»Sie haben angehalten«, stellte sie nachdenklich fest.

Joe Litte Eagle beschnitt weiter Zweige, aber er nickte zustimmend. »Sie kommen nicht zu uns, Mrs. Parker. Sie sind auf der anderen Seite, am *Mud Bucket*.«

Lauralee biß sich auf die Unterlippe. Warum sollte jemand diesen verlassenen, gespenstischen Ort aufsuchen? Jeder hier wußte, daß der Saloon geschlossen war. »Vielleicht soll das Haus abgerissen werden.«

»Möglich«, meinte Joe, aber es klang zweifelnd und fast ein wenig geheimnisvoll.

Lauralee musterte ihn neugierig. »Gibt es etwas, was du mir nicht sagen willst, Joe Little Eagle?« fragte sie.

»Nur daß diese Bäume keine Früchte tragen werden, wenn sie nicht beschnitten werden.«

Beschämt machte Lauralee sich wieder an die Arbeit. Sie ließ die Schere klicken, bis ihre Hände von neuen Blasen und Schwielen brannten und ihr Rücken schmerzte, als müsse er jeden Augenblick durchbrechen.

Eine Stunde später wurde plötzlich Gehämmer auf der anderen Straßenseite laut. Lauralee legte ihre Baumschere fort und stützte entnervt die Hände in die Hüften. Es gab keine andere Möglichkeit. Wenn sie mit ihrer Arbeit weiterkommen wollte, mußte sie herausfinden, was dort drüben vorging!

Auf halbem Weg zum Haus begegnete sie Clarie und Jenny French. Während der Schulferien half Jenny im Ausgleich für Kost und Unterkunft bei der Hausarbeit und im Garten und kümmerte sich um Alexander. Aber obwohl sie Lehrerin war, ließ ihre Ausbildung Lauralees Ansicht nach sehr zu wünschen übrig, denn sie war selbst kaum imstande, zu lesen und zu schreiben, geschweige denn, es anderen beizubringen. Aus diesem Grund gab Lauralee ihr abends, wenn die Arbeit getan war, Nachhilfeunterricht.

»Mrs. Parker!« rief die junge Frau, die Clarie ganz offensichtlich mit der Ankündigung einer Neuigkeit zuvorkommen wollte. »Der *Mud Bucket Saloon* wird abgerissen!«

Lauralee atmete erleichtert auf. »Das sind gute Nachrichten!« sagte sie und fragte sich, aus welchem Grund sie schlechte erwartet hatte.

»Ja, aber ich habe den Eindruck, daß sie dort etwas Neues bauen wollen«, meinte Clarie mit einem überlegenen Blick auf Jenny. »Warum hätten sie wohl sonst all das Holz gebracht?«

Lauralees Neugierde nahm fast unerträgliche Ausmaße an. »Das möchte ich mir ansehen«, sagte sie.

»Können wir mitgehen?« bat Jenny, die zwar das hübsche Gesicht und den wohlgeformten Körper einer Frau besaß, dem Wesen nach jedoch noch sehr kindlich war. Ihr herrliches rotbraunes Haar rutschte ihr fast immer aus den Nadeln, und ihre großen blauen Augen gaben ihr ein engelgleiches Aussehen – was Lauralees Ansicht nach mit größter Wahrscheinlichkeit sehr irreführend war.

»Es heißt ›dürfen wir‹, Jenny«, berichtete Lauralee, während sie sich auf den Weg machte. »Aber ich habe nichts dagegen.«

Die beiden jungen Mädchen eilten ihr nach und stellten Vermutungen an, wer dort was bauen mochte; eine Frage, die auch Lauralee stark beschäftigte, obwohl sie das nie zugegeben hätte.

Er war da – der Mann mit den grauen Augen, der Lauralee praktisch beschuldigt hatte, Tim McCallum eigenhändig umgebracht zu haben! Mit nacktem Oberkörper hockte er im hellen Sonnenschein, einen Hammer in der Hand, auf einem Dachbalken.

Lauralee blieb so abrupt stehen, daß Clarie und Jenny fast mit ihr zusammengestoßen wären. Überall schwärmten Arbeiter herum, einige von ihnen auf die gleiche skandalöse Weise entblößt wie ihr Auftraggeber.

Als Tim McCallums Bruder die Frauen erblickte, lächelte er und hob zu einem spöttischen Gruß den Hammer. »Hallo, Mrs.

Parker«, rief er ihr gar nicht unfreundlich zu. »Ich hoffe, daß Sie Ihre Axt dabeihaben – wir können Hilfe gebrauchen.«

Lauralee errötete vor Ärger und hoffte nur, daß ihr breitrandiger Hut es vor ihm verbarg. »Ich möchte wissen, was Sie da tun«, sagte sie kühl.

Er lachte nur. Dunkles Haar bedeckte seine Brust, und seine Beine wirkten ungewöhnlich kräftig, wie sie den Balken umschlangen, der ihn trug. »Das ist nicht Ihre Sache, oder?« entgegnete er kühl, als seine Belustigung verflogen war. »Dieses Grundstück gehört mir.«

Die Arbeiter gaben sich nicht einmal den Anschein, ihrer Arbeit nachzugehen; ihre Hämmer und Sägen blieben still, ihre Blicke ruhten auf Lauralee.

»Dieses Grundstück«, beharrte die Witwe Parker, »grenzt an meins. Das gibt mir das Recht, mich zu erkundigen, was Sie mit diesem Land vorhaben.«

Er zuckte gleichmütig mit den Schultern. »Na schön«, erwiderte er nicht unfreundlich, obwohl seine grauen Augen ärgerlich aufblitzten.

»Wir reißen diesen Schandfleck ab.«

»Gut!« Befriedigt wandte Lauralee sich ab.

Doch Mr. McCallums nächste Worte veranlaßten sie, noch einmal stehenzubleiben. »Natürlich nur, um einen neueren und schöneren Saloon zu bauen.«

Langsam drehte Lauralee sich um. »Wie bitte?«

Er rutschte einen Stützbalken hinunter und schlenderte auf sie zu. Seine staubigen Hände wischte er an seinen viel zu engen Hosen ab. »*Mud Bucket* können wir ihn allerdings nicht nennen, oder? Nicht elegant genug für das, was mir vorschwebt. Vielleicht können Sie mir einen besseren Vorschlag machen, Mrs. Parker?«

Lauralee bebte vor Zorn, als er sich ihr näherte. »Ich werde Ihnen nicht gestatten, hier einen Saloon zu bauen«, antwortete sie und hoffte, daß er das leise Zittern ihrer Stimme nicht bemerkte.

Er zog eine dunkle Braue hoch und lächelte belustigt. »Und wie gedenken Sie mich davon abzuhalten, Mrs. Parker?«

Sie schob eigensinnig das Kinn vor. »Es gibt immer Möglichkeiten, das können Sie mir glauben.«

»Ach ja, stimmt. Äxte, Hymnen.« Er brach ab, stützte die Hände in die Hüften und ließ seinen Blick abschätzend über Lauralees Kleidung gleiten. »Sie können soviel singen und beten, wie Sie wollen, Mrs. Parker, aber wenn Sie mein Land mit einer Axt betreten, werde ich Ihnen persönlich Ihren selbstgerechten Po versohlen.« Wären Clarie und Jenny nicht bei ihr gewesen, wäre Lauralee einen Schritt zurückgewichen. Wie konnte dieser Mann es wagen, ihr mit körperlicher Gewalt zu drohen? Was fiel ihm ein, sie selbstgerecht zu nennen? Endlich fand sie ihre Stimme wieder. »Falls Sie mich je anfassen sollten, Mr. McCallum, werde ich . . .«

»Werden Sie *was*, Mrs. Parker. Mich umbringen?«

Lauralees Finger verkrampften sich; am liebsten hätte sie diesen dreisten Kerl geohrfeigt, aber das wagte sie nicht.

Wieder musterte er ihr schäbiges Kleid, ihre von der Arbeit rauhen Hände und ihren formlosen Hut, aber diesmal ausgiebiger. »Verwechseln Sie mich nicht mit meinem Bruder, Mrs. Parker«, warnte er. »Ich heiße Jay, nicht Tim, und kein vom Leben enttäuschter Blaustrumpf wird mich meinen Schlaf kosten. Habe ich mich deutlich genug ausgedrückt?«

Am liebsten hätte Lauralee ihm ins Gesicht gespuckt, aber das konnte sie sich in Gegenwart der Mädchen und der Arbeiter natürlich nicht erlauben. »Lieber bin ich ein Blaustrumpf«, sagte sie mit kühler Würde, »als ein schmutziger, verkommener Trunkenbold!«

Darauf warf Jay McCallum den Kopf in den Nacken und lachte schallend. Seine Arbeiter stimmten mit ein. Mit dem Gefühl, eine unerträgliche Demütigung erlitten zu haben, wandte Lauralee sich ab.

»Sie haben mich auf eine Idee gebracht«, rief McCallum ihr nach. »Wir werden den Saloon ›Zum Trunkenbold‹ nennen!«

Lauralee erstickte fast an ihrer Wut, aber sie ging unbeirrt weiter und drehte sich nicht mehr nach McCallum um.

Die Tage vergingen, aber Lauralees Zorn wollte nicht weichen. Er wuchs mit jedem von Mr. McCallums Hammerschlägen und mit jedem Fluch, den die Frühlingsbrise zu ihr hinübertrug.

Der Gedanke, das Abstinenzlerkomitee zusammenzurufen – was unweigerlich zu einem Zusammentreffen mit Adrienne Burch führte, – war Lauralee verhaßt. Aber eines Tages hing ein Schild mit der Aufschrift *Zum Trunkenbold* vor dem Saloon, und da wußte Lauralee, daß sie ihre persönlichen Bedenken vergessen und ihre kleine Armee um sich sammeln mußte.

Die zarten Kämpferinnen trafen an einem strahlend schönen Donnerstagnachmittag ein, in Kutschen, Buggies und einfachen Pferdekarren, ja sogar zu Fuß. Sie brachten Bibeln und Gesangbücher mit, aber – auf Lauralees Anweisung hin – keine einzige der Äxte, die Mr. McCallum so gern erwähnte. In einem würdevollen Strom aus dunklem Satin und gerechtem Zorn überquerten sie die Straße.

Der neue Saloon bestand bisher nur aus Gerüst und Fußböden, aber er umfaßte drei Stockwerke und versprach damit grenzenlose Lasterhaftigkeit. Mr. McCallum stand in einem dunklen Anzug und einem breitkrempigen Hut, den ein Band aus gehämmertem Silber zierte, auf der Veranda, die Arme über der Brust gekreuzt und ein freches Grinsen im Gesicht. Die allgegenwärtigen Arbeiter hingegen sahen nicht so zuversichtlich aus wie er; viele von ihnen hatten Frauen, Schwestern oder Mütter unter den militanten Befürworterinnen der Abstinenz.

Auf Lauralees Kommando hin begannen die Frauen einen Marsch um das entstehende Gebäude. Hocherhobenen Hauptes, die Bibeln fest an die Brust gedrückt, ließen sie ihre Stimmen zu einem frommen Choral erschallen. Siebenmal würden sie das Gebäude umkreisen, so wie Joshua einst siebenmal die undurchdringlichen Mauern von Jericho umkreist hatte.

Die ersten Verse von ›Vorwärts, Kämpfer Christi‹ hallten durch die Luft. Doch obwohl er spöttisch lächelte, kochte Jay McCallum vor Wut.

Er sah Lauralee Parker vorbeigehen, ihr hübsches Gesicht vor Eifer gerötet, ihre Augen – die die verrückteste blaugrüne Farbe hatten, die er je gesehen hatte – leuchteten vor Überzeugung. Mrs. Parker war größer als die meisten Frauen und hatte eine bestechend weibliche Figur, was nicht einmal ihr strenges Satinkleid verbergen konnte. Jay brauchte sich nicht zu fragen, wie sie ohne Kleider aussah – er konnte es sich leider nur allzu gut vorstellen.

Als Lauralee zum zweitenmal vorbeikam, trat er neben sie und glich sich, den Hut respektvoll in der Hand, ihren Schritten an. Er dachte an Tims Worte über die Wirkung dieses Lieds auf seine Gäste, als er sah, wie die Arbeiter einen nach dem anderen ihre Werkzeuge niederlegten und sich davonschlichen.

»Ist das Ihr Schlimmstes?« fragte Jay über die Klänge des Chorals hinweg, den die Mitglieder der Anti-Alkohol-Liga zu ihrem Leitspruch gewählt hatten. »Dann wäre ich nämlich enttäuscht, Mrs. Parker.«

Lauralee bedachte ihn mit einem kühlen Blick und sang weiter. Ihre Stimme wurde ein wenig schrill, und Jay bekam allmählich Kopfschmerzen. Der Zorn, der in ihm schwelte, veranlaßte ihn zu dem Entschluß, ein Exempel an der Witwe Parker zu statuieren, indem er sie vor den Augen ihrer korsettverschnürten Armee übers Knie legte und ihr den Po versohlte. Aber er wußte auch, daß er sich nie dazu überwinden könnte, sie zu schlagen, selbst wenn er ihr damit gedroht hatte. Schade, dachte er, daß man sein Gewissen nicht einfach nach Belieben an- und abstellen kann.

Doch Jay war kein passiver Mensch und mußte daher etwas unternehmen. »Verdammt!« brüllte er ganz unvermittelt. »Es reicht! Sie haben mir ihren Standpunkt klargemacht!«

Lauralee blieb stehen und hob eine Hand als Signal für ihre Kämpfer Christi. Folgsam brachen sie den Marsch ab und hörten auf zu singen.

»Habe ich Ihnen wirklich unseren Standpunkt klargemacht, Mr. McCallum?«

Sie fragte, ob Jay beabsichtigte, aufzugeben und sich wie ein Hund mit eingezogenem Schwanz davonzumachen! »Wir eröffnen den Saloon in knapp einem Monat«, erwiderte er kalt, ohne seinen Ärger im geringsten zu verbergen.

Lauralee errötete, und ihr beachtlicher Busen hob sich in einem tiefen Atemzug. Die unschuldige Bewegung erzeugte ein völlig unerwartetes und unwillkommenes Gefühl in Jay; ein Verlangen, das ihm noch monatelang schlaflose Nächte bereiten sollte.

Lauralee öffnete den Mund, um etwas zu sagen und schloß ihn wieder. Pete Townsend, der Marshal, war gerade eingetroffen und schlenderte durch die Reihen von Frauen, den Blick fest auf Lauralee geheftet.

»Sie haben also wieder damit angefangen«, stellte der Vertreter des Gesetzes verärgert fest.

Lauralees schöne Augen wurden groß; sie schluckte sichtlich. »Ja. Haben Sie etwas dagegen, Marshal Townsend?«

»Selbstverständlich habe ich etwas dagegen. Bringen Sie Ihre Hennen von hier fort, bevor es Ärger gibt!« Lauralee schaute Townsend an, dann Jay und begann wieder zu singen und zu marschieren. Ihre treuen Gefährtinnen folgten ihrem Beispiel.

»Ich sperre Sie ein, Lauralee!« wütete der Marshal und war mit zwei großen Schritten neben der hübschen Querulantin. »Glauben Sie bloß nicht, daß ich Nachsicht walten lasse, weil ich bei der Weihnachtsfeier Ihren Korb gekauft habe!«

Jay, der sich bemühte, Schritt zu halten, verspürte einen Stich der Eifersucht. Der Marshal machte Mrs. Parker den Hof? Die Vorstellung war schlichtweg unerträglich!

Lauralee sang noch lauter, und Townsends Wangen röteten sich.

»Ich bin gern bereit, Anzeige zu erstatten«, warf Jay ein, einerseits, um die Lage noch interessanter zu gestalten, und andererseits, weil er sich ausgeschlossen fühlte. Verdammt, schließlich war es sein Saloon, oder? Richtete Mrs. Parkers Kampagne sich nicht gegen ihn?

»Haben Sie das gehört, Lauralee?« rief Townsend. »Mr. McCallum ist bereit, Anzeige zu erstatten! Wollen Sie mich zwingen, Sie ins Gefängnis zu bringen?«

Lauralee starrte stur geradeaus, und Jay stellte fest, daß er ihren Mut bewunderte. ». . . marschieren in die Schlacht«, sang sie, so laut sie konnte, »mit Jesu Kreuz voran . . .«

Townsend riß seinen Hut ab und schlug sich damit wütend gegen das Bein. »Also schön!« brüllte er. »Lauralee Parker, Sie sind verhaftet!«

Sie blieb stehen und hielt ihm beide Hände hin, um sich Handschellen anlegen zu lassen.

Die Geste versetzte Jay erneut in Wut. Verdammt – dieses arrogante Weib war allen Ernstes bereit, sich einsperren zu lassen! Aber das bedeutete, ihr Märtyrertum zu weit zu treiben.

Rot bis über beide Ohren, nahm der Marshal Handschellen von seinem Gürtel und legte sie Lauralee an. »Mit dem Eiergeld werden Sie Ihre Kaution nicht bezahlen können, Lauralee«, warnte er.

Das Eiergeld. Jay hätte dieser Farce gern ein Ende bereitet, bevor sie zu weit ging, aber irgend etwas in ihm wehrte sich dagegen nachzugeben. Außerdem kam ihm mit einem Schock wieder zu Bewußtsein, daß Lauralee Parker sehr gut Tims Mörderin sein konnte. Er hatte sich dermaßen von diesem Auftritt blenden lassen, daß er diese wichtige Tatsache darüber vergessen hatte.

Es war äußerst demütigend, von Virgils Geliebter, Adrienne Burch, aus dem Gefängnis befreit zu werden. Aber die reiche Witwe, die das Sägewerk ihres verstorbenen Gatten geerbt hatte, war die einzige in Lauralees Bekanntenkreis, die das Geld für die Kaution aufbringen konnte. Lauralee hatte sogar daran gedacht, Ellery um Hilfe zu bitten, aber ihr Bruder mißbilligte ihre Aktivitäten und hätte ihr sicher eine lange Predigt über die Pflichten einer Frau gehalten. Und Lauralee war überzeugt, daß die Berichtigung öffentlichen Unrechts für ihn nicht zu diesen Pflichten zählte.

»Sie hatten kein Recht dazu«, warf Adrienne dem ärgerlich dreinblickenden Pete Townsend vor, als Lauralee die einzige Gefängniszelle der Stadt verließ.

»Und ob ich das hatte!« versetzte Pete gereizt.

»Es war eine friedliche Versammlung!« erklärte Adrienne.

»Auf einem Privatgrundstück!«

»Was geschehen ist, ist geschehen«, meinte Lauralee besänftigend.

Marshal Townsend schien jedoch nicht bereit, das Thema fallenzulassen. Mit vor Ärger blitzenden Augen beugte er sich weit über seinen Schreibtisch vor und schaute Lauralee drohend an. »In Zukunft werden Sie Mr. McCallum in Ruhe lassen«, warnte er.

Lauralee straffte die Schultern und hob stolz den Kopf. »Das kann ich Ihnen leider nicht versprechen, Mr. Townsend«, entgegnete sie kalt.

Pete stand auf und kam auf sie zu. »Lauralee . . .«

Auf Adriennes dramatischen Abgang hin drehte auch Lauralee sich um und schwebte, ohne einen Blick zurückzuwerfen, aus dem Gefängnis. Sie war sehr verletzt, daß Pete auf Jay McCallums Seite stand und nicht auf ihrer.

Adriennes eleganter Einspänner stand wartend auf der Straße. Auf dem Rücksitz prangte ein vollgepackter Picknickkorb.

»Natürlich fahre ich dich nach Hause«, sagte Adrienne, als sie eingestiegen war und die Zügel in die Hand nahm.

Lauralee seufzte innerlich. Adrienne hatte ihre Kaution bezahlt; wie sollte sie sich da weigern, sich von ihr nach Hause fahren zu lassen, ohne kleinlich und engstirnig zu erscheinen?

Sie stieg auf den Sitz neben Adrienne, faltete ihre von der Arbeit rauhen Hände im Schoß und sagte leise: »Danke, daß du die Kaution bezahlt hast. Ich . . . ich weiß nicht, wann ich dir das Geld zurückerstatten kann.«

Adrienne ließ die Zügel mit einer geübten Bewegung ihrer Hände auf die Pferderücken klatschen, und die beiden kostbaren Fuchsstuten setzten sich in Bewegung. »Wir beide haben sehr viel gemeinsam«, sagte Adrienne und maß Lauralee mit einem langen Blick, der auch durch den Schleier ihres eleganten Huts nicht verborgen wurde.

Die Behauptung war äußerst zweideutig, und Lauralee war nicht geneigt nachzuhaken. Sie lächelte, obwohl sich ein schmerzhafter Kloß in ihrer Kehle bildete, und schaute in einer stummen Frage auf den Picknickkorb.

Adrienne sah es und gab eine verblüffende Antwort darauf. »Mr. McCallum ist neu in unserer Gemeinde. Wir wollen doch nicht, daß er den Eindruck bekommt, Halpern's Ferry wäre eine unfreundliche Stadt, oder?«

Lauralee blieb vor Überraschung der Mund offenstehen. »Du willst Mr. McCallum, diesen Wüstling, zu einem Picknick einladen? Und was ist mit unserem Feldzug, Adrienne?«

Wieder zuckte die schöne Witwe mit den Schultern. »Vielleicht fängt man mehr Fliegen mit Honig«, antwortete sie, und ihre Stimme klang seltsam heiser dabei.

Wütend verschränkte Lauralee die Arme vor der Brust, aber diesmal, um Adrienne Burch nicht an die Kehle zu gehen und sie zu erwürgen. Dieses dreiste Weib! Unter dem Vorwand, die Sache des Komitees zu unterstützen, beabsichtigte sie, ausgerechnet ihren schlimmsten Feind zu einem Picknick einzuladen! Als Lauralee wieder fähig war, etwas zu sagen, fragte sie leise: »Warum hast du meine Kaution bezahlt, Adrienne?«

Sie passierten gerade das Sägewerk, das Adrienne Burch mit jeder Minute reicher machte, was sie jetzt mit einem anerkennenden Blick auf die Mühle quittierte. »Ich habe es für Virgil getan«, gestand sie lächelnd. »Was immer auch deine Mängel als Ehefrau gewesen sein mögen, Lauralee, er hätte sicher nicht gewollt, daß die Mutter seines Sohnes im Gefängnis endet.«

Obwohl es die reinste Qual war, wartete Lauralee, bis der Einspänner das offene Land erreichte. Doch dann legte sie ihre Hand auf Adriennes und zwang sie, die Pferde anzuhalten.

»Du hast Virgil geliebt«, sagte sie ruhig.

Adrienne seufzte und schürzte die Lippen, als wüßte sie nichts auf Lauralees Feststellung zu entgegnen. Ihre Augen jedoch verrieten ihren Eifer. »Virgil hat dich geliebt, Lauralee. Sehr sogar. Aber er hatte Bedürfnisse, die du nicht zufriedenstellen konntest.«

Lauralee wußte natürlich, welche *Bedürfnisse* Adrienne meinte. Die Qual und der Zorn, die in ihr wüteten, erzeugten ein neues, ganz anderes Gefühl, das jedoch zu erschreckend war, um es beim Namen zu nennen. »Das ist eine Lüge«, entgegnete sie mühsam und dachte an die leidenschaftlichen Momente zwischen ihr und Virgil. »Du solltest wissen . . .«

Adrienne hob abwehrend die Hand. »Ja, ja – ich weiß, daß du Virgil im Bett befriedigt hast. Ich rede über andere Dinge.«

Lauralee schaute sie betroffen an. Der Klumpen in ihrer Kehle drohte sie fast zu ersticken. »Was für andere Dinge?« wisperte sie.

»Respekt zum Beispiel. Du hast Virgil wie ein Kind behandelt, das nicht zur kleinsten eigenen Entscheidung fähig war . . .«

»Respekt!« Lauralee bebte vor Empörung. »Wie hätte ich Virgil respektieren sollen, Adrienne? Er war ein Trinker!«

Adrienne wandte den Kopf, um Lauralee anzusehen. Ihre dunklen Augen schimmerten feucht. »Er war ein Mann, Lauralee, getrieben von größerem Schmerz und schlimmeren Qualen, als du und ich uns auch nur vorstellen können! Ich konnte Virgil respektieren, weil ich nichts von ihm verlangte. Ich wollte nur in seiner Nähe sein. Ich habe ihn nicht kritisiert und nicht versucht, ihn zu ändern. Ich liebte ihn so, wie er war.«

Lauralee ließ die Hände sinken und wandte den Kopf ab, um ihre Tränen zu verbergen.

Der Einspänner setzte sich wieder in Bewegung, und kein Wort fiel mehr. Adrienne setzte Lauralee vor deren Gartentor ab und lenkte den Wagen dann gelassen auf die andere Straßenseite.

Lauralee hörte, wie Adrienne Jay McCallum einen heiteren Gruß zurief, und vernahm seine gutgelaunte Antwort. Erstaunlicherweise fühlte sie sich davon bis auf den Grund ihrer Seele verwundet.

Jay saß im Gras und beobachtete Mrs. Adrienne Burch, wie sie Wein in zierliche Kristallkelche schenkte. Was in aller Welt mag sie bloß vorhaben? fragte er sich verwundert. Sie war eine schöne Frau, unmöglich zu übersehen, und sie hatte an dem Marsch um seine Baustelle teilgenommen; er erinnerte sich ganz deutlich an sie. Wieso also der Wein, die feinen Sandwiches und dieses verführerische Lächeln?

»Ich nehme an, daß Ihre Anführerin inzwischen wieder auf freiem Fuß ist?« fragte Jay, obwohl er gesehen hatte, wie Mrs. Burch Lauralee vor ihrem Gartentor absetzte.

Adrienne lachte; ein kehliger Ton, der Jay vollkommen ungerührt ließ. Sehr zu seinem Bedauern übrigens, denn schließlich war es lange her, seit er eine Frau gehabt hatte, und er konnte sich vorstellen, daß diese Mrs. Burch sehr unterhaltsam war, um nicht zu sagen, einfallsreich.

»Ja, unsere Lauralee«, meinte sie mit nachsichtigem Lächeln, aber ihr Ton verriet, daß sie Lauralee keine freundlichen Gefühle entgegenbrachte. »Immer wieder bringt sie sich in Schwierigkeiten. Manchmal würde ich sie am liebsten kräftig durchschütteln.«

Jay erinnerte sich an Lauralees stolze, unbeugsame Haltung, mit der sie die Straße zu ihrem Haus überquert hatte – wie ein Kreuzfahrer, der aus der Gefangenschaft heimkehrte. Schmunzelnd schüttelte er den Kopf. Oh, es gab eine Menge Dinge, die er gern mit Mrs. Parker getan hätte, aber sie durchzuschütteln gehörte nicht dazu.

Ganz unvermittelt kamen ihm wieder seine Vermutungen über den Mord an seinem Bruder in den Sinn. Und so anziehend er Lauralee Parker auch finden mochte, er konnte es sich nicht leisten, seinen Verdacht darüber zu vergessen. »Warum sind Sie hier, Mrs. Burch?« fragte er, um seinen Gedanken eine andere Richtung zugeben.

»Adrienne«, berichtigte sie ihn lächelnd. »Ich wollte Sie in unserer Gemeinschaft willkommen heißen.«

Jay zog eine Augenbraue hoch. »Sind Sie deshalb mit den *frommen Streiterinnen Christi* um meinen Saloon herummarschiert?« entgegnete er spöttisch.

Adrienne wirkte zunächst verlegen, dann blitzte Schalk in ihren dunklen Augen auf. »Sie müssen verstehen, Mr. McCallum, daß Unterhaltung jeglicher Art in Halpern's Ferry selten ist. Was für eine Frau meiner . . . Erfahrung ganz besonders hart ist.«

Eine unausgesprochene, aber deshalb nicht weniger deutliche Einladung lag in Adriennes Blick. Wie sehr hätte Jay sich gewünscht, daß Lauralee Parker ihn so ansah! Oder stimmte das gar nicht? Und wenn es so war, na und? Er fluchte ganz unbewußt und zupfte einen Grashalm aus.

»Sie wirken sehr zerstreut, Mr. McCallum«, stellte Adrienne mit einem erzwungenen Lächeln fest. »Halte ich Sie von Ihrer Arbeit ab?«

Wie ein Schlafwandler stand Jay auf und schaute zur Straße hinüber. Er hatte die Sache ganz falsch angefangen. Er würde Mrs. Parker ganz einfach fragen, ob sie Tim getötet hatte oder nicht. Natürlich würde sie lügen, falls sie schuldig war, aber das würde er dank seiner Erfahrung im Gerichtssaal sehr schnell durchschauen.

»Ja«, antwortete er etwas verspätet. »Ich meine, nein. Mrs. Burch. Wenn Sie mich jetzt entschuldigen würden . . .«

»Adrienne!« sagte sie noch einmal schmollend, und er hörte das Rascheln ihrer Taftröcke, als sie aufstand, um gegen seinen Aufbruch zu protestieren.

Aber Jay war nicht mehr aufzuhalten. Er überquerte die Straße, kletterte über den halbverfallenen Zaun und betrat Lauralees Hof. Ein junges Mädchen fütterte Hühner und schaute Jay an, als hielte sie ihn für des Teufels besten Freund.

»Wo ist Mrs. Parker?« fragte er sanft, um das Kind nicht zu erschrecken.

Ihre braunen Augen wurden groß. »Warum wollen Sie das wissen?«

Jay lächelte. »Ich möchte nur mit ihr reden. Das ist alles.«

»Sie würden Lauralee doch nichts antun, oder?«

Die Frage überraschte Jay, obwohl es vielleicht nicht so hätte sein sollen. Es war schließlich eine bekannte Tatsache, daß er und Lauralee verfeindet waren. »Natürlich nicht«, antwortete er.

Das Mädchen schien ihm zu glauben, denn sie deutete auf eine Reihe von Bäumen auf einer Hügelkuppe. »Sie ist dort oben.«

Jay machte große Schritte, um die Entfernung so schnell wie

möglich hinter sich zu bringen. Eine innere Stimme sagte ihm, daß es besser gewesen wäre, auf sein eigenes Land zurückzukehren, um mit Adrienne Burch einen Waffenstillstand auszuhandeln. Doch statt dessen fühlte er sich auf unwiderstehliche Weise zu Lauralee hingezogen.

Als er die Hügelkuppe erreichte, fand er Lauralee neben einem Grab, das ein schlichter Stein zierte. Sie hielt den Kopf gesenkt, und ihre Schultern zuckten. Der Wind vom Fluß her bewegte das feine Haar an ihrem Nacken, und Jay McCallum wurde von einer fast unerträglichen Sehnsucht erfaßt, sie zu berühren.

Er war ein Eindringling, aber er konnte sich weder abwenden, noch war er fähig, ihr etwas zuzurufen. Er konnte nur dastehen und sie wie gebannt anstarren.

Ganz unvermittelt und so plötzlich, daß Jay erschrak, stieß Lauralee einen schrillen Laut aus, der sowohl Zorn wie Qual ausdrückte. Sie hob den Fuß und trat, so hart sie konnte, mit ihrem häßlichen kleinen Schuh gegen Virgil Parkers Grabstein.

»Virgil, du verdammter Schuft!« rief sie. »Ich schwöre dir, daß ich dich eigenhändig umbringen würde, wenn du nicht schon tot wärst!«

Jay schaute betroffen zu, wie Lauralee von neuem gegen den Stein trat und diesmal anscheinend ihren Fuß verletzte. Sie heulte vor Schmerz auf und hüpfte auf einem Bein im Kreis herum. Bei ihrer dritten Runde sah sie Jay.

Sein Anblick ließ sie erstarren, in ihren blaugrünen Augen blitzte Zorn hinter ihren Tränen auf. »Sie!« zischte sie, und Jay bemerkte jetzt zum erstenmal, daß ihr Haar sich gelöst hatte und ihr in unordentlichen Locken auf die Schultern fiel. »Haben Sie mir für heute nicht schon genug Ärger beschert? Sind Sie nicht zufrieden damit, daß ich eingesperrt worden bin und dieses unmögliche Weib meine Kaution bezahlen mußte?«

Bevor Jay sich eine Antwort überlegen konnte, ließ Lauralee sich auf die Knie fallen, schlug beide Hände vors Gesicht und begann verzweifelt zu schluchzen.

Jay McCallum war kein Mann, der sich von Tränen umstimmen ließ – dazu kannte er zu viele Frauen, die sie nach Belieben einsetzten –, aber Lauralees Schmerz rührte ihn, weil er spürte, daß sie ihm nur selten nachgab. Er fühlt auch, oder vielleicht war es nur Wunschdenken; daß Lauralee Tim nicht ermordet hatte. Eine innere Stimme sagte ihm, daß diese Frau, obwohl sie sicher fähig war zu töten, um sich oder einen geliebten Menschen zu verteidigen, nie dazu imstande wäre, sich kaltblütig hinter jemanden zu schleichen und ihm eine Axt ins Genick zu schlagen.

Der Fluß rauschte in der Ferne, die Bienen summten, das hohe Gras bewegte sich in der leichten Briese. Jay ging zu Lauralee, kniete neben ihr nieder und zog sie sanft in seine Arme.

4

Lauralee legte ihre Stirn an Jays warme Brust und ließ ihren Tränen freien Lauf. Daß ausgerechnet er in diesem Moment der Schwäche derjenige sein sollte, der ihr Kraft verlieh, erschien ihr wie eine Ironie des Schicksals.

Nach einiger Zeit versiegten Lauralees Tränen, denn obwohl sie manchmal eine Erleichterung bewirkten, war Weinen auf Dauer doch zu langweilig. Aber das Bedürfnis, von diesem Mann gehalten zu werden, blieb, und Jays Arme umfaßten ihre Taille mit einer Kraft, die schützte, aber nicht verletzte. Doch leider stellten sich mit diesem Gefühl der Sicherheit auch andere Emotionen ein. Ein warmes Sehnen erwachte in Lauralee, und deshalb versuchte sie, sich Jay zu entziehen.

Aber er hielt sie fest, und anstatt zu erschrecken, reagierte Lauralee ganz instinktiv auf seinen Duft und seine Kraft, auf den Druck seiner harten Schenkel an ihren eigenen, weicheren, und auf das gleichmäßige Klopfen seines Herzens unter ihrer Wange. Indem sie den Kopf in den Nacken legte, ließ sie ihren Blick prüfend über seine markanten Gesichtszüge wandern und entdeckte dort eine Verwirrung, die nicht geringer war als ihre eigene.

Lauralee legte zögernd die Hände auf seine Schultern, um

sich an ihm festzuklammern und um ihn fortzustoßen. Mit einem erstickten Stöhnen senkte Jay den Kopf und streifte ihren Mund mit seinen Lippen, sehr behutsam zunächst, und dann mit solch unverhohlener Begierde, daß Lauralees Widerstand zu schmelzen begann.

Obwohl sie sich sagte, daß dieser Fremde nicht ihr Mann war und eigentlich sogar ein Feind, der sie eines Mordes für fähig hielt, war es für Lauralee ausgeschlossen, sich seiner Ausstrahlung zu entziehen.

»Nein«, murmelte sie nur an seiner warmen Schulter. »Nein.«

Jay seufzte, stand langsam auf und zog eine sehr beschämte Lauralee auf die Beine. Dann legte er ganz sanft seine Hand unter ihr Kinn und zwang sie, ihm in die Augen zu sehen. »Das war äußerst aufschlußreich«, sagte er nach langem Schweigen, und Lauralee errötete bis unter die Haarwurzeln.

»Was war aufschlußreich?« fuhr sie ihn an, als sie wieder Atem fand. Sie hoffte nur, daß ihr nicht anzumerken war, welch beschämende Bedürfnisse Jay in ihr erweckt hatte.

»Ich habe Sie falsch eingeschätzt, Mrs. Parker. Ich hätte geschworen, daß Sie die Sünden des Fleisches verdammen würden.«

Sein Angriff ließ Lauralee zusammenfahren, aber er entfachte auch ihren Zorn, und sie trat vor, um Jay einen Tritt gegen das Schienbein zu versetzen. Aber er schien es geahnt zu haben, denn plötzlich fand sie sich in seinen Armen wieder, und er hielt sie fest gegen seinen Leib gepreßt. Was die Lage natürlich erheblich verschlimmerte – aber nicht nur für Lauralee, sondern auch für Jay.

Sein so offensichtliches Unbehagen erzeugte eine boshafte Befriedigung in ihr, und sie sagte spitz: »Sie tadelnswerter, schändlicher Mensch! Was fällt Ihnen ein, so etwas zu sagen – und das keine zwei Meter vom Grab meines Mannes entfernt!«

Jay schien unbeeindruckt. »Solch große Worte, Lauralee! Nur schade, daß sie nicht ausreichen, um die Tatsache zu verschleiern, daß Sie mich mindestens ebensosehr begehren wie ich Sie.«

»Ich ›begehre‹ Sie nicht, ich *hasse* Sie! Lassen Sie mich augenblicklich los!«

Anstatt ihrem Wunsch zu entsprechen, schloß Jay seine Hände um Lauralees wohlgeformten Po und zog sie noch enger an sich heran. Als sie spürte, was sein Körper ihr versprach, stieß sie einen Seufzer der Verzweiflung aus.

Jays graue Augen funkelten belustigt. »Das hätte ich mir denken können«, murmelte er, während seine starken Hände Lauralee fest umfangen hielten. »Ich hätte es gleich sehen müssen . . .«

Nur unter Aufbietung ihrer ganzen Willenskraft gelang es Lauralee, ihre Hände stillzuhalten und sie nicht um seinen Nacken zu schlingen. »Lassen Sie mich los!« zischte sie.

Er gab sie so unvermittelt frei, daß sie stolperte und mit dem Po auf der weichen Erde landete. Doch trotz Jays abrupter Reaktion zeigte sich keine Spur von Groll oder Ärger auf seinem Gesicht. »Ich kann warten«, meinte er und strich über die dunklen Bartstoppeln an seinem Kinn. »Die Frage ist nur – können Sie es?«

Unbändiger Zorn erfaßte Lauralee, ein schmerzhafter, ätzender Zorn, der um so intensiver war angesichts der Wahrheit, die in Jays unverschämter Bemerkung lag. »Ich kann ewig warten!« gab sie hochmütig zurück. »Und ich versichere Ihnen, daß es so sein wird!«

Jay McCallum grinste nur belustigt und deutete auf seinen Saloon, der durch die Bäume zu sehen war. »Ich bin gegenüber – auf der anderen Straßenseite«, sagte er, und Lauralee krallte ihre Finger in das lange Gras, um sich nicht auf Jay zu stürzen und ihm das Gesicht zu zerkratzen.

Jay betrachtete sie noch einmal lange und abschätzend. Wieder erschien ein Lächeln um seine Mundwinkel, und in stiller Verwunderung schüttelte er den Kopf. Dann wandte er sich zum Gehen.

»Genießen Sie Ihr Picknick mit Mrs. Burch«, rief Lauralee ihm nach. Die Worte waren ihr herausgeschlüpft, bevor sie sie zurücknehmen konnte.

Jay blieb stehen und drehte sich zu ihr um. »Eifersüchtig, Mrs. Parker?« erkundigte er sich schmunzelnd. Als Lauralee sich aufrichtete, kam sie sich schrecklich ungeschickt vor; in

Gegenwart dieses Mannes schien ihr jegliche Anmut zu fehlen. Das Grasbüschel, das sie mit der rechten Hand umklammert hatte, riß sie mit Wurzeln und einer Menge Erde aus und schleuderte es auf Jay. Daß es seine Schulter traf und einen Fleck auf seinem weißen Hemd hinterließ, erfüllte sie mit maßloser Befriedigung.

Jays Reaktion allerdings war sehr enttäuschend. Er verschränkte nur die Arme und grinste noch viel dreister. »Sie bringen mich in Versuchung, zu vergessen, daß dies gesegneter Boden ist, Mrs. Parker.«

Es war nicht das erste Mal, daß Jay sie Mrs. Parker nannte, aber irgendwie beschämte es Lauralee nach allem, was zwischen ihnen vorgefallen war – und ganz besonders im Hinblick auf den Ort, an dem sie sich befanden. Die Tatsache, daß Virgil kein idealer Ehemann gewesen war, rechtfertigte in keiner Weise die beschämenden Empfindungen, die Lauralee in Jays Armen und bei seinen Küssen erfahren hatte. Ihre Schultern sackten herab, in ihrer Kehle formte sich ein Klumpen. »Kehren Sie zu Ihrem Picknick zurück«, sagte sie bitter. »Sie werden feststellen, daß Adrienne sehr viel entgegenkommender ist.«

Jay zögerte, und Lauralee erkannte an seiner Miene, daß sie etwas verraten hatte, was besser ein Geheimnis geblieben wäre. Er schien seinen kleinen Triumph voll auszukosten, aber zum Glück enthielt er sich wenigstens eines Kommentars. Ein Gefühl, das Lauralee nicht zu benennen wagte, flackerte für einen flüchtigen Moment zwischen ihnen auf, dann schlenderte Jay davon.

Nachdem Lauralees innere Erregung abgeklungen war, beschloß sie, all die schmerzhaften Ereignisse des Tages aus ihren Gedanken zu verbannen – ihre Verhaftung, Adriennes Geständnis während der Fahrt nach Hause und ihre eigene skandalöse Begegnung mit einem Mann, der eine ernsthafte Bedrohung ihrer Prinzipien und Wertvorstellungen darstellte.

Resolut machte Lauralee sich auf den Weg zum Obstgarten, wo wie immer eine Menge Arbeit auf sie wartete.

Jay überquerte Lauralees Land und die Straße, ohne auf den Weg zu achten. Die wenigen Zimmerleute, die es gewagt hatten, nach dem Zwischenfall mit den Befürworterinnen der Prohibition zurückzukommen, hämmerten und sägten wieder eifrig. Adrienne Burch saß auf ihrer Decke, nippte an einem Glas Wein und sah Jay mit einem gewinnenden Lächeln entgegen.

Der Himmel befand sich zwar noch immer oben und die Erde unten, aber für Jay McCallum stand die Welt plötzlich auf dem Kopf. Sie hatte sich auf unwiderbringliche Weise verändert. Es kam ihm vor, als sei er bisher eine Marionette gewesen, die nur unter Marionetten gelebt hatte – bis Lauralee in sein Leben getreten war. Erst durch sie war alles in ihm und um ihn herum zum Leben erwacht, mit einer Intensität, die er nie für möglich gehalten hatte. Zum ersten Mal fiel ihm die Farbe von Adriennes Kleid auf; es war vom gleichen Burgunderrot wie der Wein, den sie ihm eingeschenkt hatte. »Sie waren Virgil Parkers Geliebte«, stellte er gelassen fest, als er vor Adriennes karierter Picknickdecke stehenblieb. Warum ihm die Antwort auf diese Feststellung so wichtig war, begriff er allerdings selbst nicht ganz.

»Ich war seine . . . Freundin«, gab Adrienne leise zu, nachdem sie sich zuvor geziert geräuspert hatte. Dann schmollte sie. Jay haßte es, wenn Frauen schmollten; es war ihm zu theatralisch und zu albern.

»Hat Lauralee sich an Ihrer Schulter ausgeweint, Mr. McCallum?« fragte sie schließlich gehässig.

Einen flüchtigen Moment lang überlegte Jay, ob diese Frau einen sechsten Sinn besaß; er schaute sogar an seinem Hemd herunter, um zu prüfen, ob Lauralees Tränen dort Spuren hinterlassen hatten. Aber er sah nur den Erdfleck des Grasbüschels, das sie nach ihm geschleudert hatte, und lächelte bei der Erinnerung daran. »Ich glaube nicht, daß Mrs. Parker eine Schulter zum Ausweinen braucht«, antwortete er, weil Lauralees Stolz ihm plötzlich mindestens ebenso wichtig erschien wie sein eigener.

»Etwas muß Sie schließlich auf den Gedanken gebracht haben, daß Virgil und ich befreundet waren«, beharrte

Adrienne und sah Jay aus großen, unschuldigen Augen an. Ihre Miene drückte ein stummes Versprechen aus, das Jay zu jedem anderen Zeitpunkt seines Lebens wahrscheinlich unwiderstehlich gefunden hätte.

»Ich glaube, Sie sollten nach Hause fahren, Mrs. Burch«, meinte er zerstreut, in Gedanken noch bei Lauralee. »Eine Baustelle kann sehr gefährlich sein.« Jay reichte Adrienne die Hand, um ihr beim Aufstehen behilflich zu sein, wozu sie – selbst in Anbetracht ihrer umfangreichen Röcke – eine erstaunlich lange Zeit benötigte.

»Möchten Sie nicht zum Dinner kommen?« fragte sie, während ihr Blick streichelnd über Jays kräftigen Körper glitt.

Falls diese Frau je in finanzielle Nöte kommen sollte, dachte er, bräuchte sie bloß irgendein Produkt zu verkaufen, egal welches, und sie würde ein Vermögen machen. Ihre beharrliche Natur war die beste Garantie dafür. »Ich glaube nicht«, antwortete er.

Adrienne warf einen vielsagenden Blick auf Lauralee Parkers Grundstück. »Sie werden viele Mängel an Lauralee entdecken, Mr. McCallum. Genau wie Virgil.«

Jay lächelte kühl. »Ich habe eher den Eindruck, daß es Mr. Virgil Parker war, dem es an sehr vielen Dingen mangelte.«

Adrienne errötete, erholte sich jedoch auffallend schnell. »Um acht Uhr wird serviert«, entgegnete sie. »Falls Sie es sich doch noch anders überlegen sollten.«

»Ganz sicher nicht, Mrs. Burch.«

Adrienne zog eine Augenbraue hoch, als wolle sie den Ernst seiner Aussage in Frage stellen. »So?« meinte sie gedehnt, bevor sie zu ihrem Wagen ging und stehenblieb, bis Jay sich bequemte, zu ihr zu kommen und sie auf den Sitz zu heben.

Mrs. Burch war weich und nachgiebig, an genau den richtigen Stellen, und sie strahlte einen verführerischen Duft aus . . .

Jay verfluchte sich insgeheim, ein solcher Narr zu sein. Dank seiner überraschenden Begegnung mit Lauralee würde er nun die ganze Nacht lang keine Ruhe finden. Warum nahm er nicht die Gelegenheit wahr, die ihm geboten wurde? Adrienne Burch schien die perfekte Partnerin für eine leidenschaftliche Nacht zu sein. Sie hätte die süße Qual lindern können, die Lauralee in ihm geweckt hatte, und war gleichzeitig erfahren genug, um im Ausgleich dafür nichts von ihm zu erwarten... Außer der Befriedigung ihrer eigenen Bedürfnisse natürlich.

»Acht Uhr«, wiederholte sie, als hätte sie seine Gedanken erraten. Dann befeuchtete sie mit wohlkalkulierter Langsamkeit ihre Lippen. Jays körperliche Erregung wuchs, aber sie galt nur Lauralee, und er begriff plötzlich, daß keine andere Frau sein Verlangen stillen konnte, so entgegenkommend oder schön sie auch sein mochte.

Adrienne war beides, zweifellos, und Jay fluchte vor Zorn über sich selbst, als er ihrer Kutsche nachsah.

Lauralee stand nach getaner Arbeit am Schlafzimmerfenster und beobachtete, wie die zunehmende Dämmerung das Baugerüst auf der anderen Straßenseite in lange Schatten tauchte. Die Arbeiter waren längst gegangen, aber Jay mußte noch dort sein, obwohl er nirgendwo zu sehen war. Sein Pferd, an einem der Karren angebunden, war der beste Beweis dafür.

Lauralee seufzte. Es wurde allmählich dunkel. Ob er vorhatte, auf der Baustelle zu übernachten? Hatte er überhaupt etwas zu essen bekommen? Nirgendwo brannte ein Lagerfeuer...

Clarie und Jenny bereiteten unten das Abendessen zu; über das Geklapper der Töpfe waren ihre hellen Stimmen zu vernehmen. Es war Lauralee durchaus bewußt, daß sie besser hinuntergegangen wäre, um zu helfen, anstatt hier zu stehen und sich nach einem Mann zu verzehren, den sie nicht haben konnte und im Grunde auch gar nicht haben wollte.

Mr. McCallum ist ein Taugenichts, sagte sie sich und beriet sich in Gedanken mit Ellery, den sie nur selten sah. Natürlich stimmte er ihr ohne Einschränkung zu.

Tatsächlich war Mr. McCallum nichts als ein Schankwirt, oder zumindest beabsichtigte er, in Zukunft einer zu werden. Doch trotz allem fühlte Lauralee sich so unwiderstehlich zu ihm hingezogen wie früher zu Virgil. Sie sehnte sich danach, noch einmal von Jay geküßt zu werden, wieder in seinen Armen zu liegen und seinen harten Körper auf ihrem weicheren, nachgiebigeren zu spüren ...

Lauralee stöhnte auf vor Qual, aber es war nicht ihr Körper, der litt, sondern ihre Seele. Was für eine Art von Frau war sie, daß ihr derart schamlose Gedanken kamen? Und wenn sie schon ein solch leidenschaftliches Verlangen empfinden konnte, warum dann nicht für Pete Townsend, der ein anständiger, zuverlässiger Mann war und auch durchaus nicht schlecht aussah? Wenn sie Pete auch nur die kleinste Ermunterung gäbe, würde er sie heiraten, und das war etwas, was sie von Jay nie erwarten konnte.

Gegen ihr besseres Wissen spielte Lauralee mit dem köstlichen Gedanken, noch einmal die leidenschaftliche Umarmung eines Mannes zu genießen – vielleicht sogar hier in diesem Zimmer. Sie stellte sich vor, wie es sein mochte, von ihm gestreichelt und geküßt zu werden und sich ihm rückhaltlos hinzugeben. Die Vorstellung entfachte ein lustvolles Feuer in ihr.

Doch der Mann in ihrer Phantasie war nicht Pete Townsend und nicht einmal Virgil. Möge Gott ihr gnädig sein – der Mann, von dem sie träumte, war Jay McCallum.

Verzagt verschränkte Lauralee die Arme und preßte sie auf den dünnen Stoff, der ihre schmerzenden Brüste verbarg, die sich nach Entblößung und den Liebkosungen eines Mannes sehnten. Es war so lange her, so schrecklich lange ...

Das Abendessen erwies sich als schwere Prüfung, trotz des fröhlichen Geplappers von Jenny, Alexander und Clarie; es war etwas, das überstanden werden mußte, bevor sie sich zurückziehen, zu Bett gehen und schlafen konnte. Schlafen ... Als ob sie Ruhe finden würde angesichts des Aufruhrs, der in ihrem Innersten tobte!

Kaum war die Mahlzeit beendet und das Geschirr abgewaschen, da brachte Lauralee Alexander ins Bett. Aber leider beanspruchte auch das so wenig Zeit und so wenig Aufwand, daß sie kurz darauf schon wieder in ihrem eigenen Zimmer vor dem Fenster stand. Im silbrigen Schein des sommerlichen Sternenhimmels und des Vollmondes sah Lauralee Jay McCallum im Erdgeschoß seines Gebäudes sitzen, an einen Stützbalken gelehnt und die langen, kräftigen Beine weit von sich gestreckt. Das Ende einer Zigarre glühte rötlich in der Dunkelheit und hob und senkte sich wie ein Glühwürmchen, das sich für keine Richtung entscheiden konnte.

Lauralee war entrüstet. Jeder wußte, daß Jay ein Zimmer im Hotel in Halpern's Ferry hatte – im besten Hotel am Ort sogar. Warum in aller Welt schlief er nicht dort?

Nachdem sie eine ganze Weile am Fenster zugebracht hatte, trat Lauralee zurück und zog sich aus. Sie streifte ein schlichtes Nachthemd über und begann ihr Haar mit energischen Bürstenstrichen zu bearbeiten. Als Clarie und Jenny ihr vom Korridor aus eine gute Nacht wünschten, brummte sie nur eine Antwort.

Im Bett versuchte Lauralee es zuerst mit Lesen, um dann zum Beten überzugehen. Schließlich sah sie ein, daß es keinen Zweck hatte, löschte das Licht und kehrte in Gedanken zu der überraschenden Begegnung bei Virgils Grab zurück ... O Gott, ausgerechnet vor Virgils *Grab* war es Jay McCallum gelungen, das sinnliche Verlangen in ihr zu wecken, von dem sie schon geglaubt hatte, daß es für immer schlummerte! Und jetzt glaubte sie auch noch seinen Kuß zu spüren – als läge Jay neben ihr in diesem breiten, einsamen Bett!

Die Gedanken und Gefühle, die auf diese Erinnerungen folgten, versetzten Lauralee in unerträgliche Unruhe. »Verdammt!« murmelte sie, schlug die Decken zurück, richtete sich auf und strich mit beiden Händen ihr langes, silberblondes Haar zurück. Dann trat sie, sehr gegen ihren eigenen Willen, wieder an das Fenster.

Eine Wolke hatte sich vor den Mond geschoben, der neuerbaute Saloon war nur noch ein scharfkantiger Schatten. Das Glühen der Zigarrenspitze war auch nicht mehr zu sehen, aber Jay war da, das spürte Lauralee. Seine Anziehungskraft war stark, fast wie ein unsichtbares Tau, das sich um sie schlang und sie zu Jay hinüberzerrte.

Und plötzlich hatte Lauralee eine Erleuchtung: Jay spielte mit ihr, und sie stand von vornherein auf der Verliererseite! Hastig griff sie nach ihrem Morgenrock und zog ihre Pantoffeln an, ohne zu überlegen, was sie tat oder welche Konsequenzen sich daraus ergeben mochten. Nur ein einziger Gedanke beherrschte sie: Wenn sie diese seltsame Auseinandersetzung schon verlieren sollte, dann wenigstens nicht kampflos!

Unten in der dunklen Küche zündete Lauralee eine Lampe an, holte einen Teller aus dem Schrank und öffnete die hölzerne Kühlhaltekiste in der Zimmerecke. Sie gab etwas Kartoffelpüree auf den Teller und fügte aus purem Trotz die inzwischen steifgewordene Fleischsauce hinzu. Zwei Stücke kaltes Brathuhn krönten den insgesamt nicht sehr appetitlich zurechtgemachten Teller.

Der Wind draußen war erstaunlich kalt. Lauralee zog ihren Umhang vorn zusammen und stürmte über den sternenerhellten Weg, durch das Tor und über die Straße.

»Mr. McCallum!« flüsterte sie vor dem gespenstischen Schatten des Baugerüsts.

Ein Streichholz flammte auf, eine Lampe wurde angezündet, und dann, endlich, war McCallum zu erkennen. Er lag ausgestreckt auf dem Fußboden des Saloons, wirkte verschlafen und gereizt, doch nicht im geringsten überrascht. Was Lauralee ihm sehr übelnahm, er hätte sich wenigstens den Anschein geben können, erstaunt zu sein! Eine winzige Geste wäre wohl nicht zuviel verlangt gewesen angesichts der Tatsache, daß *er* sie dazu verlockt hatte, ihm einen Besuch abzustatten.

Er hatte eine gestreifte Wolldecke über sich ausgebreitet, die er jetzt abrupt beiseite warf. Vermutlich hoffte er, Lauralee damit zu schockieren, was ihm natürlich auch gelang. Aber dann sah sie, daß er unter der Decke vollständig angekleidet war.

Lauralee wußte weder, was sie tun, noch was sie sagen sollte. Ihre Wut hatte sie zu ihm hinübergetrieben, aber jetzt ebbte sie allmählich ab. Lauralee kam sich lächerlich und albern vor, wie sie so vor ihm stand, im Nachthemd und einen Teller mit Essensresten in der Hand, die auch noch auf beschämende Weise zitterte.

»Kommen Sie her und setzen Sie sich«, sagte Jay freundlich.

Zu ihrer eigenen Überraschung folgte sie seiner Aufforderung, und er nahm ihr den Teller ab und stellte ihn beiseite. Dann legte er ihr die Decke um die Schultern, um ihr Wärme und ein bißchen Würde zu vermitteln.

»Ich habe Ihnen etwas zu essen gebracht«, sagte sie nach langem Schweigen und fand ihre Worte dann so dumm, daß sie die nächste Apfelernte hingegeben hätte, um ihre Bemerkung zurücknehmen zu können.

Jay hätte Vergleiche anstellen können über die demütigenden Ähnlichkeiten zwischen Lauralees Besuch und dem Picknick,zu dem Adrienne Burch ihn eingeladen hatte, aber er verzichtete darauf. »Danke«, sagte er nur, nahm sich einen Hühnerschenkel vom Teller und biß mit Appetit hinein.

»Wollen Sie nicht wissen, warum ich gekommen bin?« sagte Lauralee, als sie das Schweigen nicht mehr ertrug.

Jay schleuderte den abgenagten Knochen in die Dunkelheit und nahm sich den zweiten Schenkel. »Ich brauche nicht zu fragen. Ich weiß es.«

Lauralee war zutiefst beschämt. »Sie wissen es?«

»Ja.«

»Das ist nicht wahr!«

»O doch, das ist es.«

Lauralee schluckte und war froh darüber, daß die Dunkelheit ihr Erröten verbarg. Der flackernde Laternenschein war zum Glück sehr schwach und wurde rasch von der Finsternis verschluckt. »Warum denn?« entgegnete sie herausfordernd. »Warum bin ich hier, Mr. Schlauberger?«

Jay verdrehte nur vielsagend die Augen und kaute weiter an seinem Hühnerbein.

Lauralee wollte die Decke abstreifen und davonlaufen, aber Jay ergriff ihr Handgelenk und hinderte sie am Entkommen. Er warf den Hühnerknochen fort und schob den Teller beiseite.

Nachdem er seine Hände abgewischt hatte, schob er sie unter Lauralees langes, weiches Haar und streichelte sanft die empfindlichen Stellen hinter ihren Ohren. »Lauralee«, murmelte er rauh, und dann küßte er sie.

Der Kuß war von einer solch überwältigenden Intensität, daß er Überzeugungen in Lauralee zerstörte, an denen sie ihr ganzes Leben festgehalten hatte. Mit der Wucht eines Wirbelsturms bemächtigte sich ihrer eine glühende Leidenschaft, die das Blut in ihren Ohren dröhnen und ihr Herz so heftig pochen ließ, daß sie fürchtete, es müsse in ihrer Brust zerspringen. Und als der Mond wieder hinter der Wolke hervorkam, erlosch auch wie durch Zauberhand das Licht der Petroleumlampe.

Jay legte Lauralee behutsam auf die duftenden neuen Holzdielen und bedeckte ihren bebenden Körper mit seinem eigenen und mit der Decke, der noch sein Duft anhaftete. Bei all dem hörte Jay jedoch nicht auf, sie leidenschaftlich zu küssen und mit seinen warmen Lippen ihr Seufzen zu ersticken.

Er war ein Magier und hatte sie verzaubert, ganz ohne Zweifel. Es war Zauberei, womit er sie zu sich gelockt hatte, und das gleiche geheime Wissen befähigte ihn auch, all jene Stellen an ihren Körper zu entdecken, die sich danach sehnten, von ihm berührt zu werden. Er streifte Lauralee den Morgenrock von den Schultern, zog sanft ihr Nachthemd hoch und ließ seine kräftige und doch so behutsame Hand zwischen ihre Schenkel gleiten.

Irgendwann endete der leidenschaftliche Kuß, und Jay löste sich von Lauralee und knöpfte ihr Nachthemd auf. Im Schein des vollen Mondes entblößte er ihre Brüste, bis sie sich dem glühenden Verlangen, das in seinen Augen stand, stolz darboten, und ihre zarten Knospen richteten sich unter seinen Blicken auf. Mit einem tiefen, lustvollen Aufstöhnen senkte Jay den Kopf und berührte eine zarte Knospe nach der anderen ganz sacht mit seiner Zungenspitze.

Angesichts dieses so heißersehnten und so langentbehrten Vergnügens seufzte Lauralee und bog Jay ganz unbewußt ihren Körper entgegen. Jay lachte leise, als sie ihre Finger in seinem Haar vergrub und seinen Kopf an ihre Brust zog.

Nach einer für Lauralee quälend langen Zeit schien Jay sich endlich entschieden zu haben, welche ihrer Brüste er zuerst liebkosen wollte und ließ seine Zungenspitze um die zarte Knospe kreisen. Als die sanfte Qual für Lauralee unerträglich zu werden drohte, schloß er seine Lippen um ihre Brustspitze und biß ganz sanft hinein. Lauralee stieß einen heiseren Schrei aus, der jedoch schnell in ein lustvolles Stöhnen überging.

Sie seufzte vor Entzücken, als er sich ihrer anderen Brust zuwandte, und ihre Hände schlangen sich wie von selbst um seinen Nacken und glitten wie im Fieber über seine Schultern.

Auf Lauralees einladende Bewegung hin schob Jay sich zwischen ihre Schenkel und schloß die Augen, als sie seine Hose aufknöpfte und sie ihm abstreifte. Lauralees Augen weiteten sich vor Erstaunen, als sie den ganzen Umfang seiner Erregung erkannte, aber dann wurde sie mutig und umschloß sein Glied mit beiden Händen. Als sie das lustvolle Erschauern spürte, das durch seinen Körper ging, erfaßte sie ein berauschendes Gefühl der Macht.

»Komm zu mir«, flüsterte sie heiser. »Komm, Jay. Jetzt ...«

Doch Jay hielt sich noch zurück; sein Atem kam schnell, seine Brust und Schultern hoben und senkten sich in dem Bemühen, die Kontrolle über seine Emotionen zu bewahren. Er erschauerte, als Lauralee sein Hemd öffnete und mit den Fingerspitzen das Haar auf seiner Brust berührte. »Es geht nicht«, flüsterte er gequält. »Du bist nicht du selbst, Lauralee ... Du denkst nicht klar ...«

Da irrte er sich gewaltig – Lauralee war noch nie so sehr sie selbst gewesen! Sie war eine vollerblühte Frau, und wußte als solche natürlich auch, wie sein Widerstand zu brechen war. Mit einem Lächeln ließ sie ihre Hände sinken, umschloß ihn zärtlich und liebkoste ihn, bis seine Erregung ein nicht mehr zu kontrollierendes Ausmaß erreichte.

Da gab Jay endlich nach und drang mit einem rauhen Aufschrei in sie ein. Lauralee seufzte glücklich und bog ihm triumphierend die Hüften entgegen.

Für einen kurzen, wundervollen Augenblick übte Lauralee eine Macht über Jay aus, die sie berauschte wie süßer Wein, aber dann wurde sie ihr abgenommen. Jay hielt ihre Hände unter ihrem Po fest und bewies ihr, wer in diesem Augenblick der Herrscher war. Lauralee seufzte, flehte und keuchte vor Verlangen, und als sie den Höhepunkt der Lust erreichte, kamen ihr sogar die Tränen, so intensiv war die Ekstase, die ihren Körper schüttelte.

Die Macht gehörte wieder Lauralee, als der Sturm abebbte und sie sich dem sanften Rhythmus überließ, der Jay auf den gleichen Gipfel führen würde, von dem sie gerade herabgestiegen war. Nun war er es, der keuchte, flehte, bettelte und sich versteifte, wieder und wieder, bis die Bedürfnisse seines Körpers seine geistige Kontrolle überstiegen und nach Befriedigung verlangten.

Danach blieben Lauralee und Jay in inniger Umarmung liegen, ganz still und reglos. Nur ihr leises Atmen durchbrach die nächtliche Stille. Seelisch und körperlich waren sie noch immer miteinander vereint, und keiner wollte diesen wundervollen Augenblick zerstören.

Doch der Moment der Trennung war unvermeidbar, und obwohl Lauralee das akzeptierte, kamen ihr die Tränen, als sie spürte, wie Jay sich langsam von ihr löste.

Sie schob ihre Finger unter sein dunkles Haar, und er küßte zärtlich ihre weiche Haut an ihrem Hals. Ich liebe dich, wollte sie ihm sagen, denn es gab weder etwas zu erklären, noch zu rechtfertigen: Es war ganz schlicht und einfach so. Für Lauralee hatte die Vereinigung mit Jay so etwas wie eine Erleuchtung bedeutet; sie wußte nun, daß sie sich ihm nie auf diese Weise hingegeben hätte, wenn sie ihn nicht vorher schon geliebt hätte.

Und wenn sie jetzt weinte, dann nur, weil es so hoffnungslos war, Jay zu lieben.

Als er ihr leises Schluchzen hörte, hob er den Kopf und schaute sie forschend an. »Ich habe dir ja gesagt, daß du es bereuen würdest«, sagte er rauh. »Verdammt, Lauralee, ich hatte dich gewarnt!«

Also glaubte er, daß sie sich schämte. Nun ja, das bewies eigentlich nur, wie wenig Jay McCallum überhaupt begriff. Das Zusammensein mit ihm war eine solch wundervolle, überwältigende Erfahrung gewesen, daß sie sich ihrer nie geschämt hätte, in tausend Jahren nicht. »Glaubst du etwa, ich bereute, was wir getan haben?« flüsterte sie.

Jay legte sich zurück und wischte Lauralee sanft die Tränen ab. »Wenn nicht, warum weinst du dann?«

»Männer!«

Jay zuckte mit den Schultern. »Es war nur eine ehrliche Frage.«

Lauralee wollte sich aufrichten, aber Jay ließ es nicht zu, und sie hielt es für klüger, ihm nicht ihren verletzten Stolz zu zeigen, indem sie floh, sondern lieber Resignation zu heucheln. »Ich habe mich genauso verhalten wie bei Virgil«, sagte sie, in der vollen Absicht, Jay zu verletzen.

Das war ihr auch gelungen. Ein harter Zug erschien um Jays Kinn, seine Augen wurden schmal, und er legte einen spöttischen Tonfall in seine Stimme, um seinen Schmerz zu überspielen. »Danke, daß du es mir gesagt hast. Es tut gut, zu wissen, daß Sie so konsequent sind, Mrs. Parker.«

Jays Worte verwundeten Lauralee, ganz wie er es beabsichtigt hatte. Sie versuchte noch einmal, sich ihm zu entziehen und sich aufzurichten, aber er hielt ihre Hände an den Handgelenken fest und hob sie über ihren Kopf.

»Laß mich los«, sagte sie aufgebracht.

Jay setzte sich, aber sein Druck um ihre Handgelenke ließ nicht nach. Seine andere, freie Hand ließ er streichelnd über ihre Hüfte gleiten, ihren Brustkorb hinauf, um sie dann um ihre volle Brust zu schließen. Fast spielerisch ließ er seinen Daumen um ihre Brustspitze kreisen, und Lauralee mußte sich auf die Lippen beißen, um nicht lustvoll aufzustöhnen. Sie krümmte den Rücken und schloß in einer Mischung aus Zorn und Ekstase die Augen, während Jay in aller Gelassenheit die geheimsten Stellen ihres Körpers zu erforschen begann.

Als er ihre Hände freigab, blieb Lauralee liegen, erschauerte erwartungsvoll, als er sich von ihr entfernte und seufzte froh, als er wieder zu ihr kam. Selbst als sie ein feuchtes Tuch an ihrem Körper spürte und merkte, daß Jay begonnen hatte, sie zu waschen, rührte sie sich nicht.

Schließlich legte er das Tuch beiseite und schob seine Fingerspitzen in das seidige Haar zwischen ihren Schenkeln. »Ich kann über einiges hinwegsehen, Lauralee – über deine Protestmärsche, deine Hymnen und sogar deinen Gefängnisaufenthalt«, stellte er lächelnd fest. »Aber eins lasse ich mir nicht gefallen, und das ist der Vergleich mit deinem verstorbenen Mann! Habe ich mich deutlich ausgedrückt?«

Sein Lächeln war verblaßt, und seine letzten Worte schienen tödlich ernst gemeint. Lauralee verstand und nickte, war jedoch nicht fähig etwas zu sagen, weil Jays Hand zu ihrer empfindsamsten Stelle vorgedrungen war. Eine süße, quälende Hitze erfaßte Lauralee; sie hob einladend ihr Becken, ohne zu wissen, was Jay beabsichtigte. Als er sanft ihre Beine spreizte, rief sie heiser seinen Namen.

Und dann senkte er den Kopf, und sie spürte seinen heißen Atem, seine warmen Lippen und seine Zunge dort, wo die süße Qual am größten war. Lauralee stieß einen heiseren Schrei der Überraschung und des Entzückens über diese unerwartete Liebkosung aus, und vergaß die ganze Welt um sich herum. Jeglicher Widerstand in ihr war ausgelöscht; nichts anderes existierte mehr für sie als Jays sinnliche Liebkosungen und die überwältigende Ekstase, die er damit in ihr auslöste.

Am folgenden Morgen war Lauralee fast sicher, die Ereignisse der Nacht zuvor nur geträumt zu haben. Sie befand sich wieder in ihrem Zimmer und kleidete sich für einen weiteren harten Arbeitstag an.

Doch etwas war anders. Jede Faser ihres Körpers schien zu neuem Leben erwacht, und ihre Sinne pulsierten noch von dem einzigartigen Bewußtsein, eine Frau zu sein.

Sie lächelte, als sie ihren Hosenrock und eins von Virgils alten Hemden anzog, denn heute kam sie sich sogar in diesen alten Sachen wunderschön vor. Es hat schon etwas für sich, gelegentlich den Freuden des Fleisches nachzugeben, dachte sie, während sie ihr Haar bürstete und es aufsteckte. Was natürlich keinesfalls bedeutete, daß sie von nun an jede Nacht die Straße überqueren und sich zu Jay McCallum schleichen würde!

Das Blut stieg ihr in die Wangen, als sie überlegte, wie beschämend es gewesen wäre, wenn sie dort drüben eingeschlafen wäre, auf dem Fußboden des Saloons, um dann vor den Augen der Arbeiter aufzuwachen, die schon früh am Bauplatz eintrafen. Nicht auszudenken, welche Geschichten sie am Ende ihres Arbeitstages zu Hause erzählt hätten!

Lauralee lachte, als sie in die Küche hinunterging. Es wäre fast den Skandal wert gewesen, nur um Adrienne Burchs Gesicht zu sehen, wenn sie hörte, was geschehen war!

Unten deckte Clarie summend den Tisch, während Jenny Alexander fütterte. Er war jetzt fast zwei und hatte zu sprechen begonnen. Aber den Löffel konnte er immer noch nicht richtig halten.

»Mama!« rief er bei Lauralees Anblick und schwenkte begeistert seine plumpen kleinen Ärmchen.

Lauralee bückte sich und küßte ihn zärtlich auf die Stirn. Seine Haut war ungewöhnlich warm, was sie zu einem besorgten Stirnrunzeln veranlaßte.

»Mama bei Sander bleiben!« plapperte er mit vor Aufregung roten Wangen.

»Bei Sander, Mama!«

Ein schon vertrautes Schuldbewußtsein bemächtigte sich ihrer. Seit Tagen hielt sie sich fast nur noch im Obstgarten auf und überließ Alexander Clarie oder Jenny . . . Aber was sollte sie sonst tun? Einmal hatte sie versucht, ihn mitzunehmen, aber da war er nicht nur von einer Biene gestochen worden, sondern auch fast im Bach ertrunken.

»Clarie braucht dich hier. Du mußt ihr helfen, die Hühner zu füttern und das Unkraut im Garten auszuzupfen«, sagte sie tröstend.

Alexander schob schmollend die Unterlippe vor und errötete noch heftiger. »Bei Sander bleiben!« brüllte er.

Lauralees heitere Stimmung war verflogen. Sie mußte hinaus in den Obstgarten; sie konnte Joe Little Eagle nicht die ganze Arbeit überlassen. Resolut wandte sie sich ab und ging hinaus, aber Alexanders wütendes Geschrei verfolgte sie und löste schmerzhafte Gewissensbisse in ihr aus.

Zwei Stunden später kam eine sehr verängstigt wirkende Jenny in den Obstgarten. Alexander sei krank, sagte sie, er habe Fieber, und auf seinem Bauch hätten sich rote Flecken gebildet.

Während Lauralee zum Haus rannte, glaubte sie wieder seine flehenden Worte zu hören: »*Mama, bleib. Bleib bei Sander . . .*«

5

»Hast du den Verstand verloren?« fragte Brice McCallum, als er stirnrunzelnd die Struktur des neuen Saloons betrachtete.

Jay hatte nicht erwartet, seinen älteren Bruder zu sehen, schon gar nicht zu dieser frühen Stunde, und einen Moment lang brachte ihn Brice' Erscheinen aus der Fassung. Nun konnte er nachempfinden, wie Tim sich an jenem Tag gefühlt haben mußte, als er selbst in Halpern's Ferry eingetroffen war und ihm die gleiche Frage gestellt hatte, wenn auch nicht mit diesen Worten.

Tim, dachte er, es tut mir leid.

»Nun?« beharrte Brice, jeder Zoll der ungeduldige ältere Bruder. Brice war nicht groß, aber von kräftigem, solidem Körperbau. Er war ein ruhiger, besonnener Mann, und nur jene, die ihn so gut kannten wie Jay, waren imstande, die überdurchschnittliche Intelligenz zu erkennen, die in diesem Manne steckte.

Jay seufzte. »Laß es gut sein, Brice«, sagte er.

Brice' Nasenflügel zuckten, er strich mit einer Hand sein kastanienfarbenes Haar zurück, in dem noch keine Spur von Grau zu sehen war, obwohl Brice sich bereits den Vierzigern näherte. Am Tag zuvor war er mit der Postkutsche in Halpern's

Ferry eingetroffen und hatte die Nacht im Hotel verbracht, so daß sein elegant geschnittener Tweedrock und seine engen Reithosen keinerlei Spuren der anstrengenden Reise aufwiesen. Jay, der grobe Arbeitskleidung trug, kam sich im Vergleich zu seinem Bruder geradezu schmutzig vor.

»Dad geht es nicht besonders gut«, sagte Brice ernst.

Jay lehnte sich an einen Balken und verschränkte die Arme. »Das ist mir bewußt, Brice«, erwiderte er ruhig. »Hat der Senator dich geschickt?«

»Nein«, gab Brice gereizt zurück. Ein kurzes, unbehagliches Schweigen entstand, dann richtete Brice den Blick seiner eisblauen Augen auf Jays Gesicht. »Ich weiß, daß du hergekommen bist, um Tims Mörder zu finden, und ich verstehe auch, daß es dir wichtig ist. Wir alle würden den Schuft gern hängen sehen, wer immer es auch sein mag, aber ich begreife nicht, wie du etwas erreichen willst, indem du einem Irrtum noch einen zweiten aufsetzt.«

Jay kam sich plötzlich wie ein kleiner Junge vor statt wie ein Mann, was er im reifen Alter von fünfunddreißig als höchst ärgerlich empfand. »Ich weiß, was ich tue.«

»So?« Brice zog eine dunkle Braue hoch. »Ich bin mir da nicht so sicher.«

Vielleicht hat er sogar recht, dachte Jay, denn im allgemeinen neigte er gar nicht zu impulsiven Entscheidungen. Und doch hatte er begonnen, in dieser Einöde einen Saloon zu bauen und vernachlässigte seine Familie, seine Anwaltspraxis und die politischen Ambitionen, die er schon seit Jahren pflegte. Und wofür?

Oh, zuerst hatte er natürlich geglaubt, Lauralee Parker hätte Tim umgebracht, aber jetzt wußte er, daß es nicht so war. Seit sie ihm einen Einblick in ihre Seele gestattet hatte, wußte er es eben.

»Und was ist mit dem Senat?« gab Brice in seiner ruhigen Art zu bedenken. »Dad möchte sich zurückziehen und dich seine Amtszeit für ihn beenden lassen. Das würde dir zwei Jahre Zeit verschaffen, dich zu beweisen, Jay. 1904 würdest du dann bestimmt selbst gewählt werden.«

Bis zum Tag zuvor hatte Jay sich nichts sehnlicher gewünscht als einen Sitz im Senat der Vereinigten Staaten; im Hinblick darauf war er erzogen und ausgebildet worden und hatte sich praktisch sein ganzes Leben lang darauf vorbereitet. Doch nun, dank eines hübschen Frauenzimmers mit blaugrünen Augen und Schwielen an den Händen schien dieser Traum seinen Glanz eingebüßt zu haben. Vielleicht, weil Lauralee darin fehlte . . .

Jay wandte sich von seinem Bruder ab und bemühte sich, nicht mehr zu der Farm auf der anderen Straßenseite hinüberzuschauen. Aber die Herausforderung blieb, und er brachte es nicht über sich, den Vorschlag zu machen, daß Brice oder Chance, einer seiner beiden Brüder, die Amtszeit ihres Vaters beenden sollten. Verdammt, der Senatssitz gehörte ihm. Ihm allein.

Brice erkannte seinen Vorteil und nutzte ihn. »Wenn du nicht zurückkommst, Jay, wird Dad Chance an deiner Stelle nach Washington schicken. Er hat gar keine andere Wahl. Seine Gesundheit ist nicht mehr die beste, und Tims Verlust hat ihm fast den Todesstoß versetzt. Dad ist einfach nicht mehr in der Lage, ständig hin und her zu reisen, ganz zu schweigen davon, seine Wähler zu vertreten, wie sie es verdient hätten.«

Jay drehte sich empört zu Brice um. Sein jüngster Bruder Chance, ein Jahr vor Tim geboren, war ein Hitzkopf und, obwohl er verheiratet war, ein unverbesserlicher Schürzenjäger. »Chance ist nicht einmal fähig, seiner eigenen Frau treu zu bleiben! Wie soll man da erwarten, daß er sich um die Belange eines ganzen Staates kümmert?«

Brice unterdrückte ein triumphierendes Lächeln und hob die Schultern. »Das weiß ich offen gestanden auch nicht. Aber eins ist mir klar: Die gesetzgebende Versammlung tritt in einem Monat zusammen, Jay. Wenn du nicht vorher nach Spokane zurückkehrst und irgendeine Einigung mit Dad triffst, ist Chance schon so gut wie auf dem Weg nach Washington.«

Eine aufreizende Vorstellung. »In einem Monat?« entgegnete Jay besorgt und schaute wieder ganz unbewußt zu der Farm auf der anderen Straßenseite hinüber. Brice, der zwar selbst ein mächtiger Man war, aber keinerlei Interesse für Politik aufbrachte, waren Jays Blicke nicht entgangen. »Es geht also um eine Frau«, stellte er fest. »Das hätte ich mir denken sollen.«

Jay konnte Lauralee nicht verleugnen, obwohl er es gern getan hätte. Aber um nicht all die verwirrenden Emotionen preiszugeben, die ihn beherrschten, preßte er die Lippen zusammen und schwieg.

Brice lachte, denn er durchschaute seinen Bruder. »So ist es also endlich passiert, was? Nun, ich gebe zu, daß wir schon anfingen zu verzweifeln. Wir dachten, du würdest dir dein Leben lang nur Mätressen halten und nie eine Familie gründen.«

»Ich kann sie nicht heiraten«, gab Jay traurig zu, obwohl er auch das lieber für sich behalten hätte. Aber er und Brice hatten sich immer sehr nahegestanden, und deshalb war es nur natürlich für ihn, sich seinem älteren Bruder anzuvertrauen. »Sie würde nie ihr Land aufgeben«, sagte er und meinte damit ihre Unabhängigkeit. Und ihren toten Mann . . .

Brice lehnte sich an einen Balken und lächelte. »Da ich selbst ein Farmer bin, kann ich das gut verstehen. Andererseits ist wahre Liebe das Beste, was einem im Leben begegnen kann, und Frauen sind im allgemeinen vernünftig genug, das einzusehen.«

Jay rieb sich nachdenklich das Kinn, dann lächelte er plötzlich. »Du hast soviel erreicht im Leben, Brice – du hast Lucy, du besitzt eigenes Land und bist glücklich. Ich hoffe, du weißt, wie glücklich du dich schätzen kannst!«

Brice war nie von übertriebener Bescheidenheit gewesen, obwohl er seinen Stolz, wie alle anderen seiner Gefühle, gut zu beherrschen verstand. Bei der Erwähnung seiner schönen Frau und der vielen Hektar Weizenfelder, die sein stattliches Haus umgaben, strahlte er. Das einzige, was ihm und Lucy fehlte, waren Kinder, aber damit hatten sie sich abgefunden und waren trotzdem sehr glücklich miteinander. »Ja, das weiß ich, Jay«, sagte er und fügte nach kurzem Schweigen etwas nüchterner hinzu: »Ich nehme die Nachmittagskutsche nach Colville. Wirst du mich begleiten?«

Jays Glieder schmerzten noch von der leidenschaftlichen

Nacht auf dem harten Fußboden. Mit einer Hand massierte er die verkrampften Muskeln an seinem Nacken. »Ich weiß es nicht«, erwiderte er aufrichtig. »Aber da ich etwas in Halpern's Ferry zu erledigen habe, werde ich dich in die Stadt begleiten.«

Brice war so klug, nicht weiter auf seiner Frage zu beharren.

Alexander war sehr unruhig, seine Wangen glühten, als Lauralee sie berührte. Wie Jenny gesagt hatte, erschienen überall auf seinem kleinen Körper rote Flecken. Vielleicht, dachte sie bestürzt, als sie das wimmernde Kind auf den Arm nahm, ist das die Strafe für mein schamloses Verhalten gestern nacht...

»Soll ich den Arzt holen?« fragte Clarie besorgt. In diesem angstvollen Momenten sah die Kleine ihrem Vater so unglaublich ähnlich, daß Lauralee von heftigen Gewissensbissen erfaßt wurde. Aber darüber nachzudenken, blieb ihr keine Zeit; Alexander war schwerkrank, und es mußte etwas unternommen werden. »Ja. Und beeil dich bitte, Clarie.« Lauralee brachte Alexander ins Wohnzimmer, setzte sich mit ihm aufs Sofa und begann ihn vorsichtig auszuziehen.

»Was soll ich tun?« fragte Jenny, rang die Hände und hielt sich so dicht bei Lauralee, daß diese sich zusammennehmen mußte, um das Mädchen nicht fortzustoßen.

»Bring mir eine Schüssel kaltes Wasser und ein Tuch!« verlangte sie gereizt, um dann etwas sanfter hinzuzufügen: »Bitte.«

Während Lauralee Alexander badete, sprach sie mit leiser Stimme auf ihn ein, um ihn zu beruhigen. Aber sein Fieber stieg unaufhaltsam, und die roten Flecken breiteten sich jetzt auch auf Armen und Beinen aus und griffen auf seinen Rücken und sein Gesicht über.

»Wir hätten Mr. Ellery Bescheid geben sollen«, klagte Jenny.

Wieder war Lauralee verärgert. Ihr Bruder war der einzige Familienangehörige, den sie noch besaß; an ihre Eltern, die gestorben waren, als sie in Alexanders Alter war, konnte sie sich kaum noch entsinnen. Aber Ellery hätte auch ein Fremder sein können hinsichtlich der Gefühle, die er seiner jüngeren Schwester entgegenbrachte. »Er ist sicher wieder geschäftlich unterwegs«, sagte sie abwehrend. »Und was könnte er schon mehr für Alexander tun als wir?«

Jenny machte ein verwirrtes Gesicht; wie viele Frauen glaubte sie, daß die Gegenwart eines Mannes jegliche Art von Gefahr bannte. »Ich dachte nur . . .«

Alexander begann zu weinen, und Lauralee wickelte das Kind in eine Decke und wiegte es in ihren Armen. Seine Haut glühte, Lauralee spürte die Hitze sogar durch ihr dickes Baumwollhemd. Wie hoch würde das Fieber bei Anbruch der Nacht, wenn der Zeitpunkt am kritischsten war, noch ansteigen?

Rein äußerlich und ihrem Kind zuliebe wirkte Lauralee ganz ruhig. Doch in ihrem Innersten rang sie mit Verzweiflung und fast nicht mehr zu kontrollierender Panik. Und wenn ihr Baby starb? O Gott – wenn Alexander starb?

Fast zwei Stunden später kehrte Clarie mit Doc Jameson zurück. »Ich war auf dem Weg in die Stadt«, rief das Mädchen schrill. »Rate mal, wer anhielt und mich mitnahm? Und mich dann sogar zum Doc begleitet hat?«

Es kümmerte Lauralee herzlich wenig, wer Clarie im Wagen mitgenommen oder sie zum Arzt gebracht hatte; wichtig war jetzt nur, daß der Doktor endlich eingetroffen war. »Tun Sie etwas!« flehte sie den alten Mann an. »Alexander ist so krank – Sie müssen etwas tun!«

Doc Jameson nahm seiner Mutter das bewußtlose Kind ab und betrachtete es mit Sorge, aber auch Resignation, bevor er Alexander in das kleine Gästezimmer brachte, das Mr. Neggers, der fahrende Händler, manchmal mietete.

»Mr. Jay McCallum hat mich mitgenommen!« fuhr Clarie aufgeregt fort. »Ich habe hinter ihm auf dem Pferd gesessen, wie eine Indianersquaw, und . . .«

Als der Arzt die Tür schloß, hätte Lauralee sich am liebsten dagegengeworfen, bis sie aufsprang. »Ach, Clarie, halt den Mund!« rief sie, vor Sorge und Angst um ihr Kind ganz außer sich.

Clarie trat zurück, schlug beide Arme um ihren schmalen Körper, und sofort bereute Lauralee ihre harten Worte. Das Mädchen war nicht weniger verängstigt als sie selbst, und wenn

Plaudern ihr half, die Angst zu überwinden, was konnte es dann schaden, ihr zuzuhören?

»Es tut mir leid«, sagte Lauralee.

Aber die Entschuldigung kam zu spät; Claries Gesicht war zu einer Maske erstarrt, und sie wandte sich ganz unvermittelt ab.

»Mach dir nichts daraus«, riet Jenny, die sich immer noch in Lauralees Nähe hielt. »Sie ist sehr *be*-unruhigt, das ist alles. Sie wollte nicht . . .«

»Wie hast du überhaupt die Grundschule geschafft?« fragte Lauralee gereizt, um es augenblicklich zu bereuen. Es konnte Alexander auch nicht helfen, wenn sie gemein zu Jenny war.

Einen flüchtigen Augenblick lang huschte ein Ausdruck so abgrundtiefen Hasses über Jennys hübsche Züge, daß Lauralee ihren Augen nicht trauen wollte. Sie war dann auch überzeugt, es sich nur eingebildet zu haben, als Jenny betrübt den Kopf hängenließ und murmelte: »Ich habe mir soviel Mühe beim Lernen gegeben; ich habe studiert, so gut ich konnte.«

Lauralee drückte Jennys Arm. »Ich weiß. Sei nicht böse, daß ich so unfreundlich war – es war nur, weil ich solche Angst habe.«

Jenny versteifte ihre Muskeln und entspannte sich dann wieder. »Ich habe mir wirklich Mühe gegeben in der Schule! Virgil – Mr. Parker – sagte mir, es sei der einzige Weg, etwas zu erreichen.«

Lauralee war wieder ungeduldig geworden, nahm sich diesmal jedoch zusammen. Jenny versuchte ja nur, sie von ihren Sorgen abzulenken. »Nicht jetzt, Jenny, bitte«, bat sie, und dann, als sie es nicht mehr aushalten konnte, öffnete sie die Tür zum Gästezimmer und ging hinein.

Doc Jameson hatte seine Untersuchung gerade beendet. Die stille Resignation, die sich auf seinem Gesicht abzeichnete, als er den kleinen Jungen betrachtete, war eine bittere Enttäuschung für Lauralee. Ein Frösteln erfaßte sie; sie mußte sich am Bettgestell festhalten, um nicht zu fallen.

»Doc?« flüsterte sie heiser, als der alte Mann nichts sagte.

»Masern«, sagte er. Es war eine gefürchtete Krankheit; einige Kinder erblindeten oder blieben taub; andere starben.

Lauralee schloß für einen Moment die Augen, schwankte und umklammerte das Bettgestell noch fester. Die häßlichen roten Flecken auf Alexanders Körper waren ihr Beweis genug gewesen, daß er an Masern erkrankt war, aber sie hatte dennoch gehofft, sich geirrt zu haben. Es hätten ja auch Insektenstiche sein können oder ein Sonnenstich . . . Alles, lieber Gott, nur nicht die Masern!

Lauralees Eltern waren an Typhus gestorben; Virgil war erstochen worden. Und jetzt sollte sie wohl auch noch ihren kleinen Sohn verlieren. »Nein«, rief sie erstickt. »O Gott im Himmel, nein . . .!« Der Arzt nahm ihre Hände und hielt sie fest. »Lauralee.«

Sie holte tief Atem und zwang sich, ruhig nachzudenken. »Was können wir für ihn tun?« fragte sie sachlich, obwohl sie bereits wußte, daß es keine Medizin und keine Behandlung gab – nichts, was Alexander hätte nutzen können, außer vielleicht seine Beschwerden zu lindern.

»Wir können versuchen, das Fieber zu senken . . .«

Plötzlich wurde Lauralee von unbändigem Zorn erfaßt, Zorn auf diesen unfähigen Arzt, auf die Welt im allgemeinen, aber vor allem auf sich selbst.

»Das ist nicht genug!«

Doc Jameson war an den Umgang mit aufgeregten Eltern gewöhnt; er klopfte Lauralee auf die Schulter und erwiderte sanft: »Sie können natürlich auch für ihn beten.«

»Beten!« stieß Lauralee, die ihr Leben lang an Gott geglaubt hatte, spöttisch hervor. Sie hatte viel mitgemacht, und nichts hatte ihren Glauben brechen können, aber jetzt, angesichts der Gefahr, in der ihr Baby schwebte, stellten sich Zweifel ein. Was nützte das Beten schon? Hatten ihre Gebete Virgil gerettet? Nein. Hatten sie ihren Sohn vor Unheil geschützt oder ihr wahre, beständige Liebe gebracht? Nein. »Ich glaube nicht an die Macht der Gebete.«

»Das ist schade«, erwiderte Doc Jameson, bevor er rasch einige wenige – und ziemlich sinnlose, wie Lauralee fand – Anweisungen auf einen Zettel schrieb. Dann schloß er seine Arzttasche und griff nach seinem Hut. In der Tür des kleinen

Zimmers blieb er noch einmal stehen. »Sie benachrichtigen mich, falls Sie etwas brauchen?«

Lauralee schluckte und zerknüllte den Zettel, den Doc Jameson ihr gegeben hatte, in der Hand. Nur unter Aufbietung ihrer ganzen Willenskraft gelang es ihr, den Arzt nicht wütend anzufahren und ihn zu fragen, was er in Zukunft für Alexander tun wollte, wenn er jetzt schon so unnütz war. Aber sie sagte nur leise: »Ja.«

Als Jay, der draußen gewartet hatte, den alten Arzt das Haus verlassen sah, versteifte er sich vor Spannung. Vom Moment an, als er erfahren hatte, daß Alexander krank war, hatte er an Lauralees Seite sein wollen, aber sein Instinkt hatte ihm geraten, damit zu warten, bis der richtige Moment gekommen war.

»Nun?« fragte er ungeduldig, als Doc Jameson wortlos seinen Arztkoffer im Buggy unterbrachte.

»Der Junge hat die Masern. Er ist sehr krank ... Ich glaube nicht, daß er die Nacht überleben wird, so wie es aussieht.«

Jay schloß für einen Moment die Augen, und als er sie wieder öffnete, saß der Arzt schon auf dem Kutschbock.

Die Verzweiflung gab Jay einen Gedanken ein. »Und wenn ich ihn nach Spokane bringen würde? Dort gibt es ein Krankenhaus ...« Der alte Mann schüttelte den Kopf. »Eine Fahrt in der Kutsche würde Alexander nicht überleben. Er ist viel zu schwach.«

Aber so schnell war Jay nicht zu überzeugen. »Und wie wäre es, wenn wir mit dem Dampfer fahren würden?« beharrte er. »Wir könnten bis Colville ein Dampfboot nehmen und würden dann noch den Nachtzug nach Spokane erreichen.«

Doc Jameson seufzte. Er schwitzte vor lauter Hilflosigkeit. »Ich glaube, Sie haben nichts zu verlieren«, antwortete er. »oder zu gewinnen, was das betrifft. Versuchen Sie es.«

Jay merkte, daß er unbewußt das Pferd des Arztes festgehalten hatte. Er ließ es los und ging zum Haus. Clarie ließ ihn ein.

»Lauralee ist bei Alexander, Mr. McCallum«, sagte sie steif.

Das Mädchen war sehr blaß, und es war offensichtlich, daß es den Ernst der Lage inzwischen begriffen hatte.

Jay fragte sich, wie er nun vorgehen sollte. Immerhin war es nicht sein Haus, und Lauralee nicht seine Frau und Alexander nicht sein Kind; er hatte kein Recht, sie zu irgend etwas zu zwingen.

»Ich sage ihr, daß Sie da sind«, bot Clarie sich ganz unerwartet an.

Einen Moment später kam sie zurück, gefolgt von der jungen Frau, die manchmal bei Lauralee wohnte. Clarie hatte Jay erzählt, daß Jenny als Lehrerin arbeitete, obwohl sie selbst kaum lesen und schreiben konnte, daß ihr Vater hoch oben in den Bergen lebte und ein Trinker war und daß er manchmal gewalttätig zu seiner Tochter war und manchmal auch zu *liebevoll*.

»Lauralee sagte, Sie sollen fortgehen und nie wiederkommen«, verkündete Clarie hocherhobenen Kopfes, aber am ganzen Körper zitternd. »Sie sagt, Sie hätten schon genug angerichtet.«

Genau das hatte Jay befürchtet – daß Lauralee sich nun einredete, die Erkrankung des Jungen sei eine Art himmlische Strafe für die ungezügelte Leidenschaft ihrer gemeinsamen Nacht. Aber begriff sie denn nicht, wie unvernünftig ein solcher Standpunkt war? Sie war doch sonst nicht dumm!

»Den Teufel werde ich tun!« murmelte Jay, schob sich an Clarie und Jenny vorbei und machte sich auf die Suche nach Lauralee.

Sie stand in einem angrenzenden Zimmer neben einem schmalen Bett und starrte mit tränenfeuchten Augen auf ihr krankes Kind herab.

»Lauralee.«

Ihre Schultern versteiften sich unter dem häßlichen blauen Männerhemd, und Jay sah, daß ihre Lippen zuckten. Der Blick, den sie ihm zuwarf, war sehr verletzend. »Bist du jetzt zufrieden?« flüsterte sie.

Ihre Worte trafen Jay sehr hart, aber er ging dennoch zu ihr hin und blieb mit verschränkten Armen vor ihr stehen. Eine knappe Stunde zuvor hatte er noch davon geträumt, dieser Frau den Hof zu machen, sie zu heiraten und sie mit nach Washington zu nehmen. Es schien unfaßbar, daß Hoffnungen dieser Größenordnung so schnell zerstört werden konnten.

Er richtete seinen Blick auf den fieberglühenden kleinen Jungen. »Es ist nicht Gottes Zorn, der Alexander krank gemacht hat, Lauralee«, sagte er so beherrscht wie möglich.

Tränen rollten über ihre Wange, als sie das Gesicht zu ihm erhob. »Nein?« flüsterte sie, bevor sie sich wieder ihrem Kind zuwandte. »Ich bin zu dir gekommen wie eine Hure. Ich habe mich dir hingegeben und nicht einmal den Anstand besessen, mich dafür zu schämen!«

»Was hat das mit Alexanders Krankheit zu tun?«

Lauralees Kinn zitterte; Jay hätte sie gern in die Arme genommen, um sie zu trösten, aber er wagte es nicht.

»Ich habe Gottes Zorn auf mich herabgerufen«, beharrte sie.

Jay wurde plötzlich von einer furchtbaren Angst erfaßt – Angst, daß Lauralee wirklich glaubte, was sie sagte; Angst, daß der Tod ihres Kindes diesen Irrglauben noch bestätigen würde. »Hör auf deine innere Stimme, Lauralee!« sagte er beschwörend. »Denk an das, was du über Gott gelernt hast und an alles, woran du glaubst. Meinst du wirklich, *Er* würde ein unschuldiges Kind strafen ...«

»Für die Sünden seiner Eltern«, warf Lauralee mit erschreckend ausdrucksloser Stimme ein. »Virgil hat gesündigt. Ich habe gesündigt ...«

»Und Gott ist rachsüchtig«, entgegnete Jay und legte soviel Verachtung in seine Stimme, wie er aufzubringen vermochte, und tatsächlich schreckte das Lauralee aus ihrer abwesenden Stimmung auf. Mit großen Augen starrte sie Jay an. Ganz offensichtlich wußte sie nicht, was sie darauf erwidern sollte.

»Ich will Alexander nicht verlieren«, sagte sie nach langem Schweigen. »Ich könnte es einfach nicht ertragen, Jay.«

Selbst jetzt wagte er noch nicht, Lauralee zu berühren. Er sprach nur leise auf sie ein, streichelte und tröstete sie mit seiner Stimme statt mit seinen Händen und appellierte an ihre Vernunft statt an ihre Gefühle. »In Spokane gibt es ein Krankenhaus. Wir könnten Alexander hinbringen, wenn du einverstanden wärst, Lauralee.«

Und da endlich wurden Jays stumme Gebete erhört: Ein leiser Hoffnungsschimmer leuchtete in Lauralees Augen auf, und etwas Farbe kehrte in ihre Wangen zurück. Rasch schickte Jay ein Stoßgebet zum Himmel, daß diese Hoffnung nicht vergeblich war.

Und das, obwohl er nie religiös gewesen war. »Wie sollen wir Alexander hinbringen? Die Kutsche . . .«

»Die lange Fahrt wäre viel zu anstrengend für ihn, hat Doc Jameson gesagt«, fiel Jay Lauralee ins Wort. »Nein, wir mieten eins der Dampfschiffe von Burchs Sägemühle und lassen uns bis Colville bringen. Dann fahren wir mit dem Zug weiter.«

Lauralees Gesicht hellte sich auf, und ohne weitere Einwände zu erheben, stürzte sie sich in eine hektische Aktivität. Während sie einen Koffer für sich und Alexander packte, rief sie Jenny und Clarie herbei, damit die eine ihr half und die andere Joe Little Eagle benachrichtigte, daß er sich jetzt allein um den Obstgarten kümmern müsse.

Jay ging hinaus auf den Hof, wo er einen alten Buggy fand, aber kein Pferd. Unbeirrt spannte er sein eigenes Reitpferd vor das verstaubte Gefährt, und zehn Minuten später waren er, Lauralee und Alexander bereits auf dem Weg nach Halpern's Ferry.

Es war eine glückliche Fügung des Schicksals, daß Brice gerade die Postkutsche bestieg. Auf Jays Ruf hin bedeutete er dem Fahrer, seine Reisetasche wieder abzuladen und kam zu Jay hinüber.

Jay stieg vom Bock und nahm seinen Bruder beiseite, um ihm die Lage zu erklären. Angesichts der delikaten Situation beschlossen die Brüder, daß es Brice sein würde, der Adrienne Burch darum bitten würde, eines ihrer Dampfboote benutzen zu dürfen.

Die Bitte wurde gnädig gewährt, aber leider nur unter einer Bedingung: Adrienne bestand darauf mitzufahren.

»Ich kümmere mich schon um sie«, beruhigte Brice seinen Bruder, als das kleine Boot vom Kai ablegte. »Bring du Lauralee und den Jungen ins Steuerhaus und bleib bei ihnen.«

Jay dankte ihm erleichtert und ging, froh, die charmante Mrs. Burch seinem Bruder überlassen zu können.

Lauralee kauerte auf einer Bank im Ruderhaus und hielt Alexander fest an ihre Brust gepreßt. Trotz ihrer früheren Behauptungen betete sie inständig zu Gott und versprach ihm die unglaublichsten Dinge, wenn er nur ihr Kind verschonen würde. Jays Anwesenheit war ihr bewußt, aber sie konnte ihn nicht anschauen.

»Warum wollte Adrienne unbedingt mitkommen?« murmelte sie. »Alexander ist ihr doch völlig gleichgültig . . .«

»Denk nicht an Adrienne«, warf Jay rasch ein. »Brice wird sie uns vom Hals halten.«

»Brice?«

»Mein Bruder.«

Lauralee schaute Jay auch jetzt nicht an; sie hatte sich für ein verzweifeltes Spiel entschieden. Wenn sie ihn nicht anschaute, lautete die Regel, würde Alexander auch nicht sterben. »Was für ein seltsamer Name«, sagte sie. »Brice, meine ich.«

»Es war der Mädchenname meiner Großmutter.« Jay schien unbedingt reden zu wollen; vielleicht war er wie Clarie, und reden erleichterte ihm die schwierigen Momente.

»Wir waren vier Brüder, bis Tim gestorben ist«, fuhr Jay fort. »Brice ist der älteste, dann kam ich und schließlich Chance. Chance ist die Kurzform für *Chancelor,* ein weiterer Familienname.«

Wen interessiert das schon? dachte Lauralee, obwohl sie Jays ruhige Stimme als seltsam tröstend empfand. Aber sie schaute ihn nicht ein einziges Mal an, während er ihr von seiner Familie erzählte. Er schien einen unerschöpflichen Vorrat an Verwandten zu besitzen.

Seine beiden Brüder waren im Gegensatz zu ihm verheiratet, der ältere sehr glücklich, der jüngere unglücklich. Lauralee fragte sich, welcher der beiden Brüder wohl derjenige war, der sich draußen an Deck aufhielt und Adrienne Burch Gesellschaft leistete. Sicher der jüngere, unglücklich verheiratete . . .

Lauralee wiegte Alexander in ihren Armen und klammerte sich innerlich an Jays Stimme, als wäre sie ein rettendes Seil in einer finsteren Höhle, an dem sie sich festhalten mußte, um das Licht wiederzufinden.

Endlich, nach schier endloser Fahrt, erreichten sie Colville, wo sie eine Kutsche mieteten und zum Bahnhof fuhren.

»Sag um Himmels willen nicht, daß das Kind die Masern hat!« warnte Brice leise seinen Bruder, als er die Fahrscheine kaufte.

Adrienne stand dicht hinter ihnen, um ihren charmanten Begleiter nicht aus den Augen zu verlieren. Bei dem Wort *Masern* zuckte sie zusammen und wich erschrocken zurück. »Ich habe Einkäufe zu erledigen«, murmelte sie nervös.

»Dann laß dich von uns nicht aufhalten«, entgegnete Lauralee und zupfte die Decke zurecht, die Alexanders Gesicht verdeckte. Brice hatte recht; es wäre nicht gut gewesen, wenn jemand die roten Flecken gesehen hätte. Wenn sich herumsprach, daß das Kind die Masern hatte, würde man ihnen nicht erlauben, den Zug zu besteigen.

Es gelang Jay schließlich, Plätze in einem leeren Waggon zu beschaffen, die einzige Konzession, die sie an Alexanders ansteckende Krankheit zu machen wagten.

Kaum hatten sie sich auf ihren Plätzen eingerichtet, setzte der Zug sich in Bewegung. Jay hätte Alexander gern für eine Weile übernommen, aber Lauralee war nicht bereit, ihn abzugeben, obwohl er schwer war und ihre Arme bereits schmerzten.

»Lauralee, warum siehst du mich nicht an?« fragte Jay kurz darauf, als sie in Richtung Spokane ratterten.

Lauralee konnte seine Frage nicht beantworten. Eine neue Regel ihres ›Spiels‹ war zu der alten hinzugekommen: Sie mußte nicht nur vermeiden, Jay anzusehen, sondern sie durfte auch nicht mit ihm sprechen.

Doch Jay war nicht zu entmutigen. »Willst du nicht wenigstens etwas essen? Es gibt im Zug bestimmt einen Speisewagen . . .«

»Ich habe keinen Hunger.«

»Natürlich hast du Hunger!« beharrte Jay. »Und du mußt

etwas essen. Wie willst du Alexander von Nutzen sein, wenn du selbst krank bist!«

Lauralee ließ sich schließlich überreden, aber sie schmeckte nichts von dem Essen, das Jay ihr brachte. Es fiel ihr ohnehin nicht leicht, etwas zu sich zu nehmen, da sie sich beharrlich weigerte, Alexander loszulassen; aber sie würgte mühsam etwas herunter, bis Jay zufrieden war und den Teller zurückbrachte.

Als er zurückkam, verlangte er, daß Lauralee sich hinlegen und ausruhen sollte. Ihre Weigerung verärgerte Jay sehr.

»Verdammt, Frau, du brauchst . . .«

Jetzt mischte Brice sich ein, zum ersten Mal. »Laß Lauralee in Ruhe, Jay. Es gibt auch so etwas wie übertriebene Fürsorge!«

Lauralee durfte Jay nicht ansehen, aber sie hörte, daß er ein ärgerliches Brummen von sich gab und auf weitere Einwände verzichtete.

Es war schon dunkel, als sie Spokane erreichten; mit Ausnahme des Bahnhofs sah Lauralee sehr wenig von der Stadt. Sie hatte auch nichts anderes im Sinn, als so schnell wie möglich das Krankenhaus zu erreichen.

Dort wurde Alexander ihr gleich nach Ankunft abgenommen, was einen schrecklichen Schock für Lauralee bedeutete. Der Mann, den anzusehen, sie sich bisher geweigert hatte, erschien plötzlich ganz klar in ihrem Blickfeld. Lauralees Benommenheit verflog, und die Wirklichkeit traf sie plötzlich wie ein Schlag.

Lauralee ertrug es nicht. Ihre Knie gaben unter ihr nach, alles wurde dunkel vor ihren Augen, und Jay konnte sie gerade noch auffangen, als sie schwankte und das Bewußtsein verlor.

6

Das Zimmer war hell, geräumig und wunderschön eingerichtet. Lauralee richtete sich erstaunt im Bett auf, verwirrt und ohne die geringste Ahnung, wo sie sich befand.

Ein Dienstmädchen in einer strengen Uniform aus schwarzem Satin stand über einen Servierwagen gebeugt, und Jay McCallum saß in einem nahen Sessel und schlief so fest, daß er leise schnarchte. Seine Kleider waren hoffnungslos zerknittert, und er hätte dringend eine Rasur benötigt.

Sobald Lauralee ihn sah, erinnerte sie sich wieder an alles – an Alexanders Erkrankung, die überstürzte Abreise nach Spokane und das beängstigend große Krankenhaus in der Innenstadt. Sie hatte kein Recht, in diesem luxuriösen Bett zu liegen; ihr Platz war an der Seite ihres Sohnes!

»Wo sind meine Kleider?« fragte sie das Dienstmädchen.

Ihre Stimme weckte Jay. Mit einem Kopfnicken schickte er das junge Mädchen aus dem Raum, bevor sie Lauralees Frage beantworten konnte. »Beruhige dich«, sagte er, stand auf und streckte seine müden Glieder. »Alexander befindet sich in guten Händen. Wir wären längst benachrichtigt worden, wenn sich sein Zustand verschlimmert hätte.«

Seine Worte beruhigten Lauralee, aber sie schaute sich trotzdem nach ihren Kleidern um. »Ich muß zu ihm. Er wird Angst haben . . .«

Jays Stimme blieb auch weiterhin gelassen. »Ich weiß, daß du in seiner Nähe sein willst, das ist verständlich.« Er deutete auf den Servierwagen, auf dem einige zugedeckte Silberschüsseln standen. »Iß jetzt etwas. In der Zwischenzeit werde ich veranlassen, daß meine Mutter dir etwas zum Anziehen besorgt.«

Lauralee zog die Bettdecke unters Kinn, obwohl sie sie lieber zurückgeschlagen hätte und aufgestanden wäre. Aber sie wußte, daß sie nur ein dünnes Nachthemd aus Satin trug, das keinesfalls ihr eigenes sein konnte. Sie wagte nicht zu fragen, wer ihr dieses Nachthemd angezogen hatte. »Gib mir meine eigenen Sachen, bitte!«

Der Servierwagen klapperte, als Jay ihn zum Bett hinüberzog. »Ein Männerhemd und einen Hosenrock? Willst du, daß sie dich aus dem Krankenhaus verweisen, weil sie dich für eine Vagabundin halten? Iß, jetzt, und ich beschaffe dir etwas Dezenteres zum Anziehen . . .«

»Etwas Dezenteres?« meinte Lauralee empört.

Jay schüttelte den Kopf. »Iß«, wiederholte er, dann war er fort, und Lauralee aß, weil das Essen so gut roch und weil sie hungrig war und Alexander nicht viel nützen würde, wenn sie vor Schwäche umfiel.

Als sie gerade wieder ungeduldig zu werden begann, klopfte es, und auf ihren Ruf hin trat eine hübsche junge Frau mit lockigem dunklem Haar und melancholischen grauen Augen ein. Für diese frühe Morgenstunde war sie bereits sehr elegant gekleidet, und über dem Arm trug sie ein wunderschönes Kleid aus weißem Musselin, das mit winzigen gelben Blumen und grünen Blättchen bestickt war.

»Guten Morgen, Mrs. Parker«, sagte sie schüchtern und legte das Kleid, eine Garnitur Unterwäsche, Strümpfe und sogar ein Paar Pantoffeln auf das Bett. »Ich bin Kate – Kate McCallum. Jay meinte, meine Sachen würden Ihnen vielleicht passen, und bat mich . . .«

Lauralee riß das Kleid und die Unterwäsche so hastig an sich, daß Kate erschrocken zurückwich. »Danke!« rief Lauralee und lief auf den handbemalten chinesischen Wandschirm zu, hinter dem sie das Satinnachthemd auszog und gegen die Kleidungsstücke austauschte, die Kate ihr gebracht hatte. Alexander würde zu Tode erschrecken, wenn er aufwachte und sah, daß er allein in einer fremden Umgebung war . . . Sie mußte sich beeilen, um zu ihm zu kommen.

»Jay hat im Krankenhaus angerufen«, sagte Kate von der anderen Seite des Wandschirms. »Ihr kleiner Junge ist noch sehr krank, aber das Fieber ist bereits gesunken.«

Danke, lieber Gott! dachte Lauralee, als sie angekleidet hinter dem Wandschirm hervortrat. Kate deutete auf eine Tür. »Dort ist das Bad.«

Lauralee errötete. In ihrer Hast, sich anzuziehen und zu Alexander zu eilen, hatte sie vergessen, sich zu waschen und zu kämmen. Rasch ging sie in das angegebene Zimmer, wo sie zu ihrer Überraschung ein Marmorwaschbecken, eine Badewanne und ein Klosett vorfand. All diese modernen Errungenschaften schienen mit einem eingebauten Heißwasser- und Abwassersystem verbunden zu sein. Wenn Lauralee mehr Zeit gehabt hätte, wäre sie entsprechend beeindruckt gewesen, aber so wie es war, wusch und kämmte sie sich nur rasch und eilte wieder hinaus.

Kate ging ihr über einen breiten Korridor voran, der mit wertvollen Teppichen ausgelegt und mit handgeschnitzten Türen versehen war. An den Wänden hingen Gemälde, die auch einem Museum zur Ehre gereicht hätten.

Die breiten, geschwungenen Treppenstufen führten in eine Halle hinunter, die Lauralee so groß vorkam wie ihr gesamtes Haus. Der Fußboden war mit schimmerndem Marmor ausgelegt; eine Standuhr tickte neben der Tür, und durch ein Fenster darüber drangen helle Sonnenstrahlen in den Raum. In diesem Licht stand Jay McCallum. Er war umgezogen und frisch rasiert.

»Fertig?« fragte er liebevoll.

Wäre Lauralee nicht so besorgt um ihren Sohn gewesen, hätte sie bestimmt gelacht, wie merkwürdig es doch war, daß der Besitzer des *Trunkenbold-Saloons* aus so einer vornehmen

Umgebung kam. »Ja, ich bin bereit«, sagte sie und wandte sich dann an Kate, die hinter ihr stehengeblieben war. »Vielen Dank, Mrs. McCallum.«

Als Jay die Tür öffnete, schaute auch er zu Kate hinüber, und Lauralee glaubte Ärger und Mitleid in seinem Blick zu sehen. Dann, als sie auf der Straße standen, machte er ein finsteres Gesicht und runzelte die Stirn.

»Ist Kate deine Schwester?« fragte Lauralee, während ein Kutscher ein großes Tor für sie öffnete, vor dem eine elegante Kutsche parkte.

»Kate ist die Frau meines Bruders.« Jay war Lauralee beim Einsteigen behilflich und setzte sich ihr gegenüber. »Hat sie dir gesagt, daß ich im Krankenhaus angerufen habe?«

Lauralee nickte. »Ihr habt ein Telefon«, stellte sie lächelnd fest. Seit sie wußte, daß sie Alexander sehen würde, hatte sich ihre Laune beträchtlich gebessert. »Ich würde es gern einmal benutzen. In Halpern's Ferry gibt es nämlich nur einen einzigen Apparat, und der steht im Lebensmittelladen. Aber ich hatte noch nie Gelegenheit, ihn auszuprobieren.«

Der stille Ärger, der sich in Jays Blick verriet, seit er Kate in der Halle begegnet war, verblaßte und wich einem belustigten Augenzwinkern. Und dann lachte er leise, als fände er Lauralees Bemerkung unglaublich komisch.

Pete Townsend hätte selbst nicht sagen können, was ihn zur Baustelle von McCallums Saloon hinzog oder was er dort zu finden hoffte. Vielleicht wollte er aber auf diese Weise auch nur der Farm auf der anderen Straßenseite nahe sein und damit Lauralee.

Er ging einmal um das unfertige Gebäude herum, dann ein zweites und ein drittes Mal. Alles war still, nur die Vögel zwitscherten in den Bäumen. Die Arbeit war unterbrochen worden, bis der Bauherr von seiner Reise zurückkehrte.

Pete seufzte. Hoffentlich konnten die Ärzte in der Stadt mehr für Lauralees kleinen Jungen tun als Doc Jameson; Lauralee hatte schon so viele Verluste in ihrem jungen Leben erlitten, da durfte sie nicht auch noch Alexander verlieren. Soviel hatte sie ertragen müssen – Virgils Trunksucht und seinen gewaltsamen Tod; die täglichen Anforderungen, die eine Vierzig-Hektar-Farm am Rande des Bankrotts darstellte, und die Dreistigkeit von Adrienne Burch – aber die Durchhaltefähigkeit eines Menschen hatte Grenzen ...

Nachdenklich hockte er sich auf die verfallene Außenmauer des ehemaligen *Mud Bucket Saloons*. Es gingen Gerüchte um über Lauralee und Jay McCallum; die Leute fragten sich, wie gut die beiden miteinander bekannt sein mochten, um so plötzlich zusammen zu verreisen, ob es nun um ein krankes Kind ging oder nicht.

Auch Pete wunderte sich darüber. Er liebte Lauralee Parker und vermutete, daß sie es wußte, aber bisher hatte sie ihn zu nichts ermutigt. Sie war höflich gewesen und freundlich, aber so war sie eigentlich zu allen.

Wieder seufzte er schwer, zupfte einen Grashalm aus und zerriß ihn in zwei Teile, nur um sich zu beschäftigen. Falls Lauralee nie wieder mit ihm sprach, hatte er es nur sich selbst zuzuschreiben. Schließlich hatte er sie höchstpersönlich eingesperrt, sich eine Kaution von einer Frau bezahlen lassen, die zu hassen Lauralee allen Grund besaß.

Pete lehnte sich an einen alten Balken und zog seinen Hut tief in die Stirn. Seine Gedanken schweiften zurück zu Tims Ermordung und den Dingen, die Pete seit langer Zeit beunruhigten.

Erstens erinnerte ihn die Tat an die Art und Weise, wie Virgil Parker ums Leben gekommen war. Auch dieser Mord war hier geschehen, und es gab noch andere Ähnlichkeiten; Pete spürte es einfach, obwohl er noch nicht ganz sicher war, worin sie bestanden.

Parker hatte Karten gespielt, getrunken und mit dem geprahlt, was ihn auf der anderen Straßenseite erwartete. Bei der Erinnerung daran zerrte Pete wütend seinen Hut vom Kopf, setzte ihn wieder auf und zog ihn noch tiefer in die Stirn. Verdammt, am liebsten hätte er Parker damals höchstpersönlich dafür umgebracht, daß er auf diese Weise von Lauralee sprach und sie mit seinem Verhältnis zu Adrienne Burch vor der ganzen Stadt demütigte und beschämte!

Über eine Partie Poker war ein Streit entbrannt, und Virgil hatte zornig den Saloon verlassen. Niemand außer Pete selbst hatte dem Zwischenfall Beachtung geschenkt, doch auch er war zu besorgt um Lauralee gewesen, um zu bemerken, daß Virgils Widersacher ihm hinaus gefolgt war. Der Spieler wurde danach nie wieder gesehen, und Virgil war mit mehreren Messerstichen in der Brust tot vor dem Saloon aufgefunden worden. Die Mordwaffe blieb verschwunden.

Nie würde Pete den Ausdruck auf Lauralees Gesicht vergessen, als er und einige der anderen Männer aus dem *Mud Bucket* ihr Virgils Leiche gebracht hatten. Sie hatte ihnen gedankt und sie dann fortgeschickt. Auch Clarie und Jenny French waren nach oben verbannt worden, trotz ihrer Proteste, aber Lauralees Stimme damals hätte selbst Dschingis Khan in die Flucht getrieben.

In Nachthemd und Pantoffeln, ihr silberblondes Haar zu einem dicken Zopf geflochten, war sie an den Herd getreten, um das Feuer zu schüren und Wasser zum Kochen aufzustellen.

Peter, der mit ihr gelitten hatte, war zögernd in der Tür stehengeblieben. »Mrs. Parker, wenn es irgend etwas gibt . . .«

Ein einziger Blick ihrer ungewöhnlich blauen Augen hatte ihn verstummen lassen. »Gehen Sie jetzt, Pete. Ich muß mich um meinen Mann kümmern. Ich muß es tun, damit es endlich vorbei ist.«

Ich muß es tun, damit es endlich vorbei ist. Pete Townsend hatte diese Worte nie vergessen. Andere Frauen hätten geschrien und geweint, aber Lauralee hatte eine ungewöhnliche Ruhe zur Schau gestellt, eine stille Resignation vielleicht, als hätte sie schon damit gerechnet, ihren Mann auf diese Weise wiederzusehen . . .

War sie im Schutz der Dunkelheit über die Straße geschlichen und hatte vor dem Saloon auf Virgil gewartet, um ihn zu erstechen – vielleicht mit einem Küchenmesser? Die Möglichkeit dazu hätte sie gehabt, obwohl sie damals hochschwanger gewesen war. Lauralee war größer und stärker als die meisten

Frauen ... Und sie hatte allen Grund gehabt, Virgil Parkers überdrüssig zu sein ...

Kopfschüttelnd richtete Pete sich auf. Es war verrückt, hier herumzusitzen und sich mit derartigen Gedanken herumzuschlagen, obwohl er wußte, daß Lauralee überhaupt nicht fähig war zu einem Mord. Weder an Virgil, Tim McCallum oder an sonst jemandem.

Nichts davon brachte ihn weiter. Aber Pete Townsend war ein gründlicher Beamter, und es ärgerte ihn maßlos, daß Tims und Virgils Mörder straffrei davonkommen sollten.

Der Arzt wirkte zuversichtlich, wenn auch auf eine etwas zurückhaltende Weise. Er war jung und schien – seiner Sprechweise nach zu urteilen – eine hervorragende Ausbildung genossen zu haben.

»Es sieht ganz so aus, als würde ihr kleiner Junge überleben, Mrs. Parker«, sagte er. »Sein Fieber ist sehr stark gesunken.«

Lauralee schwankte und klammerte sich haltesuchend an Alexanders Bettchen. Gott sei Dank, dachte sie; Gott sei Dank!

»Doch leider«, fuhr der Arzt fort, worauf Jay stützend den Arm um Lauralee legte, »scheint das Kind Hörschäden davongetragen zu haben.«

»Hörschäden?« wiederholte Lauralee bestürzt und beugte sich über Alexander, der nur halb wach und immer noch mit vielen kleinen roten Flecken bedeckt war.

Ganz unvermittelt klatschte Dr. Kerrigan über dem Bettchen in die Hände. Lauralee und Jay zuckten zusammen, aber Alexander, der zu seiner Mutter aufschaute, schien nichts bemerkt zu haben.

»Ist das nur vorübergehend?« erkundigte Jay sich leise, als er sah, daß Lauralee nicht fähig war, etwas zu sagen.

Dr. Kerrigan zuckte mit den Schultern. »Das können wir nicht entscheiden. Mag sein, daß ein Teil seiner Hörfähigkeit mit der Zeit zurückkehrt, aber es ist keineswegs sicher.«

Lauralees Finger krampften sich um das Gitter des kleinen Betts. »Das ist mir egal!« sagte sie zu Jay, dem Arzt und der ganzen Welt. »Es ist nicht wichtig. Hauptsache, Alexander lebt!«

Dr. Kerrigan lächelte müde. »Ja, das allein ist schon ein Wunder. Ich würde Ihnen raten, jeden Tag zu nehmen, wie er kommt, Mrs. Parker. Es wird nicht leicht für Sie sein. Aber selbst wenn Ihr Sohn sein Gehör verloren hat, besteht noch Hoffnung. Es gibt inzwischen Möglichkeiten, auch tauben Kindern etwas beizubringen, was in unserer Generation leider nicht der Fall war.«

Lauralee bemühte sich, nicht an die unvermeidlichen Kämpfe und Leiden nachzudenken, die sie in der Zukunft erwarten würden. »Und wie kann ich ihm jetzt helfen?«

»Alexander wird eine Zeitlang hierbleiben müssen, bis er seine Kraft zurückgewinnt, und Sie möchten sicher bei ihm sein, vermute ich.« Das gutgeschnittene Gesicht des Doktors wurde ernst; seine blauen Augen übermittelten eine ernste Warnung. »Erschöpfen Sie sich nicht, Mrs. Parker. Sie selbst brauchen auch Ruhe. Nehmen Sie sich Zeit für regelmäßige Mahlzeiten und versagen Sie sich auch nicht eine gelegentliche Unterhaltung. Sie würden das Kind in seiner Genesung behindern, wenn Sie Ihr eigenes Wohl vernachlässigen.«

Plötzlich kam Lauralee eine ganz andere Idee. »Die Kosten für Alexanders Pflege . . .«

Dr. Kerrigan, ein sehr beschäftigter Mann, wandte sich ab. Es gab noch andere Patienten, die ihn brauchten. »Das können Sie unten am Empfang regeln«, meinte er.

Lauralee schaute Jay an, sah sein Unbehagen und wie er ihre Blicke mied. »Mach dir keine Sorgen um das Geld«, meinte er.

Leicht gesagt für einen Mann, der im Luxus aufgewachsen war wie Jay McCallum! Für eine Frau hingegen, die kaum ihre jährliche Hypothek aufbringen und ihre Familie ernähren konnte, stellte die Frage eine beträchtliche Herausforderung dar.

Jay schien ihre Gedanken zu erraten. »Ich habe die finanzielle Seite schon geregelt«, meinte er verteidigend.

Lauralee war zugleich bestürzt und dankbar: sie besaß praktisch überhaupt kein Geld, und Alexander würde vielleicht nicht mehr leben, wenn Jay ihn nicht an diesen Ort gebracht hätte. Aber mit mehreren hundert oder tausend Dollar bei ihm in der Kreide zu stehen, war keine angenehme Vorstellung. »Warum, Jay? Warum hast du das getan?«

»Weil ich es mir leisten kann – unter anderem«, entgegnete er barsch. »Außerdem war es meine Idee, Alexander herzubringen, oder?«

Lauralee hob das Kinn. »Das ist wahr, und natürlich bin ich dir dafür sehr dankbar«, gab sie zu. »Aber Alexander ist mein Sohn und unterliegt meiner Verantwortung. Ich muß mich leider fragen, was du im Austausch für deine Großzügigkeit von mir erwartest.«

Ein harter Zug erschien um Jays Kinn, seine grauen Augen verdüsterten sich. »Manchmal, Mrs. Parker, tut man etwas für andere Menschen, ohne etwas dafür zu erwarten«, entgegnete er schneidend, wandte sich ab und schickte sich an, die Klinik zu verlassen.

Lauralee schloß gequält die Augen, aber dann erinnerte sie sich, warum sie hier war und setzte sich neben Alexanders Bett. Sie verbrachte den ganzen Morgen bei ihm, hielt seine Hand und erzählte ihm Geschichten, die er nicht mehr hören konnte. Und bei jedem Löffel Brühe, mit dem sie ihn fütterte, hoffte sie, daß seine Kraft schon bald, sehr bald zurückkehren würde . . .

Um die Mittagszeit erschien Kate McCallum, elegant gekleidet in ein Kostüm aus grauem Tuch, mit schwarzen Glacéhandschuhen und einem modischen Hut, der in einem kecken Winkel auf ihrem sorgfältig frisierten kupferbraunen Haar saß.

»Wie geht es ihm?« fragte sie mit einem mitleidsvollen Blick auf Lauralees kleinen Jungen.

Lauralee vergaß die kleinlichen Vergleiche, die sie zwischen sich und dieser so melancholisch wirkenden jungen Frau angestellt hatte, und zwang sich zu einem Lächeln. »Besser.«

Kate erwiderte das Lächeln, aber es wirkte nicht weniger erzwungen als bei Lauralee. »Jay hat mich gebeten, dafür zu sorgen, daß Sie etwas essen. Ich dachte, wir gehen ins Columbia Hotel; es liegt direkt auf der anderen Straßenseite, und das Essen ist gar nicht schlecht.« Insgeheim fühlte sich Lauralee verletzt, weil Jay Kate geschickt hatte, anstatt selbst zu kommen, aber diesen Anfall von Selbstsucht überwand sie schnell. Jay hatte schon genug für sie getan, und ganz sicher hatte er alle Hände voll zu tun mit Dingen, die er während seines Aufenthalts in Halpern's Ferry vernachlässigt hatte. Nachdem sie Alexander einen Kuß gegeben hatte – der Kleine schlief gerade ein – folgte sie Kate aus dem Krankenhaus in den hellen Sonnenschein hinaus.

Draußen herrschte reger Verkehr. Straßenbahnen ratterten vorbei, Kutschen und Buggys füllten die engen Straßen, und Menschen hasteten in alle Richtungen. Jeder schien es hier eilig zu haben. Lauralee empfand plötzlich trotz ihres Hungers das kindische Bedürfnis, in das relativ stille Krankenhaus zurückzukehren und sich vor all dieser Betriebsamkeit zu verstecken.

Kate nahm ihren Arm. »Hier ist es anders als auf dem Land, nicht wahr?« sagte sie, bevor sie die Straße überquerte. Lauralee blieb nichts anderes übrig, als sich ihren Schritten anzupassen.

Wieder wunderte sie sich über den Ausdruck der Trauer, der Kates schöne Augen verdüsterte, selbst wenn sie lächelte. Kate war jung und schön und lebte in grenzenlosem Luxus. Was mochte ihr Leid verursachen, wenn sie doch allen Grund besaß, glücklich zu sein?

»Ja«, antwortete Lauralee etwas verspätet, als sie das Hotel erreichten und von einem uniformierten Portier in Empfang genommen wurden. »Ja, es ist ganz anders als in Halpern's Ferry.«

»Ich hoffe, daß Sie einmal mit mir ins Theater gehen«, meinte Kate, als sie den riesigen, voll besetzten Speisesaal betraten und vom Maître zu einem Tisch geleitet wurden. »Ich liebe das Theater, aber Chance will mich nie begleiten.«

Sie saßen an einem weißgedeckten Tisch, den eine gelbe Rosenknospe in einer silbernen Vase zierte. »Chance?« sagte Lauralee fragend. Der Name kam ihr irgendwie bekannt vor.

Kate seufzte. »Chancelor, mein Mann. Jays jüngerer Bruder.«

»Oh.«

Jays Schwägerin klappte eine Speisekarte auf und studierte

sie aufmerksam. »Wenn Sie lange genug bei uns bleiben, werden sie ihn kennenlernen. Er kommt gelegentlich auf Besuch.« Obwohl die Worte leichthin gesprochen waren, fast gleichgültig sogar, verrieten sie einen tiefsitzenden Schmerz.

»Auf Besuch?« fragte Lauralee erstaunt. »Lebt er denn nicht mit Ihnen zusammen?«

Kates Schultern sackten ein wenig herab, obwohl sie vorgab, sich ausschließlich auf ihre Bestellung zu konzentrieren. »Offiziell ja«, erwiderte sie.

Normalerweise hätte Lauralee nach einer derart alarmierenden und rätselhaften Antwort geschwiegen, aber ihr Instinkt verriet ihr, daß Kate sich mit jemandem aussprechen wollte.

»Viele Männer werden durch ihre Geschäfte von zu Hause ferngehalten«, sagte sie nach kurzer Überlegung.

Kate lächelte ironisch. »Chance' einziges Geschäft besteht darin, weiterzumachen, wo Tim aufhörte. Er ist ein Verschwender und Frauenheld, und wenn ich mutiger wäre, würde ich ihn verlassen.«

Als der Kellner kam, bestellte Kate gefüllte Paprikaschoten. Lauralee entschied sich für das gleiche, weil sie so nicht lange zu überlegen brauchte, was sie essen wollte. Als der Mann gegangen war, lehnte Lauralee sich auf ihrem samtbezogenen Stuhl zurück.

»Lieben Sie Ihren Mann?« fragte sie ganz offen, doch kaum war die Frage ausgesprochen, bereute Lauralee sie schon, denn Kates schöne Augen füllten sich mit Tränen.

»Ja, und das macht alles nur noch schlimmer! Ich liebe Chance sogar sehr, Mrs. Parker.«

»Dann dürfen Sie ihn nicht verlassen«, meinte Lauralee.

»Ich habe auch meinen Stolz«, entgegnete Kate. »Chance hält sich mindestens eine Mätresse ... Das dreiste Frauenzimmer besaß die Frechheit, sich mir vor einigen Tagen in Filberts Warenhaus vorzustellen!«

Lauralee schnappte nach Luft und machte große Augen. »Was hat sie denn gesagt?« fragte sie entrüstet.

»Sie wollte mich nur wissen lassen, daß Sie Kredit in diesem

Laden hat – dank meines Mannes. Lauralee, ich kann Ihnen gar nicht sagen, wie gedemütigt ich mich fühlte!«

Unwillkürlich dachte Lauralee an Virgil und Adrienne Burch. »Trinkt Chance?«

Eine Träne rollte über Kates Wange, sie wischte sie rasch ab. »Nicht mehr als andere Männer auch, vermutlich.« Sie hielt inne und holte tief Luft. »Eigentlich dürfte ich Sie nicht mit meinen Problemen belasten, Lauralee, denn Sie haben genug eigene – aber ich habe niemanden, mit dem ich reden kann. Meine Eltern sind beide tot, und Chance' Mutter ist der Ansicht, wenn ich eine bessere Ehefrau wäre . . .«

Lauralee streckte die Hand aus und schloß sie um Kates. »Ich bin überzeugt, daß Sie Chance eine gute Frau sind«, sagte sie.

Kate drängte die Tränen zurück und hob stolz den Kopf. »Das sagt Lucy auch – sie ist mit Brice verheiratet und bringt eine Menge Verständnis für mich auf. Aber leider lebt sie viele Meilen außerhalb der Stadt, und ich sehe sie nur selten.«

Die gefüllten Paprikaschoten wurden serviert, und die zwei Frauen begannen zu essen, keine von beiden mit großem Appetit. Lauralee dachte an jene letzten Tage mit Virgil und wie schwer es für sie gewesen war, niemanden zu haben, mit dem sie reden oder dem sie sich anvertrauen konnte. »Vielleicht sollten Sie verreisen«, riet sie aus einem Impuls heraus.

Kates Gesicht hellte sich auf; sie legte die Gabel nieder, obwohl sie ihr Essen kaum angerührt hatte. »Wissen Sie, das sagt Lucy auch! Sie meint, es würde mir guttun, all dem für eine Weile zu entfliehen.«

Lauralee dachte, daß sie Lucy McCallum sicher sympathisch finden würde, sollte sie ihr je begegnen. »Ganz bestimmt, Kate.«

»Und es wäre wunderbar, Chance im Ungewissen über meinen Aufenthaltsort zu lassen«, fuhr Kate begeistert fort. »Denn er hält es leider für ganz natürlich, daß ich immer für ihn da bin. Aber wohin soll ich fahren, Lauralee? Den Mut, allein nach San Francisco oder New York zu reisen, würde ich nie aufbringen, und wenn ich zu Lucy führe, wäre es für Chance dasselbe, als wenn ich im Schoße der Familie bliebe.«

»Sie können zu mir kommen«, schlug Lauralee vor, wieder aus einem Impuls heraus. Was war nur los mit ihr? Sie neigte doch sonst nicht zu Oberflächlichkeit, und nun war sie drauf und dran, sich in eine Ehe einzumischen ...

Kate wirkte jedoch so dankbar und begeistert, daß, Lauralee sich nicht dazu überwinden konnte, die Einladung zurückzunehmen. Und dabei mußte sie sich schon um Clarie und Jenny kümmern, ganz zu schweigen von ihrem Obstgarten, Alexanders Gesundheit und tausend anderen Dingen!

»Natürlich müssen wir bei mir zu Hause sehr hart arbeiten«, gab Lauralee zu bedenken. »Und wir haben weder Dienstboten noch Kutschen und Marmorböden.«

»Ich würde gern arbeiten«, sagte Kate strahlend. »Ich habe es noch nie getan.«

Es war nichts daran zu ändern, Lauralee hatte ein neues Küken unter ihren Fittichen. *Übereilt gehandelt, lang bereut* ... Aber sie mochte Kate und wollte ihr helfen. »Es könnte allerdings noch eine Weile dauern, bis ich heimkehre. Alexander ist noch nicht kräftig genug für die lange Reise.«

Kate nickte, nahm ihre Gabel auf und begann mit Appetit zu essen. Ihre hoffnungsvolle Zuversicht wirkte so anregend auf Lauralee, daß sie wieder lächeln konnte, als sie sich vor dem Krankenhaus trennten und Kate sagte: »Ich kaufe mir Kattunkleider und ein Paar feste Schuhe. Es wäre mir jetzt sogar gleichgültig, wenn ich dieser schrecklichen Frau begegnete!«

Apropos *schreckliche Frauen*, dachte Lauralee, als sie kurz darauf Alexanders Zimmer betrat und Adrienne Burch erblickte. Sie stand an seinem Bettchen und machte ein Gesicht, als besäße sie jedes Recht der Welt, in der Nähe dieses Kindes zu sein.

»Wie geht es Alexander, Lauralee?« fragte sie in einem so zärtlichen, besorgten Ton, daß Lauralees Ärger sofort verblaßte.

»Das Schlimmste scheint überstanden zu sein«, entgegnete Lauralee ruhig. »Danke, Adrienne, daß wir dein Boot benutzen durften. Wir wären sicher nicht rechtzeitig hier angekommen, wenn du es uns nicht großzügigerweise überlassen hättest.«

Adrienne nickte zerstreut und starrte unverwandt auf Alexander. Vielleicht ist es seine Ähnlichkeit mit Virgil, was sie so an ihm fasziniert, dachte Lauralee verwundert.

»Ich hatte einst auch gehofft, ein Kind zu haben«, gestand Adrienne ganz unerwartet, hob den Blick von Alexander und starrte die Zimmerwand an, als sähe sie dahinter etwas, was für andere unsichtbar blieb.

Lauralee ging zu ihrem Sohn, deckte ihn behutsam zu und strich ihm über das weiche Haar. Sie erinnerte sich noch gut an Frank Burch, Adriennes verstorbenen Gatten; er war ein kränkelnder alter Mann gewesen, von dem niemand erwartet hatte, daß er noch einmal Kinder zeugen würde.

Als Lauralee nichts sagte, kehrte Adrienne von ihrer stummen Reise in die Ewigkeit zurück. Ihr Blick war von einer Qual geprägt, wie Lauralee sie noch nie an ihr gesehen hatte.

»Du hast alles, was du dir nur wünschen kannst, Lauralee«, stellte Adrienne bitter fest. »*Alles.*«

Merkwürdige Worte aus dem Mund einer Frau, die im schönsten und größten Haus von Halpern's Ferry lebt und sich praktisch alles kaufen kann, was ihr Herz begehrt, dachte Lauralee. Aber als Adrienne sich zum Gehen wandte und Alexander im Schlaf leise murmelte, kamen Adriennes Worte Lauralee plötzlich gar nicht mehr so abwegig vor.

Jays Mutter war enttäuscht, daß die geheimnisvolle Mrs. Parker es vorgezogen hatte, das Abendessen in ihrem Zimmer einzunehmen.

»Man sollte meinen, sie würde wenigstens ihre Gastgeberin begrüßen«, stellte Mrs. McCallum beleidigt fest. »Und wo – falls ich fragen darf – ist Kate?«

Jay unterdrückte ein Lächeln. »Sie ist bei Lauralee«, antwortete er, obwohl er seinem jüngeren Bruder, der sich an diesem Abend dazu herabgelassen hatte, bei Tisch zu erscheinen, diese Information lieber vorenthalten hätte.

Chance, der Jay direkt gegenübersaß, war so mürrisch und gereizt, daß er nicht einmal vorgab, etwas zu sich zu nehmen.

»Verdammt, wenn ein Mann nach Hause kommt, möchte er gerne seine Frau vorfinden«, beschwerte er sich.

Jay unterdrückte den Impuls, seinen Bruder am Kragen zu packen, in den Garten hinauszuschleifen und ihm eine ordentliche Tracht Prügel zu verpassen. Doch bevor er seinem Wunsch Ausdruck verleihen konnte, mischte sich seine Mutter in das Gespräch ein.

»Fluche nicht, Chancelor, Lieber«, meinte sie mit leisem Vorwurf. »Das gehört sich nicht.«

Jay und sein Vater wechselten einen gequälten Blick und aßen kommentarlos weiter. Wie konnte der Senator in Betracht ziehen, diesen verwöhnten jungen Windhund nach Washington zu schicken?

Chance erschreckte alle Anwesenden, indem er plötzlich aufsprang und wütend brüllte: »Kate!«

»Setz dich und halt den Mund!« befahl der Senator.

»Albert, so darfst du mit Chancelor nicht sprechen«, wandte Eleanor schmollend ein. »Er hat das Recht . . .«

»Und du hältst auch den Mund, Eleanor«, fiel der Senator ihr barsch ins Wort.

Jay verbarg sein Grinsen hinter einem Stück Brot. Chance ließ sich wortlos auf seinen Stuhl zurückfallen, aber seine braunen Augen blitzten vor unterdrücktem Zorn. Mit einer zornigen Geste strich er sein dunkelblondes Haar zurück und nahm seine Gabel wieder auf.

Eleanor begann zu weinen und betupfte ihre Augen mit einem blütenweisen Spitzentaschentusch.

Ich mag meine eigene Mutter nicht, dachte Jay betroffen. Ich liebe sie, aber ich mag sie nicht. Ist das nicht verrückt?

»Eleanor«, sagte der Senator in einem Ton, der sowohl Nachsicht wie Strenge verriet. »Geh in dein Zimmer.«

Chance schaute Jay an, und trotz ihrer zahlreichen Differenzen begannen beide Brüder laut zu lachen.

Eleanor heulte auf vor Empörung über die erlittene Demütigung und verließ fluchtartig den Raum.

»Eins muß man dir lassen, Dad«, bemerkte Chance anerkennend. »Du verstehst mit Frauen umzugehen!«

Senator McCallum, ein großer, robust wirkender Mann mit grauem Haar und ausgeprägten Falten, verzog keine Miene. »Schade, daß ich nie gelernt habe, mit dir umzugehen!« entgegnete er kühl.

Chance errötete. »Jetzt wirst du mich wohl gleich wieder mit Jay und Brice vergleichen«, stellte er beleidigt fest.

Der Senator schien darüber nachzudenken, während er aß. »Ich wüßte nicht einmal, wo ich beginnen sollte«, sagte er schließlich.

Chance schob aufgebracht seinen Teller fort. »Was zum Teufel soll das denn heißen?«

Der Senator würdigte ihn keiner Antwort, schaute seinen jüngsten Sohn nur vielsagend an, als forderte er ihn auf, sich die Frage selbst zu beantworten.

Chance sprang fluchend auf uns stürmte aus dem Zimmer. »Kate!« brüllte er in der Halle und auf dem Weg in den ersten Stock.

Jay trank einen Schluck Wein und räusperte sich. »Du hast also tatsächlich vor, diesen Windhund auf den Senat der Vereinigten Staaten loszulassen? Hast du denn seit McKinleys Ermordung noch nicht genug Schwierigkeiten gehabt – auch ohne Chance?«

Senator McCallum seufzte. »In diesem Haus würde endlich Frieden herrschen, wenn Chance fort wäre«, bemerkte der alte Mann. »Aber vielleicht wäre es wirklich nicht sehr patriotisch, ihn auf meine Kollegen loszulassen.«

»Es wäre die reinste Sabotage«, stellte Jay fest, und das nur halb im Scherz.

Der Senator zog eine Augenbraue hoch. »Habe ich denn eine andere Wahl, Jay?«

Jay senkte für einen Moment den Kopf. »Ich möchte ja nach Washington . . .«

»Aber?« hakte sein Vater nach.

»Es gibt noch andere Dinge, die ich bedenken muß.«

»Wie diese hübsche junge Dame oben?«

Jay lächelte. »Viel entgeht dir anscheinend nicht, Dad.«

»Sehr wenig, Jay. Wie war doch noch ihr Name?«

»Lauralee. Lauralee Parker.«

»Eleanor sagte mir, ihr kleiner Junge sei schwerkrank.«

Jay nickte. »Er wird es überleben, aber der Arzt befürchtet, daß er das Gehör verloren hat.«

»Das tut mir leid.« Ein kurzes, mitfühlendes Schweigen entstand, das Jay schließlich als erster brach. »Ich glaube, ich liebe Lauralee.«

»Mehr als die Politik?«

Auf diese Frage wußte Jay keine Antwort. Er hatte Frauen immer gemocht, war jedoch noch nie einer begegnet, die ihm mehr bedeutet hätte als seine anderen, auch die politischen Interessen.

Der Senator nickte weise. »Es gibt eine ganz einfache Lösung, Jay. Heirate deine Lauralee und nimm sie mit nach Washington. Sie wäre dir eine charmante Gattin. Und ihrem Jungen käme es auch zugute – ich weiß, daß es dort eine sehr gute Schule gibt, an der phantastische Erfolge mit tauben Kindern erzielt werden.«

Jay schaute sinnend an die Zimmerdecke. Alexanders Wohl war das einzige, was Lauralee vielleicht dazu bewegen konnte, ihre Farm zu verlassen. Je länger er darüber nachdachte, desto weiser erschien ihm der Vorschlag seines Vaters. Jay beschloß, ihn Lauralee so bald wie möglich zu unterbreiten.

Kate zuckte zusammen und ließ ihre Gabel fallen. Die Tür von Lauralees Schlafzimmer sprang auf, und ein großer, gutgebauter Mann in Lederstiefeln, eng anliegenden Reithosen und einem Hemd, das besser zu einem Piraten gepaßt hätte als zu einem Senatorensohn, erschien in der Tür.

»Mein Mann«, flüsterte Kate nervös.

»Das hatte ich mir schon gedacht«, sagte Lauralee und unterzog Chancelor McCallum einer kühlen Musterung. Er war wirklich ausnehmend attraktiv mit seinen lebhaften braunen Augen, dem welligen dunkelblonden Haar und dem temperamentvollen Wesen.

Als Chance Lauralee erblickte, verblaßte sein Zorn und

machte einem gewinnenden Lächeln Platz, dem eine galante Verbeugung folgte. Aber nichts davon galt Kate: Chance schien nur Lauralee zu sehen.

»Arrogantes Biest«, murmelte Lauralee, laut sagte sie jedoch: »Wie geht es Ihnen, Mr. McCallum?« und lächelte ihn höflich an.

Chance musterte sie mit unverhohlener Bewunderung, und sein Lächeln vertiefte sich. »Stell mich vor«, befahl er Kate, die er bisher keines Blickes gewürdigt hatte.

Sie errötete vor Zorn und Empörung, doch bevor sie etwas sagen und sich in Schwierigkeiten bringen konnte, stand Lauralee auf und reichte Chance ihre Hand.

»Mein Name ist Lauralee Parker«, sagte sie freundlich. »Ich bin Jays Freundin.«

Das schien Chance den Wind aus den Segeln zu nehmen, sehr zu Lauralees Entzücken, und sie war froh, daß er wenigstens genug Anstand besaß, diesen Umstand zu respektieren. Ganz offensichtlich war er ziemlich fassungslos, was sicher nicht sehr häufig bei ihm vorkam, wie Lauralee vermutete. Nach kurzer Überlegung küßte er Kate flüchtig auf die Wange und ging hinaus.

Wäre Chance McCallum ihr Mann gewesen, hätte Lauralee ihn für sein Verhalten geohrfeigt, aber Kate starrte nur mit einem verwundeten und gleichzeitig anbetenden Ausdruck auf die geschlossene Tür.

Diese McCallum-Männer, beschloß Lauralee, verdienten eine Lektion. Sicher keine leichte Aufgabe, aber irgend jemand mußte es einfach tun . . .

7

Jay saß an seinem Schreibtisch in einem kleinen Arbeitszimmer und las. Seine Füße, die noch in den Stiefeln steckten, lagen auf der Tischplatte, und er kehrte Lauralee den Rücken zu. Alle paar Minuten hielt er im Lesen inne und machte seltsame Handbewegungen, oft mit beiden Händen und manchmal nur mit einer.

Lauralee hatte keine Ahnung, was das bedeuten sollte, aber sie war merkwürdig gerührt über die entschlossene Haltung seiner Schultern und die Art, wie er den Kopf hielt. Angesichts seiner tiefen Konzentration wurde sie von einer unbegreiflichen Zärtlichkeit erfaßt und wäre gern zu ihm gegangen, um ihm über das dunkle Haar zu streichen.

»Jay?«

Er klappte das schwere Buch zu, legte es auf den Schreibtisch und drehte sich zu Lauralee um. Lächelnd streckte er seine Hand aus, und sie ging zu ihm, unfähig, ihm zu widerstehen, und ließ sich von ihm auf den Schoß ziehen.

Es war lange her, seit ein Mann sie derart sanft auf dem Schoß gehalten hatte, und trotz der skandalösen Natur dieser Geste dachte Lauralee weder an Anstand noch Moral.

Jays Oberschenkel lagen hart und muskulös unter ihren,

seine Brust stützte ihren Rücken. Seine Hände, in völlig harmloser Manier vor ihr verschränkt, berührten sie in keiner Weise, und doch war Lauralee sich ihrer fast schmerzhaft bewußt. Angenommen, sie würden sie jetzt streicheln, diese starken, sonnengebräunten Hände, würden sich um ihre vollen Brüste schließen und ...

Lauralee erschauerte, und Jay lachte leise. Sein Atem streifte ihren Nacken wie ein Streicheln. »Was hast du, Kleines?«

Lauralee seufzte. Sie konnte diese Frage nicht beantworten, solange sie als anständige Frau gelten wollte. Aber konnte sie das nach den Ereignissen jener leidenschaftlichen Nacht mit ihm überhaupt noch verlangen? »Ich ... Ich muß Clarie ein Telegramm schicken«, sagte sie ausweichend. »Sie wird sich Sorgen um Alexander machen ...«

Jays warme Lippen streiften ihren Hals und sandten ein wohliges Erschauern durch ihre Glieder. »Darum habe ich mich schon gekümmert, nachdem wir heute morgen mit dem Arzt gesprochen haben«, sagte er.

Lauralee wußte, daß sie sich sehr undamenhaft verhalten würde, wenn er weiter auf diese Weise ihren Hals liebkoste. Deshalb drehte sie sich auf seinem Schoß um und schaute ihm in die Augen – was auch schon ein recht gewagtes Unternehmen war.

»Kümmern Sie sich stets um alles, Mr. McCallum?«

Jays vielsagendes Lächeln war auf aufreizende Weise selbstzufrieden und übte eine unwiderstehliche Anziehungskraft auf Lauralee aus, schlug sie mit Leib und Seele in seinen Bann. »Ich bemühe mich«, sagte er heiser.

Wenn er sie jetzt küßte, war Lauralee verloren. Das wußte sie, und sie wollte eigentlich auch gar nicht, daß er sie küßte, aber sie konnte sich ihm einfach nicht entziehen. Wie durch Zauberei lockte er sie näher und näher, bis ihre Lippen sich berührten. Eine seiner Hände, deren Berührung sie ersehnte und die sie doch am liebsten fortgestoßen hätte, glitt langsam an ihrer Taille hinauf.

Jays Fingerspitzen zeichneten die Konturen ihrer vollen Brüste nach, so sachte, daß es kaum zu spüren war, und doch richteten Lauralees Brustspitzen sich sofort auf. Und sein Kuß – sein Kuß weckte ein heißes Sehnen in ihr, das sie die Umgebung und die Tatsache, daß sie sich in Jays Elternhaus befand, vergessen ließ.

Lauralee bebte vor Verlangen ... Wie war es möglich, daß sie ihn noch mehr begehrte als in jener Nacht, als sie zu ihm geschlichen war und sich ihm hingegeben hatte wie eine heißblütige Dirne?

Als Jay ihr Zittern spürte, umschloß er mit beiden Händen ihre Brüste und küßte sie noch fordernder, noch intensiver.

Es kostete Lauralee eine fast übermenschliche Anstrengung, aber es gelang ihr, sich ihm zu entziehen und aufzuspringen. Mit geröteten Wangen und bestürztem Blick stand sie vor ihm und starrte ihn nur an.

Lächelnd erhob sich Jay aus seinem Sessel. Mit einer knappen Bewegung seiner Hand schloß er die schwere Eichentür, die das Zimmer vom Rest des Hauses abtrennte.

Lauralees Herz klopfte zum Zerspringen. Selbst durch den Ärmel von Jays Hemd konnte sie das Spiel seiner Muskeln sehen, als er den Arm ausstreckte, um das einzige Licht im Raum zu löschen.

Obwohl all ihre Instinkte sie zu ihm trieben, trat Lauralee einen Schritt zurück und stieß mit den Waden gegen einen Sessel oder eine Couch. Verwirrt blickte sie sich um. Wie es das Pech so wollte – oder war es Glück? – handelte es sich um eine Couch.

Jay näherte sich Lauralee nicht und betrachtete sie nur eine Weile lächelnd. »Du brauchst mir nur zu sagen, Lauralee, daß ich dich nicht lieben soll, dann lasse ich dich in Ruhe. Aber kannst du mir das guten Gewissens sagen?«

Nein, das konnte sie nicht. Ihre Kehle war wie zugeschnürt; selbst wenn es um ihr Leben gegangen wäre, hätte sie die Worte nicht über die Lippen gebracht.

»Das habe ich mir gedacht«, stellte Jay in zärtlich-schroffem Ton fest, kam zu ihr und löste die Nadeln aus ihrem Haar. Als sie seine Fingerspitzen auf ihrer Kopfhaut fühlte, ging ein Erschauern durch ihren Körper. Sie schloß die Augen und schwankte leicht. Sie spürte, wie ihr das lange Haar schwer über die Schultern fiel, und sie fand es seltsam sinnlich. Jay kämmte es mit den Fingerspitzen und strich es ihr zärtlich aus der Stirn, was eine beruhigende und zugleich unglaublich erregende Wirkung auf sie hatte.

»Du bist so schön«, flüsterte er, während seine Hände ihre Schultern streichelten. Dann küßte er sie heiß.

Lauralee hatte das Gefühl, in warmen, weichen Samt eingepackt zu sein. Als das Kleid von ihren Schultern glitt, verwandelte sich die angenehme sinnliche Spannung, die sie beherrschte, in quälendes Verlangen. Als auch ihr Mieder hinunterglitt und ihre Brüste sich Jays Blicken darboten, stieg ein leises Seufzen in ihrer Kehle auf, das Jay jedoch in seinem Kuß erstickte.

Dann endete der Kuß. Jay trat zurück und ließ seinen Blick einen Moment lang bewundernd auf Lauralees wunderschönen vollen Brüsten ruhen, deren rosige Spitzen sich ihm geradezu entgegendrängten. Aufstöhnend beugte er sich vor und schloß seine Lippen um eine dieser zarten Knospen.

Lauralee legte mit einem lustvollen Seufzen den Kopf in den Nacken und verschränkte ihre Finger in Jays Haar. Sie hatte jegliches Gefühl für Zeit und Raum verloren, war für nichts anderes mehr empfänglich als für Jays sinnliche Zärtlichkeiten. Ihr war, als schwebte sie schwerelos im All.

Irgendwann spürte sie, daß ihr Kleid und ihr Mieder zu Boden glitten, dann folgte ihr spitzenbesetztes Höschen. Jay kniete vor ihr nieder, streifte ihre Strümpfe ab und zog ihr die winzigen Pantoffeln aus.

Dann legte er beide Hände um Lauralees Hüften, streichelte sie, bis ihre Haut unter seinen Fingern prickelte, und bedeckte ihren flachen Bauch mit heißen Küssen. Lauralee war keines vernünftigen Gedankens mehr fähig; sie schlang Jay die Arme um den Hals und ließ ihre Hände ihre eigene Sprache sprechen.

Der erste zarte Kontakt mit Jays Zunge steigerte ihre lustvolle Erwartung ins Unerträgliche; ein heiserer Ton entrang sich ihren Lippen, ihr Körper versteifte sich, das Zimmer verschwamm vor ihren Augen. Die Lust, die Jays sinnliche Liebkosungen in ihr weckten, war grenzenlos; in köstlicher Kapitulation legte sie den Kopf zurück und schloß die Augen.

Sie glaubte, sterben zu müssen, wenn er jetzt aufhörte, und auch, wenn er es nicht tat, und stieß in ihrer Verzweiflung einen heiseren Schrei aus. Die Gefühle, die sich ihrer bemächtigten, waren fast unerträglich in ihrer Intensität ... Aber noch viel unerträglicher wäre es für sie gewesen, wenn Jay seine sinnliche Verführung abgebrochen hätte.

Lauralees Höhepunkt begann mit einem Beben, das tief aus ihrem Innern kam und sie bis in die Seele erschütterte. Zu schwach, um sich auf den Beinen zu halten, umklammerte sie Jays Schultern und stieß ein heiseres, lustvolles Stöhnen aus, als er sich auf die Couch niedersinken ließ und seine Kleider ablegte.

Schließlich stand er nackt vor ihr; im Schein der Gaslampe waren seine ausgeprägten Muskeln deutlich zu erkennen; er war schön wie eine griechische Statue, und Lauralee betrachtete ihn fasziniert.

Jay lachte leise, als er zu ihr kam und sich über sie beugte. »Werde ich dich eigentlich je im Bett haben?« murmelte er rauh.

Er hätte sie überall haben können, aber das sagte Lauralee ihm natürlich nicht. Statt einer Antwort schloß sie ihre Hände um seine Hüften und zog ihn verlangend auf sich heran. Jay reagierte mit einem fast gequälten Aufstöhnen, weil es ihn unglaubliche Beherrschung kostete, sich zurückzuhalten und seinem eigenen körperlichen Verlangen noch nicht nachzugeben.

Er schloß die Augen. »Lauralee – mein Gott – wenn du mich nicht heiratest ...!«

Jay heiraten? Eine verrückte Hoffnung bemächtigte sich ihrer, die dann abgrundtiefer Verzweiflung wich. Die Leidenschaft, die sie eben noch beherrscht hatte, verging, aber es war schon zu spät. Mit einem kräftigen Stoß und einem heiseren Aufschrei drang Jay in sie ein und raubte ihr jeglichen vernünftigen Gedanken.

Die innige Bewegung ihrer Körper und Jays Rhythmus, der immer heftiger, immer erregender wurde, weckten Lauralees

Verlangen von neuem, und sie biß sich auf die Lippen, um nicht das ganze Haus durch ihre heiseren Schreie auf das aufmerksam zu machen, was sich im Arbeitszimmer abspielte.

Als ein lustvolles Zittern durch ihren Körper lief und die Spannung löste, die sich in ihr aufgebaut hatte, bäumte sich auch Jay auf und erstickte ihren Schrei mit seinem eigenen.

»Ich kann ohne dich nicht gehen«, sagte er, als beide wieder zu Atem gekommen waren. »So wahr mir Gott helfe – ich kann es nicht!«

Eine eiskalte Hand schien nach Lauralees Herz zu greifen. »Gehen? Wohin denn, Jay?«

»Nach Washington«, antwortete er leise.

»Wir sind in Washington!« entgegnete Lauralee verwundert.

»Ich meinte die Hauptstadt«, erklärte er.

Washington D. C.! Aber das lag auf der anderen Seite des Kontinents, so weit entfernt, daß, Lauralee sich nicht einmal eine Vorstellung von der Distanz machen konnte. »Warum willst du nach Washington?« fragte sie ängstlich.

Jay lachte, sehr tief, sehr männlich. »Ich soll den Sitz meines Vaters im Senat der Vereinten Staaten übernehmen.«

Lauralee krümmte ganz unbewußt den Rücken, als Jay seine Lippen liebkosend über eine ihrer rosigen Brustspitzen gleiten ließ. »Das geht doch nicht . . .« protestierte sie halbherzig.

Jay hob den Kopf und schaute ihr in die Augen. »Nicht ohne dich«, entgegnete er ernst.

Die Spannung, die Lauralee beherrschte, ließ ein wenig nach. »Du willst, daß ich dich begleite? Aber was wird aus Alexander und aus Clarie? Und meinen Bäumen . . .?«

Jay verdrehte die Augen. »Pfeif auf deine Bäume! Alexander und Clarie würden natürlich mit uns kommen.«

Lauralee liebte Jay von ganzem Herzen, vorbehaltlos und rückhaltlos. Aber er hatte ihr bisher mit keinem Wort verraten, was er für sie empfang. »Ich soll auf meine Bäume *pfeifen*?« wiederholte sie empört. »Jay McCallum, du solltest wissen, wie wichtig sie mir sind! Ich habe nicht so hart gearbeitet, um . . .«

Jay nahm ihre Hand und streichelte die schwielenbedeckte Innenfläche. »Ich weiß, wie hart du gearbeitet hast. Aber bedenk doch, was es für Clarie bedeuten würde! Es gibt Schulen in Washington, wo sie Musik studieren kann, Geschichte oder Literatur. Was lernt sie denn jetzt, Lauralee?«

Lauralee dachte an die kleine, einklassige Schule, die Clarie besuchte. Die wenigen verfügbaren Bücher dort waren hoffnungslos veraltet, und Jenny hatte als Lehrerin nicht viel zu bieten, dazu wußte sie selbst zu wenig. Und was würde aus Alexander werden? Angenommen, sein Hörvermögen kehrte nie zurück? Wie sollte man erwarten, daß er unter den gegebenen Umständen etwas lernte?

Jay schien ihre Gedanken so klar zu erraten, als stünden sie ihr auf der Stirn geschrieben. »Mein Vater kennt eine Schule in Washington, wo Alexander schreiben, lesen und rechnen lernen kann, sobald er alt genug dazu ist.«

»Eine Schule?« fragte Lauralee mißtrauisch. Falls Jay glaubte, daß sie ihren Sohn in ein Heim geben würde, hatte er sich sehr getäuscht.

»Müßte er dort wohnen?«

»Natürlich nicht«, entgegnete Jay lachend. »Er würde bei uns leben. Aber bedenk doch einmal, wie wichtig eine solche Ausbildung für ihn wäre, Lauralee.«

Die Vorstellung, Alexander zu lebenslanger Taubheit verdammt zu sehen, war so niederschmetternd wie das starke Schuldbewußtsein, das sie begleitete. Lauralees neugewonnene Zukunftshoffnungen verblaßten. Was für eine schlechte Mutter mußte sie sein, um all diese unaussprechlichen Dinge mit Jay McCallum zu tun, während ihr kleiner Junge im Krankenhaus lag . . .

»Hör auf damit!« befahl Jay, der noch immer ihre Gedanken zu lesen schien. »Ich weiß genau, was dir durch den Kopf geht, und glaub mir – das ist alles Unfug! Daß wir uns lieben, hat nicht das geringste mit Alexanders Krankheit zu tun!«

»Warum schreist du dann so?«

»Ich schreie nicht!«

Seine Stimme schallte von den Wänden wider, und als Lauralee lachen mußte, begann Jay sie zu kitzeln, bis sie hilflos um Gnade bat.

»Und wer schreit jetzt? Sag, daß du mich heiraten wirst, dann höre ich sofort auf.«

Vor lauter Lachen kamen Lauralee die Tränen. »Das ... ist ... Erpressung!« keuchte sie.

»Ja oder nein?« brüllte Jay und kitzelte sie weiter.

»Ja!« stieß sie lachend hervor.

Jay ließ von ihr ab und sprang auf. »Na schön«, erklärte er triumphierend. »Dann zieh dich an. Ich kenne einen Friedensrichter ...«

Doch Lauralees Enthusiasmus ließ schon nach. Worauf hatte sie sich da eingelassen? Sie kannte diesen Mann doch kaum! Vielleicht war es gar keine Liebe, was sie für ihn empfand, sondern nichts als Lust? Es war durchaus möglich ...

Jay zog sie auf die Beine und versetzte ihr einen liebevollen Klaps auf den nackten Po. »Beeil dich. Ich kann sehen, daß du es dir schon wieder anders überlegst!«

Lauralee zog sich an, aber es ging Jay nicht schnell genug. »Warum hast du es so eilig?« fragte sie unfreundlich, denn die Vorstellung, Jays Frau zu werden, erfüllte sie mit Ärger und Furcht, aber auch mit einem ihr völlig unverständlichen Eifer.

»Wie kannst du das fragen?« entgegnete er schmunzelnd. »Nach allem, was hier eben geschehen ist?«

Lauralee versteifte sich, als er ihr Kleid am Rücken zuknöpfte. »Ich will es wissen, Jay. Ich rühre mich nicht eher vom Fleck, bis du es mir gesagt hast.«

»Na gut, dann werde ich es dir erklären: Ich habe nicht vor, dich jeden Abend mit einem Gutenachtkuß vor deiner Zimmertür zu verabschieden – was der Anstand erfordern würde, solange wir nicht verheiratet sind.«

»Bisher hast du dich auch nicht um Anstand gekümmert!«

»Weil meine Leidenschaft für dich stärker war als mein moralisches Empfinden, Lauralee«, entgegnete er lächelnd. »Aber wie könnte ich mit dir weiterleben, wenn ich jetzt nicht die Konsequenzen aus meiner Handlungsweise ziehen und mich wie ein Ehrenmann verhalten würde?«

Lauralee lachte und schob ihn mit beiden Händen zur Tür. »Erzähl mir nichts von Ehre, du Wüstling«, flüsterte sie auf dem

Korridor. »Als du gesagt hast, du wolltest mich heute nacht in deinem Bett haben, kamst du der Wahrheit schon viel näher!«

Der Richter, von dem er gesprochen hatte, lebte ganz in der Nähe von Jays Elternhaus. Lauralee fand ihn erstaunlich jung angesichts des Amtes, das er innehatte.

Als sie einander vorgestellt worden waren, erklärte Jay den Grund ihres Besuchs. Lauralee empfand das belustigte Funkeln in den grünen Augen des jungen Richters als sehr beschämend.

»Sie wissen, Jay, daß Sie eine Lizenz benötigen«, gab er lächelnd zu bedenken.

»Natürlich weiß ich das«, entgegnete Jay gereizt. »Ich bin schließlich Anwalt – und Sie sind befugt, eine Sonderlizenz auszustellen!«

»Jay kann sehr überzeugend sein«, bemerkte Richter Ryan zu Lauralee. »Es muß sein Charme sein, denke ich.«

»Mit Charme hat das nichts zu tun«, entgegnete Lauralee trocken, und beide Männer lachten.

»Bringen wir es also lieber hinter uns, bevor die junge Dame es sich anders überlegt«, meinte der Richter seufzend. Aber das belustigte Funkeln in seinen Augen war noch nicht erloschen, und Lauralee hatte das Gefühl, daß er insgeheim über sie lachte.

Doch dann ging alles so schnell, daß Lauralee keine Zeit mehr blieb, zu überlegen, ob sie richtig oder falsch handelte. Richter Ryans Schwester und sein Hausmädchen wurden als Trauzeugen herbeigeholt, und die Trauung wurde vollzogen.

Danach ließ Richter Ryan Brandy servieren, um auf das junge Paar anzustoßen, und Lauralee bereitete sich innerlich schon auf eine Auseinandersetzung mit Jay vor. Denn falls er darauf bestand, daß sie Alkohol trank, obwohl ihm ihre Einstellung bekannt war ...

Doch Jay sagte nichts, als Lauralee ihren Brandy höflich, aber bestimmt ablehnte. Ein Toast wurde auf die Brautleute ausgesprochen, Jay bedankte sich bei seinem Freund, und dann eilten sie durch die gasbeleuchteten Straßen heim.

Lauralee fühlte sich ganz eigenartig beschwingt, obwohl sie nicht mit den anderen angestoßen hatte. Ihr Herz klopfte vor lauter Glück so heftig, daß sie glaubte, es müsse in ihrer Brust zerspringen.

Ein verwirrender Gedanke kam ihr. »Glaubst du, man könnte betrunken werden, weil man Alkoholdunst eingeatmet hat?« fragte sie.

Jay warf den Kopf zurück und lachte so laut, daß in den umliegenden Häusern Lichter aufflammten. Aber es schien ihn nicht zu stören, daß sie beobachtet wurden. Er hob Lauralee auf seine Arme und schwenkte sie übermütig im Kreis herum. Ihr war so schwindlig, als Jay sie absetzte, daß sie stolperte und sich an Jays Rockaufschlägen festklammern mußte, um nicht zu fallen.

»Jay McCallum, ich habe dir lediglich eine Frage gestellt . . .«

Wieder lachte er und senkte den Kopf, um sie auf den Mund zu küssen. »Es tut mir leid, meine kleine Abstinenzlerin. Ich hätte nicht lachen sollen. Aber was deine Frage betrifft – nein, es ist nicht möglich, durch das Einatmen von Alkoholdunst betrunken zu werden.«

Das erleichterte Lauralee ungemein. Es wäre schlimm gewesen, wenn sie als Anführerin der Antialkoholikerliga von Halpern's Ferry einen solch schrecklichen Fehler begangen hätte. »Ich wundere mich nur, daß ich mich so komisch fühle«, gestand sie leise. »Ich bin wie beschwipst.«

Jay lächelte sie an, nahm ihren Arm und begann in Richtung seines Elternhauses weiterzugehen. »Und wunderschön«, sagte er sanft.

Falls Jay wußte, warum sie sich wie beschwipst vorkam, verriet er es mit keinem Wort.

In dem dunklen, nächtlich stillen Haus hob Jay Lauralee auf seine Arme und trug sie die breite Treppe hinauf. Ihr entzücktes Kichern erstickte er mit einem Kuß.

Im ersten Stock öffnete Jay die Tür zu einem Lauralee noch unbekannten Zimmer. Als sie den dunklen Raum betraten, fiel ihr als erstes auf, daß dem Zimmer ganz unverkennbar Jays Duft anhaftete.

Da sie erwartet hatte, auf ein Bett gelegt zu werden, war sie enttäuscht, als Jay sie auf die Beine stellte. Nach einem gutmütigen Klaps auf ihren Po entfernte Jay sich von ihr und machte Licht, so daß sie endlich etwas sehen konnte. Es war ein schönes, sehr geräumiges Zimmer mit vielen Büchern, Akten und unordentlich herumliegenden Kleidungsstücken. In einer Ecke vor einem Kamin standen zwei bequeme Ledersessel, in der Mitte des Raumes stand ein ungemachtes Bett.

»Nicht sehr romantisch, was?« meinte Jay bedauernd und schaute sich seufzend um, während er seinen Rock ablegte.

Lauralee bekam es plötzlich wieder mit der Angst zu tun. Aus einem leidenschaftlichen Augenblick heraus hatte sie sich zu diesem Schritt überreden lassen, und nun war sie verheiratet. Jay besaß jetzt eine Vielzahl legaler und moralischer Rechte über sie, und sie konnte die gefährliche Lage, in der sie sich befand, niemand anderem als sich selbst anlasten. Ihre Unterlippe zitterte, und Jay, der es bemerkt hatte, berührte sie sanft mit seinem Zeigefinger.

»Hab keine Angst, Mrs. McCallum. Von unseren politischen Differenzen einmal abgesehen, hast du kein Ungeheuer geheiratet. Nur einen ganz normalen Mann.«

Aber die Gedanken, die Lauralee beherrschten, waren alles andere als beruhigend. Jay konnte ihr Land abnehmen und es verkaufen. Er konnte sie dazu zwingen, Clarie fortzuschicken. Er konnte sogar Alexander in ein Waisenhaus stecken, wenn er wollte! All die empörenden Rechte verlieh ihm nun das Gesetz, und wer kannte die Gesetze besser als er, der Anwalt war und zukünftiger Senator! Lieber Gott, dachte Lauralee flehend, wenn er mir doch wenigstens sagen würde, daß er mich liebt!

Jay nahm ihre Hand und führte sie in einen angrenzenden Raum. Lauralees Augen wurden groß, denn sie stand vor einer großen Marmorwanne, tief in den Boden eingelassen und mit schimmernden Bronzehähnen versehen! Ein Klosett, ein Waschbecken und ein Regal voller schneeweißer Frottehandtücher vervollständigten die Einrichtung des Badezimmers.

Stirnrunzelnd betrachtete Lauralee den Wassertank, der an der Wand über dem Klosett hing. »Ich weiß nicht, ob es nicht gefährlich sein kann, darunter zu sitzen«, bemerkte sie, und Jay lachte schallend.

»Dich mit nach Washington zu nehmen, wie ein echtes Abenteuer sein«, sagte er, als er sich von seinem Heiterkeitsanfall erholt hatte. Er bückte sich, um einen Stöpsel in den Abfluß der Badewanne zu stecken und die Wasserhähne aufzudrehen.

Lauralee errötete. Sie kam sich wie ein Dorftrottel vor. Im Augenblick hatte der Gedanke, mit Jay nach Washington zu gehen – abgesehen von den Vorteilen für Clarie und Alexander – etwas ungemein Beängstigendes für Lauralee. Was wußte sie schon von einem solchen Leben? Selbst Badezimmer waren etwas Neues für sie, nicht anders als Telefon und Gaslampen.

Sie drehte ihre Handflächen nach oben und betrachtete mit tränenfeuchten Augen die vielen rauhen Stellen auf ihrer Haut. »O Gott«, flüsterte sie bestürzt.

Jay war näher, als sie dachte; er küßte sie auf die Stirn. »Das wird heilen«, meinte er sanft. »Außerdem wirst du sowieso die meiste Zeit Handschuhe tragen.«

Handschuhe! Wollte er sie damit trösten? Lauralee war zutiefst verzweifelt. Zu Handschuhen gehörten auch elegante Kleider, von denen Jay bestimmt erwartete, daß sie sie tragen würde – während sie selbst nicht einmal wußte, wie man solche Kleider aussuchte! Sie würde in Washington als weltfremder, ungeschickter Trampel aus dem ›Wilden‹ Westen gelten, und alle würden über sie lachen.

Jay drehte sie zu sich herum und begann ihr Kleid aufzuknöpfen. »Wenn du nicht aufhörst, Frau, dir den Kopf über Kleinigkeiten zu zerbrechen, lege ich dich übers Knie«, drohte er scherzhaft. »Und jetzt ab in die Badewanne!«

Lauralees Hände zitterten, als sie das Kleid auszog, Mieder, Höschen, Strümpfe und Pantoffeln. Um Jay nicht ansehen zu müssen, drehte sie ihm den Rücken zu und stieg vorsichtig in das heiße Wasser.

Jay kniete sich neben die Wanne und stellte das Wasser ab. »Sieh mich an, Lauralee«, befahl er ruhig.

Sie gehorchte mit tränenfeuchten Augen. »Ich kann nicht mit dir nach Washington gehen. Meine Obstbäume . . .«

Jay nahm einen Waschlappen und ein Stück Buttermilchseife in die Hand. »Sind sie wichtiger als dein Sohn, Lauralee? Oder wichtiger als Clarie?« Schmunzelnd hob er eins ihrer Beine aus dem Wasser und begann es gründlich einzuseifen. »Aber sag doch mal – wer genau ist Clarie eigentlich?«

Seufzend lehnte Lauralee sich zurück. »Virgils Tochter. Ihre Mutter brachte sie eines Tages zu ihm, kurz nachdem wir geheiratet hatten, und seitdem hat sie sich nie wieder sehenlassen.«

»Das klingt ja, als sei es eine Überraschung für dich gewesen, daß Virgil eine Tochter hatte!«

»War es auch. Er hatte nie mit mir über Clarie gesprochen – oder über ihre Mutter.« Lauralee senkte ganz unbewußt die Stimme. »Sie waren nie verheiratet, Virgil und Claries Mutter. Man konnte meinen, daß sie eine Schlampe ist, nicht wahr? Aber Louise ist sehr nett. Sie war Lehrerin, und es ist ihr furchtbar schwergefallen, ihr kleines Mädchen fortzugeben ...«

Jay ließ Lauralees Bein ins Wasser zurückgleiten und hob das andere. »Clarie hofft sicher, daß sie irgendwann zurückkommt.«

»Ja, und manchmal bricht es mir fast das Herz. Ich liebe Clarie und würde sie nie aufgeben wollen, aber ich wünschte trotzdem, sie und ihre Mutter wären wieder vereint.«

»Vielleicht läßt sich etwas arrangieren«, meinte Jay. »Wie war Virgil eigentlich?«

Es ist wohl unvermeidlich, daß mein zweiter Mann etwas über den ersten erfahren will, dachte Lauralee. »Er war wunderbar, bevor er mit dem Trinken anfing – er lachte soviel, Jay! Wir haben hart gearbeitet, aber Virgil ließ es stets wie Spaß und Spiel erscheinen.«

Jays ganze Konzentration schien nur seiner ungewöhnlichen Aufgabe zu gelten. »Du hast ihn geliebt«, stellte er, scheinbar emotionslos, fest.

Lauralees Kehle war wie zugeschnürt. »Ja«, sagte sie gepreßt.

»Hat er schon immer getrunken?«

Sie schloß die Augen. »Eigentlich ja. Aber lange Zeit war es kein Problem. Es geschah ganz allmählich – daß er ein richtiger Trinker wurde, meine ich – so langsam, daß es mir zuerst überhaupt nicht auffiel.«

Ein Schweigen, das seltsam tröstlich war nach diesem Gespräch, senkte sich über das jungverheiratete Paar. Jay badete Lauralee, als wäre sie ein kleines Kind, wusch ihr Gesicht, ihre Arme, ihren Bauch, ihre Brust, ihren Rücken und dann ihre intimsten Körperstellen. Es war eine sinnliche, aber auch seltsam beruhigende Erfahrung für Lauralee, und als Jay sie aus dem Wasser hob und mit einem weichen Handtuch abtrocknete, ließ sie sich an seine Brust sinken, schläfrig und vertrauensvoll, und es war fast so, als habe es nie einen Virgil Parker gegeben.

Jay lachte leise und hob sie auf seine Arme. Ihr Kopf glitt auf seine Schulter, als er sie in das angrenzende Schlafzimmer trug und behutsam auf dem Bett ablegte, wo sie mit geschlossenen Augen liegenblieb. Jay ging zu dem breiten Mahagonischrank und wühlte in den Schubladen.

Als er zum Bett zurückkehrte, hielt er ein weißes Batisthemd in der Hand. Er richtete Lauralee in eine sitzende Stellung auf, streifte ihr geduldig das Hemd über und knöpfte es bis zu ihren Brüsten zu.

Dann deckte er Lauralee zu und beugte sich über sie, um sie zu küssen. Im Halbschlaf streckte sie die Arme aus und schlang sie um Jays Nacken.

Wieder lachte er verhalten, aber er schob ihre Hände fort und richtete sich auf, um seine schmale schwarze Krawatte abzulegen, die er dann achtlos in eine Ecke schleuderte. Ich muß ihm seine Schlampigkeit abgewöhnen, dachte Lauralee, während sie sich tiefer unter die Decken kuschelte.

Als Jay sich entfernte, versetzte es ihr einen schmerzhaften Stich. So müde Lauralee war, sie wollte in seinen Armen liegen und sich ein letztes Mal zärtlich mit ihm vereinigen, bevor sie sich endgültig ihrem Schlafbedürfnis überließ.

Im Badezimmer rauschte Wasser. Lauralee hörte Jay in der Wanne plantschen und wußte, daß er nackt war. Am liebsten wäre sie zu ihm gegangen, um ihn zu baden, wie er es bei ihr getan hatte; aber ihre Muskeln waren schwer wie Blei und reagierten nicht auf die Befehle ihres Gehirns.

Als Jay ins Bett kam und sich neben Lauralee ausstreckte,

legte sie ihre Hand auf seine Brust und streichelte das weiche dunkle Haar. Wie gut er duftete! So sauber. So gut. So rein. So vertraut ...

Lauralee gähnte. »Ich ... will dich haben ... Es ist unsere ... Hochzeitsnacht ...«

»Du willst schlafen«, entgegnete er leise, aber sein Körper reagierte mit spürbarer Anspannung auf ihre Liebkosungen.

Lauralee schmiegte sich an ihn; wohlige Trägheit erfaßte ihre Glieder, als sie Jays warme Haut an ihrer spürte.

Irgendwo, ganz tief in einem Winkel ihres Bewußtseins, meldete sich eine langvergessene Erinnerung. Lauralee richtete sich gähnend auf und begann Jays breite Brust zu küssen. Er stöhnte ganz unbewußt auf und versuchte, sie fortzuschieben, aber sie blieb und strich mit der Zungenspitze über seine Brustwarzen. Sein erneutes Aufstöhnen machte sie mutiger, und sie ließ ihre Lippen ganz langsam über seinen flachen Bauch nach unten gleiten.

»Lauralee«, stöhnte Jay, als sie sein Glied umfaßte. »O Gott ... Lauralee ...«

Sie küßte ihn, und er krümmte den Rücken und stieß einen Schrei aus, der zugleich eine Ermunterung und eine Warnung war. Seine Finger verschränkten sich in ihrem Haar, entfernten die Nadeln und zupften die seidigen Strähnen auseinander, bis sie wie ein Schleier seinen Oberkörper einhüllten.

Lauralee biß ihn zärtlich. »Es wird dir nichts nützen, dich vor mir zu verbergen«, scherzte sie. Jays Hüften bogen sich ihr einladend entgegen; er stieß einen erstickten, hilflosen Ton aus, der tief aus seiner Brust zu kommen schien. »Du kleine Hexe ...« keuchte er.

Lauralee lachte und setzte die süßen Qualen fort, bis Jay sie mit einem Aufschrei um die Taille packte und auf seine Schenkel zog. Mit einer kraftvollen Bewegung drang er in sie ein und zerrte an ihrem weißen Hemd, bis es aufriß und die Knöpfe in alle Richtungen flogen.

Lauralee lachte nicht mehr; Jays heftige, ungestüme Bewegungen versetzten sie in einen sinnlichen Rausch, der alles andere auslöschte. »Jay«, flüsterte sie bittend. »Jay, Jay ...«

Mit starken Händen umfaßte er ihre Taille und dirigierte ihre Bewegungen, was einen Sturm von Empfindungen in ihr auslöste, wie sie sie noch nie zuvor erfahren hatte. Sein unbändiges Verlangen trieb ihn zu einem wilden, unbeherrschten Rhythmus an, den Lauralee bereitwillig aufnahm. Sie glaubte vor Lust zu vergehen. Ihre Finger glitten wie im Fieber über seine Schultern, während ihre Erregung ins Unerträgliche wuchs. Ihre Muskeln spannten sich, ein lustvolles Zittern lief durch ihren Körper, und ihren Lippen entrang sich ein heiserer Schrei, der sich wie ein Echo wiederholte, als Jay im gleichen Augenblick den Höhepunkt der Ekstase erreichte.

Es dauerte lange, bevor der Sturm abebbte; Jay war wie gewöhnlich der erste, der wieder zu Atem kam. Immer noch auf innigste Weise mit ihr verbunden, lächelte er im Mondschein, der durch ein Fenster strömte, und streichelte Lauralees Brüste, ihren Rücken, ihren Po.

»Verdammt«, sagte er. »Unsere Heirat sollte eine Überraschung sein!«

Lauralee errötete. Natürlich – jeder einzelne Bewohner dieses Hauses mußte ihre lustvollen Schreie gehört haben! Beschämt wollte sie sich abwenden, aber Jay hielt sie fest.

»O nein, kommt nicht in Frage«, knurrte er. »Du hast damit angefangen, vergiß das nicht. Und ich habe noch einiges mit dir vor, Mrs. McCallum.«

Das hatte er tatsächlich. Der Morgen graute schon, als Jay und Lauralee endlich in einen tiefen, erschöpften Schlaf versanken.

8

Jays Wunsch wurde ihm erfüllt. Seine Heirat mit Lauralee, die er beim Frühstück der versammelten Familie verkündete, kam für alle sehr überraschend. Für einige war es ein angenehmer Schock; Kate lachte vor Entzücken und klatschte begeistert in die Hände, und Jays Vater lächelte erfreut. Chance, der an diesem Morgen wie ein Cowboy gekleidet war und an einem Schrank lehnte, verschränkte die Arme und musterte seine neue Schwägerin mit belustigten, aber auch anerkennenden Blicken.

Mrs. Eleanor McCallum fiel glatt in Ohnmacht.

Lauralee erschrak und beobachtete voller Besorgnis, wie Jay und der Senator ihr zu Hilfe eilten.

»Keine Angst«, flüsterte Chance Lauralee zu. »Sie mochte Kate und Lucy auch nicht.«

Die älteste Mrs. McCallum kam zu sich, ihre Wimpern flatterten auf ihren blassen Wangen, und ein leises Stöhnen entrang sich ihrer Kehle. Lauralee, die wieder eins von Kates Kleidern trug, weil sie noch keine passenden eigenen besaß, schaute an sich herab und fragte sich, was sie verbrochen haben mochte, um ihrer frischgebackenen Schwiegermutter dermaßen unsympathisch zu erscheinen.

»Lumpenpack . . .« murmelte die alte Dame, als Jay und sein Vater ihr aufhalfen. »Mitgiftjäger . . .«

Lumpenpack. Mitgiftjäger. Lauralee begriff erst mit Verspätung, daß Mrs. McCallums Worte sich auf sie bezogen. Sie errötete vor Zorn und hätte ihre neue Familie am liebsten unverzüglich darüber aufgeklärt, daß ihr nichts von dem Reichtum der McCallums bekannt gewesen war. Für sie war Jay nichts als ein Saloonbesitzer gewesen! Außerdem war die Sache mit der mitternächtlichen Trauung nicht ihre Idee gewesen . . .

Der Senator setzte seine verwirrte Frau auf einen Stuhl an dem langen Eßtisch und reichte ihr ein Glas Wasser. »Eleanor«, sagte er dann streng, »ich will kein Wort mehr davon hören. Lauralee ist nun ein Mitglied unserer Familie und wird als solches behandelt werden.«

»So wahr Gott ihr helfe. Amem«, murmelte Chance respektlos.

Kate schaute besorgt in Lauralees Richtung und biß sich auf die Unterlippe.

Eleanor McCallum rümpfte die Nase. Lauralee war Jays Mutter vor wenigen Minuten zum erstenmal begegnet – für formelle Vorstellungen war keine Zeit geblieben.

Als sie jetzt die zierliche Frau mit dem sorgfältig frisierten, von grauen Strähnen durchzogenem Haar, den großen braunen Augen, beringten Fingern und teuren Kleidern betrachtete, erfaßte sie ein tiefes Unbehagen. Und das war erst eine Kostprobe dessen, was sie in Washington D. C. erwartete . . .

Lauralees Kehle wurde eng vor Panik, und sie wäre wohl hinausgestürzt, hätte Jay Ihre Angst nicht gesehen und sie mit einem liebevollen Blick beruhigt.

Als er dann jedoch seine Mutter ansah, wich alles Sanfte aus seinen Augen, und an seinem Kinn begann ein Muskel zu zucken.

»Lauralee und ich fahren ins Krankenhaus«, sagte er mit mühsam beherrschtem Ton. »Wir werden das Frühstück in der Stadt einnehmen.«

Kate war neben Lauralee getreten und hatte ihr tröstend den Arm um die Taille gelegt.

Eleanor musterte das unerwünschte neue Mitglied ihrer Familie mit unverhohlener Verachtung. »Seht sie euch doch an! Ein Dorftrampel, der nicht einmal etwas Vernünftiges zum Anziehen besitzt. Und was hat sie uns mitgebracht? Einen Erben, der das Recht besäße, unseren Namen fortzuführen? Nein – das verkrüppelte Balg eines anderen Mannes hat sie uns mitgebracht!«

Ein betroffenes Schweigen folgte, dann ein Murmeln, ein Summen wie von zornigen Bienen, nur ohne jegliches Geräusch.

Lauralee zwang sich, stehenzubleiben, wo sie war. Es kümmerte sie nicht, was Mrs. McCallum von ihrer Person oder ihren Kleidern hielt, aber die Worte *verkrüppeltes Balg* schnitten ihr wie ein Peitschenschlag ins Herz. Was hatte Alexander, ein hilfloses, unschuldiges Kind, getan, um einen derartigen Haß auszulösen?

Jay sah aus, als hätte man ihm einen Schlag versetzt; er wurde blaß, ein Muskel an seinem Hals trat weit hervor, aber entweder war er unfähig, etwas zu äußern, oder er schwieg, weil er befürchtete, die Beherrschung zu verlieren. Der Senator, der ebenfalls äußerst betroffen wirkte, reagierte schweigend wie sein Sohn.

Schließlich war es Chance, der Mrs. McCallum wütend anfuhr: »Du liebe Güte, Mutter, das war sogar für dich ausgesprochen häßlich!«

Jay, der in unmittelbarer Nähe seiner Mutter stand und für einen Moment so ausgesehen hatte, als wollte er sie erwürgen, wandte sich mit sichtlicher Anstrengung von ihr ab, durchquerte stumm den Raum und nahm Lauralees Arm. Er führte sie aus dem Zimmer, durch die Halle und ins Freie hinaus.

Eleanor rief ihnen mit schriller Stimme etwas nach, Lauralee verschloß die Augen davor, und Jay schlug krachend die Tür ins Schloß.

Sie saßen in der Kutsche und waren schon weit vom Haus entfernt, als er endlich sprach. »Es tut mir leid, Lauralee – ich hätte wissen sollen, wie sie reagieren würde. Ich hätte dir den Schmerz ersparen sollen.«

In ihrem ganzen Leben war Lauralee noch nie ein solcher Haß begegnet. »Warum spricht deine Mutter so über Alexander?« fragte sie verwundert. »Was sie über mich sagt, ist mir egal, aber wie kann sie so verächtlich über ein unschuldiges Kind . . .«

»*Mir* ist es nicht egal, was sie über dich sagt«, fiel Jay ihr ärgerlich ins Wort. »Mich stört es sogar sehr.« Er schwieg und schien sich große Mühe zu geben, sich zu beruhigen. »Falls es dir ein Trost ist, was ich allerdings bezweifeln möchte, kann ich dir versichern, daß Mutter Kate und Lucy genauso behandelt hat.«

Lauralee fröstelte vor Entsetzen. Lucy lebte in sicherer Entfernung, aber die arme Kate? Zwischen ihrem unzuverlässigen Ehemann und seiner hassenswerten, keifenden Mutter mußte ihr Leben die wahre Hölle sein! »War sie schon immer so unglücklich? Deine Mutter, meine ich?« fragte sie nach langem Schweigen.

Jay schaute Lauralee verwundert an. »Unglücklich? Ich habe sie immer nur als grausam eingeschätzt – zumindest in bezug auf neue Schwiegertöchter.«

»Glückliche Menschen sind selten grausam, Jay«, bemerkte Lauralee und wünschte wieder, sich nicht so überstürzt zu dieser Heirat entschlossen zu haben.

Jay nahm tröstend ihre Hand, doch sein Blick war abwesend, schien auf irgendeinen fernen Punkt in seiner Vergangenheit gerichtet. »Als wir Kinder waren, war alles anders. Dad war nur ein Kleinstadtanwalt, der wenig Geld verdiente und alle Fälle übernahm, mit denen sich kein anderer beschäftigen wollte. Damals war Mutter sehr glücklich, und schön war sie auch. Ich glaube, sie fing an, sich zu verändern, als Sarah starb.«

»Sarah?«

»Meine Schwester – Chance' Zwillingsschwester. Sie waren sechs Jahre alt, als es geschah – immer zusammen und immer in irgendwelchen Schwierigkeiten.«

Lauralee versteifte sich. Sie konnte sich denken, wie die Geschichte ausging, hörte jedoch schweigend zu, weil sie spürte, daß Jay darüber sprechen wollte.

Mit ausdrucksloser Miene fuhr er fort: »Das Boot kenterte. Weder Chance noch Sarah konnten Schwimmen, aber Chance gelang es, sich am Mast festzuklammern, bis zwei Sägewerksarbeiter sahen, was geschehen war und herbeieilten, um zu helfen. Aber Sarah war schon ertrunken.«

»Die einzige Tochter deiner Mutter«, meinte Lauralee, die Eleanor McCallums Verzweiflung nachempfinden konnte, nachdenklich.

»Ja. Ich glaube, es erklärt auch, warum Mutter Chance seitdem so wahnsinnig verwöhnt hat. Brice und ich haben immer eine engere Beziehung zu Dad gehabt, deshalb hat es uns kaum gestört, aber Tim hat es aus dem Haus getrieben.«

Tim. Die Erwähnung seines Namens erinnerte Lauralee an die Probleme, die sie in Halpern's Ferry zurückgelassen hatte. Probleme, die sie irgendwann einholen mußten . . . Aus einem Impuls heraus sagte sie ganz unvermittelt: »Du dachtest, ich hätte Tim ermordet, nicht wahr? Deine Bemerkung über Äxte . . .«

Jay schaute seine Frau ganz offen an. »Ich gebe zu, daß ich diese Möglichkeit in Betracht zog, bis ich Gelegenheit hatte, dich zu erkennen.«

Lauralee wurde rot vor Empörung und erinnerte sich an jene erste Nacht, die sie zusammen verbracht hatten, auf dem harten Fußboden eines offenen, halbfertigen Gebäudes. »Sprichst du im biblischen Sinne, Mr. McCallum?«

»Glaubst du allen Ernstes, ich hätte dich angefaßt, wenn ich dich für eine Mörderin gehalten hätte?« entgegnete er stirnrunzelnd. »Ich habe Tim geliebt, Lauralee, und ich mußte jemandem die Schuld an seinem Tod zuschieben, um ihn überwinden zu können.«

Lauralee dachte an Virgils Tod und verstand. Ihr hatten damals nur wenige Waffen gegen ihre Verzweiflung zur Verfügung gestanden, aber eine hatte sie stets zur Hand gehabt: Tim McCallum für alles verantwortlich zu machen. »Ich kann es dir nicht verdenken«, sagte sie ruhig, »denn schließlich habe ich deinem Bruder auch vorgehalten, Virgil zerstört zu haben. Aber heute weiß ich, daß Virgil sich selbst zerstört hat.«

Jay drückte Lauralees Hand, sagte jedoch nichts, bis sie das Krankenhaus erreichten. »Laß uns etwas essen, bevor wir zu Alexander gehen.«

Lauralee starrte ihren Mann betroffen an, als er ihr aus der Kutsche half. »Wie kannst du an Essen denken, nach allem, was deine Mutter gesagt hat?«

Er lächelte nachsichtig. »Weil ich mir von meiner Mutter nicht den Tag verderben lasse – oder den Appetit. Und Hunger habe ich.«

Lauralees Magen wählte diesen Augenblick, um recht undamenhaft zu knurren. »Aber . . . Alexander . . .«

»Wenn Alexander uns so dringend nötig hätte, hätte schon jemand aus der Klinik angerufen. Weißt du noch, Lauralee, was der Arzt dir über regelmäßige Mahlzeiten gesagt hat?«

Rein instinktiv wäre Lauralee am liebsten sofort zu Alexander gelaufen, ohne Rücksicht auf ihre eigenen Bedürfnisse, aber sie wußte natürlich, daß Jay recht hatte. Um Alexander von Nutzen zu sein, mußte sie ihre eigenen Kräfte schonen.

Jay nickte dem Kutscher zu und reichte Lauralee seinen Arm, um sie in das Hotel auf der anderen Straßenseite zu führen, wo sie schon am Tag zuvor mit Kate gegessen hatte. Von nun an wurde eine Gewohnheit daraus. Mr. und Mrs. Jay McCallum verließen den eleganten Landsitz in Spokane South Hill jeden Morgen um die gleiche Zeit, was ihnen ermöglichte, Eleanor vollständig zu ignorieren. Sie frühstückten im Hotel und besuchten Alexander. Meistens blieb Jay nur wenige Minuten, um dann zu seiner Kanzlei weiterzufahren, wo er sich mit Dingen beschäftigte, die alle etwas mit dem bevorstehenden Umzug nach Washington zu tun hatten.

Lauralee selbst dachte kaum an das bevorstehende Abenteuer, vielleicht deshalb, weil es sie so schreckte. Ihre Tage widmete sie Alexander, der sich rasch erholte, obwohl er noch immer nicht hören konnte, aber nachts verwandelte sie sich in eine ganz andere Frau. Hinter der Tür des Zimmers, das sie mit Jay teilte, war sie Verführerin und Opfer, Königin und Sklavin. Jede Nacht, so schien es, erreichten sie eine neue Stufe der Leidenschaft und entdeckten immer neue Wege, sich gegenseitig zu erfreuen.

All das machte es ihr nur allzu leicht zu vergessen, daß draußen, vor der Tür dieses behaglichen Zimmers, eine große gefährliche Welt lauerte.

Eines Tages, als Lauralee schon zwei Wochen in Spokane war, wurde ihr diese Tatsache auf überraschende Weise zu Bewußtsein gebracht. Sie war früher aus dem Krankenhaus zurückgekehrt, weil sie sich ein bißchen erschöpft fühlte, und traf Kate in ihrem Zimmer an.

Die junge Frau saß auf der Bettkante, hinter ihr bauschten sich Satin und Seide, Spitzen und Samt, die in allen Regenbogenfarben aus eleganten weißen Kartons hervorquollen.

Lauralees Neugierde wurde nur noch von der Sorge um ihre Schwägerin übertroffen, die den Tränen nahe schien. »Kate! Was hast du?«

Kates Unterlippe zitterte; als sie den Kopf hob, um Lauralee anzusehen, schimmerten ihre schönen Augen feucht. »Es hat mir solchen Spaß gemacht heute morgen, die Kleider auszusuchen und zu überlegen, ob sie dir passen und ob du sie gern nach Washington mitnehmen würdest«, sagte sie traurig. »Doch da dämmerte mir plötzlich, daß du ja schon sehr bald fortgehen wirst . . .«

Nach diesen Worten brach Kate in Tränen aus und bedeckte ihr Gesicht mit beiden Händen. Lauralee eilte zu ihr, setzte sich neben Kate und zog sie in die Arme. Tatsächlich brachte der Anblick all dieser wunderschönen Kleider auch Lauralee zu Bewußtsein, daß das Abenteuer Washington nicht mehr fern war.

»Ich werde so allein sein ohne dich!« schluchzte Kate.

Lauralee, die stets bemüht war, anderen zu helfen, biß sich auf die Lippen, um Kate nicht einzuladen, sie nach Washington zu begleiten. »Es wird alles gut werden, du wirst schon sehen«, versprach sie, obwohl sie sich nicht vorstellen konnte, wie. Am liebsten hätte sie Chance McCallum aufgesucht, um ihm einen Tritt gegen das Schienbein zu versetzen.

»Dabei hatte ich mir schon Kattunkleider und derbe Schuhe gekauft!« rief Kate enttäuscht.

Das brachte Lauralee auf eine Idee. »Ich muß wenigstens für

einige Tage nach Halpern's Ferry fahren. Warum begleitest du mich nicht? Auf dem Rückweg könntest du dann vielleicht noch Brice und Lucy besuchen.«

»Trotzdem muß ich irgendwann wieder zu Chance und seinen Liebesaffären und diesem Drachen von Schwiegermutter zurück«, klagte Kate, aber ihr Schluchzen war verstummt.

Einen kleinen Lichtschimmer am Ende des dunklen Tunnels konnte Lauralee ihrer Schwägerin immerhin bieten. »Der Senator bringt Mrs. McCallum fort, Kate. Sie reisen in den Orient.«

»Was? Das würde sie doch nie mitmachen!«

Lauralee lächelte. »Eine andere Wahl hat man ihr nicht gelassen, soviel ich weiß. Und das heißt, daß du die Herrin dieses Hauses sein wirst, Kate. Ich glaube, es wird auch deiner Beziehung zu Chance sehr nützen, wenn ihr einmal ganz allein seid!«

»Er ist doch nie da!«

»Vielleicht bist ja gar nicht *du* diejenige, der er aus dem Weg geht«, gab Lauralee zu bedenken. »Es ist durchaus möglich, daß er sich mit seiner ständigen Abwesenheit nur dem Einfluß seiner Mutter entziehen will.«

Kates Gesicht hellte sich auf. »Glaubst du wirklich, Lauralee?«

Sie bereute schon, die Möglichkeit erwähnt zu haben, denn mehr als das war es schließlich nicht. Und falls Chance sein ausschweifendes Leben trotz Abwesenheit seiner Eltern fortsetzte, was gut möglich war, wären Kates Hoffnungen völlig zerstört. Die Vorstellung, sie allein und vereinsamt in diesem Haus zu wissen, brach Lauralee das Herz. »Man kann nie sicher sein, wie sich ein Mensch entwickelt, Kate. Du mußt mir versprechen, zu Lucy zu ziehen, falls deine Ehe sich nicht bessert.«

Kate sprang freudig erregt auf, ergriff ein rotes Ballkleid und hielt es sich vor. »Sie wird sich bessern! Alles wird gut werden, Lauralee, das weiß ich jetzt!«

Lauralee wünschte, ihre Zuversicht teilen zu können. War es ein Fehler gewesen, Hoffnungen zu wecken, die sich vielleicht nie erfüllen würden? »Es war sehr lieb von dir, all diese hübschen Sachen für mich einzukaufen«, sagte sie freundlich.

»Ich wußte, daß du keine Gelegenheit dazu bekommen würdest. Die Geschäfte schließen, bevor du das Krankenhaus verläßt.«

Den Rest des Nachmittags verbrachte Lauralee mit dem Anprobieren der wunderschönen Kleidungsstücke, die Kate für sie ausgesucht hatte. Die eleganten Kleider, von denen einige für Reisen bestimmt waren, andere für den täglichen Gebrauch und wieder andere für die gesellschaftlichen Veranstaltungen, an denen die Frau eines Senators teilzunehmen hatte, erforderten nur ganz geringfügige Veränderungen, die Kate gern für Lauralee erledigte. Dabei fiel ihr auf, daß Chance' junge Frau ein gutes Gefühl für Farben und Stoffe besaß; jedes Kleid, das sie ausgesucht hatte, paßte hervorragend zu Lauralees Haarfarbe und Figur.

Als Jay später erschien, mit müdem Gesicht und einem dicken Buch unter dem Arm, in dem er in letzter Zeit sehr häufig las, sammelte Kate gerade die Kleider ein. Alle notwendigen Änderungen waren mit Schneiderkreide und Stecknadeln markiert. Kate lächelte Jay an, zwinkerte Lauralee mit verschwörerischer Miene zu und nahm die Kleider mit hinaus.

»Kate hat dafür gesorgt, daß ich die MacCallums in Washington nicht blamiere«, stellte Lauralee mit einem etwas betrübten Lächeln fest.

Jay legte sein Buch beiseite und nahm seine Frau in die Arme. »Die McCallums blamieren? Ich würde eher sagen, daß die McCallums diejenigen sind, die sich fragen sollten, ob sie dir das Wasser reichen können, mein Liebling.«

Lauralee lehnte ihre Stirn an seine Brust, bezog Kraft und Trost aus seiner Kraft und seiner Stärke. *Mein Liebling*, hatte er gesagt, und das war etwas, was seiner bisher nicht erfolgten Liebeserklärung noch am nächsten kam. Was angesichts der leidenschaftlichen Nächte, die sie zusammen verbrachten, schon äußerst verwunderlich war.

»Alexander wird morgen aus dem Krankenhaus entlassen«, sagte Lauralee, ohne den Kopf zu heben. »Und ich muß nach Halpern's Ferry fahren, Jay, um Clarie zu holen und mit Jenny und Joe Little Eagle zu sprechen, der sich um meine Farm . . .«

Jay hob sanft ihr Kinn zu sich empor. »Du hast noch immer ein bißchen Angst davor, nach Washington zu gehen, nicht?«

Lauralee wollte ihn nicht belügen. »Ein bißchen? Ich fürchte mich ganz *entsetzlich*, Jay. Was verstehe ich schon von Parties, Bällen und Empfängen? Was weiß ich über . . .«

Jay erstickte ihre Klagen mit einem Kuß. Seine starken Hände umfingen sie und zogen sie fest an seinen Körper.

Wie stark er ist, wie männlich, dachte Lauralee bewundernd und vergaß all ihre Bedenken in bezug auf Washington, ihre Sorgen um ihre Bäume, ja sogar Alexander, als Jays Zärtlichkeiten sie in einen Strom der Leidenschaft mitrissen.

Das Dinner ließen sie an diesem Abend ausfallen.

Jay erwachte mitten in der Nacht und lächelte, als er Lauralees warmen, nachgiebigen Körper dicht an seinem spürte. Es kostete ihn sehr viel Beherrschung, nicht die Hand auszustrecken und Lauralee in ihren hübschen kleinen Po zu kneifen. Aber er verzichtete darauf, weil er wußte, daß sie ihren Schlaf brauchte.

Er selbst hingegen war hellwach und hungrig wie ein Wolf. Vorsichtig, um Lauralee nicht zu wecken, stand er auf und zog sich notdürftig an. Es war zwar nicht damit zu rechnen, daß er zu dieser Stunde jemandem im Haus begegnete, aber möglich war es natürlich schon.

Auf leisen Sohlen schlich er über den Korridor in die Küche hinunter. Dort machte er Licht und fand Käse, Brot und kalten Braten für ein Sandwich. Er wollte gerade wieder in den ersten Stock zurückgehen, als er das leise Klicken von Billardkugeln aus dem Arbeitszimmer seines Vaters hörte.

Jay lächelte in sich hinein. In einer Woche würden sein Vater und seine Mutter in den Orient abreisen; die Reise würde ihnen guttun und allen anderen in der Familie auch. Er beschloß, ins Arbeitszimmer hineinzugehen und seinen Vater zu fragen, was ihn zu diesem Entschluß bewogen hatte.

»Dad?«

Chance, über den Billardtisch gebeugt und eine Queue in der

Hand, lachte bitter und schüttelte den Kopf. Die Bälle klickten und rollten aus ihrer Anfangsformation in alle Richtungen. »Dad hat sich schon vor Stunden zurückgezogen«, sagte er. »Wenn du Gesellschaft brauchst, wirst du mit mir vorliebnehmen müssen.« Jay wollte sich schon abwenden, aber irgend etwas hielt ihn zurück – vielleicht der ungewöhnliche Ton in Chance' Stimme. Er lehnte sich an den Türrahmen und schaute schweigend zu, wie sein Bruder einen geschickten Stoß anbrachte.

Chance' Haar war ungekämmt, sein weites Hemd zerdrückt. Jay fragte sich, wo er solche Hemden überhaupt herbekam; er sah darin aus wie ein Pirat, bereit zu plündern, zu rauben und zu schänden. Chance hob den Kopf und bedachte Jay mit einem respektlosen Blick.

»Was verwirrt dich eigentlich so an mir, Jay?« fragte Chance mit der für ihn so typischen Freimütigkeit. »Jedesmal, wenn du mich ansiehst, stellst du dir irgendwelche Fragen.«

Jay blieb an der Tür stehen, obwohl sein Bruder den Billardstock fortlegte und zu einem Tisch ging, um sich einen Drink einzuschenken. »Du verwirrst mich überhaupt nicht, Chance. Wenn überhaupt, verstehe ich dich höchstens viel zu gut.«

Chance hob in einem spöttischen Toast sein Glas. »Blödsinn«, sagte er. »Du siehst mich an und fragst dich, warum du deine Zeit mit mir verschwendest.«

»Ganz so schlimm ist es nicht, aber teilweise hast du recht – ich stelle mir wirklich Fragen.«

Chance grinste, als hätte sich gerade eine seiner Theorien bestätigt. »Und die wären?«

»Zum Beispiel folgendes: Warum verletzt du deine Frau andauernd, obwohl du genau weißt, wie sehr sie dich liebt?«

»Wie wäre es mit einem Drink?« entgegnete Chance. Er war ein Meister darin, Themen zu vermeiden, über die er nicht sprechen wollte.

Jay aß noch sein Sandwich; er lehnte den Drink ab, betrat jedoch das Arbeitszimmer und ließ sich in dem gepolsterten Ledersessel hinter dem Schreibtisch seines Vaters nieder. »Liebst du Kate?« fragte er, als Chance sich auf die Kante des Billardtischs hockte.

»Ja«, erwiderte er ohne Zögern und runzelte die Stirn, als überraschte ihn die Frage.

»Warum behandelst du sie dann so?«

»Und wie behandele ich sie«

Jay mußte sich sehr zusammennehmen, um seinen Bruder nicht wütend anzuschreien. »Verdammt, Chance, du weißt genau, was ich meine!« stieß er hervor. »Deine Mätressen ... all diese Nächte fern von zu Hause ... Eines Tages wird Kate dich dafür verlassen!«

Chance geriet in Zorn; das Blut stieg ihm in die Wangen, die Knöchel an seinen Fingern, die den Billardtisch umklammerten, traten weiß hervor. »Bei Gott, wenn sie so etwas versucht, schleife ich sie an den Haaren hierher zurück!«

Jay verlor den Appetit und warf das Sandwich in den Papierkorb. »Du bist unmöglich, Chance!«

Chance zuckte nur mit den Schultern. Jay hätte sich am liebsten auf ihn gestürzt und ihn erwürgt. Wie konnte er nur so gleichgültig sein?

»Kate ist sehr unglücklich, Chance. Mehr sage ich zu diesem Thema nicht, also betrachte dich als gewarnt und unternimm etwas!«

»Nach zwei Wochen Ehe hältst du dich für einen Experten?«

»Keineswegs.«

»Warum erteilst du mir dann Ratschläge? Weil du mein großer Bruder bist?«

»Weil ich dich gern habe, Chance.«

Chance hob bittend beide Hände, aber die Geste war so übertrieben, daß sie komisch gewirkt hätte, wenn nicht ein solch zorniges Funkeln in seinen Augen gestanden hätte. »Dann rate mir doch, wenn du so klug bist!«

»Ich habe dir gesagt, daß ich mich nicht weiter zu dem Thema äußern werde, als es bereits geschehen ist.« Jay stand auf und begann hinauszugehen. Aber an der Tür hielt ihn sein Bruder noch einmal auf.

»Jay?«

Jay drehte sich nicht um; er wartete einfach ab. »Was ist?«

»Ich wollte diesen Senatssitz haben. Ich wäre auch dafür

geeignet, ganz egal, was du, Brice und Dad darüber denken mögt.«

Jay seufzte. Darauf also hatte Chance hinausgewollt; das hatte ihn bis spät in die Nacht hinein nicht zur Ruhe kommen lassen! Jay ging ergeben in den Raum zurück, schenkte sich einen doppelten Brandy ein und setzte sich wieder, um sich anzuhören, was Chance ihm zu sagen hatte.

Als sein Bruder in mürrischem Schweigen verharrte, forderte Jay ihn mit einer Handbewegung auf zu sprechen. »Ich höre, Chance. Sprich dich ruhig aus.«

»Ich bin kein kleines Kind mehr!« meinte Chance ärgerlich.

Jay nippte an seinem Brandy. »Da du dreiunddreißig Jahre alt bist, hoffe ich das auch nicht«, sagte er, »Aber es dürfte dir doch bewußt sein, daß du gar nicht qualifiziert bist für einen Senatorenposten?«

»Wieso nicht? Weil ich kein Anwalt bin wie du und Brice? Ich habe immerhin eine abgeschlossene Collegeausbildung!«

»Ich wollte keine Vergleiche anstellen, Chance. Ich sage dir nur, daß die gesetzgebende Versammlung keine Party ist, Chance. Und auch kein Spiel.«

»Du glaubst, ich sei nicht befähigt . . .«

»Das habe ich nicht gesagt«, wandte Jay ruhig ein. »Deine Ausbildung befähigt dich zu fast allem, Chance. Aber Befähigung und Verantwortungsbewußtsein sind zwei ganz verschiedene Dinge. Du weißt ja nicht einmal, wie du deine Ehe zu führen hast, und auf den Gedanken zu arbeiten, bis du auch noch nie gekommen.«

»Warum sollte ich arbeiten? Ich bin ein reicher Mann!«

Jay trank noch einen Schluck Brandy. Diese Unterhaltung führte zu nichts. Aber was war von einem Dialog mit Chance auch anderes zu erwarten? »Du sagtest, du wolltest mit mir reden. Wenn du nicht einmal dazu imstande bist, warum hast du mich dann zurückgerufen?«

Chance senkte den Kopf. »Ich möchte nur, daß Dad mir das gleiche Vertrauen schenkt wie dir. Oder Brice.«

»Das mußt du dir verdienen. Dad wird nicht eines schönen

Tags erwachen und sich sagen: ›Von heute an werde ich Chance vertrauen.‹ Kannst du ehrlich von dir behaupten, ihm je das Gefühl gegeben zu haben, daß er etwas anderes als Skandale von dir erwarten kann?«

Ein spannungsgeladenes Schweigen entstand, in dessen Verlauf die Atmosphäre prickelte wie vor einem Boxkampf. Aber selbst eine handgreifliche Auseinandersetzung wäre Jay lieber gewesen als das, was tatsächlich passierte. Chance sprang ganz unvermittelt auf und stürmte aus dem Arbeitszimmer: einen Moment später schlug hart die Eingangstür ins Schloß.

Jay stand auf, ging zum Schrank und nahm die Brandyflasche mit zum Schreibtisch. Er füllte sein Glas, verschüttete das meiste davon auf sein Hemd, und füllte das Glas noch einmal.

Er hätte Chance folgen sollen. Chance war sein Bruder, und er liebte ihn. Aber jeglicher Versuch, mit ihm zu reden, war von vornherein zum Scheitern verurteilt. Chance besaß das Talent, die Dinge so darzustellen, daß alles auf die Vergleiche hinauslief, die sein Vater angeblich zwischen ihm und seinen älteren Brüdern anstellte.

Frustriert leerte Jay sein Glas und schenkte sich noch einmal nach. Dann gähnte er, runzelte die Stirn und schob das Glas beiseite. Chance muß selbst sehen, wie er zurechtkommt, beschloß Jay. Was ihn betraf, so würde er hinaufgehen und in sein Bett und zu seiner Frau zurückkehren. Noch ein, zwei Minuten, dann würde er die Energie dazu schon aufbringen . . .

Lauralee fand Jay im Arbeitszimmer seines Vaters, wo er seinen Rausch ausschlief und den ganzen Raum mit seinem Alkoholgeruch verpestete. Ihre heitere Stimmung verblaßte augenblicklich und wurde von einem stillen, bitteren Schmerz ersetzt.

Alle schrecklichen Erfahrungen, die sie dem Alkohol zu verdanken hatte, drängten sich mit Macht in ihr Bewußtsein, und Erinnerungen kamen auf, die quälend und beschämend waren.

O ja, denn Lauralee hatte das alles schon einmal mit Virgil

durchgemacht, und sie war nicht bereit, es noch einmal zu tun. Tapfer schluckte sie die Tränen herunter, die in ihrer Kehle brannten, und verließ den Raum so leise, wie sie konnte.

Zwar kam ihr auf dem Weg nach oben der Gedanke, daß sie möglicherweise übertrieben auf eine harmlose Situation reagierte, aber sie war nicht bereit, sich näher damit auseinanderzusetzen. Wenn das Leben mit Virgil sie eins gelehrt hatte, dann die harte Wahrheit, daß, wenn es sich um Trinker handelte, die Dinge im allgemeinen mindestens so schlimm waren, wie sie ausschauten. Und meistens sogar noch schlimmer.

Der schöne Traum war vorbei; es wurde Zeit, ihren Sohn zu holen und zu ihrem eigenen Heim und Land zurückzukehren, um dort die Scherben ihres Lebens wieder zusammenzusetzen.

Es würde noch schwieriger sein als beim letzten Mal, denn zum Zeitpunkt von Virgils Tod war längst alle Liebe, die sie einmal für ihn empfunden hatte, in Lauralee abgestorben. Oh, natürlich hatte sie um ihn getrauert und seinen Tod beweint, aber ein Teil von ihr war auch froh gewesen – möge Gott ihr gnädig sein! – von den Problemen, Sorgen und Demütigungen befreit zu sein.

Ihre Liebe zu Jay würde nicht so einfach zu vergessen sein, leider, denn sie war viel stärker als sämtliche Gefühle, die sie je für ihren ersten Mann aufgebracht hatte. Es war eine alles verzehrende Leidenschaft und daher sehr gefährlich.

Im Schlafzimmer, wo sie eine solch glückliche und leider viel zu kurze Zeit mit Jay verbracht hatte, legte Lauralee beide Hände an ihre glühenden Wangen und bemühte sich, in aller Ruhe nachzudenken. Es war nicht leicht, vernünftig zu sein, und noch schwerer, einen Plan zu fassen, aber sie wußte, daß beides bitter nötig war. Sie mußte fliehen, solange sie Gelegenheit dazu hatte, denn wenn sie blieb und Jay die Chance bekam, sie umzustimmen, würde sie sich in der gleichen Falle wie bei Virgil wiederfinden. Jays gesellschaftliche Stellung war zwar eine Garantie dafür, daß die Tragödie auf einem anderen Niveau stattfinden würde, aber es würde der gleiche Alptraum sein – mit den gleichen Ausreden und den gleichen Versprechen, die doch gleich wieder gebrochen wurden. Mit den gleichen Lügen, den gleichen Qualen und dem gleichen Schmerz.

Lauralee hielt in ihrer unruhigen Wanderung durch das Zimmer inne. Nein, der gleiche Schmerz würde es bestimmt nicht sein, ganz sicher nicht. Es würde unendlich viel schlimmer sein.

9

Wie Lauralee erwartet hatte, wurde Alexander am selben Morgen aus dem Hospital entlassen. Sie badete ihn und zog ihm frische Sachen aus der kleinen Reisetasche an, die sie in Halpern's Ferry für ihn gepackt hatte, als sie so überstürzt nach Spokane aufgebrochen waren.

»Wir fahren jetzt nach Hause«, flüsterte sie in Alexanders weiches Haar. »Wir kehren dorthin zurück, wo wir zu Hause sind.«

Alexander konnte sie natürlich nicht hören: Lauralee begann sich allmählich mit der Tatsache abzufinden, daß er vielleicht nie wieder das Hörvermögen zurückerlangen würde. Es war ein weiteres Problem, mit dem sie sich auseinandersetzen mußte, aber irgendwie würde es ihr schon gelingen. Einen Moment lang bedauerte sie die Tatsache, daß es nun keine Sonderschule für ihren Sohn geben würde und nichts, was ihn auf eine erfolgreiche Zukunft in einer hörenden Welt vorbereiten konnte.

Während sie Alexander die Treppe hinuntertrug und aus dem Krankenhaus in den hellen Sonnenschein hinaustrat, überlegte sie, was sie jetzt tun sollte. Ohne ein Wort zu verschwinden, wäre Jay gegenüber nicht fair gewesen; sie mußte ihm sagen, daß ihre Heirat ein Irrtum gewesen und ihre Ehe beendet war.

Aber konnte sie es wagen, ihm gegenüberzutreten? Und was war mit Kate? Es wäre nicht nett gewesen, sie einfach im Stich zu lassen. Schließlich hatten sie schon gemeinsame Pläne geschmiedet.

Der Kutscher, der Lauralee ins Krankenhaus gefahren hatte, wartete auf dem Droschkenplatz. Er öffnete die schwarzlackierte Tür und hielt Alexander, bis Lauralee Platz genommen hatte. »Nach Hause, Mrs. McCallum?«

Mrs. McCallum. Es war das erste Mal, daß ein anderer Mensch als Jay sie mit ihrem neuen Namen angesprochen hatte. Unter den gegebenen Umständen war es aber nicht erfreulich, sondern eher quälend, genau wie die Worte ›nach Hause‹. »Bitte«, sagte sie, und kurz darauf setzte das große Gefährt sich in Bewegung, ratterte den Hügel hinauf zu dem stattlichen Haus, wo sie gelebt hatte wie eine verwöhnte Prinzessin.

Lauralee seufzte leise. Sie konnte nicht ein zweites Mal mit einem Mann verheiratet bleiben, der sich betrank, selbst wenn sie Jay so liebte, wie sie Virgil nie hatte lieben können. Auch nicht um des herrschaftlichen Hauses wegen, das sie erwartete, oder der schönen Kleider oder Kutschen wegen wie dieser hier, die ihr ständig zur Verfügung stand. Nicht einmal der leidenschaftlichen Nächte in Jays Armen wegen – und auch nicht der Vorteile wegen, die diese Ehe Clarie und Alexander gebracht hatte. Nein, es waren die Apfelbäume und die vierzig Hektar Land am Fluß in Halpern's Ferry, die ihr von Gottes Hand gegeben worden waren, um ihr Eigentum zu sein.

Als sie das Haus der McCallums erreichte, machte sich Lauralee mit Alexander auf dem Arm auf die Suche nach Jay, aber sie konnte ihn nicht finden. In der Eingangshalle, wo sie unschlüssig verweilte, begegnete ihr Kate, die ihr nach einem Blick in ihr Gesicht die besorgte Frage stellte, was passiert sei.

Kates liebevolle Anteilnahme veranlaßte Lauralee, ihr alles zu erzählen, obwohl sie sich vorgenommen hatte, mit keinem Menschen darüber zu reden. Sie erzählte Kate, daß sie Jay an diesem Morgen sinnlos betrunken im Arbeitszimmer vorgefunden hätte.

Kate wirkte verblüfft, aber auch besorgt. »Aber Lauralee, Jay trinkt doch sonst nicht! Er . . .«

Doch Lauralee wollte nichts hören. Die Menschen, die einem Trinker nahestanden, verschlossen oft Augen und Ohren vor der Realität und weigerten sich, trotz aller offensichtlichen Beweise den Ernst der Lage zu akzeptieren. Anfangs hatte sie das bei Virgil auch getan und Entschuldigungen für ihn gesucht, um die Situation so lange wie möglich zu beschönigen.

Sie holte tief Luft. »Ich gehe fort, Kate. Heute noch. Wenn du willst, kannst du mich gern begleiten.«

»Natürlich komme ich mit – schließlich habe ich nicht all diesen Kattun umsonst gekauft! Aber wirst du Jay denn gar nichts davon sagen? Kein Wort, Lauralee?«

»Wirst *du* Chance etwas sagen, Kate?« konterte Lauralee. »Auch nur ein einziges Wort?«

Kate verstand sofort, was ihre Freundin meinte, und beeilte sich, nach oben zu kommen und zu packen. Innerhalb kürzester Zeit erschien sie mit dem Koffer in der Halle.

»Sie werden sich denken können, wohin wir gefahren sind«, meinte Kate auf dem Weg zum Bahnhof. »Der Kutscher wird Jay oder Chance sagen, wohin er uns gefahren hat, und den Rest können sie sich denken.«

Lauralee sah keinen Grund, sich zu verstecken – schließlich war nicht sie es, die unter einer fatalen moralischen Schwäche litt. Aber sie verstand Kates Sorgen; das Gelingen ihres Plans hing davon ab, Chance zu verunsichern und ihn im Ungewissen zu lassen, wohin sich seine fügsame kleine Frau gewendet haben mochte. »Wir tun dem Kutscher gegenüber einfach so, als wollten wir Brice und Lucy auf ihrer Farm besuchen«, schlug Lauralee vor. »Das wird uns einen Vorsprung verschaffen, weil es Tage oder sogar Wochen dauern kann, bis Chance sich Sorgen macht und dich dort sucht.«

Kate wirkte nicht gerade erfreut. »Tage oder sogar Wochen?« wiederholte sie bestürzt. »Er sollte lieber vorher anfangen, mich zu vermissen.«

»Das wird er. Aber du hast selbst gesagt, daß Chance nicht

beunruhigt wäre, wenn er dich bei Brice und Lucy sicher aufgehoben wüßte.«

Kate lehnte sich stirnrunzelnd zurück. »Wenn ich genauer darüber nachdenke, muß ich mich fragen, ob er meine Abwesenheit überhaupt bemerken wird!«

»O doch, das wird er«, antwortete Lauralee, denn wenn sie auf eins vertraute, dann auf das männliche Ego. »Aber falls du Zweifel hast, Kate, solltest du lieber zu Hause bleiben.«

»Nein, ich begleite dich«, erwiderte Kate entschieden, und damit war das Thema abgeschlossen. Nachdem die Kutsche gehalten und der Fahrer das Gepäck ausgeladen hatte, sagte Kate so laut, daß er es hören mußte: »Warte nur, bis du Lucy kennenlernst, Lauralee! Sie ist ein entzückender Mensch! Du wirst sie sicher mögen!«

Nicht nur der Fahrer hatte Kates laute Bemerkung vernommen, sie konnte auch den anderen Reisenden nicht entgangen sein, die am Bahnsteig warteten. »Meinst du nicht, daß du ein bißchen übertreibst?« flüsterte Lauralee Kate belustigt zu.

Bevor Kate etwas erwidern konnte, mischte sich eine männliche Stimme in ihr Gespräch. »Setz Alexander ab«, befahl Jay. »Er kann laufen.«

Lauralee versteifte sich vor Schreck. Angesichts dieser so unerwarteten Konfrontation ließ ihr Mut rapide ab. Langsam drehte sie sich um und schaute Jay an.

»Setz Alexander ab«, wiederholte er.

Hin- und hergerissen zwischen dem Wunsch, sich in Jays Arme zu werfen oder ihn anzuschreien, stellte Lauralee Alexander auf die Beine und schob eigensinnig das Kinn vor. »Ich verlasse dich«, sagte sie.

»Das hatte ich schon vermutet, nachdem du ohne Abschied verschwunden warst. Und wohin fährt Kate?«

»Mit mir nach Halpern's Ferry. Wir wären dir allerdings dankbar, wenn du Chance nichts davon erzählen würdest. Er soll es selbst herausfinden.«

Jays arrogante Nase war nur Zentimeter von Lauralees entfernt, seine Stimme leise und rauh. Keine Spur seiner nächtlichen Zecherei war an ihm festzustellen: weder in seinem

Gesicht, noch in seinem Atem. »Wie kommst du darauf, daß ich dich diesen Zug besteigen lasse?« fragte er gedehnt.

Lauralee wußte, daß er sie aufhalten konnte, wenn er wollte, weil er ihr an körperlicher Kraft weit überlegen war. Außerdem hatte er die Macht des Gesetzes hinter sich. »Es war ein Fehler, dich zu heiraten«, erwiderte sie tapfer. »Es ist für uns beide besser, wenn wir uns jetzt trennen.«

»Warum war es ein Fehler, mich zu heiraten?«

Alexander zupfte an Lauralees Rock und weinte, weil er auf den Arm genommen werden wollte. Sie wollte ihn gerade aufheben, als Jay wieder das Wort ergriff. »Gib nicht nach, Lauralee. Er ist alt genug, um zu laufen, und wenn du ihn verhätschelst, wird er irgendwann vollkommen hilflos sein.«

Jay hatte recht. Ihre Neigung, Alexander alles zu erleichtern – so natürlich sie für eine Mutter auch sein mochte –, konnte auf Dauer schädlich für das Kind sein.

Ein schriller Pfiff aus der Dampflokomotive, und die Schaffner forderten die Passagiere auf, ihre Fahrscheine zu kaufen und einzusteigen. »Es fällt mir nicht leicht, dich zu verlassen«, sagte Lauralee würdevoll. »Mach es mir bitte nicht noch schwerer.«

»Ich glaube, daß du mir wenigstens eine Erklärung schuldig bist, meinst du nicht?«

Lauralee hatte sich genau zurechtgelegt, was sie Jay sagen wollte, seit sie ihn am Morgen betrunken im Arbeitszimmer gefunden hatte. Aber jetzt, wo die Gelegenheit gekommen war, fiel ihr kein einziges vernünftiges Wort mehr ein. Sie wandte sich nur stumm ab und zog Alexander mit sich.

Doch Jay ergriff ihren Arm und hielt sie zurück, und jetzt mischte sich Kate zum ersten Mal in ihre Unterhaltung ein. »Lauralee glaubt, du würdest zuviel trinken«, sagte sie. »Sie hat dich heute morgen im Arbeitszimmer gesehen.«

Jay ließ Lauralees Arm los. Ein schreckliches Schweigen folgte. Ganz offensichtlich hatte er weder vor, sein übermäßiges Trinken abzustreiten, noch einen weiteren Versuch zu unternehmen, seine Frau dazu zu bewegen, bei ihm zu bleiben.

Lauralee straffte die Schultern, nahm Alexanders kleine Hand und ging resolut auf den Ticketschalter zu. Kate folgte ihr, bezahlte ihre Passage und musterte ihre Schwägerin mit verstohlenen, besorgten Blicken.

»Jay ist fort, Lauralee«, sagte sie, als sie auf den Zug zueilten, der sie nach Colville bringen würde. Lauralee hob trotzig den Kopf. »Um so besser«, schwindelte sie.

Als Jay den Bahnhof verließ, litt er so heftig wie noch nie zuvor in seinem Leben und kämpfte gegen das Bedürfnis an, Lauralee gewaltsam zurückzuholen. Aber er wußte, daß es sinnlos gewesen wäre.

Draußen vor dem Bahnhofsgelände blieb er stehen, um tief Atem zu holen. Die Gerüche nach Sägemehl, Wagenschmiere und Ruß drangen ihm in die Nase, doch er nahm es kaum wahr. Er stellt sich vor, was Lauralee empfunden haben mußte, als sie ihn an diesem Morgen im Arbeitszimmer seines Vaters gefunden hatte.

Jay neigte nicht zum Trinken, hatte nie großen Geschmack daran gefunden, aber Lauralee dies in ihrem gegenwärtigen Zustand zu erklären, wäre sinnlos gewesen. Sie hätte es nicht verstanden, noch nicht; dazu waren ihre Erfahrungen mit Virgil Parker zu frisch. So weh es tat, es blieb Jay nichts anderes übrig, als Lauralee gehen zu lassen, damit sie die Angelegenheit in aller Ruhe überdenken konnte.

Doch was sollte er in der Zwischenzeit tun? Den Verstand verlieren? Fluchend steckte Jay die Hände in die Hosentaschen und bemühte sich, einen klaren Gedanken zu fassen. Er konnte nicht in das große Haus auf dem Hügel zurückkehren, nicht ohne Lauralee und nicht, solange seine Mutter sich dort aufhielt. Denn *sie* würde höchst erfreut sein, daß der ›Dorftrampel‹ fort war.

Es gab natürlich noch andere Orte, an denen Jay Zuflucht suchen konnte. Er hätte seine letzte Mätresse aufsuchen können, die noch immer in dem kleinen Haus lebte, das er einst für sie gekauft hatte. Marietta hatte geweint und gewütet, als er damals nach seiner Rückkehr aus Halpern's Ferry zu ihr gegangen war, um ihr zu sagen, daß er sie nicht mehr besuchen konnte, aber sie würde ihn zurücknehmen. Er brauchte sie nur darum zu bitten, mit einem Blumenstrauß in der Hand, und alles würde wieder so wie früher sein.

Jay schüttelte den Kopf. Nichts würde mehr wie früher sein, und es war besser, wenn er anfing, sich damit abzufinden. Lauralee hatte sein Leben verändert. Und obwohl sie in diesem Augenblick dabei war, ihn zu verlassen, wußte Jay, daß er bei Marietta keinen Trost finden würde.

Er mußte nachdenken.

In genau vierzehn Tagen sollte sein Umzug nach Washington erfolgen. Sein Vater verließ sich auf ihn und hatte eine lange Seereise gebucht, weil Jay versprochen hatte, seine Pflichten im Senat zu übernehmen. Sollte er jetzt vielleicht in das große, leere Haus auf South Hill zurückkehren und seinem Vater sagen, daß ihr Abkommen null und nichtig war? Daß er nicht fähig sein würde, auch nur einen vernünftigen Gedanken zu fassen, bis er die Situation mit Lauralee geklärt hatte?

Jay hatte dem Senator sein Wort gegeben; das konnte und wollte er nicht brechen. Nachdenklich ging er noch einmal zum Bahnsteig zurück. Bemüht, nicht nach Lauralee Ausschau zu halten, kaufte er ein Ticket für einen Zug, der in die entgegengesetzte Richtung fuhr.

Zwei Stunden später hatte er sein Reiseziel erreicht, mietete sich ein Pferd und ritt zu dem stattlichen Backsteinhaus hinaus, das inmitten wogender Weizenfelder stand.

Lucy kam aus dem Haus und eilte ihm mit ausgebreiteten Armen und freudestrahlendem Gesicht entgegen. Trotz seiner tiefen Niedergeschlagenheit mußte Jay lächeln, als er vom Pferd absaß.

Lucy war fast so groß wie er, eine robuste Frau mit langem dunklem Haar, das sie meist zu einem dicken Zopf geflochten trug. Sie warf sich lachend in Jays ausgebreiteten Arme. »Was machst du hier? Warum hast du uns nicht gesagt, daß du kommen würdest? Ist es wahr, daß du jetzt verheiratet bist?«

Jay lachte.

»Eine Frage nach der anderen bitte. Ich bin aus einem Impuls heraus gekommen, Lucy, weil ich dich und Brice sehen wollte.

Und ja, ich schätze, man könnte sagen, daß ich verheiratet bin.«

Lucy spähte über seine Schulter, als erwartete sie, dahinter eine Frau zu sehen. »Ja, aber wo ist sie denn?« fragte sie verblüfft.

Ein Stallbursche kam aus der Scheune und übernahm Jays Pferd. Lucy nahm ihren Schwager beim Arm und zog ihn ins Haus. »Sag bloß nicht . . .«

»Doch, sie hat mich bereits verlassen«, gestand Jay und wußte, daß Lucy ihm, obwohl er lächelte, seine Qual und Verwirrung deutlich ansah. Er seufzte und verzichtete auf das erzwungene Lächeln. »Es ist ein Tag der Erkenntnis für die McCallum-Männer, könnte man sagen. Lauralee hat Kate mitgenommen.«

Inzwischen hatten sie die Tür erreicht, die Lucy in ihrer Eile, den unerwarteten Besuch zu begrüßen, offen gelassen hatte. Dort blieb sie stehen und schaute mitfühlend zu Jay auf. »Ach Gott«, sagte sie besorgt. »Dazu wird Chance aber einiges zu sagen haben!«

Jay zuckte nur die Schultern, als Lucy ins Haus voranging und in ihr großes, helles Wohnzimmer führte. Dort setzte sie sich und verschränkte abwartend die Hände. Jay nahm ihr gegenüber Platz.

Er beobachtete den inneren Kampf, der sich auf ihrem sanften Gesicht abzeichnete; sie wollte ihn nicht zum Reden drängen, aber da sie aufgrund ihrer liebevollen Natur stets bemüht war, alles ins rechte Lot zu bringen, fiel es ihr sehr schwer zu schweigen.

»Jay«, sagte sie schließlich in fast komischer Verzweiflung. »Was ist geschehen?«

Ein junges Mädchen schlurfte mit gleichgültiger Miene herein, und Lucy schickte sie in die Küche, um Kaffee zu holen und ›die Plätzchen, die wir gestern gebacken haben‹.

Jay fühlte sich hier mehr zu Hause als in Spokane, und für einen Moment blieb er einfach still sitzen und ließ die ruhige Atmosphäre des Hauses auf sich einwirken. Als er spürte, daß Lucy die Spannung nicht mehr ertrug, erklärte er ihr, wie er

Lauralee begegnet war, wie Alexanders Krankheit sie nach Spokane gebracht hatte und wie es zu ihrer Heirat gekommen war. Er sprach von Virgil Parker, erzählte Lucy, was er über die Trinkgewohnheiten des Mannes wußte und endete mit der Beschreibung des Zustands, in dem Lauralee ihn selbst und an diesem Morgen im Arbeitszimmer seines Vaters vorgefunden hatte.

»O nein, Jay!« rief Lucy betroffen. »Hast du denn nicht versucht, es ihr zu erklären?«

»Das wäre Zeitverschwendung gewesen nach allem, was Lauralee mit Virgil durchgemacht hat. Sie hätte es nur als leere Ausreden eines reumütigen Sünders aufgefaßt.«

Lucy seufzte. »Ja, das ist schon möglich.« Nachdenklich betrachtete sie den bunten Webteppich zu ihren Füßen; dann kehrte ihr Blick zu Jays Gesicht zurück. »Aber du wirst Lauralee doch nicht aufgrund einer so dummen Geschichte aufgeben?«

»Nein, dazu liebe ich sie zu sehr«, erwiderte Jay aufrichtig.

Das Mädchen kam zurück und brachte ihnen zwei Tassen dampfenden Kaffee und einen Teller mit Hafermehlplätzchen. Als sie wieder fort war, reichte Lucy Jay eine Tasse und nahm sich selbst die andere.

Da es eine ihrer Tugenden war, den richtigen Zeitpunkt für einen Themawechsel zu erkennen, beugte sie sich leicht vor und gestand lächelnd: »Ich wünschte, ich könnte Chance' Gesicht sehen, wenn er erfährt, daß eine Rebellion im Gange ist!«

Jay lächelte schwach. »Ich nicht, liebe Lucy. Ich möchte dann lieber nicht in seiner Nähe sein.«

»Obwohl es natürlich Tage dauern kann, bis er es merkt«, fügte Lucy ärgerlich hinzu.

Bevor Jay etwas darauf erwidern konnte, kam Brice herein, in der abgetragenen Kleidung eines Feldarbeiters und mit einem strahlenden, erstaunten Lächeln im Gesicht.

Jay war gezwungen, die ganze Geschichte noch einmal zu wiederholen, obwohl es ihm mit Lucys Hilfe gelang, seinen Bericht wenigstens bis zum Mittagessen zu verschieben.

Brice, der immer der Ansicht gewesen war – naiverweise,

wie Jay fand –, daß menschliche Beziehungen sich stets irgendwie regeln ließen, schien nicht sonderlich beeindruckt. »Hol sie zurück«, meinte er kauend. »Sag ihr schlicht und einfach, daß du kein Trinker bist und du dir diese Wegrennerei nicht mehr gefallen läßt.«

Jay und Lucy wechselten einen leidenden Blick, aber keiner von ihnen bemerkte etwas dazu.

Brice schaute seine Frau an. »Ich hoffe, daß du nicht auch vorhast, das Eheschiff zu verlassen, meine Liebe. Für die Verfolgung und das Bitten und Betteln, das damit verbunden wäre, dich zurückzuholen, hätte ich nämlich ausgerechnet jetzt sehr wenig Zeit.«

Jay lächelte, bis er den Ausdruck der Trauer sah, der über Lucys Züge huschte. Nur einen winzigen Augenblick lang, aber Jay empfand es dennoch als äußerst beunruhigend.

»Lucy?« forschte er sanft, als Brice kurz den Raum verließ, um Zucker für seinen Kaffee zu holen.

Lucy saß aufrecht auf ihrem Stuhl, aber sie hielt den Kopf gesenkt und den Blick abgewandt. »Frag mich nicht, Jay«, bat sie. »Ich könnte es nicht ertragen, darüber zu sprechen.«

Kaltes Entsetzen erfaßte Jay, aber er drängte Lucy nicht, noch mehr zu sagen. Er wußte, daß sie Brice nie verlassen würde, dazu war die Liebe, die diese beiden Menschen verband, viel zu stark – aber irgend etwas war hier nicht in Ordnung. Ganz und gar nicht.

Während der restlichen Mahlzeit ging Jay die einzelnen Möglichkeiten durch und kam zu dem Schluß, daß es nur eine gab: Brice oder Lucy selbst war krank. Schaudernd malte er sich aus, wie jeder der beiden leiden würde, wenn er ohne den anderen leben müßte.

Während der langen Fahrt von Halpern's Ferry nach Spokane hatte Lauralee sich in einem derartigen Erregungszustand befunden, daß sie nur daran denken konnte, ob Alexander die Reise überleben würde. Doch jetzt, auf der Rückreise, die eine Übernachtung in Colville erforderte, hatte sie Zeit, sich zu fragen, wie es möglich war, daß ihr Leben in so kurzer Zeit eine derartige Veränderung erfahren hatte.

Lauralee litt unter quälenden Kopfschmerzen und war deshalb froh, als Kate beschloß, sich die Stadt anzusehen und Alexander mitzunehmen. Dankbar streckte sie sich auf ihrem Bett aus und legte ein feuchtes Tuch auf ihre Stirn.

Im Nachhinein betrachtet, war es sehr übereilt von ihr gewesen zu beschließen, daß, Virgil und Jay aus dem gleichen Holz geschnitzt sein mußte. War es nicht möglich, daß Jay einfach im Schreibtischsessel seines Vaters eingeschlafen war? Natürlich hatte er auffallend stark nach Alkohol gerochen, aber viele Männer tranken ab und zu ein Glas, ohne daß ihnen ein sichtbarer Schaden daraus erwuchs. Manche Männer konnten sich sogar gelegentlich betrinken, ohne gleich eine Gewohnheit daraus zu machen.

Nicht daß Lauralee Alkohol akzeptiert hätte. Dazu hatte sie viel zu oft erlebt, welchen Schaden er anrichtete, nicht nur bei Virgil, sondern auch bei anderen Menschen – wie den Ehemännern, Vätern und Söhnen der Frauen in ihrer Abstinenzlerbewegung.

Wie kam es, daß einige geradezu süchtig nach diesem Teufelszeug waren, während andere ihm eher gleichgültig gegenüberstanden? Es war ein Rätsel, das Lauralee schon lange quälte und für das sie nie eine Lösung gefunden hatte.

Diese ergebnislosen Überlegungen verschlimmerten ihre Kopfschmerzen, und sie begann zu weinen. Aber sie schrieb ihre Tränen ihrem körperlichen Leiden zu und keineswegs dem Schmerz, der ihr das Herz zerriß. Nach Lauralees Erfahrung versiegten Tränen meist sehr schnell, aber heute traf das leider nicht zu, und deshalb befand sie sich in einem bedauernswerten Zustand, als Kate mit Alexander aus der Stadt zurückkehrte.

Als sie Lauralees verquollenes Gesicht sah, setzte sie den kleinen Jungen mit dem Spielzeug, das sie ihm gekauft hatte, auf den Boden, und nahm Lauralee tröstend in die Arme. »Ich fühle mich ähnlich wie du«, gestand sie leise. »Innerlich ganz zerbrochen und verwundet. Meinst du, wir sollten lieber heimfahren, Lauralee?«

Wenn man Lauralee Parker-McCallum einen Charakterfehler vorwerfen konnte, dann ihren sturen, unbeugsamen Stolz. Sie richtete sich auf und trocknete ihre Tränen. »Du kannst natürlich tun, was du willst, Kate. Aber *mein* Zuhause ist in Halpern's Ferry, nicht in Spokane.« Dein Zuhause ist da, wo Jay McCallum ist, meldete sich eine mahnende innere Stimme. Und das weißt du ganz genau . . .

Kate betrachtete Alexander, der mit einem Kreisel spielte. »Ich liebe Chance so sehr, Lauralee«, sagte sie leise. »Ich habe ihn immer geliebt, mein ganzes Leben lang.«

Lauralee nahm tröstend ihre Hand. »Ich weiß, Kate«, antwortete sie. »Ich weiß.«

»Vielleicht war es falsch, so einfach fortzugehen, aber ich muß ihn dazu bringen, daß er mich achtet, Lauralee. Er behandelt mich wie ein kleines Kind, zaust mir das Haar oder tätschelt mir den Po. Und dann geht er zu seinen Mätressen . . .«

Lauralee konnte Kates Leid gut nachempfinden. »Chance muß dich lieben«, sagte sie, »sonst hätte er dich nicht geheiratet. Wie hast du ihn kennengelernt, Kate?«

»Ich war erst zwölf, als ich Chance zum erstenmal sah – er kam zu einer Gartenparty bei einem unserer Nachbarn. Er war so hübsch und lachte immer . . . Ich habe mich gleich am ersten Tag in ihn verliebt. Aber natürlich hat er mich nicht einmal bemerkt. Er hatte nur Augen für die ältere Schwester meiner Freundin – sie hieß Victoria – und hat die nächsten fünf Jahre damit verbracht, um sie zu werben.«

»Und was geschah dann?«

Kate hob die schmalen Schultern. »Victoria kam bei einem Kutschenunfall um – es war grauenhaft, Lauralee. Chance war natürlich untröstlich und trank, bis es zu einem Skandal ausartete. Eines Abends bat er mich um meine Hand. Für ihn war es wohl nur ein Scherz, aber ich sagte ja, und zu meinem Erstaunen war er konsequent. Er stellte eine Leiter unter meinem Fenster auf, genau wie man es in Romanen liest. Ich kletterte hinunter, und wir brannten zusammen durch.

Meine Eltern waren natürlich außer sich vor Zorn. Sie drohten, die Ehe annullieren zu lassen. Ich weiß nicht, warum

Chance sich damals so verbissen dagegen wehrte ... Vermutlich war er da schon wieder nüchtern und litt unter Gewissensbissen.«

Lauralee lächelte, weil die Geschichte trotz ihrer tragischen Hintergründe so romantisch war. Aber da sie spürte, daß noch mehr kam, schwieg sie, und Kate setzte errötend ihre Erzählung fort.

»Das erste Mal, als wir ... als wir uns liebten, war ganz schrecklich, Lauralee. Ich hatte Angst – es tat so weh – und ich weinte. Seitdem kommt Chance nur selten zu mir ins Bett. Es ist meine Schuld, daß er andere Frauen braucht, Lauralee.«

Lauralee konnte es nicht ändern, sie mußte einfach lachen. »So ein Unsinn!« kicherte sie. »Es ist Chance' Schuld, zumindest teilweise.«

Kate starrte sie mit großen Augen an. »Warum lachst du so?«

Lauralee wußte nicht, was sie darauf erwidern sollte; vielleicht war sie ganz einfach hysterisch oder übermüdet. »Was tust du denn, Kate, wenn Chance zu dir ins Bett kommt?«

Kate errötete. »Tun? Was gibt es da zu tun? Chance macht doch alles!«

Lauralee preßte eine Hand vor ihren Mund, aber es nutzte nichts; ihr kamen die Tränen vor Belustigung. Sie mußte dermaßen lachen, daß sie sich rückwärts auf das Bett fallen ließ und sich mit beiden Händen den Bauch hielt.

Kate sprang entrüstet auf. »Lauralee McCallum, das ist überhaupt nicht komisch!«

»Chance ... macht ... alles!« rief Lauralee, vor Lachen völlig außer Atem.

Kate starrte auf sie herab, als befürchtete sie, daß ihre Schwägerin den Verstand verloren hätte. »Soll er denn nicht alles tun?« flüsterte sie schließlich so ernst und eindringlich, daß Lauralee einen neuen Lachanfall erlitt.

»Du lieber Himmel, nein!«

Alexander, der die Heiterkeit spürte, die er nicht hören konnte, kam zu seiner Mutter, ergriff ihren Rock und hüpfte auf und ab vor Freude. Lauralee nahm ihn auf den Arm und drückte ihn liebevoll an ihre Brust.

Kate schritt unruhig im Zimmer auf und ab; ihr Gesichtsausdruck war wie der eines Erfinders, der gerade eine umwälzende Entdeckung gemacht hatte. »Was könnte ich denn anderes tun, als neben ihm zu liegen?« murmelte sie vor sich hin.

Lauralee biß sich auf die Lippen, um nicht einen neuerlichen Heiterkeitsanfall zu bekommen. Als sie endlich glaubte, ihrer Stimme wieder trauen zu können, sagte sie: »Setz dich her zu mir, Kate. Ich habe dir einiges zu sagen.«

Die arme, süße kleine Unschuld setzte sich gespannt. Im Zug von Lauralees Erklärungen, die sie so behutsam wie möglich formulierte, wurden Kates Augen immer größer und größer, bis sie ihr ganzes Gesicht auszufüllen schienen.

»Warum hat mir das niemand gesagt?« rief sie empört, als die Lektion vorüber war, und sprang wütend auf. »Warum hat Chance – oder wenigstens *Lucy* – mir nie etwas davon gesagt?«

Lauralee zuckte die Schultern. »Wahrscheinlich hast du Lucy nie danach gefragt, und Chance wäre von selbst bestimmt nicht auf die Idee gekommen, darüber zu sprechen. Männer neigen nämlich nicht zu tiefgreifenden Erforschungen dieses Themas. Sie haben es gern bequem und nehmen sich oft nicht die Zeit, die Geheimnisse der Erotik zu ergründen. Es ist nur das *Wann* und *Wie oft*, was sie interessiert.«

Kate schlang die Arme um ihren Körper, als wollte sie sich ganz unbewußt vor einer übereilten Handlungsweise schützen. Wie nach Spokane zurückzueilen, zum Beispiel, dachte Lauralee, und Chance McCallum mit ihrem neuerworbenen Wissen zu überraschen!

Allein die Vorstellung reichte aus, um Lauralee von neuem zum Lachen zu bringen.

Kate errötete vor Ärger. »Hör auf zu lachen, Lauralee! Die Situation ist ernst!«

Alexander schaute erstaunt von Kates ärgerlichem Gesicht zum lachenden seiner Mutter. Ihm zuliebe tat Lauralee ihr Bestes, um sich zu beruhigen.

»Nein, ich gehe nicht zu ihm zurück«, stellte Kate plötzlich entschieden fest. »Nein, so kann ich ihn nicht halten. Entweder liebt Chance mich, oder er tut es nicht.«

»Richtig so!« bemerkte Lauralee schmunzelnd.

»Ich werde nicht seine niedrigen Instinkte wecken, um ihn nachts im Haus zu halten!«

Fast hätte Lauralee wieder laut losgeprustet. »Nein, da hast du schon ganz recht«, sagte sie mühsam beherrscht.

Kate legte nachdenklich einen Finger an ihr Kinn. »Aber deine Theorie hat natürlich auch etwas für sich.« Ein Funkeln erwachte ganz unvermittelt in ihren schönen grauen Augen, die sonst so traurig blickten. »Ich würde sie gern einmal auf die Probe stellen.«

»Oh, die Chance wird sich dir schon bieten, da bin ich ganz sicher«, sagte Lauralee, und diesmal brachen beide Frauen in schallendes Gelächter aus angesichts des unbeabsichtigten Doppelsinns in Lauralees Feststellung.

Ihre Kopfschmerzen waren wie durch Zauberhand verflogen. Lachen und Heiterkeit mußten wohl doch eine heilende Wirkung haben; zumindest linderten sie ein wenig die Verzweiflung eines Menschen. Lauralee ging zum Spiegel, bürstete ihr Haar und steckte es wieder auf. Dann wusch sie ihr Gesicht, glättete ihr Kleid und straffte entschlossen die Schultern. Für heute waren genug Tränen geflossen.

»Dieses Hotel verfügt über ein ausgezeichnetes Restaurant«, verkündete sie heiter. »Also laß uns etwas essen gehen. Und da du die Reichere von uns beiden bist, Mrs. McCallum, darfst du zahlen.«

Kates schöne graue Augen zwinkerten verschmitzt. »Wohl kaum. Ich lasse alles auf Chance' Rechnung schreiben.«

»Wenn das so ist«, erwiderte Lauralee, »bin ich ganz außergewöhnlich hungrig.«

Mit einer Verbeugung öffnete Kate die Tür. »Nur das Beste ist mir gut genug für uns«, stellte sie mit schadenfrohem Lächeln fest.

10

Lucy McCallum saß an dem zierlichen Sekretär in ihrem Nähzimmer, den Stift in der Hand, die Brauen nachdenklich gerunzelt. Wie konnte sie das, worum sie Mary bitten wollte, in Worte fassen? Wie nur?

Eine leichte Brise bewegte die Gardinen vor dem offenen Fenster und trieb den Geruch nach Obst und Sommer herein, was Lucy nach Boston und in ihre Kindheit zurückversetzte.

Schon damals war Lucys jüngere Schwester sehr unkonventionell gewesen. Mütter hatten ihre Töchter davor gewarnt, sich wie Mary Cornell zu benehmen, und in den meisten Fällen hatten die Töchter sich auch daran gehalten. Aber insgeheim, vermutete Lucy, wären sie sicher auch lieber so wagemutig, intelligent und witzig gewesen wie Mary.

Mary hatte sämtliche Lehrer mit ihren Einfällen um den Verstand gebracht und die viel zurückhaltendere Lucy mit dem Ausmaß ihrer Phantasie immer sehr beeindruckt. O ja, soviel Schalk hatte sich in Marys großen braunen Augen verborgen — sie verstand es damals schon, Zigarillos zu rauchen und zu fluchen wie ein Mann. Eines Tages, in der gleißenden Hitze eines Großstadtsommers, war sie sogar so weit gegangen, ihr herrliches dunkles Haar abzuschneiden. Ja, waren denn die kurzen

Locken nicht viel hübscher – und fand Lucy nicht auch, daß ihr der Pagenkopf viel besser stand?

Lucy lächelte, als sie an jene Tage in Boston dachte. Wie ärgerlich Papa, ein strenger presbyterianischer Pfarrer, damals gewesen war, und wie er Mary prophezeit hatte, daß sie eines Tages in der Hölle schmoren würde! Mama hingegen hatte nur still in ihre Teetasse gelächelt und gesagt: »Mach dir keine Sorgen, Mary kommt schon zurecht im Leben.«

Und so war es auch. Mary hielt Vorträge, sie schrieb Bücher und Artikel, in denen sie für das Wohl der Kinder stritt, vor allem jener, die schon in frühen Jahren gezwungen wurden, in Fabriken, Mühlen und auf Feldern zu arbeiten.

Mary hatte nie geheiratet, obwohl es ihr an Möglichkeiten sicher nie gemangelt hatte. Heute fragte Lucy sich, ob Mary ihr Schicksal nicht vielleicht vorausgeahnt haben mochte . . .

Aber das war natürlich albern. Es war gut möglich, daß Mary sich nicht einmal des Versprechens entsann, das Lucy ihr an jenem Tag, als sie zusammen auf der Gartenmauer gesessen und über ihre Zukunft gesprochen hatten, abgenommen hatte. Lucy hatte damals gerade Brice McCallum geheiratet und war im Begriff, in den fernen, geheimnisvollen Westen abzureisen, um auf Brice' Farm zu leben.

»Wenn mir je etwas zustoßen sollte«, hatte Lucy damals zu Mary gesagt, »würdest du dich dann um Brice kümmern? Willst du mir das versprechen?« Mary hatte nachsichtig gelächelt. »Dir wird nichts zustoßen, Dummerchen«, erwiderte sie. »Nichts Schlimmes jedenfalls. Du wirst eine Menge Kinder haben, einen Haufen Geld und das schöne Farmhaus, von dem Brice soviel spricht. Du wirst sehr glücklich sein, Lucy.«

Brice' Stimme, zu einem gefühlvollen Abschiedsgruß erhoben, drang durch das offene Fenster zu Lucy herein. O Gott – hatte es je einen besseren Mann als Brice gegeben, einen sanfteren, liebevolleren Menschen als ihn? Lucy bezweifelte es, und die Kehle wurde ihr ganz eng bei dem Gedanken, Brice verlassen zu müssen.

Marys Prophezeiungen waren eingetroffen, zum größten Teil jedenfalls. Lucy war glücklich mit Brice geworden, unfaßbar glücklich, und Geldsorgen hatten sie auch nie gehabt. Nur die Kinder waren ausgeblieben, und obwohl Lucy manchmal fast daran verzweifelte, war ihr Leben durch Brice McCallum doch so ausgefüllt, daß sie mehr als zufrieden war.

Zumindest *war* sie es gewesen – bis die Schmerzen angefangen hatten und sie einen Arzt in Spokane aufgesucht hatte ...

Resolut tauchte sie die Feder in das Tintenfaß. *Liebe Mary,* schrieb sie, und dabei kamen ihr die Tränen. *Erinnerst Du Dich noch an jenen Tag, als wir auf Papas Gartenmauer saßen und über Kinder und Farmen sprachen? Damals hast Du mir ein Versprechen gegeben, und ich hoffe, daß Du Dich noch daran erinnerst, liebe Schwester, denn jetzt ist der Moment gekommen, in dem ich an Deine Ehre appellieren muß. Bitte komm, so schnell Du kannst.*

Der Brief setzte sich noch über mehrere Seiten fort und war nicht leicht zu schreiben. Immer öfter hielt Lucy inne, weil sie weinen mußte – nicht um sich selbst, aber um Brice –, bevor sie weiterschreiben konnte.

Es war fast schon dunkel, als die Postkutsche in Halpern's Ferry eintraf, und Lauralee war todmüde. Ein Glück, daß Pete Townsend zur Stelle war und sich erbot, sie, Kate und Alexander mit einem geliehenen Wagen zur Farm hinauszufahren.

Pete wußte natürlich nicht, daß Lauralee verheiratet war, und sie hatte auch nicht das Herz, es ihm zu sagen, obwohl sie gezwungen war, ihm Kate vorzustellen und er beim Klang des Namens McCallum aufhorchte.

Clarie und Jenny mußten die Pferde und den Wagen schon, lange bevor er die Farm erreichte, gehört haben, denn als er um die letzte Kurve bog, standen die beiden Mädchen schon am Tor.

Clarie nahm Alexander auf den Arm und drückte ihn freudestrahlend an sich, während Jenny sich mehr für die fremde Besucherin zu interessieren schien. Verstohlen betrachtete sie Kates und Lauralees elegante Kleidung und stellte Dutzende neugieriger Fragen über die Ereignisse in Spokane. Bei dem

Gedanken, daß sie irgendwann mit der Geschichte über ihr Heirat herausrücken mußte, wurde Lauralee sehr unbehaglich zumute.

Pete lenkte den Wagen vor das Haus und begann das Gepäck auszuladen. Ihm war anzusehen, wie nervös er war, und das wiederum machte Lauralee nervös, denn sie wußte, daß Pete sie liebte. Was sollte sie ihm sagen, falls er ihr einen Antrag machte und sie bat, ihn zu heiraten? Wie konnte sie ihm die Situation begreiflich machen, ohne ihn zu verletzen?

Das war gar nicht möglich. Aber nach einem ganzen Tag in der vollbesetzten, engen Postkutsche erschien Lauralee fast alles unmöglich. Am liebsten wäre sie unverzüglich in ihr Zimmer hinaufgegangen, um sich dort einzuschließen und eine ganze Woche lang zu schlafen. Aber diesen Luxus konnte sie sich nicht erlauben. Alexander mußte gebadet und gefüttert werden, bevor er ins Bett ging. Clarie mußte erfahren, daß ihr kleiner Bruder taub war und ihre Stiefmutter geheiratet hatte. Und die Obstbäume wollte Lauralee sich auch noch ansehen . . .

Pete schleppte das Gepäck ins Haus, und Lauralee fiel auf, daß Jenny ihn beobachtete und jede seiner Bewegungen mit faszinierten Blicken verfolgte.

»Alexander hört mich nicht!« rief Clarie plötzlich und preßte den kleinen Jungen so fest an sich, daß er zappelte, um freizukommen. »Was ist los mit ihm, Lauralee?«

Kate, die so erschöpft aussah, wie Lauralee sich fühlte, berührte ihre Schwägerin am Arm und nahm dann Clarie Alexander ab, der so begeistert die Händchen nach ihr ausstreckte, daß Claries Züge sich verfinsterten. »Warum machst du nicht einen Spaziergang mit Clarie?« schlug Kate freundlich vor.

Jenny löste ihren Blick von Pete, der mit dem zweiten großen Reisekoffer im Haus verschwunden war. »Ich kümmere mich um das Abendessen«, sagte sie bereitwillig.

Lauralee nahm Claries Arm. »Ja, laß uns zu den Bäumen gehen, bevor es zu dunkel ist, um etwas zu sehen«, sagte sie und spürte, wie das kleine Mädchen erschrak. »Hat Joe die Bäume beschnitten und sie gewässert, falls es nötig war?«

Clarie schaute sich nach Kate um, deren Anwesenheit sie

nicht weniger verwirrte als die Tatsache, daß Alexander sie nicht hören konnte. »Wer ist diese Frau?«

»Ich habe dir doch gesagt, daß sie Kate McCallum heißt.«

»Warum hast du sie hergebracht? Es gefiel mir nicht, wie sie mir Alexander abgenommen hat . . .«

»Kate ist sehr nett«, warf Lauralee ein. »Du wirst sie mögen, wenn du sie besser kennst.«

Clarie schien darüber nachzudenken, ließ sich jedoch nicht anmerken, zu welchem Schluß sie gekommen war.

Als sie den Obstgarten erreichten, stellte Lauralee betroffen fest, daß der Boden um die jungen Bäume so hart war wie gebackener Ton. Wenn es nicht bald regnete, würden sie Wasser vom Fluß heraufschleppen müssen, um die Bäume zu bewässern.

»Alexander kann nicht mehr hören, nicht wahr, Lauralee?« riß Claries Stimme sie aus ihren Gedanken.

Lauralee richtete sich auf und zwang sich, dem fragenden Blick des kleinen Mädchen standzuhalten. »Nein, Clarie, er hört nichts mehr. Eines Tages ändert sich das vielleicht, aber wir dürfen nicht darauf hoffen. Wir müssen uns auf Gott und auf uns selbst verlassen, um Möglichkeiten zu finden, Alexander zu helfen.«

Claries Miene verfinsterte sich; sie preßte trotzig die Lippen zusammen. »Zuerst stirbt Papa, und jetzt kann Alexander nicht mehr hören. Ich glaube nicht mehr an Gott!«

»Clarie . . .«

»Nein! Wenn es einen Gott gibt, ist er böse und gehässig.«

Lauralee verschränkte die Arme vor der Brust. »Böse und gehässig, Clarie? Gott hat Alexander am Leben gelassen. War das böse und gehässig?«

»Was nutzt es ihm schon, zu leben, wenn er nicht wie andere ist? Wenn er nicht hören kann . . .«

»Wenn du einmal in Ruhe über diese Frage nachdenkst, Clarie, wirst du selbst die Antwort finden.«

Wie zu erwarten war, befand sich Clarie nicht in der Stimmung, über so gewichtige Themen wie Leben oder Tod nachzudenken. Sie liebte Alexander, hatte ihn mit aufgezogen, und in gewisser Weise war er ebenso ihr Kind wie Lauralees. »Da ist noch etwas, nicht wahr?« fragte sie mißtrauisch. »Du hast mir noch nicht alles gesagt!«

»Das stimmt«, gab Lauralee seufzend zu. »Aber ich weiß nicht, ob du jetzt in der Verfassung bist, es zu hören.«

Die Sonne ging unter, und die Moskitos kamen. Mit unnötiger Heftigkeit schlug Clarie nach ihnen. »Wenn du es mir nicht sagst, werde ich keine Ruhe finden, Lauralee! Ich hasse es, mir den Kopf über etwas zerbrechen zu müssen.«

Lauralee gestattete sich ein Lächeln. Clarie war ein intelligentes, temperamentvolles Mädchen, das sich eines Tages zu einer wahren Schönheit entwickeln würde. Dieser letzte Gedanke ließ Lauralees Lächeln wieder verblassen. Um wieviel besser wären Claries Zukunftsmöglichkeiten gewesen, wenn sie Gelegenheit gehabt hätte, in Washington eine Schule zu besuchen! Und was hätte dort aus Alexander werden können, selbst wenn er für immer taub blieb! »Während ich in Spokane war, Clarie, habe ich Mr. McCallum geheiratet«, sagte Lauralee sehr leise.

Clarie riß verblüfft die Augen auf und schaute ganz unbewußt in die Richtung, in der Jays Saloon lag. »*Diesen* Mr. McCallum?«

Lauralee seufzte. »Ja.«

»Warum solltest du ihn heiraten – ausgerechnet *ihn*?«

»Weil ich ihn liebe, Clarie. Ich liebe Jay sehr.«

Claries scharfer Verstand malte sich blitzschnell die Konsequenzen aus, die sich aus Lauralees Feststellung ergaben. »Ich dachte, du liebtest Papa!« sagte sie dann anklagend.

»Ich habe deinen Vater auch geliebt. Aber er ist tot, Clarie.«

Ein weiteres langes Schweigen folgte, in dessen Verlauf das Mädchen auch diese Worte gründlich überdachte. Eigentlich war alles ein bißchen zuviel auf einmal für das Kind. Es tat Lauralee in der Seele weh, Clarie so verunsichern zu müssen.

»Wo ist Mr. Jay McCallum dann? Wenn er dein Mann ist, warum ist er dann nicht hier?«

Zum erstenmal seit ihrer Ankunft richtete Lauralee den Blick auf die Baustelle auf der anderen Straßenseite. Eine niederschmetternde Einsamkeit erfaßte sie und raubte ihr die letzte

Kraft. »Es hat Schwierigkeiten gegeben, Clarie«, antwortete sie bedrückt. »Ernsthafte Schwierigkeiten. Aber darüber kann ich jetzt nicht sprechen.«

Dann ging sie weiter, um ihre Bäume zu inspizieren, und Clarie folgte ihr schweigend. Obwohl sie sehr verwirrt und ärgerlich war, suchte sie Lauralees Nähe.

Pete Townsend war zum Glück schon fort, als Lauralee und Clarie zum Haus zurückkehrten. Kate, die Alexander versorgt und zu Bett gebracht hatte, entzündete gerade die große Lampe über dem Küchentisch, während Jenny die Kartoffeln in der Pfanne wendete und in einer anderen Eier und dicke Scheiben Speck briet.

Es wurde kaum etwas gesagt beim Essen und auch beim Abwasch nicht. Während Lauralee und Jenny spülten, saß Kate am Küchentisch und starrte in die ländliche Finsternis hinaus, die ihr nach dem Stadtleben sehr ungewohnt und bedrohlich erscheinen mußte.

Clarie war schon nach oben gegangen, und Lauralee nahm an, daß sie bei Alexander war, ihn im Schlaf beobachtete und sich fragte, was aus ihm werden sollte, wenn er ein erwachsener Mann war und nicht hören konnte. Die gleiche geheime Furcht nagte auch an Lauralee, aber sie verdrängte sie, so gut sie konnte, weil sie einfach zu müde war, um sich damit zu beschäftigen.

Nach dem Abwasch ging auch Jenny schlafen, und Lauralee brachte das Spülwasser hinaus, um es im Garten auszuschütten. Dort, im schwachen Lichtschein, der aus der Scheune fiel, sah sie Joe Little Eagle stehen. Er hob grüßend die Hand, und sie wußte, daß er die Kühe gefüttert hatte, was eigentlich ihre Aufgabe gewesen wäre.

Erleichtert ging sie ins Haus zurück, stellte die Emailleschüsseln an ihren Platz und trocknete ihr Hände. Kate starrte noch immer in die Nacht hinaus; sie wirkte so jung und verunsichert wie Clarie.

»Wenn du zu Chance nach Hause zurückkehren möchtest«, sagte Lauralee verständnisvoll, »dann tu es nur. Niemand würde es dir übelnehmen.«

Kate ließ die Schultern hängen, aber ihre Augen funkelten, als sie den Blick auf Lauralee richtete. »Ich werde diesem Mann nicht nachtrauern! Wahrscheinlich ist er nicht einmal zu Hause, sondern bei irgendeiner seiner Mätressen!«

Es war durchaus möglich, daß es stimmte, aber das sagte Lauralee natürlich nicht. Sie nahm ihre Schürze ab und hängte sie an den dafür bestimmten Haken an der Tür. »Ich begleite dich zu deinem Zimmer, Kate. Du bist müde; du solltest dich jetzt ausruhen.«

»Jenny hat mir das Zimmer schon gezeigt, und sie hat auch das Bett gemacht.« Kate schob schmollend die Unterlippe vor. »Wie kann man zweiundzwanzig Jahre alt sein und nicht wissen, wie man ein Bett bezieht, Lauralee?«

»Das lernst du noch früh genug«, sagte Lauralee und dachte, daß Kate auf der Farm noch viel schwierigere Aufgaben erwarteten als Bettenmachen. Um ihr Lächeln zu verbergen, wandte sie sich ab. »Gute Nacht, Kate«, sagte sie und ging die Treppe hinauf und über den dunklen Korridor.

Sie schaute noch kurz nach Jenny und Clarie, aber beide schiefen friedlich, genau wie Alexander. Aber Lauralee ließ trotzdem die Tür, die sein Zimmer mit ihrem verband, einen Spaltbreit offen.

Das Bett, das sie mit Virgil geteilt und in dem sie dann so lange Zeit allein geschlafen hatte, wirkte öde wie eine Wüstenlandschaft und kalt wie der Nordpol. Lauralee setzte sich auf die Bettkante und begann die winzigen Knöpfchen an ihren Stiefeletten zu lösen.

Als das geschehen war, zog sie ihr Kleid aus und schlüpfte in ein warmes Flanellnachthemd. Sie wusch ihr Gesicht, reinigte ihre Zähne und trat gähnend ans Fenster, wo sie hinausschaute wie in jener ereignisreichen Nacht nur wenige Wochen zuvor.

Kein Mond schien heute auf den unfertigen Saloon, und keine rotglühende Zigarrenspitze war in der Dunkelheit zu sehen. Jay war nicht mehr da, war weit, weit entfernt, und das Wissen darum lastete so schwer auf Lauralee, daß es fast nicht zu ertragen war.

Es war durchaus möglich, daß sie Jay McCallum nie wiedersehen würde; wahrscheinlich ließ er sich jetzt von ihr scheiden und zog wie geplant nach Washington, um den Sitz seines Vaters im Senat zu übernehmen. Irgendwie würde er eine andere Frau finden, die keine Schwielen an den Händen hatte und sich in seiner Welt zu bewegen verstand, und dann würde er wieder heiraten.

Die Eifersucht, die Lauralee erfaßte, war so ungestüm und so verzehrend, daß sie sogar ihre Verzweiflung verdrängte. Wütend stürmte sie zum Bett, schlug die Decken zurück und kroch zornig vor sich hin murmelnd unter die Laken.

Minuten später war sie eingeschlafen und begann zu träumen.

Es regnete in Lauralees Traum, so harte, schwere Tropfen, daß sie die jungen Zweige an den Bäumen in ihrem Garten knickten und laut wie Hagelkörner an ihr Zimmerfenster schlugen. Es wehte auch ein starker Wind, der um die Hausecken pfiff und durch alle Fenster-und Türritzen drang.

Lauralee sah sich hinausgehen, nur mit einem Nachthemd bekleidet und mit aufgelöstem Haar. Die Kellertüren klapperten im Sturm und drohten aus den Angeln zu brechen. Deshalb war sie hier, um die Türen zu sichern. Aber bevor sie sie erreichen konnte – es war nicht leicht, sich durch Sturm und Regen zu kämpfen – flogen sie auf, und ein Mann kam aus dem Keller.

Virgil. Es war Virgil, obwohl er kaum zu erkennen war unter all dem Blut, das seine Kleider tränkte und sein Gesicht in eine häßliche scharlachrote Maske verwandelte.

In ihrem Traum fuhr Lauralee entsetzt zusammen und wich bei jedem Schritt, den Virgil auf sie zukam, ängstlich zurück. Sie wußte, daß Virgil zornig war, und sie wußte auch, warum: Sie hatte mit Jay McCallum geschlafen. Sie war eines anderen Mannes Frau geworden.

Virgils Schritte waren weit und ausholend, er schien nicht an langsame, zeitlupenähnliche Bewegungen gebunden zu sein wie Lauralee. Er erreichte sie und packte sie an den Schultern. Seine Hände hinterließen häßliche rote Flecken auf ihrem durchnäßten Nachthemd.

»Mord«, sagte er rauh. »Mord.«

Lauralee erwachte vor Schreck und merkte, daß sie am ganzen Körper zitterte. »Wer hat dich ermordet, Virgil?« flüsterte sie, als sie wieder Atem fand. »Es war nicht dieser Spieler – es geschah ganz anders, als wir alle glaubten, nicht wahr Virgil?«

Sie erhielt natürlich keine Antwort, und draußen stürmte und regnete es auch nicht. Wäre es so gewesen, hätte Lauralee sich vielleicht überhaupt nicht mehr beruhigt, dann wäre der Alptraum nur zu real gewesen.

Sie schlief sehr unruhig in dieser Nacht, war die meiste Zeit wach und horchte, ob draußen der Wind pfiff und das Klappern der Kellertüren zu vernehmen war... Und Virgils Stimme, die ihr beschwörend zuflüsterte: »Mord. Mord.«

Sie war erleichtert, als die Morgendämmerung einsetzte und ein weiterer harter Arbeitstag begann.

Jay war sich selbst nicht ganz sicher, ob es Glück oder Pech war, Adrienne Burch in Colville zu begegnen. Auf jeden Fall lud sie ihn ein, auf ihrem Holzdampfer nach Halpern's Ferry mitzufahren, was Jay dankend annahm, weil es ihm eine Übernachtung in Colville und die unbequeme Weiterreise in der Postkutsche ersparte.

Jay sorgte sich um Lucy und war wie von Sinnen vor Sehnsucht nach Lauralee. In der Hoffnung, daß Adrienne ihn während der Überfahrt in Ruhe lassen würde, begab er sich zur Reling und starrte in das graue, aufgewühlte Wasser.

Aber er hatte sich verrechnet, falls er glaubte, daß Adrienne sich von seiner düsteren, sorgenvollen Miene entmutigen ließ. Da Mrs. Burch von Natur aus kein besonders entgegenkommender Mensch war, wollte sie im Ausgleich für diese Reise natürlich etwas von Jay haben. Als sie neben ihm an die Reling trat und wie zufällig mit ihrer Hüfte seinen Schenkel streifte, tat Jay, als habe er nichts bemerkt und starrte weiterhin schweigend in das Wasser.

»Wollen Sie Ihren Saloon schließlich doch eröffnen?« erkundigte sie sich freundlich. »Dann werden Sie nämlich eine Menge Ärger mit Lauralee Parker bekommen.«

Jay räusperte sich. Wenn keine Dame in der Nähe gewesen wäre, hätte er jetzt über die Reling gespuckt. »Lauralee *McCallum*«, sagte er abweisend. »Sie heißt jetzt McCallum.«

Selbst über das Dröhnen der Maschinen hörte er, wie Adrienne nach Luft schnappte. Langsam drehte er sich zu ihr um und bemühte sich, ihrem betroffenen Blick standzuhalten.

»Sie haben Lauralee geheiratet?« fragte sie dann beherrscht. Überall auf dem Boot standen Holzfäller herum, aber Adrienne schien sie gar nicht zu bemerken.

»Ja«, erwiderte Jay. Es war möglich und sogar wahrscheinlich, daß sich Adriennes Interesse für ihn höchstens noch steigerte, nachdem er jetzt mit Lauralee verheiratet war, anstatt es zu vermindern, aber das Risiko mußte er eben eingehen.

»Dann haben Sie sich noch schlimmere Schwierigkeiten eingehandelt, als ich glaubte«, stellte sie kopfschüttelnd fest, wobei die Federn an ihrem modischen Hut leise wippten. Dann wandte sie sich ab und deutete mit ihrer behandschuhten Hand auf das Steuerhaus. »Gehen wir hinein?«

Jay wäre lieber an Deck geblieben, an der frischen Luft, wo er ins Wasser schauen oder die vorüberziehende Landschaft betrachten konnte. Aber er war auch neugierig auf diese Frau und begrüßte die Gelegenheit, sich unter vier Augen mit ihr zu unterhalten.

Schon bald wurde offensichtlich, daß Adrienne Burch sehr viel mehr als ein Gespräch mit ihm im Sinne hatte. Als Jay sich an die Tür des Steuerhauses lehnte, hob sie in einer anmutigen Geste, von der sie wußte, daß sie ihre festen Brüste zur Geltung rachte, die Arme und nahm ihren Hut ab.

Der Kapitän trat unaufgefordert vom Steuerruder zurück, nd Jay mußte ihm Platz machen, damit der Mann hinaushen konnte.

»Übernehmen Sie das Steuer«, forderte Adrienne Jay auf.

»Und wenn ich es nicht tue?«

»Laufen wir auf«, sagte Adrienne. »Oder schlimmer.«

ay übernahm das Steuer. Verdammt, er hatte noch nie in sei- Leben ein Schiff gelenkt!

drienne hielt sich eine Weile von ihm fern, obwohl sie ihm

ihre Nähe auf andere Weise zu Bewußtsein brachte. Jay unterdrückte ein Grinsen und dachte, daß ihre kunstvollen Verführungsversuche zwar hoffnungslos waren, aber andererseits auch äußerst interessant.

Nachdem sie ihr besticktes Cape abgelegt hatte, trat sie neben Jay, und wieder streifte ihre Hüfte wie zufällig seinen Oberschenkel. Fast wünschte Jay, seine Frau etwas weniger zu lieben; ihm war klar, was Adrienne beabsichtigte, und es wäre sicher eine aufregende Erfahrung gewesen, auf diese Weise in einem Steuerhaus verwöhnt zu werden. Aber er liebte nun einmal Lauralee, und die Frau, die ihn dazu bewegen konnte, sie zu betrügen, war noch nicht geboren.

Wie zu erwarten gewesen, streckte Adrienne die Hand aus um ihn zu streicheln, dann glitten ihre Finger zum ob[…] Knopf seiner Hose.

Jay entfernte ihre Hand sanft, aber ents[…]

Adrienne schaute ihn aus großen […] roch so gut, diese Frau, wie […] Regen … Verdammt […] bevor er Laura[…]

»Ich h[…]

[…] wirklich […] Adrienne […] nur rein rh[…]

Wieder stre[…] der schob Jay s[…] nicht schnell ge[…]

Nachde[…] Eimer Flußwa[…] Stoßgebet um Rege[…] rung fand – würde sie u[…] hin Wasser aus dem Fluß zum […] Die Eimer waren schwer, ihre sch[…] Lauralees Handflächen. Ihr Rücken schmerzte […] am liebsten ins Gras geworfen hätte, um zu schlafen, war erst früher Nachmittag, und viele Stunden Arb[…] noch vor ihr.

Lauralee war diese harte Arbeit natürlich gewöh[…] sorgte sich um Kate, die darauf bestanden hatte, i[…] Es wäre besser gewesen, wenn sie mit einfacher[…] begonnen hätte, wie zum Beispiel der Herstellu[…] die ein Händler in Halpern's Ferry aufkaufte. aufgewachsen war, um eine Dame zu sein, ›richtige Farmarbeit‹ kennenlernen wollen. Genau das tat sie jetzt, und Lauralee mu[…] für die Energie, mit der sie klaglos einen s[…] dem anderen vom Fluß hochschleppte.

Eigentlich hätte Joe Little Eagle an ihrer Stelle mitarbeiten sollen, aber er war noch nicht aus der Stadt zurückgekehrt. Was recht merkwürdig war, wenn man bedachte, daß er sich sonst unverzüglich auf den Rückweg machte, sobald er die Milchprodukte bei Mr. Wallerman abgeliefert hatte. Er hätte längst wieder zurück sein müssen.

»Wenn es nicht regnen sollte, müssen wir das dann den ganzen Sommer machen?« fragte Kate tapfer, als sie mit Lauralee zum Fluß hinunterging, um noch mehr Wasser zu holen.

Lauralee brachte es nicht übers Herz, die Frage aufrichtig zu beantworten und tat, als habe sie sie nicht gehört. Die jüngeren Bäume waren nicht so kräftig wie die älteren, die in feuchterem Boden in Flußnähe wuchsen. Ihre Blätter hingen kraftlos herab, und obwohl die beiden Frauen seit dem Frühstück ununterbrochen schufteten, mußte noch mindestens die Hälfte des Gartens bewässert werden.

Sie hatten den Fluß erreicht und bückten sich, um die Eimer zu füllen; die Sonne brannte sengendheiß auf Lauralees Nacken und durch ihr verwaschenes altes Kleid. Und wenn sie schon so schwitzte und so müde war, wie mußte Kate sich erst fühlen, die noch nie im Leben körperliche Arbeit verrichtet hatte?

»Gütiger Himmel«, murmelte Lauralee, als sie sich aufrichtete, um den anstrengenden Rückweg zum Obstgarten anzutreten. »Du bist ja leichenblaß, Kate! Geh auf der Stelle zum Haus zurück!« Kate schüttelte den Kopf, aber ihre Schultern sackten ab unter dem Gewicht der beiden schweren Eimer, die sie trug. »Nein«, erwiderte sie stur. »Nicht, solange du hier weitermachst!«

Lauralee überdachte ihre Lage. Sie mußte Wasser schleppen, solange es hell genug war, um etwas zu sehen, und vielleicht sogar danach noch. Einige der Bäume würden sterben, wenn sie kein Wasser bekamen. Aber Kate, ihrem Aussehen nach zu urteilen, befand sich in ähnlicher Gefahr, wenn sie sich nicht ein wenig ausruhte. Und es war offensichtlich, daß sie nicht allein zum Haus zurückkehren würde. »Na schön«, gab Lauralee nach. »Ich wollte sowieso nachsehen, ob Joe schon wieder da ist.«

Joe war noch nicht zurückgekehrt. Während Lauralee am Küchentisch saß und die Limonade trank, die Jenny ihnen gerade nach draußen hatte bringen wollen, fragte Lauralee sich, was ihn aufgehalten haben mochte. War er etwa mit dem wenigen Geld durchgebrannt, das Mr. Wallerman für die tägliche Butterlieferung bezahlte?

Nein, das konnte Lauralee nicht glauben. Wenn Joe ein Dieb gewesen wäre, hätte er andere Möglichkeiten gefunden, sie zu bestehlen. Es wäre ein leichtes für ihn gewesen, die Kakaodose auszuleeren, in der Lauralee das Buttergeld aufbewahrte und die kleinen Beträge, die sie einnahm, wenn sie das leere Gästezimmer vermietete oder Akkordeonunterricht erteilte.

Mit einem nachdenklichen Stirnrunzeln setzte sie ihr Glas ab. »Jenny, du und Clarie, ihr habt doch während meiner Abwesenheit jeden Tag die Butter in die Stadt geschickt?«

Jenny nickte stolz. »Jeden Tag außer sonntags«, bestätigte sie. »Und einmal in der Woche haben wir das Geld aus der Kakaodose zur Bank gebracht, wie du uns gesagt hattest.« Sie ging zum Schrank und holte die Blechdose und Lauralees Sparbuch.

Die Dose enthielt einen Dollarschein und etwas Wechselgeld. Das Sparbuch war in Ordnung, obwohl der Betrag unter dem Strich geringer war als die Hypothekenrate, die im Oktober nach der Apfelernte fällig wurde. Bitte lieber Gott, flehte Lauralee stumm, laß Äpfel zum Ernten da sein!

Kate interpretierte Lauralees Stirnrunzeln richtig. »Ich könnte dir Geld geben, Lauralee, wenn du welches brauchst.«

Ihre Schwägerin lehnte das Angebot mit einer Schärfe ab, die Kate sichtlich verletzte. Doch Lauralee entschuldigte sich nicht, weil sie hoffte, daß Kate dann schmollen würde und im Haus zurückblieb, wenn sie selbst wieder in den Obstgarten ging.

»Wo sind Clarie und Alexander?« fragte sie Jenny, ohne Kate anzusehen.

»Clarie ist im Garten, glaube ich. Und Alexander schläft.«

»Ich möchte gern, daß du mit Clarie in die Stadt gehst, um festzustellen, wo Joe geblieben ist. Ich brauche seine Hilfe«, sagte Lauralee zu Jenny und wandte sich dann erst an Kate.

»Würde es dir etwas auszumachen, hierzubleiben und auf Alexander aufzupassen, solange die Mädchen fort sind?«

Kate spürte, daß sie einem gnädigen Trick zum Opfer fiel, aber da es sich um Alexander handelte, brachte sie es nicht über sich, Lauralees Bitte abzuschlagen. So nickte sie nur und wandte mit einem sehr damenhaften Naserümpfen den Kopf ab.

Und das war gut so, denn sonst hätte sie Lauralees triumphierendes Lächeln gesehen.

Der Fußweg in der sengenden Sonne aus der Stadt zur Farm war länger, als Jay erwartet hatte. Und da er seit Tagen keinen richtigen Schlaf mehr gefunden hatte, fielen ihm fast die Augen zu, als endlich sein Saloon und Lauralees Farm in seinem Blickfeld erschienen.

Er fragte sich, was für ein Empfang ihn wohl erwarten mochte, aber nur ganz flüchtig. Denn falls seine Frau vorhatte, ihn hinauszuwerfen, sollte sie damit verflucht noch mal bis morgen warten!

Jay stieg über Lauralees schäbigen Zaun – das Ding mußte unbedingt gestrichen werden – und ging langsam auf das Haus zu. Jetzt, wo er Lauralee schon ganz nahe war und sich beeilen wollte, konnte er es nicht; seine Muskeln versagten ihm den Gehorsam.

Er umrundete das verwitterte Haus, klopfte an die Küchentür, die halb offen stand, und ging hinein.

Am Tisch saß Kate, trank Limonade und sah aus, als hätte sie gerade den Großteil der Chinesischen Mauer errichtet. Ganz allein. Ihre Augen weiteten sich vor Überraschung bei Jays Anblick, dann schaute sie ihm rasch über die Schulter, als erwartete sie, auch Chance hereinkommen zu sehen.

»Jay«, sagte sie tapfer, als sie sich von ihrer Enttäuschung erholt hatte, »du siehst schrecklich aus!«

Kate musterte die Schlammspritzer auf ihrem Kattunkleid, ihr aufgelöstes Haar und ihre zerkratzten Hände. »Du siehst auch nicht gerade aus, als wärst du einem Modemagazin entsprungen«, erwiderte er und bückte sich, um eine Kelle Wasser aus einem Eimer zu holen. Als sein Durst gestillt war, drehte er sich wieder zu Kate um. »Hast du dich im Schlamm gewälzt?«

Jay hatte den Eindruck, daß Kate errötete, aber das war schwer zu sagen angesichts des Sonnenbrands auf ihrer Haut.

»Ich habe mit Lauralee die Bäume bewässert. Sie ist noch dabei, und wenn du ein richtiger Mann wärst, würdest du zu ihr gehen und sie zwingen, ins Haus zu kommen.«

Jay war viel zu müde, um irgendwohin zu gehen. »Die Schlafzimmer sind oben, vermute ich?«

Kate wandte für einen Moment den Blick ab und biß sich auf die Lippen. »Willst du Lauralee nicht wenigstens sagen, daß du da bist?«

»Nein«, antwortete Jay gähnend. »Und tu du es bitte auch nicht! Ich bin nicht in der Verfassung, mich von meiner liebenden Frau vergewaltigen zu lassen.«

Jetzt errötete Kate ganz unverkennbar. »Männer!« zischte sie, verriet ihm aber, wo er Lauralees Zimmer finden würde.

Jay stieg die Treppe hinauf, betrat das Schlafzimmer und hockte sich gähnend auf das ordentlich gemachte Bett. Er zog sich bis auf die Unterwäsche aus und legte sich auf die Decke. Später war Zeit genug, sich zu rasieren und zu waschen und seine Frau zu lieben. Zuerst jedoch brauchte er ein bißchen Schlaf.

Als er die Augen schloß, fiel ihm ein, daß sein Pferd in Halpern's Ferry in einem Mietstall stand; er hatte das Tier dort abgegeben, als er und Lauralee so überstürzt nach Spokane aufgebrochen waren. Den langen Fußmarsch durch die heiße Sommersonne hätte er sich also auch ersparen können.

Vielleicht, weil dem Bett Lauralees unverwechselbarer Duft anhaftete, träumte Jay von ihr. Eine sanfte Brise wehte durch das Fenster und glitt streichelnd über seine nackte Haut, was Jay an Lauralees Liebkosungen erinnerte, an ihre Küsse und die sanfte und doch so sinnliche Erforschung seines Körpers.

Sein Verlangen nach ihr weckte ihn; er spürte etwas Feuchtes an seiner Brust und öffnete die Augen, um zu sehen, was es war. Alexander lag in seiner Armbeuge, nur mit einer Windel bekleidet, und eine seiner kleinen Hände ruhte auf Jays Bauch. Jay lächelte und schlief wieder ein.

Als Joe Little Eagle im Obstgarten erschien, ohne eine Erklärung für sein langes Fernbleiben abzugeben, stellte Lauralee ihm keine Fragen. Sie war viel zu dankbar für seine Hilfe.

Kurz nach ihm erschien auch Kate. Sie brachte ein Marmeladenglas mit einer Salbe aus Essig, Salz und Wasser mit und tat sehr geheimnisvoll. »Clarie sagte, du brauchtest das«, erklärte sie und reichte Lauralee das Glas. »Hält es wirklich die Moskitos fern?«

Lauralee nickte und schmierte etwas von der Salbe auf ihre Arme und auf ihr Gesicht. Kate tat es ihr aus Neugierde nach, und beide Frauen mußten lachen.

Danach ging die Arbeit schneller vorwärts. Kate trug einen von Lauralees Eimern, während Joe zwei auf einmal schleppte. Der trockene Boden unter ihren Füßen verwandelte sich bald in nassen Schlamm.

Als der Nachmittag verging und der Abend nahte, stellten sich die Moskitos ein, schwirrten aus ihren Nestern am Fluß herbei und umkreisten summend die körnige Salbe, die auf den Gesichtern der Frauen inzwischen eingetrocknet war. Lauralee hatte eigentlich damit gerechnet, daß der Angriff der Insekten Kate zum Haus zurücktreiben würde, aber sie arbeitete munter weiter, summte fröhlich vor sich hin und maß Lauralee ab und zu mit merkwürdig geheimnisvollen Blicken.

Lauralee war zu müde, um Kate zu fragen, was das alles zu bedeuten hatte, und wollte sich auch nicht mit Reden aufhalten, solange noch so viele Bäume Wasser brauchten.

Ihre Energie ließ jedoch schlagartig nach, als Jenny in den Garten stürmte und ihr schon von weitem zurief: »Lauralee – Mr. McCallum liegt in deinem Bett! Ich wollte es nicht glauben, als Clarie es sagte, deshalb habe ich selbst nachgesehen. Aber er liegt tatsächlich da, und er ist fast nackt!«

Lauralees voller Eimer rutschte ihr aus der Hand und stürzte um. Mit einem anklagenden Blick drehte sie sich zu Kate um und fuhr sie wütend an: »Du hast es gewußt! Du wußtest es und hast mir nichts gesagt!«

»Jay hatte mich darum gebeten«, entgegnete Kate lächelnd. »Er sagte, du würdest ihn vergewaltigen und er wolle vorher schlafen . . .«

»Vergewaltigen?« schrie Lauralee, schon auf dem Weg zum Haus. »*Umbringen* werde ich ihn!«

Währen sie heimlief, fragte sie sich, wie die überschäumende Freude, die sie empfand, neben dem Zorn bestehen konnte, der sie ebenfalls beherrschte. Was fiel Jay ein, sich ›fast nackt‹ in einem Haus schlafen zu legen, in dem junge Mädchen lebten! Und sich ihres Bettes zu bedienen, als sei er der Herr im Haus!

Lauralee bog in den Hof ein, die Hände vor Wut zu Fäusten geballt, während ihr Herz vor Freude zu zerspringen drohte. Das Haar hing ihr aufgelöst über die Schultern, der Saum ihres Kleids war feucht vom Schlamm.

Adrienne Burch brachte gerade ihren eleganten Einspänner vor dem Haus zum Stehen. In ihrem modischen Kleid aus pinkfarbenem Satin und einem breitrandigen, mit Stoffblumen verzierten Strohhut sah sie frisch wie der junge Morgen aus. In den Händen trug sie eine Reisetasche aus Schweinsleder.

»Lauralee!« rief sie und preßte in gespieltem Schreck eine behandschuhte Hand an ihren Hals. »Wie siehst du denn aus? Was ist das für ein Zeug in deinem Gesicht?«

Lauralee kam sich sehr gedemütigt vor, aber es gelang ihr, äußerlich völlig gelassen zu erscheinen. »Salz und Essig, Adrienne«, entgegnete sie ruhig. »Es hält die Moskitos fern.«

Adriennes herablassender Blick glitt über Lauralees verschmutztes Kleid bis hinunter zu ihren Schuhen. »Man sollte meinen, sie würden dir auch ohne Essig fernbleiben – so wie du aussiehst!«

Kate war neben Lauralee erschienen und führte ihre eigene Salz- und Essigmischung auf dem Gesicht vor, als handelte es sich um eine neue Mode. Sie schien nicht die geringste Verlegenheit zu verspüren. »Wünschen Sie etwas?« fragte sie Adrienne kühl. Adrienne erinnerte an ein schüchternes kleines Mädchen mit ihrem unschuldigen Augenklimpern, als sie Lauralee die Tasche zeigte. »Ich bin nur gekommen, um sie herzubringen. Jay hatte sie nämlich auf meinem Boot vergessen und ich dachte mir, daß er seine Sachen sicher brauchen würde.«

Ich bringe sie um! dachte Lauralee. Ich reiße ihr die Tasche aus den gepflegten Händen und prügele sie damit zu Tode! Und sobald ich mit ihr fertig bin, geht es Jay an den Kragen . . .

Kate nahm mit der gleichen Selbstverständlichkeit, mit der sie ihre Schwägerin bei einer tätlichen Auseinandersetzung unterstützt hätte, Lauralees Arm. »Wie überaus freundlich von Ihnen!« sagte sie zu Adrienne. »Wir sind Ihnen ja soo dankbar!«

Adrienne stellte die Tasche in das Gras und schaute mit einem verstohlenen, aber entschieden gierigen Blick zum Haus auf. Doch außer den Stimmen der jungen Mädchen und den leisen Klängen des Akkordeons war nichts zu hören.

»Willst du mich nicht auf eine Tasse Tee oder ein Glas Limonade hereinbitten?« fragte Mrs. Burch schließlich.

»Nein«, entgegnete Lauralee mit ähnlich kühler Würde, wie Kate sie zur Schau stellte. »Ich bin keine Gesellschaftsdame, Adrienne. Ich habe noch eine Menge Arbeit zu erledigen.«

Adrienne wandte sich wortlos ab und kehrte hocherhobenen Hauptes zu ihrem Einspänner zurück. Als sie abfuhr, ließ sie eine dicke Staubwolke hinter sich zurück.

Lauralee blieb reglos stehen, bis Adriennes Wagen das Tor passierte – sie war nicht einmal so höflich, diese Frau, es wieder zu schließen! – und beschäftigte sich noch immer mit Mordgedanken.

Kate sah die Sache etwas philosophischer. »Wer immer sie auch sein mag, sie ist fort«, meinte sie lächelnd, als sei damit alles geregelt.

Lauralee warf ihr einen gereizten Blick zu, ging zu Jays Reisetasche – er hatte sie auf Adriennes Schiff vergessen, nicht wahr? – und trat, so hart sie konnte, gegen das teure Schweinsleder. Doch die schwere Tasche bewegte sich nicht, und Lauralee trat ein zweites Mal dagegen.

Im ersten Stock flog ein Fenster auf, und Jays unrasiertes Gesicht erschien in der Öffnung. »Würdest du bitte meine

Tasche in Ruhe lassen?« brüllte er. »Sie hat nämlich einen gewissen Wert!«

»Was tust du in meinem Zimmer?« brüllte Lauralee zurück. »Und was hast du in meinem Haus zu suchen?«

Jay stützte die Ellbogen auf den Fensterrahmen und ließ Lauralee seinen nackten Oberkörper sehen. »Ich wohne hier«, erwiderte er grinsend.

Lauralee stützte die Hände in die Hüften. »Dann hast du dich also schon entschieden, wo du wohnst? Das hätte ich nicht gedacht, nachdem Adrienne deine Tasche hatte – auf ihrem Boot!«

Seine nackten Schultern zuckten vor Belustigung. »Ich glaube, wir machen das ganz falsch. Eigentlich müßtest du hier oben stehen und ich unter dem Fenster, und du müßtest sagen: ›Jay, Jay – wohin führt dein Weg, Jay?‹«

»Wage es nicht, Shakespeare hineinzuziehen!« schrie Lauralee zu Jay hinauf. »Und zieh gefälligst deine Sachen an!«

Jay grinste frech, lachte und wandte sich vom Fenster ab.

»Dieser Mann«, murmelte Lauralee und stieß wütend ihre Schuhspitze in den Boden, hin und her gerissen zwischen ihrem unbeugsamen Stolz und dem unwiderstehlichen Bedürfnis, zu Jay hinaufzugehen und ihn zu lieben. Kate lächelte traurig; ein wehmütiger Ausdruck erschien in ihren schönen Augen. »Er ist wunderbar, nicht wahr?« sagte sie und ging ins Haus. Lauralee folgte ihr, ließ jedoch die Ledertasche draußen stehen. In der Küche beschäftigte sie sich sehr ausgiebig damit, die Moskitosalbe von ihrem Gesicht und ihren Händen abzuwaschen. Die durstigen Bäume im Garten waren vergessen; all ihre Gedanken galten nur noch Jay.

»Könnte ich bitte meine Tasche haben?« rief er oben von der Treppe. »Im Augenblick habe ich nämlich nicht viel mehr an als Alexander.«

Nur aus dem Grund, weil junge Mädchen in diesem Haus lebten – und nur aus diesem Grund allein! redete Lauralee sich ein – marschierte sie hinaus, holte die Tasche und trug sie die Hälfte der Treppe hinauf.

Wenn Jay die Tasche haben wollte, sollte er sie holen!

Alexander, nur mit einer Windel bekleidet, die vermutlich längst durchnäßt war, krabbelte rückwärts die Treppe hinunter, wie er es immer schon getan hatte. Lauralee vergaß jedoch, wie geschickt er es schon machte und stürmte die Treppe hinauf, um ihn aufzufangen, falls er stürzen sollte.

»Laß ihn«, sagte Jay ruhig. »Er schafft es auch allein.«

So war es. Alexander bedachte seine Mutter mit einem strahlenden Lächeln und umging geschickt die Barriere, die die große Reisetasche für ihn darstellte. Lauralee war jetzt froh, daß sie ihn nicht ›gerettet‹ hatte und gönnte ihm die Befriedigung, es allein geschafft zu haben.

Seufzend lehnte sie sich an die Wand. »Ich werde mich wohl nie daran gewöhnen«, klagte sie.

Jay kam näher und bückte sich nach seiner Tasche. »Ein Badezimmer hast du sicher nicht?« fragte er ein bißchen schroff, was Lauralee jedoch auf die Emotionen schob, die ihn genauso stark zu beherrschen schienen wie sie selbst.

»Wir sind nicht in Spokane«, erwiderte sie spitz und wagte ihn nicht anzuschauen. »Wenn du baden möchtest, mußt du es im Bach tun. Wir haben keine Zeit, dir Wasser zu erhitzen.«

So, jetzt hatte sie es ihm aber gegeben! Nun wußte er, woran er bei ihr war, der Wüstling! Denn falls Jay McCallum glaubte, in diesem Haus bedient zu werden, hatte er sich schwer getäuscht!

All das und noch viel mehr sagte Lauralee mit trotzig vorgeschobenem Kinn und wütend blitzenden Augen zu Jay; erst dann wandte sie sich ab, um hinunterzugehen. Doch leider stellten Clarie und Jenny sie als Lügnerin hin, weil sie nämlich sehr bereitwillig Wasser für Jay erhitzten, während sie das Abendessen zubereiteten.

Gereizt marschierte Lauralee in der Küche auf und ab. Wie war Jay auf Adrienne Burchs Schiff gekommen? Und was konnte ihn dort so abgelenkt haben, daß er seine Tasche vergaß? Oh – Lauralee konnte es sich nur allzu lebhaft vorstellen! Und deshalb würde sie diesem Wüstling in Zukunft aus dem Wege gehen und einfach so tun, als existierte er gar nicht.

Doch unglücklicherweise brauchte Alexander eine neue Windel, und die befand sich oben. Wie sollte sie dort hinkommen, ohne Jay von neuem zu begegnen?

Sie überlegte, ob sie eins der Mädchen schicken sollte, verwarf die Idee jedoch. Sie waren mit dem Tischdecken beschäftigt und bereiteten das Abendessen vor. Und Jays Badewasser.

Kate wäre vielleicht gegangen, aber sie hielt sich im Wohnzimmer auf und spielte ein melancholisches Stück auf dem Akkordeon. Wahrscheinlich sehnte sie sich nach Chance. Lauralee wollte ihre Freundin nicht belästigen, schon gar nicht, nachdem die Arme den ganzen Tag so hart gearbeitet hatte.

Mit einem resignierten Seufzer stieg Lauralee schließlich selbst die Treppe hinauf und ging über den Korridor in Alexanders Zimmer. Die Tür zu ihrem eigenen war nur angelehnt, und durch den Spalt konnte sie einen Teil ihres Betts sehen und ein Stück von einem langen, muskulösen behaarten Bein.

Wieder erfaßte sie Zorn. Es war einfach unanständig, wenn ein erwachsener Mann so halbnackt herumlag!

Lauralee ging zur Tür, um sie zu schließen, spähte dann aber doch noch einmal durch den Spalt. Jay lag lang ausgestreckt auf dem Bett, nur mit Boxershorts bekleidet, und schlief tief und fest!

Ein Gefühl der Zärtlichkeit verdrängte Lauralees Ärger, und obwohl sie allen Grund hatte, böse auf ihn zu sein, fühlte sie sich wie magisch zu ihm hingezogen. Sie trat neben das Bett und strich ihm eine Haarsträhne aus der Stirn. Er bewegte sich und seufzte.

Anstandshalber wandte sie sich zur Tür und schloß sie leise. Was stand sie überhaupt hier herum, um Jay beim Schlafen zu beobachten, während ihr kleiner Sohn doch dringend eine neue Windel brauchte?

Aber Lauralee war nicht fähig, sich vom Anblick Jays langer, muskulöser Beine, seiner kräftigen Brust und Arme loszureißen. Wie in Trance ging sie zu ihm und ließ ihre Hand ganz sachte über seinen Oberschenkel gleiten.

Ein Erschauern ging durch seinen Körper, er öffnete abrupt die Augen, als hätte sie ihn geweckt. Aber sein klarer wacher Blick ließ den Verdacht entstehen, daß er sich nur schlafend gestellt hatte. Bevor Lauralee vom Bett zurücktreten konnte, schlang er seine Hände um ihre Taille und zog Lauralee zu sich herab.

Er küßte sie nur flüchtig, aber es reichte, um sie ihren Ärger vergessen zu lassen und alles, was sie sich vorgenommen hatte. Sie seufzte glücklich, als er ihr Kleid über dem Busen öffnete, und wunderte sich, daß er ihr nicht auch das Musselinhemdchen abstreifte, das sie darunter trug. Nein, er senkte nur den Kopf, um ihre Brustspitzen, die sich ihm unter dem dünnen Stoff verlangend entgegenstreckten, mit seiner Zunge zu berühren. Gleichzeitig zog er Lauralees Rock über ihre Knie hinauf zu ihren Hüften, löste die Bänder, die ihre halblangen Batisthosen zusammenhielten und schob den Stoff beiseite.

Als die kühle Brise, die durch das Fenster drang, Lauralees intimste Körperstelle streifte, erschauerte sie und hob Jay einladend die Hüften entgegen. Sein Daumen glitt zu ihrer empfindsamsten Stelle, und sie spreizte ganz unbewußt noch weiter die Schenkel.

»Oh . . .« stöhnte sie, als sie spürte, wie er mit zwei Fingern in sie eindrang.

»O Jay . . .«

Er hörte nicht auf, mit den Lippen ihre Brüste zu liebkosen, und Lauralee fragte sich verzweifelt, wann er sie endlich entblößen würde. Sie wollte seinen warmen Mund auf ihrer Haut spüren . . . Mit einer ungeduldigen Bewegung zerrte sie an ihrem Hemdchen und riß es entzwei. Ein heiseres Stöhnen entrang sich Jays Kehle, als er sich über sie beugte und seine Lippen um eine ihrer rosigen Knospen schloß.

Lauralees ganzer Körper bebte. Sie umklammerte Jays Schultern, drängte ihm lustvoll ihren Schoß und ihre Hüften entgegen. Die Sprungfedern des Betts quietschten, und Jay zog seine Hand zurück und versetzte ihr einen zärtlichen Klaps auf den Po. »Dies ist ein Haus voller unschuldiger junger Mädchen, hast du das vergessen?« neckte er sie.

Lauralees Enttäuschung war grenzenlos. Angetrieben von ihrem fieberhaften Verlangen nach Vereinigung, tastete sie nach Jays Hand und zog sie zu sich zurück. »Bitte, Jay, liebe mich . . .« flehte sie. Ihr Schamgefühl war vergessen, verdrängt von der verzehrenden Hitze ihres Verlangens.

Jay stand auf und zog auch Lauralee auf die Beine. »Und ob ich dich lieben werde«, murmelte er rauh und ließ bewundernd seine Hand über ihren nackten Körper gleiten, bis sie vor Lust erschauerte. »Aber nicht auf diesem Bett. Das verdammte Ding quietscht wie eine Dreschmaschine.«

Seine Hände umschlossen ihre Brüste und liebkosten sie, was einen solchen Strom sinnlicher Gefühle in Lauralee auslöste, daß sie schwankte. Und da schlang Jay seine Arme um ihre Hüften und ließ sich behutsam mit ihr zu Boden gleiten.

Nur ein dünner Teppich trennte sie von den nackten Dielen, auf denen sie knieten. Während Lauralee beobachtete, wie Jay seine Boxershorts ablegte, wuchs eine köstliche innere Spannung in ihr, die so intensiv war, daß sie fast an Qual zu grenzen schien.

Sie beugte sich vor, um sein Glied zu streicheln, aber er hielt ihre Hand fest und erlaubte es nicht. Während sie ihn noch verwundert und ein bißchen betroffen anschaute, umfaßte er ganz unvermittelt ihre Hüften, hob Lauralee auf und zog sie auf seinen Schoß.

»Oooh!« stöhnte Lauralee, als sie ihn in sich eindringen spürte, warf in seliger Unterwerfung den Kopf zurück und schloß die Augen. Doch da drängte Jay sie plötzlich zurück und beugte sich weit vor, um mit den Lippen ihre Brüste zu erreichen.

Lauralees Leidenschaft kannte keine Grenzen mehr; sie spreizte weit die Schenkel, um Jay noch tiefer in sich aufzunehmen, und wurde mit einer Ekstase belohnt, die sie innerlich verglühte und zu zerschmelzen drohte. Ihr Körper bebte und erschauerte auf dem Höhepunkt ihrer Gefühle, und sie hätte aufgeschrien, wenn Jay ihr nicht mit einem Kuß den Mund verschlossen hätte.

Von nun an war sein Verhalten nur noch von Leidenschaft bestimmt, seine Stöße wurden von Mal zu Mal heftiger und mächtiger, bis auch er sich dem Gipfel der Erfüllung näherte. Mit geschlossenen Augen und zurückgelegtem Kopf stieß er einen heiseren Triumphschrei aus, den Lauralee als ungemein befriedigend empfand.

»Lauralee!« stieß er rauh hervor, als der Sturm abebbte und Jay wieder zu Atem kam, und dieses eine Wort beinhaltete mehr für Lauralee als eine lange Liebeserklärung.

Doch dann wurde sie von einer Angst erfaßt, die sie ihm nicht verschweigen konnte. »Jay, hast du mit Adrienne ... Ich meine, auf dem Boot ...« begann sie stockend.

Seine Augen funkelten belustigt, aber es lag keine Schadenfreude in seinem Blick. »Nein«, antwortete er. »Das habe ich nicht.«

Lauralee glaubte ihm, und ihre Erleichterung war so groß, daß sie sich vorbeugte, den Kopf an Jays Schulter drückte und sie mit ihren Tränen benetzte. Sehr sanft begann er die verbliebenen Nadeln aus ihrem Haar zu lösen, sprach zärtlich auf sie ein und glättete ihre langen Strähnen mit seinen Fingern.

Nach einer Weile erhob er sich, ging zum Waschtisch und kam mit einer Schüssel Wasser und einem Tuch zurück. Er kniete sich vor Lauralee, die jetzt ausgestreckt auf dem Teppich lag, und begann sie zu waschen.

Das Wasser kühlte ihre erhitzte Haut, doch der sanfte Kontakt mit Jays Hand und dem Tuch fachte ihre innere Hitze wieder von neuem an. Sie stöhnte lustvoll, als das Tuch über die Innenseite ihrer Schenkel glitt, und krümmte einladend den Rücken, als Jay ihre Beine spreizte.

»Ich konnte dir nicht fernbleiben«, murmelte er heiser, als er das Tuch beiseite legte.

»Das Essen ...« wimmerte sie. »Das Essen ... Und Alexanders Windeln ... o Gott ...«

Jay lachte zärtlich. »Ich bin ganz deiner Meinung«, scherzte er, während er unbeirrt seine süße Tortur fortsetzte.

Lauralees ganzer Körper vibrierte, sie hatte das Gefühl, ohnmächtig zu werden vor Lust. Als sie auf dem Höhepunkt ihrer Ekstase den Mund zu einem Schrei öffnete, erstickte Jay ihn mit seiner Hand, und sie biß mit aller Kraft hinein.

Jay zischte ärgerlich und schaute stirnrunzelnd auf Lauralee herab. Doch dann leuchtete ein boshaftes Funkeln in seinen

Augen auf, und er streckte sich lang auf ihr aus. »Wie ich sehe, habe ich dich noch nicht ganz zur Räson gebracht«, sagte er so leise, daß Lauralee es sich nur eingebildet zu haben glaubte.

Aber da sie nicht sicher sein konnte, versteifte sie sich ganz unbewußt. »Zur Räson . . .?« flüsterte sie besorgt.

Ihre Beine spreizten sich fast wie von selbst. Lauralee wußte nicht, ob sie sie selbst bewegte, oder ob Jay es tat, und nach einer Weile kümmerte es sie auch nicht mehr. Mit einem leisen, lustvollen Stöhnen nahm sie ihn in sich auf.

12

»Mama!« rief Alexander vor der Zimmertür. »Mama, Sander will herein! Zu Mama!«

Lauralee löste sich aus Jays Umarmung, richtete sich auf und zog einen Morgenrock an. An der Tür zögerte sie und schaute ihren Mann stirnrunzelnd an. Ganz offensichtlich erwartete sie, daß er genügend Anstand besaß, sich anzuziehen.

»Die Freuden der Ehe«, murmelte Jay, bevor er aufstand, sich auf das Bett legte und die Decken bis zur Taille hinaufzog.

Lauralee öffnete die Tür, wo Alexander in seiner durchnäßten Windel stand. »Sander naß«, sagte der kleine Junge schüchtern.

Heftige Gewissensbisse erfaßten Lauralee und vertrieben die angenehme Wärme, die sie nach der leidenschaftlichen Umarmung empfunden hatte. Alexanders Taubheit brachte sich ihr immer auf die schmerzlichste Weise in Erinnerung – angenommen, er würde nie mehr zu sagen lernen, als die wenigen Worte, die er jetzt beherrschte? Wie sollte er je richtig sprechen lernen, wenn er nicht hören konnte, was andere sagten?

»Er ist zu alt, um Windeln zu tragen«, stellte Jay fest, während er in seinen abgelegten Kleidern nach einer Zigarre und

Streichhölzern suchte. In denselben Kleidern, die er während der Fahrt auf Adriennes Boot getragen hatte . . .

Von neuem Ärger erfaßt, stürmte Lauralee in Alexanders Zimmer, um die Windel zu holen, derentwegen sie heraufgekommen war. Es schmerzte, daß ihr Sohn ihr nicht nachlief wie sonst; statt dessen war er auf das Bett geklettert und lag, als Lauralee zurückkehrte, in Jays Arm und streckte lachend die Händchen nach den blauen Rauchwolken aus, die aus Jays Zigarre aufstiegen.

Der Genuß von Tabak zeugte Lauralees Ansicht nach nicht nur von Dummheit, sondern war für sie auch eine Sünde. Dennoch empfand sie den Geruch im Augenblick als seltsam tröstend. Aber das durfte sie sich natürlich nicht anmerken lassen, und so hob sie Alexander aus dem Bett und begann seine Windel zu entfernen. »Es gibt scheinbar nichts, was ich deiner Meinung nach in bezug auf Alexander richtig mache«, sagte sie gereizt. »Ich trage ihn zuviel herum. Ich helfe ihm bei zu vielen Dingen. Und jetzt, vermute ich, soll er auch noch lange Hosen tragen!«

»Alexander ist alt genug, um langsam stubenrein zu werden, Lauralee.«

»*Stubenrein!* Er ist doch kein Hund! Und im übrigen . . .«

Die Windel war gewechselt; Lauralee trug die nasse in Alexanders Zimmer, wo ein Eimer dafür bereitstand, und kam zurück, um sich am Waschtisch die Hände zu waschen. »Und im übrigen was?« fragte Jay, als habe keine Unterbrechung ihrer Unterhaltung stattgefunden.

Lauralee ließ die Schultern hängen. Es gab soviel zu tun – und soviel, worüber sie nachdenken mußte. Die Bäume. Jenny und Clarie. Kate. Die Kühe und die im Oktober fällige Hypothek. Adrienne Burch und diesen attraktiven Ehemann, den sie, Lauralee, sich gar nicht gewünscht hatte . . .

Und Jay hatte leider recht, was Alexander anging. Das Kind war schon zu groß für Windeln, aber wann hatte sie Zeit, es an regelmäßige Toilettengänge zu gewöhnen?

»Komm her«, sagte Jay sanft, und als Lauralee sich dazu überwand, ihn anzusehen, streckte er einladend den Arm nach ihr aus. Alexander saß munter plappernd auf seinem Bauch.

Lauralee zögerte, dann ging sie zum Bett und legte sich neben Jay. Es war ein tröstliches Gefühl, seinen kräftigen Arm um sich zu spüren und seinen harten, warmen Körper an ihrem weichen.

Jay küßte ihre Schläfe. »Du bist eine gute Mutter«, sagte er. »Der Junge kann sich glücklich schätzen, daß er dich hat.«

Abgesehen von Alexanders vergnügtem Glucksen war es still im Raum. Schließlich brach Lauralee das Schweigen. »Und du machtest dir Sorgen um die quietschenden Sprungfedern«, stellte sie belustigt fest.

Jay lachte. Anscheinend fühlte er sich wohl; es schien ihn nicht zu stören, daß Alexander mit ihnen im Bett war und auch noch auf seinem Bauch hockte. Doch obwohl Lauralee lange wartete, sagte Jay nichts.

»Was ist mit Washington?« fragte sie schließlich, weil das Thema nicht mehr aufzuschieben war.

»Was soll damit sein?« entgegnete Jay, während er den Arm ausstreckte, um seine Zigarre über den Kopf zu heben und aus dem offenen Fenster zu werfen.

Lauralees Kehle war wie zugeschnürt. »Wirst du hingehen?«

Jay seufzte und kitzelte Alexander unter dem Kinn, bis der Kleine lachte und jauchzte vor Vergnügen. »Das liegt ganz bei dir, Lauralee. Ich habe meinem Vater versprochen, seinen Sitz zu übernehmen, aber ohne dich und Alexander kann ich nicht gehen.«

Lauralee dachte schweigend über seine Antwort nach. Noch nie zuvor waren ihre Ansichten und Gedanken jemandem so wichtig gewesen; selbst Virgil, der sie doch geliebt hatte, zumindest zu Beginn ihrer Ehe, hatte sie niemals um Rat gefragt. Während Jay ganz offensichtlich bereit war, auf die Chance seines Lebens zu verzichten, falls Lauralee sie nicht gemeinsam mit ihm wahrnehmen wollte! »Ich dachte, du würdest böse sein, weil ich . . . so überstürzt abgereist bin.«

»Das bin ich auch. Erinnere mich daran, daß ich dir irgendwann in den nächsten zwanzig oder dreißig Jahren mal dafür den Po versohle. Ich habe viele Fehler, Lauralee, aber das Trinken gehört nicht dazu.« Er machte eine Pause und seufzte nachdenklich. »Als du mich an jenem Morgen im Arbeitszimmer gesehen hast, sahst du Virgil vor dir . . . So war es doch, nicht wahr?«

Lauralee schluckte beschämt. Genauso war es gewesen. Und dann war sie auch noch in Panik geraten und wie ein kleines Kind davongelaufen. »Ja. Es tut mir leid, Jay.«

Er bewegte sich stumm, um sie auf die Stirn zu küssen. Es war nur eine flüchtige Berührung seiner Lippen, dieser Kuß, und doch sandte er wohlige Schauer des Verlangens durch Lauralees Körper. »Mir tut es auch leid, Liebes. Ich hätte auf den Brandy verzichten und zu dir ins Bett zurückkehren sollen, wo mein Platz war.«

»Was hast du zu dieser Zeit überhaupt unten gemacht?« erkundigte Lauralee sich stirnrunzelnd.

Jay schaute sie nachdenklich an und strich glättend mit dem Zeigefinger über die steile Falte zwischen ihren Brauen. »Wie du dich vielleicht erinnern wirst, Mrs. McCallum, hatten wir an jenem Abend das Dinner verpaßt. Ich wachte auf und bekam Hunger. Als ich hinunterging, um mir etwas zu essen zu holen, sah ich, daß Chance im Arbeitszimmer war. Und wie ein verdammter Narr versuchte ich, mit ihm zu reden.«

»Über Kate?«

Jay schwieg und ließ liebkosend seine Fingerspitzen durch Alexanders blonde Locken gleiten.

Lauralee respektierte Jays Zurückhaltung in bezug auf die persönlichen Angelegenheiten seines Bruders. Aber Kates Gefühle waren schließlich auch von Bedeutung, oder etwa nicht? »Kate hat mir erzählt, wie sie Chance kennenlernte, und wir haben auch über ihre Ehe gesprochen. Meinst du, Chance trauerte noch um Victoria? Glaubst du, das ist sein Problem?«

Alexander begann sich zu langweilen, glitt vom Bett herunter und tapste aus dem Zimmer. Aus Angst, er könnte die Treppe hinunterfallen, wollte Lauralee aufstehen und ihm folgen, aber Jay hielt sie zurück und zog sie fest an seine Brust.

Ein stummes Gebet auf den Lippen, daß ihr Sohn nicht fallen und sich verletzen möge, schloß Lauralee die Augen. Aber anscheinend schaffte er den Abstieg ohne Zwischenfälle, denn kein Schrei wurde laut, und sein munteres Geplapper setzte sich auf dem ganzen Weg bis in die Küche fort.

Mit seiner freien Hand streichelte Jay Lauralee, bis die Anspannung aus ihrem Körper wich. »Chance liebt Kate«, sagte er. »Er hat es mir selbst gesagt. Halte du dich aus ihren Angelegenheiten heraus, dann werden sie schon selbst eine Lösung für ihre Probleme finden.«

»Das klingt sehr zuversichtlich.«

»Ich kenne Chance. Er trauert keineswegs um Victoria, das kannst du mir glauben. Er war sehr betroffen nach dem Unfall, bei dem sie ums Leben kam – wie wir alle übrigens – aber er hat sie nie geliebt.«

»Kate sagte, Chance hätte Victoria *jahrelang* umworben!«

»*Umworben* ist wohl kaum das Wort, das ich wählen würde, um Chance' Verhalten zu beschreiben. Er und Victoria hätten nie geheiratet. Sie waren Spielgefährten.«

Lauralee verzichtete darauf, sich diese letzte Feststellung erklären zu lassen. »Meinst du, es sei falsch gewesen, Kate hierher einzuladen?«

»Nein«, antwortete Jay ohne Zögern. »Kate ist eine erwachsene Frau, sie hätte die Einladung ablehnen können, wenn sie gewollt hätte.«

»Chance wird sie doch sicher abholen, nicht wahr?« Du liebe Güte, was machte sie mit Kate, falls er es nicht tat?

Jay zuckte die Schultern. »Bei Chance kann man nie wissen. Aber er sagte mir in jener Nacht im Arbeitszimmer, daß er Kate an den Haaren nach Hause zurückschleifen würde, sollte sie ihm je davonlaufen.«

Lauralee war so entsetzt, daß sie sich versteifte und sich erst unter Jays liebevollem Streicheln wieder entspannte. »Wehe, er tut ihr weh, wenn ich in ihrer Nähe bin«, sagte sie drohend.

»Chance würde nie einer Frau weh tun.«

Die ehrliche Überzeugung, die aus Jays Worten klang, reizte Lauralee zum Widerspruch. »Das ist nicht wahr, Jay. Er hat Kate beständig weh getan, seit er sie geheiratet hat.«

Bevor Jay etwas erwidern konnte, riß sie das Klappern eines Wagens, der mit halsbrecherischer Geschwindigkeit die Einfahrt hinaufjagte, aus ihrer schläfrigen Stimmung. Lauralee, die noch ihren Morgenrock trug, sprang auf und ging zum Fenster, während Jay sich hastig eine Hose und ein Hemd anzog.

Jennys Vater, der ganz eindeutig stark betrunken war, stand schwankend auf dem Kutschbock und jagte seine bedauernswerten Pferde mit Peitschenhieben durch das Tor, wobei er heiser den Namen seiner Tochter schrie.

»Mein Gott!« flüsterte Lauralee entsetzt. »Isaiah French . . .«

»Wer zum Teufel ist Isaiah French?« schnappte Jay, der gerade seine Hose zuknöpfte.

Die Tür sprang auf, und Jenny erschien mit angstverzerrtem Gesicht und weit aufgerissenen Augen auf der Schwelle. »Pa ist hier! O Lauralee, Pa ist hier, und er hat getrunken! Laß nicht zu, daß er mich mitnimmt – all die schlechten Dinge, die ich getan habe, tun mir furchtbar leid – aber laß um Gottes willen nicht zu, daß er mich mit nach Hause nimmt, Lauralee!«

Der Wagen kam draußen klappernd zum Halten, die Pferde warfen vor Schmerz und Verwirrung die Köpfe zurück und wieherten schrill. »Jenny!« Die lallende Stimme wurde lauter. »Jenny French!«

»Ich lasse dich nicht fort«, versprach Lauralee, während sie Jennys Hände drückte. Sie hätte vielleicht noch mehr gesagt, wenn sie Jays warnenden Blick nicht aufgefangen hätte.

»Wie alt bist du, Jenny?« fragte er.

Jennys Unterlippe zitterte, Tränen glitzerten in ihren langen, dichten Wimpern. Lauralee war bis zu diesem Augenblick nicht aufgefallen, wie schön dieses Mädchen einmal sein würde mit seinen tiefblauen Augen und dem glänzenden kastanienroten Haar. »S-Siebzehn, Mr. McCallum«, antwortete sie respektvoll. »Kann Papa . . . Hat er noch über mich zu bestimmen?«

Jay verließ bereits das Zimmer, um nach unten zu gehen und sich mit Mr. Isaiah French auseinanderzusetzen. »Ja«, sagte er. »Leider kann er das noch.«

Nach dieser Auskunft mußte Lauralee Jenny praktisch zwingen, mit ihr hinunterzugehen, das Haus zu verlassen und Isaiah French gegenüberzutreten, der bereits mit Jay verhandelte.

»Ich will nur meine Tochter, Mister«, winselte der alte Trunkenbold, während er schwankte und versuchte, sich auf den Beinen zu halten. »Keinen Ärger. Nur mein liebes kleines Mädchen.«

Jay schaute sich nach Jenny um. »Möchtest du mit deinem Vater gehen, Jenny?« fragte er. Es war eine leere Frage; aber obwohl er die Antwort bereits kannte, war er gezwungen, sie zu stellen.

Jenny drängte sich schutzsuchend unter Lauralees Arm und schüttelte den Kopf. »Nein, Sir. Ich will nicht mit ihm gehen, und ich werde es auch nicht tun.«

Angesichts der Tatsache, daß sein Versuch, Mitleid zu erregen, fehlgeschlagen war, setzte Isaiah French eine drohende Miene auf. Wäre Jay nicht dagewesen, hätte es vielleicht sogar etwas genützt, aber so, wie es war, bot Mr. French eine lächerliche Figur, die Mut vortäuschte, wo keiner vorhanden war. »Also hör mal, Jenny, ich bin schließlich dein Vater . . .«

Jenny schob das Kinn vor und straffte die Schultern. »Du faßt mich an, wenn du betrunken bist. Du hast kein Recht, Hand an mich zu legen, Pa!«

Isaiah rülpste laut. »Ich berühre dich doch nur, wie es jeder Vater tut, mein liebes Kind . . .«

»Nein!« fuhr Jenny ihn an. »Es ist Unrecht, was du mit mir tust. Geh fort, Pa! Ich will nicht bei dir sein. Ich will bei Lauralee bleiben.«

Mörderischer Zorn verzerrte für einen Moment Mr. Frenchs Gesicht, und er maß Lauralee mit einem Blick, der nicht nur Haß verriet, sondern auch so etwas wie eine geheime Verachtung, die ihn trotz seiner Wut sehr zu belustigen schien. »Sie hat sie ganz schön an der Nase herumgeführt, Mrs. Parker«, murmelte er. »Sie wären erstaunt, wenn Sie wüßten, wie geschickt sie es angestellt hat!«

Dann richtete er seinen Blick abschätzend auf Jay McCallum, als überlegte er, ob Jay ein ernstzunehmender Gegner war. Aber obwohl Isaiah größer und sehr viel kräftiger war, schien er eine körperliche Auseinandersetzung vermeiden zu wollen. Wie jemand, der Angst hat und es nicht zeigen will, räusperte er sich umständlich und sagte: »Na schön. Dann werde ich den

Marshal holen. Das Gesetz ist auf meiner Seite. Pete Townsend wird mich unterstützen.«

Nach diesen Worten spuckte Isaiah French einen häßlichen Strahl braunen Tabaksaft ins Gras, wandte sich ab und bestieg seinen Wagen. Und tatsächlich lenkte er die Pferde in Richtung Halpern's Ferry und nicht auf die Berge zu, in denen seine heruntergewirtschaftete Farm lag.

»Er wird wiederkommen«, sagte Jay resigniert. »Er hatte recht mit dem Gesetz. Es steht hinter ihm.«

»Das kann nicht sein!« rief Lauralee. »Unmöglich! Du hast doch gehört, was Jenny sagte . . .«

»Ja, das habe ich gehört«, unterbrach Jay sie leise, aber mit einem unverkennbar zornigen Unterton in seiner Stimme. »Aber diese Dinge gelten leider als Familienangelegenheiten.«

»Als Familienangelegenheiten?« versetzte Lauralee ungläubig.

»Wir müssen etwas unternehmen«, warf Kate ruhig ein. Bis zu diesem Augenblick hatte Lauralee sie nicht bemerkt, und auch nicht Clarie, die Alexander auf der Hüfte balancierend, ein wenig abseits stand.

»Laß ihn herunter«, sagte Lauralee zerstreut. »Er ist groß genug zum Laufen.«

Ein schwaches Lächeln huschte über Jays Gesicht, dann glitt sein Blick von Lauralee zu Kate. »Falls du eine Idee hast, Katie, ist jetzt der Augenblick gekommen, sie uns mitzuteilen.«

»Wieso, das ist doch ganz einfach! Wir verstecken Jenny einfach, bis dieser gräßliche Kerl aufgibt und wieder wegfährt!«

»Wo«, entgegnete Jay skeptisch. »Im Keller vielleicht? In der Scheune? Glaubst du, da würden sie nicht suchen?«

»Nein. Wir schicken sie zu Brice und Lucy. Ich wollte sie ohnehin besuchen, da kann ich Jenny auch gleich begleiten. Dieser widerliche Trunkenbold würde nie auf die Idee kommen, sie dort zu suchen.«

»Vielleicht hast du recht«, meinte Jay, aber es klang zurückhaltend, und für einen flüchtigen Augenblick, als Lauralee ihn anschaute, konnte sie einen Blick in seine Seele werfen. Doch dann wandte er den Kopf ab, um zu verbergen, was immer ihn bedrückte. »Lucy und Brice haben eigene Probleme«, sagte er tonlos.

»Du weißt, was Lucy tun würde, wenn sie hier wäre, Jay«, gab Kate ruhig zu bedenken. »Sie würde helfen wollen.«

Jay nickte seufzend, und für einen Moment war Lauralee fast neidisch auf das Vertrauen, das er in Lucy setzte. »Ich weiß«, gab er schließlich zu. »Aber es gibt noch andere Orte, wo Jenny sich verstecken könnte. Bei Adrienne Burch zum Beispiel.«

Fast unmerklich versteifte Jenny sich, und Lauralee hatte das merkwürdige Gefühl, daß das Mädchen den Atem anhielt.

Ganz unvermittelt erwachte ein rasender Zorn in Lauralee; sie stampfte wütend mit dem Fuß auf. »Von allen hirnrissigen Ideen, die du je hattest, Jay, ist das die schlimmste!«

Er brachte sie mit erhobener Hand zum Schweigen und sagte ruhig: »Adrienne besitzt ein großes Haus und eine gewisse Macht in dieser Gemeinde. Ich glaube nicht, daß Isaiah French je auf die Idee käme, Jenny bei ihr zu suchen.«

Woher weißt du, daß Adrienne ein großes Haus besitzt? hätte Lauralee jetzt gern gefragt, aber sie preßte nur die Lippen zusammen und schwieg, so schwer es ihr auch fiel. Ein kalter Wind blies aus den Bergen, aber nicht einmal er kühlte ihr hitziges Temperament. Die dunklen Wolken, die sich zusammenzogen, ließen auf Regen schließen und hätten Lauralee erfreuen sollen, aber sie verdüsterten nicht nur den Himmel, sondern auch ihre Seele.

Kate runzelte nachdenklich die Stirn. »Adrienne Burch. Ist das nicht die Frau, die heute nachmittag hier war und deine Tasche brachte?«

Jay nickte und schaute Lauralee schmunzelnd in die Augen.

»Wäre sie denn bereit, bei einer solchen Sache mitzumachen?« fuhr Kate fort. »Denn ganz ungefährlich ist es doch sicher nicht?«

»Adrienne wird alles tun, worum ich sie bitte«, erklärte Jay mit einer solch arroganten Zuversicht, daß Lauralee ihm am liebsten an die Kehle gegangen wäre. »Jenny, geh hinein und pack deine Sachen. Du bleibst bei Adrienne, bis wir dich in eine Postkutsche setzen können, ohne daß dein Vater etwas davon erfährt.«

Widerstrebend ließ Lauralee Jenny los, damit das Mädchen ins Haus gehen konnte. Das arme Kind mußte sehr verzweifelt sein, wenn es bereit war, bei einer Giftschlange Unterschlupf zu suchen!«

Kate und Clarie gingen ebenfalls hinein, um Jenny zu helfen, und nahmen Alexander mit. Tiefe Schatten fielen über den Hof und auf die rosa Blüten im Obstgarten; innerhalb weniger Minuten würde es dunkel sein.

»Woher weißt du, was für ein Haus Adrienne Burch besitzt?« fragte Lauralee leise. Gefährlich leise.

Jay zuckte die Schultern. »Sie hat es mir beschrieben. Und mach jetzt nicht den gleichen Fehler wie an dem Tag, als du mich verlassen hast, Lauralee! Ich bin nicht Virgil.«

»Was soll das denn heißen?«

»Es bedeutet, daß ich nüchtern und im vollen Besitz meiner geistigen Kräfte bin. Warum sollte ich das Risiko eingehen, dich einer solchen Frau wegen zu verlieren?«

Lauralee biß sich auf die Unterlippe. Sie wollte Jay vertrauen, war aber nicht sicher, ob sie es konnte. »Ich nehme an, daß du Jenny zu Adriennes Haus begleiten wirst, sobald es dunkel ist?«

»Falls du es nicht lieber selbst tun willst, ja«, entgegnete Jay mit aufreizender Gelassenheit. »Vergiß aber bitte nicht, daß du dem alten Isaiah irgendwo begegnen könntest.«

Die Vorstellung verursachte Lauralee ein Schaudern. Sie hätte diesem Trunkenbold eine Menge zu sagen gehabt, aber wie sollte man mit einem Verrückten vernünftig reden?

Natürlich konnte sie Jenny und Jay begleiten, aber der Gedanke war Lauralee fast so unangenehm wie die Vorstellung, Mr. French in die Arme zu laufen. Denn schließlich hatte auch sie ihren Stolz, und wenn sie Jay begleitete, würde Adrienne sofort wissen, warum sie mitgekommen war – um sicherzustellen, daß ihr zweiter Mann nicht auf die Spuren des ersten geriet!

»Nein, du fährst Jenny hin«, sagte sie schließlich. »Aber wage ja nicht, zu lange auszubleiben!«

Jay lachte und zog sie an sich. »Ich werde früh zu Hause sein. Und in der Zwischenzeit, Mrs. McCallum, könntest du in deinem Bett die Sprungfedern ölen. Ich habe nämlich einiges mit dir vor.«

Lauralee zitterte. Wie konnte sie diesen Mann so lieben und so sehr brauchen, wenn er ständig solch verrückte Dinge tat und von sich gab? Es war unglaublich – gleich würde er sich auf den Weg zu Adrienne Burchs Haus machen, wo ihn die vielfältigsten, unwiderstehlichsen Gefahren erwarteten, und sie, Lauralee, überlegte allen Ernsts, wo das Öl zu finden war, mit dem Virgil früher die ächzenden Türangeln behandelt hatte!

Nach dem Abendessen erschien der Marshal, natürlich in Begleitung von Isaiah French. Es fiel Lauralee nicht leicht, Pete Townsends aufrichtigem Blick standzuhalten, und nicht nur, weil sie ihn Jennys wegen belügen mußte.

Kate und Clarie saßen im Wohnzimmer, spielten das Akkordeon und sangen. Es war ein so warmer, süßer Ton, daß Lauralee voller Wehmut daran dachte, wie hart es für sie sein würde, dieses Haus zu verlassen. Denn daß sie es tun würde, war ihr inzwischen klar; damit wenigstens hatte sie sich bereits abgefunden.

»Mr. French behauptet, Sie weigerten sich, seine Tochter herauszugeben, Lauralee«, sagte Pete, während er seinen Hut abnahm und sich auf eine einladende Geste seiner Gastgeberin hin an den Tisch setzte. »Sie dürfen aber einem Mann nicht seine Tochter wegnehmen.«

Lauralee hatte sich sorgfältig gekämmt und ihr Haar aufgesteckt. Sie trug eins der Kleider, das Kate für sie gekauft hatte und eine weiße Spitzenschürze. Bevor sie antwortete, schenkte sie den Männern Kaffee ein und legte für jeden ein Stück Apfelkuchen auf einen Teller. »Ich fürchte, Jenny ist nicht bei mir«, sagte sie dann freundlich. Und das war ja nicht einmal gelogen, oder?

»Sie war aber heute hier!« protestierte Isaiah French mit vollem Mund und pochte mit seinem dicken Zeigefinger auf das blütenweiße Tischtuch. »Heute abend sogar noch!«

»Sie ist aber nicht mehr hier«, entgegnete Lauralee mit unbeirrtem Lächeln.

Pete schaute ihr forschend in die Augen, und das schmerzte

Lauralee. Er wußte, daß sie Jenny French verbarg, vielleicht wußte er sogar wo, und doch tat er so, als wollte er sie suchen.

»Der Teufel soll das Mädchen holen«, murmelte Mr. French, während er seinen Kuchen kaute und schlürfend seinen Kaffee trank. »Ich will doch bloß, daß sie ihrer Mutter zur Hand geht. Susannah geht es nämlich nicht so gut, sollten Sie wissen.«

Susannah. Was für ein schöner Name für eine Frau, die an einen so abscheulichen Mann gebunden war! Lauralee war Jennys Mutter einmal vorgestellt worden, bei einem Pfarrfest, aber sie konnte sich kaum noch an sie entsinnen. Sie erinnerte sich nur, daß die Frau sehr hoffnungslos und eingeschüchtert gewirkt hatte.

»Es könnte natürlich sein, daß Jenny durchgebrannt ist«, warf Pete ein und warf Lauralee einen warnenden Blick zu. »Vielleicht hat sie einen Verehrer, von dem Sie nichts wußten, Mr. French.«

»Hoffentlich nicht Joe Little Eagle, diesen gemeinen Mörder«, knurrte French. »Ich will kein Kriegsgeschrei in meiner Familie.«

Lauralee kochte innerlich vor Zorn, obwohl sie äußerlich ganz ruhig blieb und ihr Lächeln nicht einmal schwankte. Dieser unverschämte Kerl, der ihr gegenübersaß, ließ Schweine und Hühner in seinem Haus herumlaufen, wie Jenny sagte, badete manchmal monatelang nicht und legte Hand an seine eigene Tochter! Und er wagte es, auf Joe Little Eagle herabzuschauen?

»Jetzt hören Sie mal, Isaiah«, wandte Pete rasch ein, um den Frieden zu bewahren. »Joe ist von dem Mord an dem anderen Indianer freigesprochen worden. Das weiß doch jeder.«

»Ich rede nicht von Charlie Red Ponys Tod. Ich meinte den Mord an Mr. Tim McCallum.« Frenchs wäßrige rote Augen glitten abschätzend über Lauralees Gestalt, aber sie nahm sich zusammen und ließ sich ihre Verachtung nicht anmerken. »Vielleicht rede ich sogar von Virgil Parker. Es gibt Leute, die sagen, daß es nicht der Spieler war, der den Mord begangen hat.«

»Warum versuchen Sie, Joe zu beschuldigen?« fragte Lauralee

und blieb nach außen hin ganz ruhig, obwohl sie sehr erschüttert war und ihr bei der Erinnerung an Virgils Tod ein bißchen übel wurde. »Er hatte nichts gegen Virgil oder Mr. McCallum.«

»McCallum wurde mit einem Tomahawk erschlagen, richtig? Und Virgil ist erstochen worden. Jeder weiß doch hier, wie gern die *Injuns* einen weißen Mann zerstückeln!«

Pete warf Lauralee einen weiteren warnenden Blick zu. »Hier können wir nicht viel tun, Isaiah«, sagte er seufzend. »Es ist auch schon zu dunkel, um in die Berge hinaufzufahren. Wollen Sie nicht bei mir im Büro übernachten?«

Der Vorschlag, in einer Gefängniszelle zu übernachten, beleidigte Isaiah nicht; in einer Kleinstadt wie Halpern's Ferry wurde die Pritsche ohnehin nur selten genutzt. »Ja, warum eigentlich nicht? Es würde Susannah nicht viel nützen, wenn ich morgen auf dem Grund der Schlucht gefunden würde, was?«

Lauralee konnte sich nur mit Mühe eine unfreundliche Antwort verkneifen.

Im Wohnzimmer sangen Clarie und Kate schallend: *»Oh, Susannah, don't you cry for me . . .«*

Lauralee und Pete schauten sich an und unterdrückten ein Lachen. Als Isaiah seinen Teller zurückschob und hinausging, blieb Pete noch einen Moment zurück und schaute Lauralee verlegen an.

»Adrienne Burch hat in der ganzen Stadt herumerzählt, daß Sie Mr. McCallum geheiratet haben. Ist das wahr, Lauralee?«

Fast wären Lauralee die Tränen gekommen, denn der Preis ihres Glücks war, Pete zu verletzen, und das verdiente er nicht. »Ja, es stimmt«, bestätigte sie leise.

Der Marshal nahm seinen Hut vom Haken bei der Tür und drehte ihn in den Händen. »Sie wissen, daß ich Ihnen nur das Beste wünsche, Mrs. McCallum. Und das mit Alexander tut mir leid. Ich hoffe, daß es ihm schon besser geht.«

Eben noch war sie Lauralee gewesen, jetzt Mrs. McCallum – es war Petes Art, ihr zu zeigen, daß er die Situation nicht noch peinlicher gestalten wollte, als sie ohnehin schon war. »Alexander geht es besser«, sagte sie. »Ich danke Ihnen für Ihre guten

Wünsche, Pete. Und für alles andere, was Sie für uns getan haben.«

Er zögerte und errötete bis unter die Haarwurzeln. »Da ist noch etwas, was ich Ihnen sagen wollte, Mrs. McCallum. Ich habe heute ein Telegramm des Marshals aus Dalles – das liegt in Oregon – erhalten. Er teilt mir mit, daß er möglicherweise den Spieler hat, der Virgil ermordet hat. Ich fahre morgen hin, um ihn mir anzusehen; falls es derselbe Mann ist, bringe ich ihn hierher, damit ihm der Prozeß gemacht wird.«

Lauralee spürte, wie ein Frösteln über ihren Rücken lief. Natürlich wollte sie, daß Virgils Mörder seine gerechte Strafe erhielt. Aber warum wurde ihr dann so unbehaglich zumute bei diesen doch eigentlich guten Nachrichten? »Es hat damals keine Zeugen gegeben, nicht wahr?«

Pete schaute sie so scharf an, als sähe er sie zum ersten Mal, aber dann nahm er sich zusammen. »Nein, den Mord hat niemand beobachtet, soviel ich weiß, aber ich würde mir trotzdem gern anhören, was dieser Spieler auszusagen hat. Denn wenn *er* nicht Virgils Mörder ist, könnte er gesehen haben, wer ihn getötet hat!«

»Hätte er Ihnen das denn damals nicht gesagt?«

Wieder musterte Pete Lauralee auf solch eindringliche Weise, daß ihr unbehaglich zumute wurde. »Der Spieler? Dazu hätte er wohl zuviel Angst gehabt, selbst wenn er wirklich etwas gesehen hätte. Schließlich war er fremd in dieser Stadt, und die Leute neigen dazu, einem Fremden zu mißtrauen. Außerdem haben wir alle gehört, wie er sich mit Virgil im Saloon gestritten hat.«

Lauralee umklammerte so hart die Stuhllehne, daß die Knöchel an ihren Händen weiß hervortraten. Als Pete es sah, lockerte sie sie beschämt. Ihr Magen machte einen schmerzhaften Sprung und drehte sich ihr fast um, als sie Pete in die Augen sah und erkannte, was er dachte. »Pete«, sagte sie entsetzt, »Sie glauben doch um Gottes willen nicht, ich hätte meinen eigenen Mann umgebracht?«

Pete erwiderte nichts, kein Wort. Er setzte seinen Hut auf, warf Lauralee einen langen, verzweifelten Blick zu und ging hinaus. Kurz darauf hörte sie seinen Wagen anfahren.

Sie setzte sich auf einen Stuhl und ließ den Kopf zwischen die Knie sinken, bis die Leere und der Schwindel in ihrem Kopf nachgelassen hatten.

Als Jay nach Hause kam, war Lauralee bereits im Bett. Sie stellte ihm keine Fragen über seinen Besuch bei Adrienne und fragte ihn auch nicht, ob er Pete Townsend oder Mr. French auf dem Weg begegnet war.

Jay zog sich im Dunkeln aus und lachte erfreut, als er sich auf das Bett kniete und es nicht quietschte – oder zumindest erheblich weniger. »Du schläfst gar nicht«, sagte er zu Lauralee, »also hör auf, mir etwas vorzumachen.«

Lauralee drehte sich zu ihm um; es war nicht ihre Absicht gewesen, ihm etwas vorzumachen. »Jay ...« begann sie zaghaft.

»Pete Townsend war heute abend hier.«

Jay glitt unter die Decke und streckte sich neben ihr aus. »Damit hatten wir gerechnet, oder?«

»Er sagte, sie hätten vielleicht den Spieler gefunden, der Virgil draußen vor dem *Mud Bucket Saloon* erstochen haben soll. Pete fährt nach Oregon, um zu sehen, ob es sich um denselben Mann handelt.«

Jay legte einen Arm um sie und zog sie an sich. »Ich wünschte, sie würden auch Tims Mörder finden«, sagte er.

Ganz unvermittelt brach Lauralee in Tränen aus. Sie konnte sich nicht länger beherrschen. »Stell dir vor, Pete glaubt, daß *ich* Virgil ermordet habe!« schluchzte sie.

Jay zog sie fest an sich. »Beruhige dich. Das ist ja lachhaft. Townsend ist zwar nicht übermäßig schlau, aber so dumm ist er wiederum auch nicht.«

»Ich habe ihn ganz offen gefragt«, beharrte Lauralee weinend. »Ob er glaubt, ich hätte Virgil ermordet, meine ich. Und er hat es nicht abgestritten, Jay!«

»Wie Clarie ganz richtig sagte, ist Pete Townsend in dich verliebt, Lauralee. Inzwischen hat sich herumgesprochen, daß wir verheiratet sind. Meinst du nicht, es wäre möglich, daß er dir damit bloß heimzahlen will, daß du mich genommen hast statt ihn?«

»Pete Townsend ist kein rachsüchtiger Mensch! Er glaubt es wirklich . . .«

Jay brachte sie zum Schweigen, indem er sie küßte, lange und intensiv, und als er merkte, daß sie sich beruhigt hatte, zog er ihr sanft das Nachthemd aus. Wenige köstliche Minuten später stieß Lauralee auf dem Höhepunkt ihrer Ekstase einen spitzen Schrei aus, den ihr Mann erstickte, indem er sich zwischen ihren Schenkel schob und ihre Lippen mit seinem Mund bedeckte.

13

Lauralee träumte wieder. Vielleicht war es der Regen, der den Traum auslöste, denn ein Teil von ihr war hellwach und wußte, daß sie in ihrem Bett lag, Jay neben sich, und daß der warme Sommerregen, der an die Fenster schlug, ihren jungen Obstbäumen sehr guttun würde.

Aber in ihrem Traum war sie allein, nicht draußen, wie beim letzten Mal, sondern in ihrem Bett. Und doch konnte sie sehen, wie der heftige Sturm die Kellertüren öffnete und ein Mann herauskam.

Lauralee war zu Tode erschrocken, konnte jedoch, wie es so oft in Träumen ist, weder eine Bewegung machen noch schreien. Zwischen zwei völlig verschiedenen Realitäten gefangen, schaute sie mit wachsendem Entsetzen zu, wie die gespenstische Erscheinung die Kellertüren beiseite drückte, über die Schwelle trat und um das Haus herum zur Tür kam. Auch sie öffnete er mühelos. Er durchquerte die Küche, stieg die Treppe hinauf und bewegte sich über den Korridor.

Er war über und über mit Blut befleckt; es bedeckte seine Kleider, färbte seine Hände und sein Gesicht und hing steif und klumpig in seinem Haar. Und er kam immer näher.

Lauralee war wie gelähmt vor Angst, ihre Kehle war so eng,

daß sie nicht einmal zu schreien vermochte. Der Mann erreichte die Tür, trat hindurch und blieb am Fußende des Betts stehen.

Sein Gesicht konnte Lauralee nicht sehen, aber sie wußte, daß es Virgil war. Sie versuchte, sich von dem Traum loszureißen, aber die Wirklichkeit war so entsetzlich weit entfernt und unerreichbar.

»O nein ... nein!« krächzte sie mühsam. Oder war es ein Schrei gewesen?

Die furchtbare, alptraumhafte Gestalt kam auf Lauralee zu und beugte sich über sie. Und jetzt sah sie, daß es Tim McCallum war, der aus leeren Augen auf ihr Gesicht herabstarrte. Eine seiner blutbefleckten Hände hob sich langsam, so entnervend langsam, und Blut tropfte von ihr herab – er wollte sie berühren!

Lauralee schrie gellend auf und wand und krümmte sich im Bett, um den kalten Händen eines toten Mannes zu entgehen.

»Lauralee!« Hände packten ihre Schultern und hielten sie fest. Lebendige, warme Hände voller Leben. Jays Hände. »Lauralee!«

Sie seufzte erleichtert, öffnete die Augen und schlang Jay die Arme um den Nacken.

»Es war nur ein Traum«, sagte er beruhigend. »Beruhige dich ... Es ist vorbei.« Lauralee weinte an seiner Schulter, umklammerte ihn, als befürchtete sie, daß der Alptraum zurückkehren würde, falls sie Jay losließ. »Es war schrecklich«, flüsterte sie. »Er kam aus dem Keller ... blutüberströmt ...«

»Psst.«

Lauralee fröstelte, selbst als die Wärme von Jays Körper auf ihren eigenen überging. »Warum verfolgen sie mich? Erst Virgil, jetzt Tim ... warum lassen sie mir keine Ruhe?«

Jay richtete sich abrupt auf, zündete ein Streichholz an und hielt es an den Docht der Nachttischlampe. »Virgil? Tim? Was redest du da, Lauralee?«

Lauralee empfand das Licht, so schwach und flackernd es auch war, als tröstlich. Ganz im Gegensatz zu Jays Gesichtsausdruck, der Mißtrauen und Argwohn verriet.

Wie konnte sie ihm von ihren Alpträumen erzählen? Wenn sie es tat, würde er denken, daß sie Virgil tatsächlich getötet hatte, und Tim vielleicht auch. Er würde glauben, daß ihr Gewissen sie für ihre Verbrechen strafte.

»Lauralee?«

»Ich bin müde«, log sie. »Ich möchte weiterschlafen.« In Wirklichkeit hatte sie große Angst, die Augen zu schließen; sie wußte, daß sie an die Zimmerdecke starren würde, bis es Tag wurde.

»Sag mir, was du meintest, als du sagtest, Virgil und Tim würden dir keine Ruhe lassen«, bat Jay ruhig. Seltsamerweise hatte er sich von Lauralee zurückgezogen, berührte sie nicht und versuchte sie auch nicht mehr zu trösten.

Kalte Angst erfaßte sie. »Es ist nichts, Jay . . .«

»Ich glaube dir nicht«, erwiderte er flach und zündete sich eine Zigarre an. Der würzige Rauch, den Lauralee vorher noch als so tröstend empfunden hatte, brachte ihr jetzt all das zu Bewußtsein, was sie je über das Fegefeuer gehört hatte.

Lauralee griff sich mit einer Hand an die Kehle; sie war zutiefst verängstigt und verletzt. Wie konnte Jay so kalt und hart sein, wenn er sie eben noch in seinen Armen gehalten und getröstet hatte? »Liebst du mich, Jay?« fragte sie und schlug entsetzt die Hand vor ihren Mund, weil sie nicht glauben konnte, daß sie ihm eine derartige Frage gestellt hatte.

»Tu es nicht, Lauralee«, warnte er. »Lenk nicht vom Thema ab.«

Vom Thema ablenken? Lauralee begann zu zittern. Jay hatte ihr vorher das Nachthemd ausgezogen, und jetzt bückte sie sich, um es vom Fußboden aufzuheben. Doch kaum hatten ihre Finger den Stoff berührt, zerrte Jay sie zurück und zwang sie, sich wieder hinzulegen. »Erzähl mir von deinem Traum, Mrs. McCallum«, forderte er sie auf.

Die Anrede, die er seit ihrer überstürzten Heirat stets als Kosenamen für Lauralee verwendet hatte, klang nun verächtlich und wie eine vage Drohung. Lauralee wußte nicht, was schrecklicher war: die Vorstellung, Jay von ihren Träumen zu erzählen, oder das Wissen, daß er sie, obwohl er ihr hierher gefolgt war und sie nach Washington mitnehmen wollte, nicht liebte.

Sie war zu stolz zum Weinen, obwohl es sie große Überwindung kostete, ihre Tränen zurückzudrängen. Sie hätte ohne Unterlaß weinen können, tagelang. »Laß mich los«, sagte sie erstickt.

Jay stieß sie zurück, als wollte er sie nicht in seiner Nähe haben. Er nahm die noch glühende Zigarre aus dem Aschenbecher, rauchte und starrte schweigend an die Zimmerdecke. Und wartete.

Lauralee bückte sich von neuem nach ihrem Nachthemd, hob es auf und hielt es wie eine schützende Barriere zwischen sich und Jay. »Ich hatte einen Traum – eigentlich war es ein Alptraum – über deinen Bruder Tim. Vor einigen Tagen hatte ich einen ähnlichen, aber über Virgil. Bist du jetzt zufrieden?«

Etwas in Jay gab nach und wurde weicher; Lauralee spürte es genau, obwohl äußerlich nichts darauf schließen ließ. Oder war es nur Wunschdenken?

»Was ist in diesen Träumen geschehen?«

Lauralee erzählte es ihm, während ihre Hände die Bettdecke umklammerten, sie zusammenknüllten und wieder glätteten. Sie berichtete ihm von dem Sturm, den sich öffnenden Kellertüren und den blutigen Gespenstern von Virgil und Tim, die sie verfolgt hatten, einer über den Hof, der andere bis zu ihrem Bett hin.

Als sie ihren schrecklichen Bericht beendet hatte, drückte Jay seine Zigarre aus, legte seine Hand unter Lauralees Kinn und zwang sie, ihm in die Augen zu sehen.

»Hast du Virgil umgebracht, Lauralee?«

»Nein«, antwortete sie heiser, aufrichtig und ohne Zögern.

»Und meinen Bruder?«

»Ich habe mich nie mit Tim verstanden«, gab sie leise zu. »Es paßte mir nicht, daß er Alkohol verkaufte. Wir haben uns bei mehr als einer Gelegenheit gestritten, sogar an dem Tag, als er starb. Aber ich habe ihn nicht ermordet, Jay, und das weißt du.«

Er wußte es; es war ihm anzusehen. Er atmete tief aus, ließ

Lauralees Kinn los und lehnte sich mit abgewandtem Blick gegen den Kopfteil des Betts. »Warum der Keller?« murmelte er verwirrt. »Und warum der Sturm? Hat es in jener Nacht geregnet, Lauralee?«

»In welcher Nacht?«

Wieder seufzte Jay. »Ich weiß, daß es am Tag nach Tims Tod geregnet hat, aber nicht in der Mordnacht. Und Virgil starb im Winter, nicht?«

Lauralee nickte. »Es war sehr kalt, aber es war kein Schnee gefallen.«

»Und es regnete auch nicht.«

»Nein. Zumindest glaube ich es nicht. Und ich weiß auch nicht, was der Keller mit all dem zu tun hat.«

»Alpträume ergeben selten einen Sinn.« Jay machte keine Anstalten, Lauralee in die Arme zu ziehen, obwohl sie sich trotz seines merkwürdigen Verhaltens nichts sehnlicher wünschte. »Es tut mir leid«, fügte er hinzu, als er die Lampe ausblies, und auf seine Bettseite rutschte. »Die meiste Zeit bin ich imstande, was Tim zugestoßen ist, in der Vergangenheit zubelassen, wo es hingehört. Aber manchmal . . .«

Lauralee fragte sich, ob sie es wagen durfte, ihn zu berühren, ihre Hand auf seine Brust zu legen oder auf seinen Arm. Aber dann kuschelte sie sich auf ihrer Seite des Betts unter die Decken und lauschte fröstelnd auf Jays Atemzüge und das Heulen des Sturms.

Jay war wach, das wußte sie. Auch sie war wach. Aber sie konnten sich keinen Trost spenden, weil die Geister zweier toter Männer zwischen ihnen standen. Und weil Jay Lauralee nicht liebte.

»Ich liebe dich«, sagte sie, bevor sie die Worte zurückhalten konnte.

Jay antwortete nicht darauf.

Die Stimmung im Haus am nächsten Morgen war düster und abweisend. Der Sturm hatte nachgelassen, aber nur vorübergehend, dem dunklen Himmel nach zu urteilen.

Clarie und Kate hatten die Eier eingesammelt, Joe Little Eagle die Kühe gefüttert und gemolken, Lauralee war mit Alexander beschäftigt, den sie nach dem Waschen und Anziehen auf das Töpfchen gesetzt hatte, das sie einmal in einem Anfall von Optimismus erstanden hatte. Aber Alexander stieg immer wieder davon herunter.

Schließlich gab Lauralee es auf, wusch sich die Hände und setzte die Milchtrennmaschine in Bewegung. Aus einem Rohr floß Milch, aus einem anderen Sahne. Die meiste Sahne wurde in eine große Keramikschüssel gefüllt und für die Butterherstellung aufbewahrt.

»Wenn du etwas Salz hinzufügst, geht es schneller«, bemerkte Jay. Seit er Joe bei den Kühen geholfen hatte und zurückgekommen war, hatte er am Fenster gesessen und nicht ein einziges Wort mit Lauralee gesprochen.

Sie fühlte sich so unbehaglich und gereizt wie alle anderen, und es ging ihr allmählich auf die Nerven, immer die Stärkere sein zu müssen und gute Miene zum bösen Spiel zu machen. »Das ist für die Faulen«, sagte sie schroff. »Außerdem ist es schlecht für die Butter.«

Jay zuckte die Schultern und schaute wieder aus dem Fenster. »Kommst du mit mir nach Washington, Lauralee? Ich muß es wissen.«

Jetzt hieß es also: ›Kommst du mit mir?‹ anstatt: ›Ich kann ohne dich nicht gehen‹, wie es noch am Tag zuvor geheißen hatte.

»Hast du keine Angst, daß ich dich im Bett ermorde?« erkundigte sie sich spitz, und die ganze Gereiztheit, die sie beherrschte, verriet sich jetzt in ihrer Stimme. »Ich bin nämlich eine zweite Lizzie Borden, solltest du wissen.«

Jays Stuhl kratzte über den Linoleumboden, als er aufstand. »Verdammt, sag so etwas nie wieder!«

Lauralee rührte in der Butter, ohne auch nur einen Moment lang innezuhalten. Sie würde diese Farm verlassen, vielleicht sogar für immer, falls Jay sie noch an seiner Seite haben wollte. Und doch knetete sie Butter und beabsichtigte, später hinauszugehen, um nach ihren Apfelbäumen zu sehen. Verwundert fragte sie sich, warum ihr das alles noch so wichtig sein mochte, wenn sie ohnehin fortging.

Jay verließ die Küche und schlug die Tür hinter sich zu, worauf Lauralee zusammenzuckte und noch energischer die Butter knetete. Doch dann kamen ihr die Tränen, und sie legte den großen Holzlöffel aus der Hand und ging zum Fenster, um hinauszuschauen.

Jay öffnete die Kellertüre.

Aus irgendeinem ihr unverständlichen Grund stockte Lauralee der Atem. Von der gleichen Angst erfaßt, die sie in ihrem Traum beherrscht hatte, rannte sie hinaus und zum Kellereingang. Dort zögerte sie. Der Wind heulte, und ein feiner Nebel lag in der Luft, der ihre Haut mit kühler Feuchte überzog und sie frösteln ließ.

»Jay?«

Der schwache Lichtschein eines Streichholzes erhellte schwach den feuchten Kellerraum. »Benutzt du den Keller nicht?« rief Jay ihr zu.

Lauralee wollte hinuntergehen und Jay beschützen – aber wovor? Sie war doch sowieso zu keiner Bewegung fähig, war weder imstande, zum Haus zurückzukehren, noch die Kellertreppe hinunterzugehen. Um sich zu wärmen, schlang sie die Arme um ihren Körper. »Wir lagern dort die Kartoffeln, Zwiebeln und Kürbisse, die wir für den Winter brauchen«, antwortete sie gepreßt. Warum diese Angst? Und wie sollte sie mit normaler Stimme sprechen, wenn sie eine solche Angst beherrschte?

Sie mußte sich irgendwie aus ihrer Starre lösen. Am Kellereingang zu verweilen, war wie am Rand der Hölle zu stehen. Eine Hand auf ihren Mund gepreßt und unter Aufbietung ihrer ganzen Willenskraft wandte Lauralee sich ab, rannte ins Haus und riß ihren wollenen Umhang vom Haken bei der Tür. Sie ging zum Wohnzimmer und schaute in den Raum, wo ein munteres Feuer im Kamin prasselte und Lampen brannten. Clarie und Kate spielten Schach und lachten, weil Alexander ihnen ständig die Figuren stahl.

»Ich gehe jetzt, um nach den Bäumen zu sehen«, sagte Lauralee und hoffte, daß entweder Clarie oder Kate sich anboten, sie zu begleiten. Auf die Idee, Jay darum zu bitten, kam sie nicht.

Aber es war, als hätte sie gar nichts gesagt, als sähen und hörten die Mädchen sie nicht. Lauralee hatte das unheimliche Gefühl, eine Gestalt aus einem Traum zu sein, für ihre Umwelt unsichtbar. Sie wandte sich ab, als Clarie Alexanders kleine Hand ergriff und ihm eine Schachfigur abnahm.

»Sander auch spielen!« heulte der Kleine ärgerlich.

»Sander auch spielen«, sagte Kate tröstend.

Lauralee ging durch die Küche zur Hintertür, zog die Kapuze ihres Umhangs über den Kopf und trat hinaus – wobei sie fast über die hohe Eingangsschwelle gestolpert wäre. Wie hatte sie das vergessen können? Sie mußte unbedingt eine Stufe anbringen – eine einfache Holzkiste reichte – bevor jemand stürzte und sich verletzte.

Aber wozu eigentlich, wenn sie ja doch mit Jay nach Washington ging? Doch wollte sie das überhaupt? War sie wirklich bereit, für einen Mann, der sie nicht liebte, ihre Heimat aufzugeben und in einen fernen Staat zu ziehen?

Sie erreichte das erste Feld, wo die ältesten Bäume standen, die schon Früchte trugen. Sie bewegten sich so unruhig im Wind wie Kinder, die voller Unbehagen von einem Fuß auf den anderen traten.

Der Gedanke veranlaßte Lauralee zu einem Lächeln. Wie albern, Bäumen menschliche Verhaltensweisen anzudichten, sagte sie sich und ging zu den jüngeren, empfindlicheren Bäumen weiter. Einige hatte der Sturm, der in der Nacht zuvor getobt hatte, umgerissen; mit verwelkten Blättern lagen sie auf dem schlammbedeckten Boden.

Traurig entfernte Lauralee die Äste der Bäume, die den Sturm nicht überlebt hatten, und tröstete sich mit der alten Bauernweisheit, daß die Natur stets einen Preis verlangte für Geschenke wie Regen oder Sonnenschein. Es standen noch knapp hundert Bäume; in ein oder zwei Jahren würden auch sie Früchte tragen.

Der Wind war kalt und wehte noch viel heftiger als zuvor.

Als Lauralee zum grauen Himmel aufschaute, bemächtigte sich ihrer eine böse Vorahnung.

Jay wußte nicht, was er in dem verdammten Keller außer Spinnen, Mäusen und Kartoffeln eigentlich zu finden gehofft hatte. Er wischte sich die staubigen Hände an seinen Hosen ab, als er ins Freie trat, schaute zum finsteren Himmel auf und wurde von einem Frösteln erfaßt, das bis in seine Seele reichte. Es war das gleiche Gefühl, daß ihn beherrscht hatte, bevor er den schäbigen Raum im *Mud Bucket* betreten und seinen toten Bruder gefunden hatte.

Jay beeilte sich, ins Haus zu kommen, aber die Küche wirkte kalt und trostlos mit dem erloschenen Feuer und dem Butterfaß, das Lauralee hatte stehenlassen. Ohne zu begreifen, was ihn dazu drängte und warum er es so eilig hatte, ging er zum Wohnzimmer weiter.

Kate, Alexander und Clarie spielten Schach, oder zumindest versuchten sie es. Ihre Gesichter leuchteten im warmen Feuerschein.

»Wo ist Lauralee?«

Kate, die Alexander auf dem Schoß hielt, schaute verwundert auf.

In diesem Augenblick brach der Hagelsturm los; Körner von der Größe eines Taubeneis prasselten auf Dach und Fensterbretter.

Kates Gesichtsausdruck veränderte sich von einer Sekunde zur anderen.

»Die Bäume!« rief sie. »Sie ist draußen bei den Bäumen, Jay . . .«

Doch er hatte sich bereits abgewandt, rannte durch das Haus und zur Tür hinaus, ohne sie hinter sich zu schließen. Die Hagelkörner trommelten auf seine Schultern, seinen Rücken, seinen Kopf. Der Boden, über den er lief, war schon übersät mit ihnen, und noch immer stürzten sie mit unverminderter Kraft auf ihn herab.

Er rannte durch die Obstbaumreihen, ohne den Schmerz zu

spüren, den die Hagelkörner auf seiner Haut hinterließen, und hastete durch den Bach.

Lauralee stand oben auf dem Hügel und schaute voller Entsetzen zu, wie die kleinen weißen Steine, die vom Himmel stürzten, ihre geliebten Bäume zerstörten. Jay lief zu ihr und packte ihren Arm. Ein Schrei entrang sich ihrer Kehle, sie riß verwirrt die Augen auf, als Jay sie unter eine große Fichte zerrte. Er stieß Lauralee gegen den mächtigen Stamm und stellte sich schützend vor sie. Der Hagel prasselte jetzt noch wütender auf die Erde nieder, als erzürnte es ihn, daß er sie nicht mehr erreichen konnte.

»Alles in Ordnung?« fragte Jay, als er wieder zu Atem kam.

Lauralee zitterte am ganzen Körper. »Sie sind tot. Alle meine Bäume sind tot«, sagte sie tonlos.

Jay war so niedergeschlagen, daß er am liebsten geweint hätte. Er wagte es nicht, Lauralee an sich zu ziehen; sie war so klein und zart, die Hagelkörner hatten sie bestimmt verletzt. »Nein«, sagte er. »Den größeren ist nichts passiert.«

»Das waren Virgils Bäume«, sagte sie geistesabwesend. »Meine sind tot.« Jay legte seine Stirn an ihre und blieb so stehen, bis er hörte, daß der Hagelschauer aufhörte. Dann hob er Lauralee auf seine Arme und trug sie zum Haus zurück. Überall lagen kleine Bälle aus weißem Eis herum, und es herrschte eine unheimliche Stille, als wäre die Erde eben bestraft worden und dächte nun über ihre Sünden nach.

Kate wartete schon in der Küche, ihre Augen waren vor Unruhe und Angst unnatürlich groß. Clarie machte sich am Herd zu schaffen, obwohl sie genauso eingeschüchtert wirkte wie alle anderen. Nur Alexander war ganz ruhig; er saß auf einem Stuhl beim Fenster und schien begierig, hinauszulaufen, um mit den seltsamen weißen Bällen zu spielen, die vom Himmel gefallen waren.

»Meine Bäume sind zerstört«, sagte Lauralee, bevor sie ihr Gesicht an Jays Nacken barg und in ein mutloses Schweigen verfiel.

Jay brachte sie in Kates Zimmer; aus irgendeinem Grund schien er zu ahnen, daß sie jetzt nicht in ihr eigenes wollte.

Gemeinsam mit Kate nahm er Lauralees Umhang ab, zog ihr das Kleid aus, die Strümpfe und die Schuhe.

Auf ihrem ganzen Körper zeigten sich kleine rote Prellungen, wo die Hagelkörner sie getroffen hatten, doch Schmerzen schien sie nicht zu haben. Widerspruchslos ließ sie sich eins von Kates Nachthemden überstreifen und wie ein fügsames Kind zu Bett bringen.

»Lauralee wird sich davon erholen, Jay«, sagte Kate resolut. »Sie ist der stärkste Mensch, den ich je gekannt habe, und sie wird es bald überwunden haben.«

»Sie sieht aus wie eine zerbrochene Puppe«, bemerkte Clarie von der offenen Tür her.

Alexander zerrte an der Bettdecke und versuchte, zu seiner Mutter zu gelangen. »Sander auf Bett«, verlangte er mit einem ärgerlichen Blick auf Jay. »Sander zu Mama!«

»Sander hinaus«, entgegnete Jay und nahm den kleinen Jungen auf den Arm. Lauralees Augen waren geschlossen, in ihren Wimpern schimmerten Tränen. Jay bückte sich, küßte sie auf die Stirn und ging leise hinaus.

Kate folgte ihm. Clarie war schon auf dem Weg zur Küche.

»Das war aber merkwürdig«, murmelte Jay, der Alexander noch auf dem Arm trug.

»Was?« fragte Kate.

»Was Clarie sagte – daß Lauralee wie eine zerbrochene Puppe aussieht!«

Kate zuckte mit den Schultern. Sie war müde und deprimiert, und Jay wünschte, daß Chance endlich käme und sie abholte. Denn wenn er ein richtiger Mann war, würde er es tun. »Clarie ist doch noch ein Kind.«

Jay wunderte sich immer noch darüber, doch Lauralee und Alexander und die Hagelkörner, die unter sein Hemd gedrungen waren und wie Feuer auf seiner Haut brannten, beschäftigten seine Gedanken viel mehr. Er verdrängte Claries Bemerkung aus seinem Bewußtsein und trug seinen Stiefsohn hinaus in das Wunderland aus kaltem weißem Eis.

Alexander war hingerissen von den kleinen weißen Bällen und spielte eine Zeitlang mit ihnen. Aber dann wurde er müde, und Jay trug ihn wieder ins Haus. In der Küche zog er ihm den warmen Overall aus und setzte Alexander energisch auf das Töpfchen, das in einer Ecke neben dem warmen Herd stand.

»Sander aufstehen«, maulte der Kleine und wollte sich aufrichten.

Jay drückte ihn sanft, aber entschieden zurück. »Sander sitzenbleiben«, entgegnete er.

Obwohl der kleine Junge nichts hören konnte, schien er Jay verstanden zu haben. Natürlich würde er eine Zeitlang noch gegen das Töpfchen rebellieren, aber wenigstens wußte er jetzt, was von ihm erwartet wurde, und das war schon ein kleiner Erfolg.

Lauralee erwachte von einem ohrenbetäubenden Klappern auf dem Hof. Ob es draußen wieder hagelte?

Sie schloß die Augen. Wen kümmerte das schon? Ihre Bäume gab es nicht mehr. Welchen Schaden konnte ein Sturm jetzt noch anrichten?

»Kate!« brüllte eine Männerstimme.

Lauralee richtete sich im Bett auf, schlug die Decken zurück und ging auf bloßen Füßen zum Fenster. Ihr ganzer Körper schmerzte, jede Bewegung tat höllisch weh.

Es war Chance McCallum, der nach Kate gerufen hatte. Er saß auf einem temperamentvollen fuchsbraunen Hengst und sah aus wie ein Ritter aus einem Märchenbuch, der gekommen war, um die Herausgabe der Dame seines Herzens zu fordern.

Sein Anblick entlockte Lauralee ein Lächeln, trotz ihrer Schmerzen und trotz allem, was geschehen war. Sie hoffte nur, daß Kate es ihrem Ehemann nicht zu leicht machen würde.

Sie sah Jay über den Hof gehen und seinen Bruder begrüßen. Chance errötete und sagte etwas Unverständliches, als er aus dem Sattel glitt, worauf Jay den Kopf zurückwarf und schallend lachte.

Lauralee mußte wieder an den Hagelsturm denken. Jay hatte sie in dem Unwetter gesucht, um sie zu schützen und nach Hause zu bringen. Tränen schimmerten in ihren Augen, als sie zum Bett zurückeilte, um das Nachthemd aus- und ihre Kleider anzuziehen. Als sie ihre Haut berührten, zuckte sie vor Schmerz zusammen.

Kaum erreichte Lauralee die Küche, kamen auch die Männer herein. Sie hatten das Pferd in die Scheune gebracht und ihm Futter gegeben. Kate kauerte in einer Zimmerecke und blickte Chance mit großen, ängstlichen Augen entgegen.

Er maß sie mit einem ärgerlichen Blick, doch dann erschien ein Ausdruck überwältigender Erleichterung in seinen dunkeln Augen. Jay nahm Lauralees Arm, räusperte sich vielsagend und zog sie mit ins Wohnzimmer.

»Bist du ... in den Sturm geraten?« hörte Lauralee Kate schüchtern fragen.

»Ja, es hat mich mächtig erwischt – und mein Pferd auch! Vielen Dank für deine rührende Besorgnis!«

Lauralee und Jay bissen sich auf die Lippen, um nicht laut zu lachen.

»Laß uns einen Spaziergang machen«, schlug Jay vor, als das Drama in der Küche an Intensität zunahm.

»Wo sind Clarie und Alexander?« fragte Lauralee ihren Mann, als er wieder ihren Arm nahm und sie aus der selten benutzten vorderen Eingangstür zog.

»Clarie muß irgendwo draußen sein, und Alexander schläft. Wir bleiben nicht lange fort, mach dir keine Sorgen.«

Arm in Arm gingen sie hinaus. Auch jetzt noch war der Boden mit Hagelkörnern bedeckt, die langsam im Gras zerschmolzen. Aber der Himmel klarte schon wieder auf, und der Wind war wieder wärmer geworden.

Lauralee und Jay gingen zum Tor, das noch verriegelt war. Als Jay es öffnete, mußten beide lachen, weil sie den gleichen Gedanken hatten.

»Chance muß in seiner Ungeduld mit seinem Hengst über den Zaun gesprungen sein«, sagte Jay, als sie das Tor passierten und er es hinter ihnen wieder verriegelte. »Ich kann mir nicht vorstellen, daß er sich in seinem Zustand die Mühe macht, ein Tor zu öffnen. Oder zu schließen.«

Sie überquerten die Straße und blieben vor dem unfertigen Gebäude stehen, das einmal Jays Saloon hatte werden sollen.

Das Schild schaukelte triumphierend im Wind, der Sturm hatte ihm nichts anhaben können.

»Ich bin zu einem Entschluß gekommen, was Washington betrifft, Jay«, sagte Lauralee leise und legte all ihre Liebe zu Jay in ihren Blick. »Das heißt, falls du mich noch haben willst.«

»Ob ich dich noch haben will? Lady, wenn du nicht gerade in einen Hagelschauer geraten und halb zu Tode gesteinigt worden wärst, würde ich dich in die Arme nehmen und herumwirbeln, bis dir Hören und Sehen verginge!« Jays Gesicht strahlte vor Zärtlichkeit und Freude. Lauralee hoffte, daß er nun sagen würde, er liebte sie, aber er tat es nicht. »Ich möchte das Schild haben«, erklärte er statt dessen und wandte sich halb ab, um das messinggerahmte Schild, das von der Verandadecke herunterhing, zu betrachten.

»Wozu?« fragte Lauralee, denn es war ein weiter Weg auf die Veranda, und eine Leiter war nirgendwo zu sehen.

»Ich möchte es in unserem Haus in Washington aufhängen«, antwortete Jay. »Wie viele Senatoren besitzen schon ein Schild mit der Aufschrift *Trunkenbold Saloon*?«

Lauralee mußte sich beherrschen, um nicht seinen Ärmel zu ergreifen und Jay zurückzuhalten. Wieder erfaßte sie Angst, aber diese Angst hatte nichts mit ihrem Widerwillen gegen Alkohol zu tun. »Joe kann es morgen abhängen«, sagte sie lahm.

Aber Jay ging bereits auf das Gebäude zu. »Ich hole es schon«, rief er und begann sich flink am Gerüst hinaufzuziehen.

»Sei vorsichtig!« Lauralee schloß die Augen und mußte sich zwingen, sie wieder zu öffnen.

Jay trat auf das nasse, schräge Dach. Als Lauralee ihn dort oben stehen sah, kam ihr das Gebäude noch viel höher vor.

Sie hielt den Atem an, als er einen Moment stehenblieb, auf sie herabgrinste wie ein mutwilliger kleiner Junge, und dann vorsichtig das Dach hinunterglitt, um das Schild zu holen.

Der Unfall schien sich in langsamen, alptraumhaften Etappen abzuspielen; in Wirklichkeit jedoch passierte alles innerhalb weniger Sekunden. Jay verlor den Halt und rutschte auf dem schrägen Dach ab.

Lauralee schrie gellend auf – einen schrecklichen Moment lang war sie vor Furcht wie gelähmt gewesen – dann riß sie sich aus ihrer Erstarrung und rannte zu Jay, der reglos auf dem nassen, festgetretenen Boden lag.

»Jay!«

Er bewegte sich nicht und öffnete nicht die Augen. Blut strömte aus einer Platzwunde an seinem Kopf, und sein rechtes Bein stand in einem so eigenartigen Winkel ab, daß Lauralee bei seinem Anblick übel wurde.

Sie wirbelte herum und rannte über die Straße, schrie nach Chance, nach Kate, nach Joe Little Eagle.

Sie alle kamen angerannt, Chance und Kate aus dem Haus, Joe Little Eagle aus der Scheune, während Lauralee schon wieder zu Jay zurücklief. Sie kniete sich neben ihn und legte schützend die Hände um seinen Kopf. »Er ist gestürzt! Er ist vom Dach gestürzt!«

»Mein Gott«, flüsterte Chance, während er neben seinem Bruder niederkniete und drei Finger an den Puls an seinem Nacken legte.

Kate zog Lauralee sanft auf die Beine. »Ist er ... tot?«

Chance schüttelte den Kopf. »Nein, Gott sei Dank nicht. Aber ich kann nicht sagen, wie schwer verletzt er ist.«

Erinnerungen an eine andere Tragödie stiegen in Lauralee auf, aber sie wischte resolut die unnützen Tränen ab, die ihr die Sicht nahmen. »Eine Tür«, sagte sie. »Schnell, Joe – wir brauchen eine Tür, um ihn zu tragen ...«

Joe ging in das unfertige Gebäude und holte, was Lauralee verlangte.

Behutsam legten er und Chance Jay auf die harte, flache Oberfläche einer alten Tür. Jay war bewußtlos, murmelte jedoch leise vor sich hin, was Lauralee verzweifeln ließ, weil es ihr zeigte, daß er jetzt die Schmerzen spürte.

Chance sprach beruhigend auf seinen Bruder ein. »Es wird alles gut werden, Jay. Du hast mein Wort darauf. Es wird alles gut.«

Lauralee nahm Jays leblose Hand und stolperte neben der behelfsmäßigen Trage her, die von den Männern über die

Straße getragen wurde. Kate war schon vorausgelaufen, um das Tor zu öffnen.

Langsam bewegte sich die kleine Prozession auf das Haus zu. Clarie, die von ihrem Spaziergang zurückgekommen war, kam heraus, den verschlafenen Alexander auf dem Arm. »Genau wie damals«, sagte sie in seltsam gefühllosem Ton. »Genau wie in der Nacht, als Papa starb. Nur ist jetzt kein Blut zu sehen.«

Lauralee stand unter Schock, aber bei Claries Worten ließ sie die Hand ihres Mannes los, trat vor das Mädchen und schlug es hart ins Gesicht.

Claries Augen weiteten sich vor Schreck, und Alexander heulte auf, als wäre er schlagen worden. Schreiend zappelte er so lange, bis seine Schwester ihn auf den Boden stellte. Mit leichenblassem Gesicht, auf dem sich die Sommersprossen noch stärker abhoben als sonst, stieß Clarie hervor: »Adrienne Burch war nicht die einzige! Papa hatte noch viele, viele andere Frauen!«

Lauralee, die am ganzen Körper zitterte, ignorierte Claries Ausbruch und nahm Alexander bei der Hand, um den anderen ins Haus zu folgen. Jay war jetzt wichtiger. Nur Jay war jetzt wichtig.

14

Menschen waren um sie herum, aber Lauralee nahm sie nur wie durch einen Nebelschleier wahr; sie hörte die Stimmen, aber ihre Gedanken waren einzig auf Jay gerichtet. Als Chance und Joe Little Eagle ihn vorsichtig von der alten Tür hoben und auf den Küchentisch legten, kam ein gequältes Stöhnen von seinen Lippen.

»Gibt es einen Arzt an diesem gottverlassenen Ort?« fragte Chance gepreßt.

»Ich hole ihn«, antwortete Joe, und schon war er fort. Lauralee spürte seine Abwesenheit in dem kleinen Kreis von Menschen.

»Wie ist das geschehen, Lauralee?«

Zum ersten Mal seit dem Unfall war Lauralee imstande, den Blick von Jay abzuwenden. Sie schaute Chance an und sah, daß die sonst so mutwilligen dunklen Augen einen gequälten Ausdruck trugen. Seine Hilflosigkeit angesichts der Schmerzen seines Bruders schien Chance sehr gegen den Strich zu gehen.

»Er ... er wollte das Schild haben«, erwiderte sie stockend. »Das Türschild vom Saloon. Er kletterte aufs Dach, um es zu holen und ...« Lauralee schloß gequält die Augen. »Und dann ist er gestürzt.«

»Ich glaube, sein Bein ist gebrochen«, warf Kate ein. Sie hatte ungefragt Alexander übernommen und hielt ihn in den Armen.

Chance warf seiner Frau einen ironischen Blick zu, aber dann wurde seine Miene sanfter. »Falls das alles ist, hat er großes Glück gehabt.« Seine braunen Augen richteten sich mit ganz unvermuteter Zärtlichkeit auf Jays wachsbleiches Gesicht. »Jay? Kannst du mich hören?«

Jay bewegte sich und gab ein leises Stöhnen von sich.

»Der Arzt ist schon unterwegs«, fuhr Chance an seinen Bruder gewandt fort, und Lauralee sah ihn plötzlich in einem ganz neuen Licht. In Chance schien viel mehr zu stecken als der charmante Schürzenjäger, für den sie ihn bisher gehalten hatte. Sehr viel mehr sogar.

Danach wußte niemand mehr etwas zu sagen. Dann, auf einen Wink von Chance hin, brachte Kate Alexander ins Wohnzimmer und blieb dort bei ihm. Die einzigen Geräusche waren das Ächzen des alten Schaukelstuhls und Jays unregelmäßige Atemzüge.

»Er kommt zu sich!« sagte Chance, als Jay begann, sich unruhig zu bewegen. »Er muß furchtbare Schmerzen haben. Hast du Whiskey im Haus, Lauralee?«

Lauralees Herz hüpfte ihr in die Kehle und schien dort steckenzubleiben. Ob sie, die Anführerin der Abstinenzlerbewegung, Whiskey hatte? Lieber Gott im Himmel, wie sehr sie wünschte, Sie könnte mit Ja darauf antworten! »Nein«, sagte sie erstickt, während ihre Augen sich mit Tränen füllten.

»Und Laudanum?« drängte Chance. »Lauralee – hör auf zu weinen und denk nach!«

Laudanum war keins im Haus, das wußte sie genau, aber da kam ihr ein anderer Gedanke, wieder eine Erinnerung aus der Vergangenheit: Virgil, der aus dem Werkzeugschuppen kam, aus der Scheune, aus dem Keller – mit geröteten Augen, einem albernen Lächeln im Gesicht und unverkennbarem Alkoholgeruch im Atem.

War es möglich, daß noch irgendwo Whiskey oder Rum auf der Farm verborgen war, Flaschen, die Virgil nicht mehr geleert hatte?

»Ich werde etwas finden«, sagte Lauralee und nahm eine brennende Petroleumlampe vom Schrank.

Jay warf sich immer heftiger auf dem Tisch herum; Lauralee zögerte in der Tür und schaute sich besorgt nach ihrem Mann um. Aber Chance hatte schon seine Schultern ergriffen, hielt ihn fest und sprach beruhigend auf ihn ein.

»Ganz ruhig, mein Junge«, hörte sie ihn sagen, als sie hinausging. »Gleich kommt der Arzt, dann wird es besser.«

Draußen blieb Lauralee unschlüssig stehen. Den Werkzeugschuppen oder die Scheune abzusuchen, war sinnlos; wenn dort Flaschen versteckt gewesen wären, hätte Joe Little Eagle sie längst gefunden. Entweder hätte er sie selbst getrunken oder sie Lauralee zur feierlichen Vernichtung überreicht.

Nichts erinnerte Lauralee in diesem Moment an ihre Alpträume, als sie die Lampe auf den Boden stellte und die Kellertüren öffnete.

Sie nahm die Lampe wieder auf und begann die Stufen hinabzusteigen. Im Keller war es dunkel, feucht und zugig. Lauralee fröstelte, als sie in der Mitte des kleinen, höhlenähnlichen Raumes stehenblieb und versuchte, sich in Virgils alkoholgetrübten Verstand hineinzuversetzen.

Mehrere große Metallgefäße standen herum, die einst zur Vorratshaltung von Kartoffeln, Äpfeln, Kürbissen und Ahornsirup bestimmt gewesen waren. Lauralee spähte hinein und sah nichts. Als sie versuchte, sie vom Platz zu schieben, um hinter ihnen nachzusehen, ließen sie sich nicht vom Fleck bewegen.

Die wenigen Regale mit den verstaubten Gläsern mit Marmelade und eingemachtem Obst boten zu wenig Platz, um eine Flasche zu verstecken, sie waren nicht breit genug. Somit blieb nur das angeschlagene alte irdene Gefäß, in dem Lauralee früher überschüssige Eier in Lake eingelegt aufbewahrt hatte. Später war sie dazu übergegangen, die Eier, die sie nicht brauchte, an Mr. Wallerman zu verkaufen.

Sie nahm den Deckel des Gefäßes ab. Es war noch immer mit Lake gefüllt, aber die normalerweise klare, durchsichtige Flüssigkeit war trübe geworden wie Sumpfwasser und von einer dicken Schicht Staub bedeckt. Umkippen, um zu sehen, was herauskam, konnte Lauralee das Gefäß nicht, weil sich dann die Lake über den Kellerboden ergossen hätte. Aber der Keramikbehälter war auch zu schwer, um ihn auf den Hof hinaufzutragen.

Lauralee dachte an die Schmerzen, die Jay litt, rollte die Ärmel hoch und tauchte ihren Arm in die schleimige Flüssigkeit.

Sie ertastete die Umrisse eines vergessenen Eis und schauderte bei der Vorstellung, in welchem Zustand es sich nach all der Zeit befinden mochte. Das nächste, was ihre Hand berührte und beiseite schob, war ein Stock, doch dann wurde ihre Suche belohnt. Ihre Finger schlossen sich um eine Flasche. Rasch zog sie sie heraus und prüfte ihren Inhalt; sie war noch halb gefüllt mit einer bernsteinfarbenen Flüssigkeit.

Hastig wischte Lauralee die Flasche ab, wozu sie in der Eile ihren Rock benutzte, hob die Lampe auf und verließ den Keller.

Chance nahm ihr die noch etwas glitschige Flasche aus der Hand, entkorkte sie und roch am Inhalt.

Lauralee stand neben dem Tisch und strich Jay zärtlich das blutverschmierte Haar aus dem Gesicht. Er war bei Bewußtsein, Gott sei Dank, aber seine Augen waren glasig vor Schmerz, und seine Haut war leichenblaß.

»Das ist doch Alkohol?« wandte Lauralee sich in besorgtem Ton an Chance.

Er erlaubte sich ein schwaches, müdes Lächeln. »Ja. Wo hast du sie gefunden? In einem Eimer mit Kuhspucke?«

Jay lachte heiser, aber es klang eher gequält als belustigt. Lauralee verstand ohnehin nicht, was an einer so derben Bemerkung witzig sein sollte. »Sie war im Keller, in einem Gefäß mit Salzlake«, sagte sie würdevoll. »Ich würde ja wohl kaum Eimer mit Kuhspucke aufbewahren, oder?«

Jetzt lachten beide Brüder, und wenn Lauralee nicht so besorgt um Jay gewesen wäre, hätte sie sich darüber geärgert. Doch so ging sie nur wortlos zum Schrank, holte ein kleines Glas und trug es zum Tisch.

»Schenk ein«, sagte sie zu Chance.

Er füllte es bis zum Rand mit dem goldfarbenen Ruin so vieler Männer und beobachtete belustigt, wie Lauralee einen Arm unter Jays Schulter legte und versuchte, ihn anzuheben, damit er trinken konnte.

»Wie ironisch das Leben sein kann«, sagte Jay mühsam, nachdem er diese erste kleine Dosis getrunken hatte. »Die Anführerin der Abstinenzlerbewegung flößt ihrem Mann eigenhändig Feuerwasser ein!«

»Möchtest du noch mehr?« fragte Lauralee beherrscht.

»Na klar!« erwiderte Jay prompt.

Wieder füllte Chance das Glas. Lauralees Hand zitterte, als sie es an Jays Lippen hielt, obwohl ihr Chance jetzt half, seinen Bruder zu stützen.

Sie flößten Jay Whiskey ein, bis die Flasche leer war. Zu diesem Zeitpunkt war ihr Patient ziemlich betrunken, aber das kümmerte Lauralee nicht, denn der Alkohol betäubte seine Schmerzen. Jay ertrug es jetzt, daß sein Bruder seine Hose aufschnitt, um das verletzte Bein zu untersuchen.

Chance pfiff durch die Zähne und stieß einen derben Fluch aus.

Ein Knochen ragte aus dem Fleisch. Lauralee schwankte und umklammerte die Tischkante, um nicht zu fallen. Galle stieg in ihre Kehle und sie ließ den Tisch los, um die Hände auf den Mund zu pressen. Sie rannte hinaus, überquerte den Hof und übergab sich im Haselnußgestrüpp. Als der Anfall von Übelkeit vorbei war, ging Lauralee zum Bach hinunter, um sich gründlich den Mund zu spülen und mit dem eiskalten Wasser ihr Gesicht zu kühlen.

Doktor Jamesons Buggy hielt gerade vor dem Tor, als Lauralee zum Haus zurückkehrte. Sie lief dem Arzt entgegen.

»Was soll das heißen, Ihr frischgebackener Mann sei vom Dach des Saloons gestürzt?« fragte der Arzt mit gespielter Strenge, die er immer dann anwandte, wenn er jemanden trösten wollte. Und irgendwie war es auch so. Tödliche Krankheiten wie Masern zu heilen war dieser schlichte Landarzt vielleicht nicht imstande, aber auf die Behandlung gebrochener Knochen verstand er sich. Es gab genug Farmer, Holzfäller und

Sägewerksarbeiter in Halpern's Ferry, an denen er praktizieren konnte.

Lauralee zog den Arzt mit sich zum Haus. Als er Jay auf dem Tisch liegen sah und den spitzen weißen Knochen erblickte, der dicht unterhalb des rechten Knies die Haut durchstoßen hatte, flüsterte Doc Jameson nur. »Ach du lieber Himmel!« und schob Lauralee und Chance beiseite, um sich die Verletzung genauer anzusehen. »Das kann ich richten, aber es wird teuflisch weh tun.«

»Er hat Whiskey getrunken«, warf Lauralee ein.

Doc Jameson bedachte sie mit einem nachsichtigen Blick, setzte seine Arzttasche ab und zog seinen Mantel aus. Dann rollte er seine Hemdsärmel bis weit über die Ellbogen auf.

»Heißes Wasser?« wandte er sich an Lauralee. »Ich brauche es zum Händewaschen.«

Lauralee erinnerte sich nicht, einen Kessel mit Wasser auf den Herd gestellt zu haben, aber da stand er, und unter dem Deckel kam schon Dampf hervor. Sie spülte die Waschschüssel aus, füllte heißes Wasser hinein, und der Arzt wusch seine Hände mit einer stark riechenden gelben Seife.

»Junger Mann«, wandte Doc Jameson sich an den stillen, sehr nachdenklichen Chance, als er das Handtuch nahm, das Lauralee ihm reichte. »Sie müssen mir jetzt einige glatte, gerade Holzlatten zurechtschneiden, die ich brauche, um das Bein zu schienen. Und halten Sie sich nicht zu lange damit auf – Sie müssen Mr. McCallum festhalten, wenn der Schmerz zu heftig für ihn werden sollte.«

Chance eilte hinaus. Er war froh, etwas tun zu können.

Lauralee spürte, wie sie erblaßte. Also hatte der Whiskey doch nichts genützt! Wie hatte sie auch erwarten können, daß er Jay helfen würde? »Können Sie nichts gegen die Schmerzen tun, Doc?«

»Ich habe Morphium«, sagte der Arzt, als er zum Tisch zurückkam und Jays verkrümmtes Bein vorsichtig zurechtlegte. »Aber das löst bei manchen Menschen Herzversagen aus, und deshalb benutze ich es nur sehr ungern.«

Jay keuchte vor Schmerzen bei der Berührung des Arztes; auf

seiner Stirn und Oberlippe brach Schweiß aus. Lauralee holte ein sauberes Tuch, tauchte es in kühles Wasser und tupfte sein Gesicht ab.

»Ich bleibe bei dir«, versprach sie zärtlich..

Seine Augen streichelten sie, aber seine Worte klangen hart und schroff. »Nein. Ich will niemanden hier außer dem Arzt und Chance. Nimm die anderen und geh. Bitte.«

Lauralee war zutiefst verwundet. Der Platz einer Frau war bei ihrem Mann, vor allen Dingen in einem solchen Augenblick. »Warum?«

Jay stöhnte auf und schloß die Augen, als der Arzt anfing, ihm den Stiefel abzustreifen. »Verdammt, Frau, widersprich mir ausnahmsweise einmal nicht. Mach, daß du hinauskommst!«

»Das ist mein Haus, Jay McCallum!«

Doc Jameson suchte Lauralees Blick; auch er forderte sie zum Gehen auf, wenn auch stumm. Mit hängenden Schultern verließ sie die Küche und trat auf den Hof hinaus. Es war fast dunkel, die ersten Sterne funkelten schon am Himmel. Lauralee hob die Schürze und trocknete ihre Tränen.

Chance hatte seine Aufgabe schnell erledigt; er kam mit zwei dünnen Brettern zurück, die er im Holzschuppen gefunden hatte. Vor Lauralee blieb er stehen und schaute ihr prüfend ins Gesicht.

»Sie haben dich wohl aus dem Haus verbannt?« fragte er sanft.

»Ich verstehe nicht, warum ich nicht bei meinem Mann bleiben kann!«

»Was Jay durchmacht, ist schlimm genug, Lauralee«, antwortete Chance ruhig. »Es wäre noch unerträglicher für ihn, wenn er sich darum sorgen müßte, was du zu sehen oder zu hören bekommen könntest.«

Ein Schaudern erfaßte Lauralee. Natürlich. Wenn Doc Jameson Jays Bein richtete, würde der Schmerz unerträglich sein. Und Jay wollte nicht, daß sie ihn schreien hörte.

Chance mußte ihr angesehen haben, daß sie verstand, denn er ging ohne ein weiteres Wort ins Haus. Kurz darauf kam Kate und brachte Alexander mit. Sie preßte die Lippen zusammen und mied Lauralees Blick.

Schweigend gingen die beiden Frauen auf die Scheune zu. Lauralee wäre lieber ins Haus zurückgekehrt, aber sie wußte jetzt, daß es nicht sein durfte. Ein Mann besaß ein Recht auf seinen Stolz, so dumm ihr dieser Stolz auch erscheinen mochte.

In der Scheune brannte Licht. Joe Little Eagle molk eine Kuh, und Clarie stand neben ihm und sprach davon, daß ihre Mutter ganz sicher eines Tages zurückkehren und sie holen würde.

Eine Welle des Mitleids erfaßte Lauralee. Ich hätte Clarie nicht schlagen dürfen, dachte sie schuldbewußt.

»Ist es schlimm dort drinnen?« fragte Joe, der auf einem Schemel neben Flossies großem runden Bauch hockte.

Lauralee nickte. »Ich glaube, Sie werden dort gebraucht, Joe«, antwortete sie und übernahm seinen Platz, um Flossie weiterzumelken. Die Monotonie dieser gewohnten Tätigkeit vermittelte ihr einen gewissen Trost.

Flossies langer Schwanz klatschte gegen Lauralees wunden Rücken, als sie mit geübten Fingern das Euter der Kuh entleerte. Kate stand in der Nähe und beobachtete sie gespannt.

»Hat man je einen solchen Tag gesehen?« murmelte sie.

Lauralee konnte lächeln, so unglaublich es in dieser Situation auch schien, als sie an Chance' dramatischen Auftritt auf dem Hof zurückdachte. »Es tut mir leid, Kate . . . Daß ihr jetzt nicht zusammensein könnt, meine ich.«

Kate zuckte die Schultern. »Er ist gekommen, das ist das Wichtigste. Und er hat nicht so lange dafür gebraucht, wie ich dachte.«

Lauralee stellte den vollen Eimer beiseite, klopfte Flossie zärtlich auf die Flanke und ging mit einem leeren Eimer zu ihrer alten Freundin Lavinia weiter. Kate folgte ihr und blieb mit verschränkten Händen in der Nähe stehen. Clarie hatte ihr mit trotziger Miene Alexander abgenommen und stand jetzt mit ihm vor der Box, in der Chance' Hengst untergebracht war.

»Seid vorsichtig mit diesem Pferd!« warnte Lauralee. »Es ist nicht so wie die anderen, die ihr vom Pflügen kennt.« Dann wandte sie sich an Kate und sagte etwas leiser: »Hattet ihr wenigstens Gelegenheit, euch auszusprechen?«

Kate seufzte. »Kaum. Chance hatte gerade aufgehört, mich

anzuschreien und mir Vorwürfe zu machen, weil ich ihm Sorgen bereitet hatte und er den ganzen Weg von Spokane hierher reiten mußte, als du kamst und sagtest, Jay sei vom Dach gestürzt.«

Lauralee schluckte und dachte an die Qualen, die Jay jetzt erdulden mußte. Warum erlaubte er ihr nicht, etwas für ihn zu tun?

»Es ist bald vorbei, Lauralee«, sagte Kate tröstend.

»Ich habe Hunger«, maulte Clarie. »Kriegen wir heute nichts zu essen?«

»Essen!« seufzte Lauralee. »Wie das Kind in dieser Situation ans Essen denken kann!«

Kate lächelte. »Sie ist jung.«

Lauralee mußte reden, um sich von den Vorgängen im Haus abzulenken. »Wirst du jetzt mit Chance nach Spokane zurückkehren?«

Kates Lächeln verblaßte. »Ich weiß es nicht. Ich möchte mehr als einen dramatischen Auftritt von ihm, Lauralee. Ich will ganz sicher sein können, daß unser Verhältnis in Zukunft anders wird.«

Lauralee lehnte beim Melken den Kopf an Lavinias warmen Bauch. »Hast du schon irgendwelche Pläne?«

»Ich glaube, ich fahre mit Jenny zu Brice und Lucy. Dann hätte ich Zeit, mir alles in Ruhe zu überlegen.«

Lauralee hielt in ihrer Arbeit inne und schaute Kate fragend an. »Das klingt ja sehr entschlossen.«

Kate nickte traurig. »Ich bin in meinem Leben bisher nur verwöhnt und verhätschelt worden, Lauralee. Erst seit ich hier bei dir bin, ist mir klargeworden, daß eine Frau auch auf eigenen Füßen stehen kann.«

»Aber du liebst Chance doch . . .«

»Ja. Aber ich will nicht mehr für die seltenen Momente leben, die er mir widmet. Ich möchte endlich eine richtige Frau sein und nicht nur ein Modepüppchen, das nur dann ein Eigenleben hat, wenn ein Mann sich dazu herabläßt, es ihr zu vermitteln.«

Dafür wird Chance mir nicht gerade dankbar sein, dachte Lauralee besorgt, aber sie sagte: »Ich werde dich vermissen, Kate.«

Eine knappe Stunde später kam Chance in die Scheune. Er sah so niedergeschlagen und erschöpft aus, daß Lauralee sich unwillkürlich fragte, ob Kate die Kraft haben würde, den verwundeten Ausdruck in seinen Augen zu ignorieren und ihr Vorhaben auszuführen. Aber es blieb ihr keine Zeit, diesen Gedanken zu verfolgen; sie wollte wissen, was mit Jay war.

»Sein Bein wird heilen«, sagte Chance. Aber als Kate die Arme ausbreitete, flüchtete er sich hinein wie ein kleiner Junge.

Sie blieben in der Scheune, Kate und Chance, aber Lauralee schürzte ihre langen Röcke und rannte zum Haus hinüber. Clarie und Alexander folgten ihr.

Doc Jameson war dabei, seinen Mantel anzuziehen, und der Tisch war leer. »Wir haben Jay in das leere Gästezimmer gebracht, Lauralee«, sagte der alte Mann rasch, als er ihre erschrockene Miene sah. »Es ist möglich, daß ein leichtes Hinken zurückbleiben wird, aber wenigstens wird Ihr Mann wieder gesund. Achten Sie nur darauf, daß die Wunde sich nicht entzündet; sollte es der Fall sein, möchte ich sofort benachrichtigt werden.«

Lauralee konnte es kaum erwarten, zu Jay zu gehen, aber vorher hatte sie noch etwas anderes zu erledigen. »Danke, Doc.« Sie holte tief Luft. »Ich war nicht sehr nett zu Ihnen, als Alexander . . .«

»Bekommt man in diesem Haus denn keine Tasse Kaffee?« unterbrach der Arzt sie schroff.

Clarie machte sich schon am Herd zu schaffen. »Kaffee und etwas zu essen, Doc«, sagte sie rasch, bevor Lauralee etwas erwidern konnte. »Ich bin schon dabei. Es wird nicht lange dauern.«

Lauralee ging zu Clarie und küßte sie ganz impulsiv auf die Wange. Später, wenn sie Zeit dafür erübrigen konnte, würde sie sich bei dem Mädchen entschuldigen. »Kannst du den Doc bitte bezahlen, wenn du einen Moment Zeit hast? In der Kakaodose ist Geld.«

»Das hat der junge Mann schon erledigt«, sagte Doc Jameson.

Jetzt hielt es Lauralee nicht mehr in der Küche; über den

dunklen Korridor eilte sie zu dem Zimmer, das Kate bisher benutzt hatte.

Jay lag auf dem Bett, das Bein sauber geschient und verbunden. Sein Gesicht war grau und glitzerte vor Schweiß; die Augen hielt er fest geschlossen. Lauralee ging zu ihm und berührte ihn sanft an der Brust.

»Lauralee«, sagte er, ohne die Augen zu öffnen oder sich zu bewegen.

Zum ersten Mal sah sie jetzt die Prellungen, die die spitzen Hagelkörner auf seiner Haut hinterlassen hatten. Auf dem Rücken mußten die Wunden noch viel schlimmer sein. »Du hast einen harten Tag gehabt«, sagte sie, um nicht zu weinen.

»Ich habe schon bessere gekannt«, stimmte er mürrisch zu. Aber diesmal öffnete er die Augen.

Lauralee betrachtete sein verbundenes Bein. Eine dünne Decke war über seinen Oberkörper gebreitet. »Hat es sehr weh getan?«

»Ich habe geschrien wie am Spieß«, antwortete er. Es schien ihm nichts auszumachen, es zuzugeben, nur hatte er eben nicht gewollt, daß Lauralee seine Schreie hörte. Sie war etwas verärgert, liebte Jay jedoch zu sehr, um ihm den Mangel an Logik in seinem Verhalten klarzumachen. Zärtlich strich sie ihm das Haar zurück.

»Wo ist Chance?« fragte er müde. »Ich muß mit ihm reden. Es ist wichtig.«

»Sprich morgen früh mit ihm«, flüsterte Lauralee. »Du brauchst jetzt Ruhe.«

Jays Lider flatterten, aber er hielt die Augen offen. »Nein. Es ist wichtig . . .«

»Na schön«, stimmte Lauralee lächelnd zu. »Aber im Augenblick ist er noch mit Kate in der Scheune.«

Unfaßbarerweise grinste Jay. »So wichtig ist es auch wieder nicht«, sagte er. »Laß sie in Ruhe.«

Lauralee bückte sich und küßte ihn auf den Mund. »Danke«, antwortete sie. »Das werde ich.«

Jay lachte leise und sank dann in einen tiefen, heilsamen Schlaf. Auf dem Nachttisch stand eine geöffnete Flasche Laudanum.

Lauralee runzelte die Stirn, schloß die Flasche und stellte sie außerhalb Alexanders Reichweite auf die Fensterbank. Dann küßte sie Jay noch einmal, richtete seine Decken und ging hinaus.

Kate und Chance erschienen nicht zum Abendessen.

Clarie brachte Alexander hinauf ins Bett. Auch sie wirkte sehr erschöpft.

Lauralee räumte das Geschirr fort und war überrascht, daß Doc Jameson ihr dabei helfen wollte.

»Clarie ist eine gute Köchin«, sagte er. »Es ist lange her, daß ich einen so guten Hackbraten gegessen habe.«

Lauralee empfand plötzlich Mitleid mit dem Arzt und dachte, daß er sehr einsam sein mußte. Seine Frau war schon vor Jahren gestorben, und eine andere Familie hatte er nicht. Sein Zuhause bestand aus einem kleinen Zimmer über Mr. Wallermans Warenhaus.

»Ja, Clarie ist mir eine große Hilfe. Ich wüßte nicht, was ich ohne sie anfangen sollte.«

»Eines Tages wird sie bestimmt heiraten, Lauralee.«

Lauralee begann das Geschirr abzuwaschen. Doc Jameson nahm sich ein Handtuch und trocknete ab.

»Ja. Aber ich hoffe, daß es nicht so bald sein wird. Clarie hat fast keine Kindheit gehabt mit all der Arbeit auf der Farm. Ich würde mich freuen, wenn sie noch ein wenig Spaß in ihrem Leben hätte, bevor sie heiratet.«

Der alte Doktor lächelte. »Und Sie, Lauralee? Wann haben Sie zum letzten Mal ›Spaß‹ gehabt?«

Lauralee errötete. Der Anstand verbot ihr, die Frage aufrichtig zu beantworten. »Falls Sie meinen, wann ich tanzen war oder in einem Theater – daran kann ich mich nicht entsinnen. Virgil und ich mußten sehr hart arbeiten. Und dann, als er nicht mehr lebte . . .«

»Sie sind nicht mehr mit Virgil verheiratet, Lauralee. Sie sind jetzt die Frau dieses feinen jungen Mannes dort drinnen, der selbst mit einem gebrochenen Bein Mr. Parker als Mann mehrfach überlegen ist. Legen Sie Mr. McCallum keine Hindernisse in den Weg, wenn er Sie von dieser Farm fortbringen und Ihnen etwas von der Welt zeigen will!«

Zu jedem anderen Zeitpunkt wäre Lauralee ärgerlich geworden. Aber jetzt war sie Doc Jameson viel zu dankbar, um ihn darauf hinzuweisen, daß es ihre und Jays Sache war, wie sie lebten, nicht seine. »Ich wüßte nicht, wie wir bei Jays Verletzungen von hier fortkommen sollten«, sagte sie seufzend.

Es klopfte, und Joe Little Eagle kam herein. Er wirkte sehr verlegen, anscheinend konnte er noch nicht in sein Zimmer in der Scheune, weil Chance und Kate sich immer noch dort aufhielten.

»Setzen Sie sich, Joe«, forderte Lauralee ihn lächelnd auf. »Trinken Sie eine Tasse Kaffee mit uns.« Joe Little Eagle hatte noch nie an Lauralees Tisch gesessen, nicht etwa, weil sie es nicht gestattete, sondern weil er es vorzuziehen schien, sich sein Essen an der Tür abzuholen und es mit in die Scheune zu nehmen. Selbst an diesem Abend, nach allem, was geschehen war, hatte er sich auf die Eingangsstufe der Hintertür gesetzt und dort gegessen, anstatt sich zu den anderen zu gesellen.

Nun schien er immerhin zu einem Kompromiß bereit: er nahm den angebotenen Kaffee, trank ihn jedoch im Stehen. Als Doc Jameson sich schließlich verabschiedete, blieb Joe zurück.

»Es tut mir leid, daß Ihr Mann gestürzt ist und sich verletzt hat, Mrs. McCallum.«

Lauralee nickte Joe müde zu. »Danke, Joe. Er wollte unbedingt das dumme Schild abhängen . . .«

»Schild?«

»Auf der anderen Straßenseite, am Saloon.«

Joe wechselte das Thema. »Sie haben die jungen Bäume verloren«, stellte er fest.

Lauralee fragte sich, wo er den Tag verbracht hatte; sie war zu müde, sich um Dinge zu kümmern, die keine Bedeutung hatten. Sie schenkte sich eine Tasse Kaffee ein und setzte sich an den Tisch. »Ich weiß, Joe.«

»Sie haben vierzig Hektar Land, Mrs. McCallum, und eine

Menge Wald. Warum verkaufen Sie nicht etwas von dem Holz an Mrs. Burch?«

Die Vorstellung, Adrienne Burch auch nur einen Tannenzapfen zu verkaufen, paßte Lauralee ganz und gar nicht, aber sie mußte zugeben, daß es eine gute Idee war, zumindest nach den Auswirkungen des Sturms. »Mit dem Geld könnte ich das Darlehen abzahlen, das ich für die neuen Bäume aufgenommen hatte«, sagte sie stirnrunzelnd. »Sie sind ohnehin nur noch als Brennholz zu gebrauchen.«

Angesichts seiner gewohnten Zurückhaltung mußte es Joe Little Eagle große Überwindung kosten, was er jetzt sagte. »Ihr Mann ist reich, Mrs. McCallum. Sie würden die Farm so oder so nicht verlieren.«

Lauralee runzelte noch immer die Stirn. »Ich weiß nicht, ob Sie das einsehen, Joe, oder nicht, aber ich muß die Farm aus eigener Kraft halten – wenn überhaupt.«

Joe schwieg einen Moment nachdenklich. »Würden Sie sie verkaufen?«

Lauralee hatte noch nie daran gedacht, ihre Farm aufzugeben, nicht einmal, als sie sich entschieden hatte, Jay nach Washington zu begleiten. Von Alexanders Geburt an hatte sie davon geträumt, ihm eines Tages die Obstbäume, den Wald und die Felder zu hinterlassen. Aber jetzt war Alexander taub, und niemand konnte sagen, ob er eines Tages – selbst wenn er sein Hörvermögen zurückgewinnen sollte – Farmer werden wollte.

»Ich weiß es nicht«, erwiderte Lauralee schlicht.

»Ich habe etwas Geld gespart«, stellte Joe mit ruhiger Würde fest. »Seit ich hier arbeite, habe ich Geld zurückgelegt. Ich könnte das Land bezahlen.«

Natürlich. Diese vierzig Hektar hatten einmal Joe gehört; es war verständlich, daß er sie zurückerwerben wollte. Lauralee schämte sich, weil sie nie bedacht hatte, wie er sich gefühlt haben mußte, als er zuerst für Virgil arbeitete, dann für sie, und dabei Land bearbeitete, das sein Eigentum gewesen wäre, wenn das Schicksal es nicht anders gewollt hätte.

»Ich muß darüber nachdenken, Joe – über den Verkauf,

meine ich. Falls ich beschließe, es zu tun, sind Sie der erste, mit dem ich sprechen werde.«

Joe nickte.

In diesem Augenblick kamen Chance und Kate herein. In Kates Haaren steckten ein paar Strohhalme, ihr Kleid war zerknittert, und Chance schleppte mit verlegenem abgewandtem Blick die beiden Eimer Milch herein, die Lauralee in der Scheune zurückgelassen hatte.

Joe Little Eagle verließ die Küche, als Kate die Milchtrennmaschine zusammenzusetzen begann und vor Chance damit prahlte, eine Expertin in der Butterherstellung geworden zu sein.

Chance, der ihr nicht zu glauben schien, forderte sie auf, ihm ihre Behauptung zu beweisen.

Was Lauralee betraf, so wäre ihr sogar egal gewesen, wenn sie die ganze Milch verschüttet hätte. Nach den Ereignissen des Tages kümmerte es sie einfach nicht, ob die Sahne von der Milch getrennt, die Eier eingesammelt oder die Sahne zu Butter verarbeitet wurde.

Sie ging hinauf, schaute nach Alexander und nach Clarie. Dann, in ihrem eigenen Zimmer, zog sie das Bett ab und legte frische Laken auf. Chance und Kate konnten heute nacht hier schlafen.

Als ob sie schlafen werden! dachte Lauralee mit einem traurigen und auch ein wenig neidischen Lächeln. Es war ziemlich offensichtlich, daß Chance Kate umgestimmt hatte, was ihren
planten Besuch bei Brice und Lucy betraf. Angesichts des
llumschen Charmes überraschte es Lauralee auch nicht.
eine oder andere Art, dachte sie, werden Kate und
hon einigen.
d vergessen in einer Zimmerecke, und
unterzubringen. Morgen, nahm
gründlich waschen, und
efand sich unter seinen
ehen konnte.
ere

In der Küche stand Kate über die Milchmaschine gebeugt und kämpfte mit den Schläuchen. Chance saß am Tisch, die langen Beine auf einem Stuhl, und betrachtete anerkennend Kates wohlgeformten Po unter dem schlichten Kattunkleid.

Lauralee lachte und schüttelte den Kopf. »Ich habe unser Bett für euch bezogen« sagte sie. »Kate, laß die Milch doch stehen. Es ist wirklich nicht nötig ...«

Chance hielt einen Finger an seine Lippen und zwinkerte Lauralee vergnügt zu. Seufzend wandte sie sich ab und ging in das angrenzende Gästezimmer.

Sie zog ihr Nachthemd an, löste ihr Haar und bürstete es, wusch ihr Gesicht und reinigte die Zähne. Dann streckte sie sich behutsam auf dem schmalen Bett neben Jay aus und schlief sofort ein.

15

Das Schild lag auf dem Küchentisch, sein Messingrahmen glänzte und schimmerte im hellen Sonnenschein.

TRUNKENBOLD-SALOON

Sie wußte, daß dies Joes Werk war. Irgendwann während der Nacht mußte er hinübergegangen sein und hatte das Schild für sie geholt. Lauralee lächelte und trat gähnend auf den Hof hinaus. Das Gras war noch feucht unter ihren bloßen Füßen, und die Luft so kühl, daß sie ihren Morgenrock fest über der Brust zusammenzog.

Blauer und weißer Flieder bewegte sich in der sanften Brise; ein Rotkehlchen zirpte. Wieder lächelte Lauralee.

Sie war schon auf dem Weg zurück ins Haus, als Adrienne Burchs Einspänner durch das Tor bog und im Hof hielt.

Wie kam es bloß, daß Adrienne sie immer gerade dann erwischte, wenn sie am wenigsten präsentabel war – mit Moskitosalbe im Gesicht, in Virgils alten Arbeitssachen oder, wie jetzt, auf dem Rückweg vom Toilettenhäuschen!

»Ich habe mich sofort auf den Weg gemacht, als ich es hörte«, rief Adrienne ihr zu, während sie die Zügel geschickt um die

Wagenbremse schlang. Heute trug sie ein zitronengelbes Kleid mit passender Jacke und ein keckes Hütchen in der gleichen Farbe, das mit einem hauchdünnen Schleier versehen war.

»Wie geht es Jenny?« fragte Lauralee, weil sie fest entschlossen war, höflich zu Adrienne zu sein. Joes Idee, ihr Holz zu verkaufen, war gar nicht übel, und sie wollte sich die Chance nicht verderben, indem sie die Sägewerksbesitzerin gegen sich aufbrachte.

Adrienne lächelte. »Sie ist ein Schatz, wischt Staub, hilft im Haushalt und in der Küche. Ich weiß gar nicht, wie wir ohne sie zurechtgekommen sind.«

Lauralee mußte sich zusammennehmen, um nicht die Augen zu verdrehen. »Möchtest du nicht hereinkommen, Adrienne?« fragte sie freundlich und fügte stumm hinzu: Obwohl wir beide wissen, daß es noch viel zu früh ist für einen Besuch und du nur gekommen bist, um viel Getue um meinen kranken Mann zu machen und mich dabei zu ärgern, so gut es geht . . .

»Clarie wird inzwischen Kaffee aufgebrüht haben, und ich hätte etwas Geschäftliches mit dir zu besprechen.«

Adrienne zog eine perfekt gezupfte Augenbraue hoch und nahm ihren Sonnenschirm und ihr Retikül – beides im gleichen Farbton wie ihr Kleid – vom Sitz des Buggys. »Du mußt entschuldigen, daß ich so früh gekommen bin«, sagte sie, als wären sie ihr Leben lang gute Freundinnen gewesen. »Aber ich habe mir solche Sorgen um Jay gemacht, als ich von dem Unfall hörte. Ist es sehr schlimm?«

Jay hatte Lauralee angeknurrt wie ein gereizter Bär, als er an diesem Morgen erwachte; ein gefügiger Patient würde er bestimmt nicht sein. Aber wozu sollte sie das Adrienne erzählen? »Er hat noch sehr starke Schmerzen«, sagte sie nur, als sie Arm in Arm wie Freundinnen aufs Haus zugingen. »Doc Jameson meinte, er wird ein leichtes Hinken zurückbehalten, wenn der Bruch verheilt ist, aber es hätte natürlich noch viel, viel schlimmer kommen können. Weißt du, Jay hätte nämlich fast das Bein verloren.«

Lauralee hätte geschworen, daß es nichts gab, was Adrienne aus der Fassung bringen konnte, aber ihr freundlicher Empfang schien genau das bewirkt zu haben. Ihre schöne Besucherin sah aus, als hätte sie sich am liebsten wieder in ihren schnittigen Buggy gesetzt, um eilends heimzukehren.

In der Küche waren Kate und Clarie damit beschäftigt, das Frühstück zuzubereiten, während Chance sich tapfer bemühte, den Tisch zu decken. Als er seinen lachenden Blick auf Adriennes zitronengelbe Erscheinung richtete, erschien ein interessiertes Funkeln in seinen dunklen Augen. Na ja, dachte Lauralee, es ist eben sehr unwahrscheinlich, daß sich ein Mensch von einem Tag zum anderen ändert. Sie beschloß, es Chance nicht übelzunehmen. Doch falls er Kate betrügen sollte, würde er sie, Lauralee, schon kennenlernen!

»Hast du nach Jay gesehen?« fragte Lauralee ihren Schwager mit einem Lächeln, das eine eindeutige Warnung enthielt. »Mrs. Burch ist nämlich gekommen, um ihn zu besuchen, aber wir möchten natürlich nicht, daß der Arme in einer . . . unangenehmen Situation überrascht wird, nicht wahr, Chance?«

Ihr Schwager grinste. Er hatte die Warnung verstanden, und Lauralee hatte sogar das Gefühl, daß er sie dafür um so mehr schätzte. »Ich kümmere mich darum«, versprach er und verließ die Küche.

Während sie warteten, zupfte Adrienne nervös an ihren zitronengelben Handschuhen. Ihren Sonnenschirm hatte sie nicht aus der Hand gegeben, er steckte unter ihrem linken Arm, während ihr Retikül am rechten baumelte. Clarie bedachte sie mit einem unverhohlen feindseligen Blick, und als sie Eier in die Pfanne schlug, sah es so aus, als hätte sie Adriennes Kopf am liebsten auf die gleiche Art behandelt.

Lauralee sah, daß Kate der Blickaustausch zwischen Mrs. Burch und Chance nicht entgangen war, aber ihre Schwägerin lächelte zuvorkommend und bot Adrienne nicht nur Kaffee, sondern auch ein Frühstück an. Das Essen lehnte sie ab, akzeptierte jedoch den Kaffee und ließ sich dankbar auf einen Stuhl sinken.

Irgendwann fiel ihr Blick auf das Namensschild des Saloons, das jemand auf das Fensterbrett gestellt hatte. »Was für ein alberner Name«, bemerkte sie herablassend.

Lauralee fühlte sich erheblich wohler in Adriennes Gegenwart, wenn sie spitze Bemerkungen machte, als wenn sie so unnatürlich höflich war wie bei ihrer Ankunft. »Ja, komisch, was?« erwiderte Lauralee heiter, entschuldigte sich und ging hinauf.

Als sie wieder hinunterkam, trug sie eins ihrer neuen Kleider, hatte ihr Haar zu einem langen Zopf geflochten und ihr Gesicht geschrubbt, bis die Haut glänzte. Doch alles umsonst, denn Adrienne war nicht in der Küche, um sich beeindrucken zu lassen.

Chance, der neben Kate am Tisch saß, erkannte die Frage in ihren Augen so klar, wie er zuvor die Warnung erraten hatte, und zwinkerte Lauralee vergnügt zu. »Jay war sehr begierig, Mrs. Burch zu sehen«, meinte er.

»Chance!« zischte Kate, und so wie er zusammenzuckte, mußte sie ihn unter dem Tisch getreten haben.

Lauralee holte tief Luft und zwang sich zu einem Lächeln. Dachte Chance vielleicht, sie würde in Jays Zimmer stürmen, um ihren Mann mit Händen und Krallen zu verteidigen? Ärgerlich war nur, daß sie es liebend gern getan hätte. »Wo ist Alexander?« fragte sie.

»Im Wohnzimmer«, murmelte Clarie, die an einem Stück Toastbrot kaute.

Die perfekte Ausrede, sich in Hörweite von Jays Zimmer zu begeben! Lauralee nutzte die Gelegenheit natürlich, doch leider war die Tür zu Jays Zimmer geschlossen. Und im Wohnzimmer beim Ofen saß Alexander auf seinem Töpfchen und war ganz rot im Gesicht vor Anstrengung ...

Lauralee hoffte, daß dieses Bild häuslichen Glücks Adrienne entgangen war, während sie das Wohnzimmer durchquert hatte. Perlendes Lachen drang aus dem kleinen Gästezimmer, und Lauralees Gesicht wurde so rot wie Alexanders. Unter Aufbietung ihrer ganzen Willenskraft zwang sie sich, in die Küche zurückzugehen, sich Kaffee einzuschenken und zu Chance und Kate an den Tisch zu setzen. Sie hoffte nur, daß keiner ihren Mangel an Appetit bemerkte.

Jay war froh, als Adrienne Burch fort war; die grelle Farbe ihres Kleides tat ihm in den Augen weh, und sein gebrochenes Bein pochte, als hätten sich hundert Wespen darin verkrochen.

Als Lauralee hereinkam, ließ das helle Sonnenlicht ihren langen Zopf wie reines Gold aufleuchten, aber sie hielt den Blick abgewandt, und ihre Wangen waren vor Ärger gerötet. »Bist du bereit für dein Frühstück?« erkundigte sie sich schroff.

Sie war eifersüchtig! Jay fragte sich gereizt, warum sie Adrienne Burch überhaupt hereingelassen hatte, wenn die Anwesenheit dieser Frau sie dermaßen belastete. Was hätte er denn tun sollen – aufspringen und davonlaufen.

»Wo zum Teufel ist das Laudanum?« knurrte er.

Lauralee ging zum Fenster und stellte sich auf die Zehenspitzen, um an die Flasche heranzukommen. Jay sah ein Zittern durch ihre Schultern laufen und bereute augenblicklich, so unfreundlich gewesen zu sein.

Sie kam zum Bett, nahm den Löffel, der noch auf dem Nachttisch lag und füllte ihn mit der bitteren dunklen Medizin. »Du darfst das nicht offen auf dem Nachttisch stehen lassen«, sagte sie in abweisendem Ton. »Alexander käme sonst heran . . .«

»Lauralee . . .«

Sie schob den Löffel in seinen offenen Mund, dann noch ein zweites Mal, obwohl Jay das Gesicht verzog. Auch diesen Löffel voll mußte er schlucken, bis er endlich auf die Idee kam, den Mund zu schließen.

»So«, sagte sie, drehte den Schraubverschluß der Flasche zu und brachte sie zum Fenster zurück. Als sie sich streckte und den rechten Arm hob, sah er die sanfte Rundung ihrer festen Brust, und ein heißes Sehnen, sie zu berühren, erfaßte ihn.

»Lauralee.«

Sie drehte sich um und blickte ihn an, als sei er durchsichtig. »Ja?«

»Du bist eifersüchtig.«

Ihre blaugrünen Augen funkelten gereizt. »Hast du mit nacktem Oberkörper dagelegen, als Adrienne hier war?« erkundigte sie sich streng.

Jay lachte. »Nein. Ich habe mir die Decke bis unter die Nase gezogen und Mrs. Burch über meine Fingerknöchel hinweg angesehen.«

Eine sanfte Röte stieg über Lauralees Nacken in ihr Gesicht, und Jay hätte jetzt gern den Rest ihres Körpers gesehen, um festzustellen, ob auch ihre schönen Brüste und ihr flacher Bauch gerötet waren. »Ich werde den ganzen Morgen unterwegs sein«, sagte Lauralee. »Falls du etwas brauchst, mußt du dich an Clarie, Kate oder Chance wenden.«

Der schmerzgepeinigte Ausdruck in Jays Augen verblaßte; er wußte, daß das Laudanum ihm nicht ganz die Qual nehmen, sie jedoch erträglich machen würde. Aber das körperliche Unbehagen, das ihn bis dahin beherrscht hatte, wich jetzt einem anderen unguten Gefühl, das jedoch eher geistiger Natur war, »Was soll das heißen, du wirst den ganzen Morgen unterwegs sein?«

»Ich habe etwas Geschäftliches mit Adrienne zu besprechen. Bei ihr zu Hause.«

»Und worum geht es dabei?« entgegnete er mißtrauisch.

»Nichts, was dich betrifft, Jay.«

»Alle deine Angelegenheiten betreffen mich. Du haßt diese Frau, und ich möchte wissen, welche verdammten Geschäfte dir so wichtig sind, daß du Adrienne in ihrem Haus besuchst!«

Lauralee zuckte die schmalen Schultern. »Wir alle möchten manchmal Dinge wissen, die uns nichts angehen«, erwiderte sie mit schneidender Höflichkeit. »Möchtest du nun frühstücken oder nicht?«

Sie würde es ihm nicht sagen, und er konnte nichts dagegen tun. Jay zerknüllte das Laken in seiner Hand. »Ich will einen Nachttopf«, sagte er.

Ungerührt zog Lauralee einen sauberen unter dem Bett hervor, entfernte den Deckel und reichte Jay die Schüssel. Aber das war ein Aspekt seiner Krankheit, den Jay bisher nicht bedacht hatte, und obwohl er ein erwachsener, welterfahrener Mann war, wurde er verlegen. Und seine Blase war im Begriff zu platzen ...

Lauralee lächelte schadenfroh, weil sie sein Dilemma erkannte, aber dann tat er ihr doch leid, und sie ging hinaus.

Als sie wenig später zurückkam, brachte sie warmes Wasser mit, Seife und einen Waschlappen.

Während sie Jay wusch, gab sie sich die größte Mühe, ihn zu erregen, und ließ ihn dann mitleidlos allein, um den Nachtopf auszuleeren. Als sie den Topf zurückbrachte, stellte sie ihn in Jays Reichweite auf den Nachttisch und ergriff die Schüssel mit dem Seifenwasser und dem Waschlappen.

»Kate bringt dir gleich dein Frühstück«, sagte sie.

Glaubte sie allen Ernstes, so leicht davonzukommen? Jay umfaßte ihr Handgelenk und hielt sie fest. »Lauralee.«

Mit offener Herausforderung im Blick schaute sie ihn an. »Laß mich gehen, Jay. Ich komme sonst zu spät.«

»In meiner Tasche ist ein Buch. Würdest du es mir bitte geben?«

Lauralee wußte, daß er nur Zeit gewinnen wollte; er sah es an der Art, wie sie die Lippen zusammenkniff. Aber sie stellte die Schüssel ab, hob die schwere Reisetasche auf das Bett – Jay zuckte zusammen unter dem Schmerz, der ihn bei der Bewegung der Matratze erfaßte – und suchte darin, bis sie das Buch gefunden hatte.

Ihre Wangen röteten sich, als sie den Titel las. »Du lernst Zeichensprache?«

Seufzend nahm Jay ihr das umfangreiche Buch ab und schlug es auf. »Alexander wird lernen müssen, sich auf diese Weise zu verständigen, wenn er eine Schule besuchen will. Und ich zumindest wäre gern in der Lage, mit ihm zu reden.«

Lauralee trat neugierig näher. Ihre schönen Augen weiteten sich vor Erstaunen über die merkwürdigen Symbole, die in dem Buch dargestellt waren. »Das . . . das ist das Buch, in dem du in Spokane so oft gelesen hast?« Jay nickte und unterdrückte ein triumphierendes Lächeln. »Ich habe es an jenem Tag gekauft, als der Arzt sagte, Alexander würde vielleicht nie wieder hören können«, erwiderte er und tat, als runzelte er vor lauter Konzentration die Stirn.

Lauralee spähte fasziniert über seinen Arm auf die Seite, die er gerade las. Jay schmunzelte, als er aus dem Augenwinkel sah, wie sie mit ihrer kleinen Hand einige der dargestellten Zeichen zu formen versuchte.

Dann zerstörte sie den Augenblick, indem sie mit einem resignierten Seufzer sagte: »Ich muß jetzt gehen, sonst komme ich zu spät.«

Von plötzlichem Zorn erfaßt, schlug Jay das Buch so heftig zu, daß Lauralee erschrocken zusammenfuhr.

»Verdammt, Lauralee, wenn du dir Geld von dieser Frau leihst, lege ich dich übers Knie! Ich habe genug Geld . . .«

Sie strich ihm eine Haarsträhne aus der Stirn. Ihre Lippen zuckten vor unterdrückter Belustigung und Zärtlichkeit. »Ich würde mir nie Geld von Adrienne Burch leihen«, sagte sie. »Ich habe schließlich auch meinen Stolz.«

»Warum besuchst du sie dann?«

»Ich will nur sehen, wie es Jenny geht«, sagte Lauralee.

Das war nur die halbe Wahrheit, und Jay wußte es. Aber wie sollte er Lauralee in seiner Lage davon abhalten, zu tun, wie ihr beliebte? »Erzähl es mir, Lauralee. Ich weiß, daß es dir nicht nur um Jenny geht.«

Sie schüttelte den Kopf und war so klug, sich aus seiner Reichweite zu entfernen. Die Waschschüssel, die sie abgesetzt hatte, um ihm das Buch zu geben, mußte eben bleiben, wo sie war. »Ich erzähle dir alles, wenn ich heimkomme.«

»Lauralee!«

Sie ging zur Tür, öffnete sie und trat auf den Korridor hinaus. Jay brüllte noch einmal ihren Namen, aber sie kam nicht zurück. Statt dessen erschien Chance, ein selbstzufriedenes Grinsen im Gesicht und stolz wie ein Gockel, der gerade einen ganzen Hühnerhof begattet hatte.

Klar, warum sollte er auch nicht grinsen, dieser Schuft! *Sein* Bein war ja auch nicht gebrochen. Wahrscheinlich hatte er eine heiße Liebesnacht mit seiner Frau verbracht . . .

»In ein paar Wochen bist du wieder auf den Beinen, Jay«, versicherte Chance, als hätte er Jays Gedankengänge durchschaut. »Bemüh dich, Geduld zu üben, ja?«

Jay runzelte gereizt die Stirn. »Ein ziemlich dummer Ratschlag, wenn man bedenkt, daß er aus deinem Munde kommt!« Chance lachte und lehnte sich mit verschränkten Armen an die Tür. Er trug enge Reithosen, eins dieser albernen geblümten Hemden, die er so liebte, und schlammbespritzte Reitstiefel. »Das Leben steckt voller kleiner Ironien«, meinte er begütigend.

Jay ließ sich auf seine Kissen sinken. »Dad und Mutter haben Spokane vermutlich schon verlassen?«

Chance nickte und wurde ernst. »Sie müßten jetzt schon auf hoher See sein. Sie wollten gerade den Zug nach Seattle besteigen, als Dad endlich sein Schweigen brach und mir verriet, daß Kate bei Lauralee war. Ich glaube, es hat ihm Spaß gemacht, mit anzusehen, wie ich den Verstand verlor!«

»Das ist nichts Neues!« schnappte Jay. »Verrückt warst du schon immer.«

Chance kam zum Bett, nahm die Ledertasche herunter, die Lauralee dort stehengelassen hatte, und setzte sich sehr behutsam, um Jays verletztes Bein nicht zu berühren. »Falls du mich daran erinnern willst, was für ein Narr ich war, dann sollten wir uns einmal ausgiebig unterhalten.«

»Ich kann jetzt nicht nach Washington«, sagte Jay in einem Ton, der bittere Enttäuschung verriet. »Du wirst an meiner Stelle hinfahren müssen.«

Ein kurzes Schweigen, dann räusperte Chance sich umständlich und sagte: »Ich übernehme den Sitz im Senat, Jay – aber nur, bis du wieder auf den Beinen bist.«

Jay war überrascht. Er hätte gedacht, daß Chance die Gelegenheit, Senator zu werden, mit Begeisterung ergreifen würde.

Chance grinste, aber es lag etwas Trauriges darin. »Ich sehe, daß meine noble Großmut dir die Sprache verschlagen hat.«

»Ich hätte nie gedacht, daß du bereit wärst, einen Senatssitz aufzugeben, wenn du ihn erst einmal hättest.«

Chance' Blick glitt zum Fenster und dem weiten Land, das sich davor erstreckte. »Ich brauche etwas, womit ich mich in den nächsten Monaten beschäftigen kann. Kate wird mich verlassen.«

»Was? Aber Lauralee sagte . . .«

»Daß Kate und ich gestern nacht zusammen geschlafen haben?« Chance richtete den Blick wieder auf Jay. Eine unsagbare Trauer stand in seinen Augen. »So war es auch. Aber meine liebe Frau ist nicht bereit, unter dem gleichen Dach mit mir zu leben. Zumindest nicht auf Dauer – oder bis ich ihr gewisse Versprechungen gemacht und ihr bewiesen habe, daß ich sie auch halten kann.«

»Das tut mir aufrichtig leid, Chance.«

»Warum sagst du nicht, was du wirklich denkst? Daß ich nichts anderes verdiene, daß du mich gewarnt hast ...«

Jay seufzte schwer. »Bist du imstande, zu tun, was Kate von dir verlangt, Chance?«

Sein Bruder zuckte die Schultern. »Ich weiß es nicht. Aber ich werde es schon bald genug herausfinden.« Ein kurzes, nachdenkliches Schweigen. »Auf jeden Fall kann ich den Senatssitz für einige Zeit übernehmen, Jay. Du brauchst auch keine Angst zu haben, daß ich unsere Demokratie untergraben werde.«

Jay lachte. »Versprich mir nur eins.«

»Was?«

»Daß du dir ein paar vernünftige Hemden kaufst!«

Chance warf den Kopf in den Nacken und lachte schallend.

16

Lucy war krank. Lucy! Vor Angst und Bestürzung beherrscht, schritt Brice McCallum unruhig vor dem ehelichen Schlafzimmer auf und ab. Wie konnte Lucy krank sein? Sie war immer so stark gewesen, so tapfer – so voller Heiterkeit und mutwilligem Gelächter!

Die Tür öffnete sich im gleichen Augenblick, als Brice sich aus lauter Verzweiflung dagegenwerfen und sie aufbrechen wollte. Der Arzt, den er aus Spokane hatte rufen lassen, kam heraus, die Tasche in der Hand und einen düsteren Ausdruck im Gesicht.

Brice war versucht, sich an ihm vorbeizudrängen, um nach Lucy zu sehen, aber der Arzt hielt ihn zurück: »Sie ruht, Mr. McCallum. Sie dürfen sie jetzt nicht stören.«

Brice war siebenunddreißig Jahre alt, stark wie ein Bulle und gewöhnt, Befehle auszuteilen, statt sie entgegenzunehmen. Dies war sein Haus, und es war seine Frau, die in dem Zimmer lag. Er stieß die Hand des Arztes fort.

»Ich will Lucy nur sehen– ich will mich nur überzeugen, daß es ihr gutgeht!«

»Es geht ihr nicht gut«, sagte Dr. Summer ernst. »Ich hatte

Lucy davor gewarnt, es Ihnen zu verschweigen.« Der alte Mann schwieg und schüttelte den Kopf. »Ich hatte sie gewarnt.«

Der Fußboden drohte sich unter Brice zu öffnen und ihn zu verschlingen. »Was sollte sie mir nicht verschweigen?« flüsterte er rauh.

»Mein Gott, Mann, haben Sie keine Augen im Kopf? Die Frau leidet schon seit Wochen furchtbare Schmerzen und muß in dieser Zeit mindestens zwanzig Pfund abgenommen haben!«

Brice hatte den Gewichtsverlust bemerkt, und es stimmte, daß Lucy oft sehr niedergeschlagen gewesen war, aber sie hatte sich höchstens einmal über Kopfschmerzen beklagt. Das Schuldbewußtsein, das Brice erfaßte, war so überwältigend, daß es ihm die Sprache verschlug.

Der Arzt bedachte ihn mit einem mitleidigen Blick. »Kommen Sie, Mr. McCallum«, sagte er sanft. »Bitte. Ich muß mit Ihnen reden.«

Brice warf einen gequälten Blick auf die Tür zu Lucys Zimmer. Ein einziger Blick auf seine Frau würde ihm Kraft verleihen, alles zu ertragen – er wollte sie wenigstens einmal sehen. Leise öffnete er die Tür, mußte sich dann jedoch mit beiden Händen an ihr festhalten, um nicht zum Bett zu stürzen, um Lucy aufzufordern, diesen Unsinn zu lassen und aufzustehen.

Sie wirkte so klein, so schwach; ihre Hände, die auf der Bettdecke ruhten, waren ganz blaß. War das seine starke, robuste Lucy? Seine Lucy, die sich stets darüber beklagte, so groß wie ein Mann zu sein? Brice spürte heiße Tränen in sich aufsteigen. »O Gott«, murmelte er. »O mein Gott!«

Die Stimme des Doktors war noch immer leise, aber sie klang jetzt strenger. »Brice, bitte. Begleiten Sie mich nach unten.«

Unter Aufbietung seiner ganzen Kraft wandte Brice sich ab und folgte dem Arzt ins Wohnzimmer. Er brauchte einen Drink, und er verursachte unnötigen Lärm, als er den Schrank öffnete, zwei Gläser herausnahm und eine Flasche entkorkte.

Dr. Summer ließ sich mit einem müden Seufzer in einen Sessel sinken. »Ich weiß, daß es Ihnen jetzt nicht viel bedeuten wird, McCallum – aber es tut mir sehr leid.«

Seine Worte rissen Brice aus seiner Geistesabwesenheit. Leid? Es tat dem Doktor leid? »Was zum Teufel soll das heißen, es tut Ihnen leid? Das klingt ja, als sie sie tot!«

»Sie wird sterben, McCallum. Und wenn der Herrgott ein Einsehen mit ihr hat, wird es schon bald sein.«

Beide Gläser glitten Brice aus der Hand und zerschellten auf dem schönen bunten Teppich, den Lucy eigenhändig gewoben hatte. *»Was?!«*

»Es tut mir leid, Mr. McCallum, ihre Frau hat Krebs. Schon ziemlich lange, vermute ich. Ihr Dahinscheiden wird ein Segen . . .«

»Ein Segen?« brüllte Brice unbeherrscht, packte den Arzt an den Rockaufschlägen, riß ihn aus dem Sessel und schüttelte ihn wie eine Strohpuppe. Er hörte Janet, das Hausmädchen, aufschreien – sie mußte hereingekommen sein, um die Scherben zu entfernen – und dann hielt jemand Brice' Arme fest und zwang ihn, den Arzt loszulassen.

Irgendwie gelang es Brice, seine Haltung wiederzufinden. Er schickte das Mädchen und den Feldarbeiter, den sie mit ihrem Schrei herbeigerufen hatte, aus dem Zimmer.

»Können Sie denn gar nichts tun, um meine Frau zu retten?« fragte er, als er und der alte Arzt, der nach seinem Ausbruch sehr verängstigt wirkte, wieder allein waren.

»Nein, Mr. McCallum«, erwiderte Dr. Summer traurig. »Ich kann ihr nur Laudanum geben, um ihre Schmerzen zu lindern, und darum beten, daß der Herrgott sie bald von ihren Qualen erlöst.«

Brice ging zum Getränkeschrank, schenkte sich einen doppelten Whiskey ein, den er in einem Zug herabstürzte, und dann noch einen. Die Wärme des Alkohols breitete sich in seinem Inneren aus; er hätte nicht sagen können, ob er ihn schwächte oder stärkte, aber wenigstens milderte er den Schock, der seine Seele erschütterte.

Der Arzt ließ Brice ein halbes Dutzend Flaschen mit einer braunen Flüssigkeit da und schrieb ein Rezept für weitere aus. Und dann, ohne noch etwas zu sagen, ging er hinaus und stieg in seinen Wagen.

Brice stand am Fenster, seinen Drink in der Hand – verdammte kleine Gläser, jetzt brauchte er die ganze Flasche! – und starrte der Staubwolke nach, die der Buggy des Arztes aufwirbelte. Der Weizen, der draußen auf den Feldern wuchs, bewegte sich im Wind. All das war Brice plötzlich zutiefst verhaßt; genauso verhaßt wie alles, was ihn umgab. Wie die ganze Welt.

»Kann ich etwas für Sie tun, Mr. McCallum?« fragte Janet, die unbemerkt wieder hereingekommen war, schüchtern.

Also wußte sie Bescheid. Selbst sie wußte, daß Lucy sterben mußte. Brice haßte sie dafür, gewußt zu haben, was ihm verborgen geblieben war. »Laß mich in Frieden!« knurrte er.

»Ich könnte Ihre Familie benachrichtigen, Mr. McCallum . . .«

»Ich sagte, raus!«

Brice trank bis mittags, als das verflixte Mädchen zurückkam und ihm einen Teller Eintopf und frischgebackenes Brot brachte. Er schleuderte ihr die Brotscheiben an den Kopf, und als sie weinend die Flucht ergriff, warf er ihr auch den Teller mit der Suppe nach.

Dann ließ er sich in einen Sessel fallen und schlug beide Hände vors Gesicht. »Lucy«, flüsterte er. »Lucy.«

Er sah aus wie ein Geist, Lucys Mann, als er in der Tür ihres gemeinsamen Schlafzimmers erschien. Seine Gesichtszüge waren elend und vom Leid gezeichnet, seine Augen stark gerötet.

Der Schmerz war so stark, daß es eine fast übermenschliche Anstrengung bedeutete, die Hand zu heben, aber Lucy McCallum schaffte es.

Brice stolperte zu ihr, sank neben dem Bett auf die Knie und barg sein Gesicht an ihrer Brust. Seine breiten Schultern zuckten, als er weinte, und sein Schluchzen kam so tief aus dem Innersten seiner Seele, daß es Lucy fast das Herz zerriß.

»Mary wird kommen«, sagte sie, weil das alles war, was sie ihm außer ihrer Liebe noch anbieten konnte.

»Ich will Mary nicht!« schluchzte er.

Tränen strömten über Lucys Wangen. Wie sie es haßte, ihn verlassen zu müssen. Und wie sie diese Krankheit haßte, diese hinterhältige, bösartige Krankheit, die sie so plötzlich, so unerwartet befallen hatte! Nur wenige Wochen zuvor war sie noch kräftig genug gewesen, um bei der Aussaat mitzuhelfen. Nun stand der neue Weizen kniehoch, und sie lag im Sterben. »Versprich mir, daß du meine Schwester nicht fortschicken wirst, Brice.«

Er konnte ihr nichts versprechen, er konnte nur weinen. Lucy verstand das, und sie hielt Brice in den Armen und streichelte, vielleicht zum letzten Mal, sein dichtes rauhes Haar.

Das Telegramm lag auf einem Tisch beim Eingang und sah ganz harmlos aus in seinem gelben Umschlag. In der Annahme, es handelte sich um gute Wünsche für die Reise seiner Eltern, und im schmerzhaften Bewußtsein gefangen, daß Kate ihn bald verlassen würde, wo er doch gerade erst erfahren hatte, daß er sie liebte, warf Chance nur einen Blick auf das Telegramm und ging zur Treppe weiter.

Kate, die hinter ihm hereinkam, weil sie mit einer sehr beeindruckten Jenny beschäftigt gewesen war, blieb stehen, um den Umschlag aufzuheben und zu öffnen. Die Art, wie sie entsetzt nach Atem rang, veranlaßte Chance, auf der Treppe stehenzubleiben und sich umzusehen.

»Was ist, Kate?«

Tränen strömten über ihre Wangen, ihre Hände zitterten wie Espenlaub. »O nein, lieber Gott, nein!« rief sie. »O nein, bitte nicht!«

Jenny French war zurückgewichen und sah aus, als hielte sie sich bereit, jeden Augenblick die Flucht zu ergreifen.

Chance rannte die Treppe hinunter und riß Kate das Telegramm aus der Hand. Die Worte, die ihm von dem Papier entgegensprangen, trafen ihn mit der Wucht eines doppelten Hammerschlags.

Lucy war tot.

Kate weinte, schluchzte und heulte in ihrer Trauer. Chance streckte einen Arm aus und zog sie an sich. Aber auch er nahm sie nur verschwommen wahr, auch seine Augen waren von bitteren Tränen verschleiert.

»Was sollen wir jetzt tun?« schluchzte Kate an seiner Schulter. »Wie sollen wir ohne unsere Lucy auskommen?«

Was wird Brice tun ohne Lucy? dachte Chance betroffen. Was sollte er seinem ältesten Bruder sagen? Wie konnte er ihm helfen?

Chance seufzte, das Telegramm glitt zu Boden, er zog Kate an seine Brust. Er hatte sich die Verantwortung eines Mannes gewünscht, und nun mußte er sehen, wie er damit zurechtkam. Der Senator befand sich bereits auf See, Jay lag hundert Meilen entfernt mit einem gebrochenen Bein im Bett. Chance legte seine Hand unter Kates Kinn und zwang sie sanft, ihn anzusehen.

»Sag der Haushälterin, daß sie unsere Sachen packen und nach Washington schicken soll«, befahl er heiser und ohne sich seiner Tränen zu schämen.

»Aber . . .«

»Wir besuchen Brice, bevor wir fahren, Kate. Tu jetzt, was ich dir sage.« Als sie ihm einen verwirrten Blick zuwarf und auf den hinteren Teil des Hauses zuzugehen begann, ergriff Chance ihre Hand und hielt Kate zurück. »Ich liebe dich«, sagte er.

Sie schlang ihm die Arme um den Hals und drückte ihr Gesicht an seine Brust.

Es wurde schon dunkel, als sie Brice' Farm erreichten, aber kein Licht brannte in den Fenstern und hieß sie willkommen. Die Tatsache, daß Lucy nicht hinauseilte, um sie zu empfangen, wie es ihre Gewohnheit gewesen war, ließ Chance' Kehle vor Trauer ganz eng werden.

Er zog die Zügel des Buggys, den er nach ihrer Ankunft auf dem Bahnhof gemietet hatte, und fragte sich schaudernd, wie er Brice jetzt helfen sollte. Lieber Gott, was konnte er in einer solchen Lage schon für seinen Bruder tun? Es lagen nicht nur vier Jahre Altersunterschied zwischen ihnen, sondern auch noch eine ganze Menge anderer Differenzen.

Zwei barfüßige kleine Jungen kamen aus der Scheune, und einer von ihnen nahm Chance, nachdem er Kate vom Wagen gehoben hatte, schweigend die Zügel aus der Hand.

Der andere Junge blieb vor ihnen stehen, trat unruhig von einem Fuß auf den anderen und sagte schüchtern: »Dem großen Mister geht's nicht gut.«

Großer Mister. Unter anderen Umständen hätte Chance vielleicht gelächelt. Der Name paßte zu Brice. »Wo ist mein Bruder?« fragte er, während er seinen Arm um Kates Taille schlang.

»In der Scheune, Mr. McCallum, er hat drinnen im Haus furchtbar gewütet, und jetzt kommt anscheinend die Scheune dran ...«

Chance forderte Kate auf, mit Jenny ins Haus zu gehen. Schon als er sich der Scheune näherte, vernahm er die rauhen Schluchzer seines Bruders und das laute Krachen, das seine Zerstörungswut begleitete.

In der Tür blieb Chance stehen und wartete, bis seine Augen sich an das schwache Licht im Inneren der Scheune gewöhnt hatten. Bullenstark in seinem Schmerz, legte Brice gerade beide Hände unter einen einsitzigen Wagen, hob ihn an und stieß ihn mit einem kehligen Aufschrei um.

17

Lauralee schlich sich leise in das kleine Zimmer und stellte das Saloonschild auf den Sekretär, damit Jay es beim Erwachen sah. Vielleicht würde das seine schlechte Stimmung bessern; alle anderen Versuche, ihn aufzuheitern, waren fehlgeschlagen.

Sie seufzte, als sie hinausging und die Tür hinter sich schloß. Das Haus erschien ihr viel zu groß und still ohne Chance und Kate, und fast kam Lauralee sich ein bißchen unnütz vor. Eine ganze Woche war seit Jays Unfall vergangen und fast genauso viel Zeit seit ihrem Gespräch mit Adrienne.

Mrs. Burch hatte zugestimmt, die Rechte für die Holznutzung auf Lauralees Farm zu kaufen, zu einem Preis, den der Bankier für gerechtfertigt erklärte. Die entsprechenden Dokumente wurden von Adriennes Anwälten in Spokane ausgestellt, und sobald sie unterzeichnet waren, würden Holzfäller erscheinen und die großen Kiefern und Tannen fällen.

Im Moment hatte es wenig Sinn, im Obstgarten zu arbeiten; nur die älteren Bäume standen noch, und um sie kümmerte sich Joe Little Eagle. Die kleineren Bäume, die Lauralee als ihre eigenen angesehen hatte, waren alle im Hagelsturm zerstört worden.

Sie ließ einen Finger über die Akkordeontasten gleiten; der

klagende Ton, den sie erzeugten, ließ ihr ihre Einsamkeit noch unerträglicher erscheinen. Alexander und Jay schliefen, Clarie trieb sich irgendwo draußen herum, und Jenny war mit Kate und Chance zu Brice McCallums Farm gefahren.

Lauralee überlegte, ob sie einen ihrer beiden Männer wecken sollte, der Gesellschaft halber, aber dann konnte sie sich doch nicht dazu überwinden. Jay und Alexander brauchten Ruhe.

Sehnsüchtig schaute sie auf die geschlossene Tür zum Nebenzimmer. Jay litt noch immer sehr unter seiner Behinderung, und seine Enttäuschung darüber, daß Chance an seiner Stelle nach Washington reisen und seines Vaters Sitz im Senat übernehmen mußte, war grenzenlos. Außerdem war er wütend auf Lauralee, weil sie Adrienne die Rechte an der Holznutzung auf ihrem Land verkauft hatte. Dabei ging es ihm weniger um die Anzahl der Bäume, die geschlagen würden – Lauralee hatte mit Adrienne vereinbart, daß für jeden gefällten Baum ein Schößling gepflanzt werden mußte – sondern vielmehr um die Tatsache, daß Lauralee nicht zu ihrem eigenen Mann gekommen war, um ihn um das Geld zu bitten.

Sie hatte versucht, ihm zu erklären, wie wichtig es für sie war, ihr altes Leben abzuschließen, indem sie den Kredit abzahlte, den sie für die vernichteten jungen Bäume aufgenommen hatte, um dann unbelastet ein neues beginnen zu können. Aber das wollte Jay einfach nicht begreifen. Manchmal war Lauralee auch nicht sicher, daß sie es selbst verstand, aber etwas in ihr verlangte, daß sie ihren persönlichen Verpflichtungen nachkam. Das Rattern von Wagenrädern veranlaßte sie, aufzuspringen und ans Fenster zu treten. Im Augenblick hätte sie sich sogar über einen Besuch von Adrienne Burch gefreut, so rastlos und gelangweilt war sie heute, aber das klapprige Gefährt, das vor dem Tor hielt, gehörte Mr. Neggers, dem Hausierer. Die Töpfe und Kessel, die er feilbot, schlugen klirrend gegen die Seitenwände des schwarzgestrichenen Wagens, der einst, wie Mr. Neggers gern erzählte, einem Bestattungsunternehmer gehört hatte.

Lauralee war sehr erfreut, als sie den fahrenden Händler sah, und lief hinaus, um ihn zu begrüßen.

Mr. Neggers, ein unscheinbarer Mann mit einem schmalen, verwitterten Gesicht und klugen blauen Augen, grinste Lauralee an und tippte sich grüßend an den Hut. »Ich hörte, daß Sie wieder geheiratet haben«, sagte er, während er das Pferdegespann zum Halten bracht. »Wurde auch höchste Zeit.«

Lauralee lachte. Sie war immer froh, Mr. Neggers zu sehen; er verstand lustige Geschichten zu erzählen und war ein guter Schachspieler. Auch das Sammelsurium an Waren, das er in seinem Wagen mitschleppte, war faszinierend, angefangen von einfachem Kattun, den er verkaufte, bis hin zu chinesischen Fingerpuzzles und Notenblättern mit den neuesten Stücken, die in den vornehmen Salons der Städte gespielt wurden.

»Höchste Zeit, sagen Sie? Ich wäre gern Ihre Frau geworden, Mr. Neggers, aber Sie haben mir ja leider nie einen Antrag gemacht!« entgegnete sie lachend.

Der Hausierer strahlte und schob seinen Hut von dem fast kahlen Schädel tief in den Nacken. »Lange Arbeitstage, wenig Verdienst, das ist mein Leben.« Plötzlich verblaßte sein Lächeln. »Ihr Mann hat doch hoffentlich nichts dagegen, daß Sie Zimmer vermieten? Manche Männer sind in dieser Beziehung nämlich ziemlich eigenartig.«

Lauralee tätschelte einem seiner alten Pferde den dürren Hals. Die armen Tiere waren müde, sie brauchten Wasser, Futter und einen trockenen Stall. »Sie bekommen das beste Zimmer im Haus, Mr. Neggers, und um meinen Mann brauchen Sie sich nicht zu sorgen. Er liegt mit einem gebrochenen Bein im Bett.«

Mit einem dankbaren Seufzen stieg Mr. Neggers von seinem Wagen und begann die Pferde auszuspannen. Den Wagen würde er, bis er weiterzog, wie immer neben dem Haus abstellen. »Gut«, scherzte er. »Dann brauche ich keine Angst zu haben, daß Ihr Mann mich durchs Haus scheucht, wenn ich mal ein bißchen Blödsinn mache.«

Lauralee lachte und schüttelte den Kopf, bevor sie wieder hineinging. Der fahrende Händler scherzte für sein Leben gern, aber er war trotz seiner ungeschliffenen Manieren ein echter Gentleman.

Sie hatte Kaffee aufgebrüht und ein Stück Kirschkuchen aufgeschnitten, als Mr. Neggers aus der Scheune kam. Er blieb draußen vor der Tür stehen und wusch sich mit dem Wasser aus der Regentonne Hände und Gesicht. Dann schlug er seinen alten Hut gegen sein Bein, bis der Staub in alle Richtungen flog.

»Fast hätte ich es vergessen«, sagte er, als er sich zu Kaffee und Kuchen an den Tisch setzte. »Cy Wallerman hat mir das hier gegeben, als ich durch die Stadt kam . . .« Mr. Neggers griff in seine Westentasche und zog einen gelben Umschlag hervor, der Jays Namen trug, und einen Brief, der an Clarie gerichtet war.

Claries Brief war dick, und die Adresse ganz eindeutig von einer Frau geschrieben. Ein sechster Sinn sagte Lauralee, daß der Moment, den das Mädchen so heiß ersehnt hatte, nun endlich gekommen war. Seufzend legte sie den Brief beiseite, damit Clarie ihn persönlich öffnen konnte, und betrachtete stirnrunzelnd den anderen, gelben Umschlag, der an Jay adressiert war.

Das Wissen, daß Clarie jetzt wahrscheinlich fortgehen würde, erfüllte sie mit Melancholie, aber das Telegramm löste starke Besorgnis in ihr aus.

Sie versuchte jedoch, das Unbehagen, das sie erfaßte, der Tatsache zuzuschreiben, daß sie die ganze Woche nur im Haus verbracht hatte. »Hat Mr. Wallerman gesagt, worum es sich handelt?« fragte sie und wünschte, mutig genug zu sein, um den Umschlag zu öffnen.

Mr. Neggers schüttelte den Kopf. »Wir sind nicht gerade gute Freunde, Mr. Wallerman und ich«, entgegnete er schmunzelnd. »Es paßt ihm nicht, daß ich Waren verkaufe, die in seinem Laden für den doppelten Preis zu haben sind. Und seit er auch noch das Telegrafenamt und die Post übernommen hat und ein Telefon installieren ließ, hält er sich sowieso für etwas Besseres.«

Lauralee betrachtete noch einmal den Umschlag, bevor sie ihn seufzend in die Tasche steckte. Sobald Jay erwachte, würde sie ihm das Telegramm übergeben, und vielleicht sagte er ihr dann, worum es ging. Falls er es nicht tat, war es sein gutes

Recht, denn Briefe und Telegramme waren persönlicher Natur, wie sehr sie auch die Neugier anderer reizen mochten.

Nach zwei Stück Kuchen und drei Tassen Kaffee ging Mr. Neggers zu seinem Wagen, um die Sachen hereinzubringen, die er Lauralee zeigen wollte. Es waren Bücher, darunter eins von Charles Dickens, buntes Häckelgarn, Spielzeuge, die Alexander begeistern würden, und eine Auswahl an Haarbändern, die Claries Augen aufleuchten lassen würden. Lauralee richtete ihren Blick auf den Brief, der an ihre Stieftochter gerichtet war, und seufzte. Es ging alles so schnell. Wie rasch das Leben sich veränderte.

Normalerweise konnte Lauralee sich keine Einkäufe bei Mr. Neggers leisten, ließ sich höchstens einmal Kost und Logis für ihn und für die Pferde in Waren erstatten. Doch nun würde sie dank ihrer geschäftlichen Vereinbarung mit Adrienne bald das Geld haben, um die Hypothek abzuzahlen, plus einer anständigen Summe, die sie für Alexander zurücklegen wollte. Also war es vielleicht gar nicht so unvernünftig, mal ein paar Pennies auszugeben.

Sie suchte ein Spielzeugpferd für Alexander und einige bunte Haarbänder für Clarie, die ihr Abschiedsgeschenk sein sollten, falls der Brief wirklich das enthielt, was sie vermutete. Aber während sie noch mit dem Aussuchen beschäftigt war, hörte sie Jay brüllen: »Lauralee!«

Mit einem verlegenen Blick auf Mr. Neggers ging Lauralee ins Nebenzimmer. Jay hatte sich im Bett aufgerichtet, sein Gesicht war grau vor Schmerz. »Wer ist da draußen?« fragte er.

Seine Frau ging zum Fenster, holte die Flasche Laudanum und gab ihm die gewohnte Dosis von zwei Löffeln, bevor sie antwortete. »Das ist Mr. Neggers, der Hausierer. Er wohnt bei mir, wenn er in der Gegend ist.«

Stirnrunzelnd griff Jay in das Kästchen mit den Zigarren, das neben seinem Bett stand. »Schick ihn zu mir herein!« Dann verstummte er und grinste beschämt. »Bitte.«

Lauralee lächelte. So gereizt Jay auch sein mochte, sie freute sich, daß er wach war. »Vielleicht hat er Krücken zu verkaufen. Ich habe nicht daran gedacht, ihn danach zu fragen.«

»Mein Gott, es wäre phantastisch, das Bett verlassen zu können, selbst wenn ich auf zwei Krücken durchs Haus humpeln müßte!«

Lauralee küßte Jay auf die Stirn. »Ich frage ihn. Und falls Mr. Neggers keine Krücken haben sollte, finde ich vielleicht ein Paar bei Mr. Wallerman. Oder Joe könnte dir auch welche anfertigen.«

Die Erwähnung des Warenhausbesitzers erinnerte Lauralee an das Telegramm in ihrer Tasche. Sie nahm es heraus und reichte es Jay, bevor sie hinausging.

Als sie zurückkehrte, war Jay noch blasser als zuvor, knüllte das gelbe Telegramm in der Hand zusammen und starrte blicklos auf das Schild mit der Aufschrift ›TRUNKENBOLD SALOON‹.

»Was ist? Was hast du?« flüsterte Lauralee erschrocken.

Ohne sie anzusehen, reichte er ihr das Blatt. Lauralee strich es glatt und las fassungslos die kurze Nachricht, die Chance telegrafiert hatte.

›*Lucy ist tot. Brice tobt vor Schmerz. Ich habe es versucht, aber er ist nicht zu trösten. Wenn das Telegramm eintrifft, sind wir auf dem Weg nach Osten. Kate ist bei mir. Tut mir leid, daß Ihr es auf diese Weise erfahren mußtet. Chance.*‹

Lauralee hatte Lucy nie gekannt, jedoch von Kate, die ihre Schwägerin vergöttert hatte, sehr viel über sie erfahren. Und deshalb litt Lauralee mit Brice und ihrem Mann, der ausgerechnet jetzt, wo sein Bruder ihn am meisten brauchte, nichts für ihn tun konnte.

»Ich wußte es«, flüsterte Jay. »Ich habe es geahnt!«

»Wenn du mir sagst, was ich schreiben soll, fahre ich sofort in die Stadt und übermittle Brice unser Beileid . . .«

»Beileid!« stieß Jay hervor. »Zum Teufel mit unserem Beileid! Ich fahre natürlich sofort zu ihm!«

Lauralee nahm seine Hand und versuchte, ganz ruhig und sachlich zu bleiben. »Wie stellst du dir das vor, Jay? Du kannst dich ja nicht einmal durchs Haus bewegen.«

Jay entriß ihr seine Hand und schaute Lauralee an, als sei sie eine Fremde. Eine böse, gnadenlose Fremde. »Ich schaffe es schon, und wenn ich hinkriechen muß!« brüllte er. »Bring mir etwas zum Anziehen!«

»Nein, das werde ich nicht. Wenn du jetzt versuchst, auf diesem Bein zu stehen, wirst du für den Rest deines Lebens ein Krüppel sein.«

Er schlug die Decken zurück und rutschte zur Bettkante, was Lauralee in heftigste Panik versetzte.

»Na schön!« rief sie begütigend. »Aber laß mich dir wenigstens zuerst Krücken besorgen!«

Wie es das Pech so wollte, verkaufte Mr. Neggers keine Krücken, wußte jedoch, wie man sie anfertigte, und nahm unverzüglich Maß dafür.

Lauralee rannte in den Obstgarten und forderte Joe auf, die Arbeit dort liegenzulassen und sofort mit der Herstellung der Krücken zu beginnen. Kurz darauf war er im Holzschuppen und sägte die Bretter zurecht, die er auf Jays Baustelle gefunden hatte.

Alexander war inzwischen wach, aber Clarie war von ihrem Spaziergang zurückgekommen und kümmerte sich um ihren kleinen Bruder.

»Da ist ein Brief für dich«, sagte Lauralee heiser. Ihre Kehle war wie zugeschnürt vor Emotion.

Es war rührend anzusehen, wie Claries Augen aufleuchteten. Sie schnappte sich den Brief und ging hinaus, um ihn zu lesen, Alexander wie immer auf ihrer Hüfte.

Gegen Abend waren die Krücken fertig und Jay bereit, sie auszuprobieren.

Mit Mr. Neggers an seiner einen Seite und Joe Little Eagle an der anderen kämpfte Jay sich aus dem Bett und richtete sich mühsam auf. Er fluchte vor Schmerz und wurde leichenblaß, aber es gelang ihm, aufrecht stehenzubleiben. Einige Minuten später schaffte er es sogar, einmal quer durch den Raum zu humpeln. »Pack ein, was wir brauchen«, sagte er zu Lauralee, als er sich, schwitzend von der Anstrengung und dem Schmerz, wieder auf die Bettkante sinken ließ.

»Wir nehmen morgen die Postkutsche nach Colville.«

Die anstrengende Reiseroute war Lauralee inzwischen bekannt. Zuerst die Postkutsche nach Colville, von dort ging es weiter mit dem Zug. Allein der Gedanke daran erfüllte sie mit Verzweiflung. »Glaubst du wirklich, du könntest eine solche Fahrt ertragen, Jay? Hast du vergessen, wie es ist, über viele Meilen hinweg in einer überfüllten Postkutsche zu sitzen? Das ist schon für einen gesunden Menschen anstrengend genug!«

Jays Blick verriet eiserne Entschlossenheit. »Niemand zwingt dich, mitzukommen«, entgegnete er kalt.

Lauralees Herz krampfte sich schmerzhaft zusammen. Sie bemühte sich, daran zu denken, daß Jay einen geliebten Menschen verloren hatte, daß er ganz außer sich vor Sorge um seinen Bruder war und außerdem noch furchtbare körperliche Schmerzen litt. »Wenn du hinfährst, Jay«, entgegnete sie würdevoll, »fahre ich natürlich mit. Aber was machen wir mit Clarie und Alexander?«

Joe und Mr. Neggers halfen Jay, sich wieder hinzulegen, dann gingen sie still hinaus.

»Wir nehmen sie natürlich mit.« Jay schien sich etwas beruhigt zu haben. »Die Dienstboten in Spokane werden sich um sie kümmern, solange wir bei Brice sind.«

Lauralee wußte nicht, was sie darauf erwidern sollte; Jays harte Worte: *Niemand zwingt dich, mitzukommen*, schmerzten sie noch immer. »Es tut mir leid«, brachte sie schließlich mühsam hervor. »Das mit Lucy meine ich.«

Jay nickte, schloß die Augen und überließ sich seiner Trauer, ohne den geringsten Versuch zu machen, sie mit seiner Frau zu teilen.

Wenn Lauralee an diesem Morgen eine Liste erstellt hätte, was alles noch erledigt werden mußte, hätte sicher kein Besuch bei Adrienne Burch darauf gestanden. Und doch klopfte Lauralee kurz vor Abenddämmerung an Adriennes massive Eingangstür.

Adrienne öffnete selbst und gab sich sehr überrascht über

Lauralees unerwarteten Besuch. Aber in Wirklichkeit hatte sie natürlich beobachtet, wie Lauralee vorgefahren war und Mühe gehabt hatte, Jays temperamentvollen Wallach zum Stehen zu bringen. Das Biest hatte Lauralee schon den ganzen Weg geärgert; es war sich wohl zu gut dafür, einen Buggy zu ziehen.

»Lauralee!« rief Adrienne und öffnete einladend die Tür. »Was für eine angenehme Überraschung! Ich wußte gar nicht, daß du einen Wagen lenken kannst.«

Lauralee versagte sich eine scharfe Antwort. Sie durfte nicht vergessen, daß sie als Bittstellerin gekommen war. »Ich wollte dich um einen Gefallen bitten, Adrienne«, sagte sie, bevor sie hocherhobenen Kopfes und mit sehr geradem Rücken von ihrem Buggy stieg und die Zügel auf dem verstaubten Sitz liegenließ. »Aber meine Bitte betrifft nicht mich persönlich, sondern Jay.«

Adriennes Gesichtsausdruck verlor etwas von seiner erzwungenen Heiterkeit, sie nahm Lauralees Arm und führte sie in einen überladenen Salon. Lauralee, die dieses Zimmer erst zum zweiten Mal sah, war wieder einmal verblüfft über die Vielzahl von Porträts des verstorbenen Mr. Burch, die überall standen: auf dem Kaminsims, dem Klavier und den eleganten, intarsienverzierten Tischchen, die neben den brokatbezogenen Sofas standen. Und wieder dachte sie, wie ironisch es doch war, daß Adrienne Virgil – und wer weiß wie viele andere Liebhaber – an dieser dem verstorbenen Hausherrn geweihten Stätte empfangen haben mußte.

»Sag mir, wie ich dir helfen kann.«

Lauralee bemühte sich, Haltung zu bewahren. Sie war so weit gegangen, jetzt gab es kein Zurück mehr. Sie erzählte Adrienne von dem Todesfall in Jays Familie und seinem Entschluß, so schnell wie möglich zu seinem Bruder zu fahren, selbst wenn er dazu eine ganze Tagesreise in einer überfüllten, holprigen Kutsche über sich ergehen lassen mußte.

»Obwohl ich Boote habe?« rief Adrienne im triumphierenden Bewußtsein ihrer Macht. »Das kommt überhaupt nicht in Frage!«

Lauralee seufzte erleichtert, obwohl sie ihre Hände immer

noch verschränkt hielt und ihr Stolz ihr wie ein Klumpen in der Kehle saß. »Danke«, sagte sie.

»Natürlich sind die Boote vollgeladen, wenn sie flußaufwärts fahren. Sie sind vollgestopft mit Holzstämmen. Ich fürchte, für zusätzliche Passagiere außer Jay wird sich kein Platz mehr finden lassen.«

Lauralee verzichtete darauf, Adrienne an ihre letzte Reise auf einem dieser Boote zu erinnern; damals hatten Jay, Brice, Alexander, Adrienne und Lauralee Platz an Bord gefunden. Im Augenblick war ihr nur eins wichtig – daß Jay die lange Fahrt in der Postkutsche erspart wurde, die ihm schreckliche Schmerzen bereiten und ihn zu Tode erschöpfen würde. »Das verstehe ich«, meinte sie daher nur.

»Ich kümmere mich während der Überfahrt selbst um Jay«, versprach Adrienne mit einem Lächeln, aus dem unverhohlener Triumph sprach. »Mach dir keine Sorgen, Lauralee.«

Lauralee schaute Adrienne offen in die Augen. »Ich käme nie auf die Idee, mir Sorgen zu machen«, war alles, was sie zu erwidern wagte. Doch hinter diesen schlichten Worten lauerte ein Abgrund aus mühsam unterdrücktem Zorn und zutiefst verletztem Stolz.

Hinauszugehen und festzustellen, daß Jays Pferd ohne sie aufgebrochen war, trug auch nicht gerade dazu bei, Lauralees Stimmung zu bessern. Adriennes Lippen zuckten vor Belustigung. »Laß mich dich nach Hause fahren«, bat sie, aber ihre äußerlich zur Schau gestellte Wärme sollte nur ihr kaltes, leeres Herz verbergen. »Es ist schon so dunkel . . .«

»Ich laufe lieber, Adrienne. Ich habe dich auch so schon genug belästigt.« Lauralee straffte die schmalen Schultern und ging tapfer die Einfahrt hinab. An ihrem Ende blieb sie stehen und schaute sich über die Schulter nach der Frau um, die ihr Virgil genommen und es jetzt auf Jay abgesehen hatte. »Danke«, rief sie ihr zu.

Es wurde wirklich langsam dunkel, und Lauralee wünschte, wenigstens eine Laterne mitgebracht zu haben. Aber wer hätte schon damit gerechnet, daß dieses dumme Pferd mit dem Buggy durchgehen würde? Trotzdem wäre es besser gewesen, eine Laterne mitzunehmen. Aber Lauralee war so mit den Vorbereitungen für Jays Reise beschäftigt gewesen, daß sie solche Kleinigkeiten einfach nicht bedacht hatte.

Halpern's Ferry lag hinter ihr, noch hinter dem Sägewerk und Adriennes Haus, aber Lauralee fragte sich trotzdem, ob sie nicht in die Stadt zurückgehen und Ellery oder Pete Townsend bitten sollte, sie heimzufahren. Aber dann beschloß sie, es nicht zu tun. Ihr Bruder befand sich vielleicht auf Geschäftsreise, wie es so oft der Fall war, und Pete Townsend . . . Falls er schon aus Oregon zurückgekehrt war, wo er mit dem Spieler sprechen wollte, der angeblich Virgils Mörder war, würde er bestimmt nicht gern eine Frau nach Hause kutschieren, die ihm gestattet hatte, sich Hoffnungen zu machen, um dann einen anderen Mann zu heiraten.

Also trottete Lauralee weiter und bemühte sich, die tiefen Schlaglöcher auf der Straße zu umgehen. Die dünne Sichel des Monds hoch über den dunklen Tannenspitzen gab leider nur sehr wenig Licht.

Einmal stürzte Lauralee und schrammte ihr rechtes Knie auf. Die Tränen, die über ihre Wangen strömten, standen jedoch in keinem angemessenen Verhältnis zu dieser kleinen Verletzung. Warum blieb sie auch nicht einfach hier in Halpern's Ferry und kümmerte sich um ihre Farm, anstatt Jay McCallum quer durch das ganze Land zu folgen! Bisher mochte er Adrienne Burchs Verführungskünsten ja widerstanden haben, aber wie lange würde er das noch schaffen, wenn sie erst einmal auf dem Dampfschiff waren? Adrienne würde Jay auf jede erdenkliche Weise verwöhnen – und welcher Mann war fähig, derartigen Verlockungen auf Dauer zu widerstehen?

Verzweifelt stolperte Lauralee durch die Dunkelheit. Es war nur eine knappe Meile von der Stadt zu ihrer Farm, doch heute nacht kam es ihr so vor, als müßten es mindestens zehn sein.

Endlich erreichte sie ihr Tor und betrat aufatmend den Hof. Mr. Neggers und Clarie saßen am Küchentisch und unterhielten sich, aber beide verstummten, als sie Lauralee erblickten, und starrten sie nur an.

»Ist Alexander schon im Bett?« fragte sie gereizt.

»Er ist bei Jay«, sagte Clarie. »Lauralee, der Brief ist von meiner Mutter . . .«

Mr. Neggers stand auf und verließ die Küche durch den Hinterausgang. Lauralee setzte sich zu Clarie an den Tisch. »Ich weiß«, sagte sie etwas sanfter, denn das frohe Leuchten in den Augen des jungen Mädchens rührte ihr ans Herz.

»Sie hat einen feinen Herrn geheiratet, Lauralee«, berichtete Clarie stolz. »Sie wollen, daß ich nach Denver komme und bei ihnen lebe. Sie haben mir einen Zugfahrschein und Geld geschickt.«

Lauralee schloß für einen Moment die Augen. Sie durfte jetzt nicht an ihre eigenen Gefühle denken, nur an Claries. »Und du möchtest gern zu ihnen.«

»Ja.« Impulsiv schlang Clarie ihre Arme um Lauralees Hals. »O ja!«

»Dann soll es so sein. Wir werden dich natürlich sehr vermissen, Alexander, Mr. McCallum und ich.«

»Ich werde schreiben, so oft ich kann, und euch alles berichten . . .«

Lauralee entzog sich ihr gerade so weit, daß sie Clarie in die Augen sehen konnte, und legte eine Hand an ihre Wange. »Wenn du aus irgendeinem Grund nicht glücklich bist bei deiner Mutter und ihrem Mann, mußt du es mir schreiben, Clarie. Jay und ich werden in Washington sein, aber wenn du uns brauchst . . .«

Eine Träne rollte über Claries strahlendes Gesicht. »Manchmal habe ich geglaubt, Mama würde mich nie wieder zurückhaben wollen. Ach, Lauralee, ich habe gebetet und gebetet, und Gott hat mich erhört, obwohl ich so häßliche Dinge über ihn sagte, als ich erfuhr, daß Alexander nicht mehr hören konnte . . .«

»Psst.« Lauralee berührte die zitternden Lippen des kleinen Mädchens. »Gott hat nicht aufgehört, dich zu lieben, Clarie, als du den Glauben an ihn verloren hast, und ich werde auch nie aufhören, dich zu lieben. Niemals, Clarie. Das darfst du nie vergessen, hörst du?«

Ein schmerzlicher Ausdruck huschte über Claries Gesicht.

»Lauralee ... Was ich über Papa und die anderen Frauen sagte ...«

Lauralee dachte an das Telegramm und den Todesfall in Jays Familie. »Nicht jetzt, Clarie«, sagte sie beschwichtigend.

»Doch, Lauralee, es war ...«

»Nicht jetzt«, wiederholte sie streng, und Clarie verstummte.

Einen Augenblick später jedoch, als Lauralee den Rock hob, um die Schramme an ihrem Knie zu untersuchen und Jays Pferd zu verfluchen – Gott allein wußte, wo es hingerannt sein mochte – brach Clarie ihr Schweigen wieder.

»Lauralee, ich glaube, du hast Probleme.«

Das war nichts Neues. »So?« Ständig ging irgend etwas schief, und angesichts der Ereignisse der letzten Tage stellte sich höchstens die Frage, wie wichtig ein weiteres Problem sein konnte.

»Pete Townsend ist hier. Er ist draußen in der Scheune und spricht mit Joe.«

Erstaunt und auch ein wenig unbehaglich drehte Lauralee sich um. »Und was hat das mit mir zu tun?«

Clarie war sehr blaß und schaute ihre Stiefmutter aus großen, besorgten Augen an. »Dieser Spieler in Oregon hat Pete gesagt, daß er dich in der Nacht, als Papa ermordet wurde, mit ihm streiten sah. Du hast nie erzählt, daß du in jener Nacht im *Mud Bucket* warst, Lauralee. Warum hast du nie etwas davon gesagt?«

Ein Zittern erfaßte Lauralee, sie tastete blindlings nach dem Tisch und sank auf einen Stuhl. »Dieser Spieler kann mich nicht mit Virgil gesehen haben. Ich war den ganzen Abend hier im Haus.«

»Ich verstehe sowieso nicht, wie Pete diesem verlogenen Pokerhai etwas glauben kann«, brummte Mr. Neggers, der gerade hereingekommen war.

Lauralee seufzte müde. Würde sie denn nie auch nur eine Sekunde Frieden finden? In den letzten beiden Jahren hatten sie mehr Schicksalsschläge getroffen als in ihrem gesamten bisherigen Leben. »Clarie, geh bitte hinaus und hole Pete. Sag ihm, daß ich ihn sprechen will.«

Clarie gehorchte, und Lauralee und Mr. Neggers blieben allein zurück.

»Weiß mein Mann etwas davon?« fragte Lauralee und faltete die Hände, um sie am Zittern zu hindern.

»Ich glaube nicht«, erwiderte der Hausierer. »Seit er seine Krücken ausprobiert hat, schläft er.«

»Ich möchte nicht, daß er etwas davon erfährt, Mr. Neggers!« sagte Lauralee beschwörend. »Jay hat gerade einen Todesfall in seiner Familie gehabt, und er ist nicht gesund ... Ich will nicht, daß er sich auch noch um mich sorgt.«

»Eine Frau sollte ihrem Manne wichtiger sein als alles andere«, wandte Mr. Neggers ein.

Lauralee erwiderte nichts. Sie hatte den Lichtschein einer Laterne gesehen, die sich schwankend von der Scheune in Richtung Haus bewegte. Lauralee sprang auf und lief hinaus. Clarie kam an ihr vorbei in die Küche zurück, aber Pete Townsend blieb draußen auf dem Hof.

»Was bezwecken Sie damit, hierherzukommen und meine Familie verrückt zu machen?« fuhr Lauralee den Marshal an. »Sie wissen sehr gut, daß ich Virgil nicht ermordet habe und auch sonst niemanden, ganz gleich, was dieser verrückte Spieler daherredet! Wie konnten Sie nur, Mr. Townsend?«

Peter räusperte sich. »Moment mal, Lauralee, ich habe nichts gesagt, was ...«

»O doch, das haben Sie!« fiel Lauralee ihm empört und zutiefst gekränkt ins Wort. »Clarie sagt, Sie glaubten, ich sei in der Mordnacht zum *Mud Bucket* hinübergegangen und hätte ...«

»Tatsächlich?« warf Pete gelassen ein. »Das ist ja interessant, Lauralee, denn ich habe ihr nur gesagt, daß mein Zeuge einen Streit zwischen Virgil und seiner Frau beobachtet haben will!«

»Ihr Zeuge! Seit wann glaubt man der Aussage eines Mordverdächtigen?«

»Wir wissen noch nicht, ob Will Enright ein Mörder ist, Lauralee. Der Mann kann nicht verurteilt werden, bloß weil er eine Partie Poker gespielt oder nach Virgil den Saloon verlassen hat.

Ich muß ihn sogar laufenlassen, falls wir keine Beweise erbringen können, daß Mr. Enright Ihren Mann ermordet hat.«

»Ich würde gern selbst mit ihm sprechen. Und zwar sofort, noch heute nacht.«

Sogar in der Dunkelheit war Pete Townsends ärgerliches Erröten nicht zu übersehen. »Keine Frau betritt mitten in der Nacht eine Gefängniszelle!«

»Es wird auch keine Frau in eine Zelle gesteckt, außer mir natürlich. Oder haben Sie das schon vergessen?«

Pete fluchte unterdrückt. »Ich werde es nie vergessen!« zischte er. »Aber ins Gefängnis lasse ich Sie trotzdem nicht, und das sollten Sie sich hinter die Ohren schreiben!«

»Das werden wir ja sehen, Pete. Ich habe ein Recht, den Mann zu sehen, der mich beschuldigt!«

»Niemand hat Ihnen etwas vorgeworfen!«

»Nein? Ich will mit Ihrem Zeugen sprechen, Pete, und zwar noch heute! Er behauptet, er hätte Virgil in jener Nacht mit einer Frau gesehen – nun gut, dann will ich wissen, wie sie aussah!« Pete seufzte. »Ich auch, Lauralee, aber Enright sagt, er hätte sie im Dunkeln nicht richtig erkennen können. Er hat nur an ihrer Stimme gehört, daß sie eine Frau war, und das einzige, was er von ihr sehen konnte, war ein Umhang mit einer Kapuze.«

»Und was sagte sie?«

Pete zögerte. »Sie sagte zu Virgel, sie liebte ihn und könne es nicht ertragen mit anzusehen, wie er sich zu Tode trank.«

»Woraus Sie natürlich sofort geschlossen haben, daß ich diese Frau gewesen sein muß!«

»Verdammt, Lauralee, ich habe überhaupt keine Schlußfolgerungen gezogen! Es ist nur so, daß sich so etwas herumspricht, und die Leute . . .«

»Natürlich glauben werden, ich sei zum *Mud Bucket* hinübergegangen, um Virgil zur Vernunft zu bringen, und hätte ihn ermordet, als er nicht auf meine Vorhaltungen einging!«

»Haben Sie es getan?«

»Nein, und ich habe auch keine Ahnung, wer es gewesen sein könnte. Aber ich weiß, wer die Frau war, und das müßten *Sie* eigentlich auch wissen!«

»Adrienne?«

»Adrienne!« bestätigte Lauralee. »Ich weiß Bescheid über ihre Liebesaffäre mit Virgel, Pete – sie war so freundlich, sie mir in allen Einzelheiten zu beschreiben. Und wenn Sie schon mich und Joe Little Eagle verhören, sollten Sie es gefälligst auch bei ihr tun!«

»Das werde ich.«

»Dann beeilen Sie sich lieber. Sie nimmt meinen Mann nämlich morgen auf eine Schiffsreise nach Colville mit, und der liebe Himmel weiß, wann sie zurückkehrt!«

Peter starrte Lauralee betroffen nach, als sie sich abrupt abwandte und ins Haus zurückstürmte.

Alexander schlief und lag dicht an Jay gekuschelt, der wach war und düster vor sich hin brütete. Ohne ein Wort zu Jay zu sagen, hob Lauralee ihren Sohn auf und trug ihn in ihr eigenes Bett. Bei ihrer Rückkehr brachte sie mehrere der Kleider mit, die Kate für sie gekauft hatte, setzte sich mit einem Nähkörbchen in einen Sessel und begann mit den Änderungen.

»Ich wünschte, du hättest Lucy gekannt«, bemerkte Jay nach einem ausgedehnten Schweigen.

Lauralee nähte weiter, obwohl sie tiefes Mitgefühl für ihren Mann empfand. »Kate hat Lucy vergöttert. Sie hielt sie für die wundervollste Frau der Welt«, entgegnete sie sanft. Wenn Jay reden wollte, war sie bereit, ihm zuzuhören.

»Diese Bezeichnung paßt auch auf dich, Mrs. McCallum«, gab Jay zum Erstaunen seiner Frau zur Antwort. »Aber Lucy war wirklich eine wunderbare Frau, die immer lachte und fröhlich war. Wenn einer von uns zu Besuch kam, beschränkte sie sich nicht darauf, ihn im Salon zu erwarten, sondern kam hinausgelaufen, um den Wagen schon am Tor in Empfang zu nehmen. Ich weiß nicht, wie Brice ohne sie leben soll.«

»Er wird sehr leiden, Jay; er wird Lucy beweinen und um sie trauern. Aber er wird weiterleben; er hat gar keine andere Wahl.«

»Doch, die hat er«, antwortete Jay leise. »Und das ist es, was mir solche Sorgen macht.«

Lauralees Hände hielten mitten in der Bewegung inne. »Du

meinst, daß er sich umbringen würde? Brice? Nein – ich glaube nicht, daß er zu dieser Sorte Mensch gehört.«

»Und was glaubst du, wie die Menschen sind, die sich das Leben nehmen?«

Lauralee nahm ihre Näharbeit wieder auf. Der Gedanke, daß jemand Hand an sich legen könnte, aus welchem Grund auch immer, empörte sie. »Feige und schwach«, murmelte sie. »Kein Mensch, der seine Freunde oder seine Familie liebt, würde . . .«

Eine von Jays Krücken fiel krachend auf den Boden. Lauralee zuckte zusammen und starrte Jay verwundert an.

»Du weißt ja nicht, was du das redest, Lauralee!« herrschte Jay sie an. »Es geht hier nicht um Feiglinge oder schwache Menschen – wir reden hier von meinem Bruder! Also behalte gefälligst deine unqualifizierten Ansichten für dich!«

Lauralee kamen die Tränen, sie sprang auf und schleuderte das smaragdgrüne Samtkleid, an dem sie gearbeitet hatte, wütend zu Boden. »Ich weiß, daß du große Schmerzen im Bein hast, Jay McCallum! Und auch im Herzen! Aber ich lasse mir nicht mehr gefallen, daß du alles an mir ausläßt, was dich belastet!«

Daraufhin ging sie hinaus und kehrte nicht eher zurück, bis sie sicher sein konnte, daß Jay eingeschlafen war.

18

Es wurde sehr schnell offensichtlich, daß Jay nur so getan hatte, als schliefe er. Er streckte die Hand aus, legte sie über Lauralees Brust und lachte, als er das Erschauern spürte, das seine Berührung in ihr auslöste.

»Ich dachte, du wärst zu wütend, um heute nacht bei mir zu schlafen«, bemerkte er belustigt.

Lauralees Wangen brannten in der Dunkelheit, und ihre Brustspitzen richteten sich dreist und verlangend unter Jays warmen Händen auf. Eine träge Hitze erfaßte ihre Glieder. »Wo hätte ich denn sonst schlafen sollen?« entgegnete sie spitz. »Mr. Neggers hat mein Zimmer.«

Wieder lachte Jay. Ihr Tonfall konnte ihn nicht irreführen, nicht, wenn die Reaktion ihres Körpers so eindeutig war. Während er ihr Nachthemd hinaufzog, schob er seine Hand zwischen ihre Beine und streichelte die Innenseiten ihrer Schenkel, bis Lauralee sie aufstöhnend für ihn spreizte. »Wo warst du heute abend?«

Obwohl Lauralee noch immer sehr verärgert über Jay war, erschauerte sie, als seine Hand über ihre intimste Körperstelle strich. »Ich habe mich mit meinem Liebhaber getroffen«, erwiderte sie, um Jay zu verletzen und damit er von ihr abließ.

Aber er dachte gar nicht daran, lachte nur und setzte seine entnervend sinnlichen Liebkosungen fort. »Hat dein Liebhaber das auch getan?« erkundigte er sich herausfordernd, fast schroff.

Lauralee krümmte sich unter seiner Hand und war unfähig, ihre lustvollen Seufzer zurückzuhalten. »Ja!« flüsterte sie.

Jay knöpfte ihr Nachthemd auf und entblößte ihre Brüste. Während seine Hände zu ihrer empfindsamsten Stelle zurückkehrten, schlossen seine Lippen sich um eine ihrer Brustspitzen. »Und das?«

Lauralees lustvolle Gefühle waren so überwältigend und so beherrschend, daß sie das Spiel nicht länger aufrechterhalten konnte. »Dein Bein, Jay . . . Du kannst nicht . . .«

Bevor er antwortete, widmete er sich hingebungsvoll ihren Brüsten, und auch seine Hände blieben keinen Augenblick untätig. »Mach dir darüber keine Sorgen«, sagte er schließlich. »Es geht schon. Aber natürlich mußt du die meiste Arbeit tun. O Lauralee, du ahnst ja gar nicht, wie sehr es mich nach dir verlangt . . .«

Lauralees Erregung war so stark, daß sie sich bereits dem Gipfel ihrer Empfindungen näherte, und daher zögerte sie nicht, als Jay sie bat, sich rittlings auf ihn zu setzen. Ein heiserer Schrei entrang sich ihrer Kehle, als er mit einem lustvollen Aufstöhnen in sie eindrang, und zum erstenmal seit dem Unfall fühlte sie sich wieder vollkommen eins mit ihm. Es war eine Vereinigung von solch erschütternder Intensität, daß Jay auf dem Höhepunkt seiner Ekstase die Tränen kamen. Etwas Hartes, Kaltes löste sich in ihm, zum erstenmal legte er seiner Trauer keine Beschränkungen mehr auf und weinte hemmungslos. Um Lucy und Brice.

Lauralee schmiegte sich an ihren Mann, zog ihn fest in ihre Arme und sprach leise und tröstend auf ihn ein. Noch als er längst eingeschlafen war, hielt sie ihn fest in ihren Armen.

Trotz der innigen Vereinigung der Nacht zeigte Jay sich am nächsten Morgen so gereizt und verbiestert wie selten zuvor.

Lauralee holte das Laudanum und flößte ihm zwei Löffel davon ein.

»Mein Gott!« stieß er hustend hervor. »Wie können die Leute bloß süchtig nach diesem Zeug werden?«

Lauralee zuckte mit den Schultern, nahm den Nachttopf, um ihn zu leeren, und ging danach in die Küche, um Wasser für Jays und ihr morgendliches Bad zu erhitzen.

Sie wusch ihn gerade liebevoll, als er wieder fragte, wo sie am Abend zuvor gewesen war. »Und erzähl mir jetzt nicht wieder, du wärst bei deinem Liebhaber gewesen!« knurrte er.

Um Jay vom Thema abzulenken, begann sie ganz bewußt mit dem feuchten Tuch sinnliche Kreise um seine Brustspitzen zu beschreiben. »Natürlich war ich bei ihm«, erwiderte sie lächelnd. »Ich war schließlich bei dir, nicht wahr?«

»Lauralee!«

»Also gut. Ich war bei Adrienne Burch. Bist du jetzt zufrieden?«

»Nein, das bin ich nicht! Ich will wissen, was du dort gemacht hast!« Jay ergriff Lauralees Handgelenk und hielt sie unerbittlich daran fest.

Sie senkte den Blick und schluckte. Ganz offensichtlich war es nicht mehr zu vermeiden, Jay die Wahrheit zu sagen, was nicht ganz einfach war bei seiner schlechten Laune. »Ich habe Adrienne gebeten, dich auf einem ihrer Dampfschiffe nach Colville mitzunehmen, damit du nicht in der Postkutsche zu fahren brauchst.«

Jay ließ ihr Handgelenk los und legte zärtlich beide Hände um ihr Gesicht. Seine Daumen, die streichelnd ihre Mundwinkel berührten, lösten fast so lustvolle Gefühle in ihr aus wie seine Zärtlichkeiten in der Nacht zuvor. »Du bist nach allem, was sie dir angetan hat, zu Adrienne gegangen und hast sie um etwas gebeten? Hast du dich wirklich so vor ihr erniedrigt?«

Jays Ton und sein Blick verrieten weder einen Vorwurf noch eine Anklage, höchstens verwundertes Erstaunen und Bedauern. »Warum bist du bloß so stur, Jay?« sagte Lauralee, und ihre Augen füllten sich mit Tränen. »Was hätte ich denn sonst tun sollen? Du wärst in dieser verflixten Postkutsche nach Colville gefahren, und die Zugfahrt wird schon schlimm genug sein . . .«

Jay bewegte ihr Kinn, um sie zum Schweigen zu bringen. »Ich liebe dich, Lauralee«, sagte er leise. »Ich liebe dich sehr.«

Seine Frau blinzelte verwirrt und starrte ihn an, aber sie war nicht fähig, etwas zu erwidern. Wie lange wartete sie schon auf diese Worte? Und jetzt, wo sie endlich ausgesprochen waren, fiel es ihr schwer, sie zu begreifen . . .

Jay zog Lauralee in die Arme und küßte sie. Dann sagte er in düsterem Ton: »Ich nehme an, daß Adrienne sofort auf deine Bitte einging?«

Lauralee nickte unglücklich. Jay würde sehr böse werden, wenn er Adriennes Bedingungen erfuhr, und obwohl das einerseits recht schön und tröstlich war, konnte es ihr Vorhaben beträchtlich erschweren. »Teilweise«, gestand sie leise.

»Was soll das heißen, teilweise?«

Lauralee schloß die Augen, um Kraft für ihre nächsten Worte zu sammeln. »Sie hat nur Platz für dich.«

Jay stieß ein Wort hervor, das Lauralee in ihrem Leben erst einmal gehört hatte – als sie nämlich in einem Anfall gerechten Zorns Virgils Rumvorrat ins Klosett geschüttet hatte. Da hatte er dieses Wort gebrüllt.

Eine ganze Weile lag Jay nur da, schweigend und ganz blaß vor Zorn, dann sagte er: »Wir nehmen die Postkutsche.«

»Aber Jay, dein Bein . . .«

»Ich pfeife auf mein Bein! Wir fahren mit der Postkutsche, und damit basta!«

Lauralee sprang auf und stürzte aus dem Zimmer. In der Küche bereitete Clarie gerade das Frühstück für Mr. Neggers und Alexander zu, der auf dem Fußboden saß und mit dem Schaukelpferdchen spielte, das Lauralee für ihn gekauft hatte. Der kleine Junge war der einzige Mensch im Raum, der nicht nur so zu tun brauchte, als habe er den Streit im Schlafzimmer nicht mit angehört.

Um Lauralees Beschämung komplett zu machen, fiel ihr erst jetzt auf, daß sie noch ihren Morgenmantel trug, auf nackten Füßen durch die Küche tappte und vergessen hatte, ihr Haar aufzustecken. Errötend – und weil ihr gar nichts anderes übrigblieb – kehrte sie in die Höhle des Löwen zurück.

Ohne Jay eines Blickes zu würdigen, zog Lauralee sich an und flocht ihr Haar zu einem dicken Zopf.

»Schick mir doch bitte diesen Hausierer herein«, bat Jay sie so freundlich, als hätte er sie nie angeschrien. Doch Lauralee schmollte und gab ihm keine Antwort. In der Küche gab sie Jays Bitte jedoch an Mr. Neggers weiter, der sogar sein Frühstück stehenließ, um sofort zu Jay zu gehen.

»Hast du Mr. McCallum von meiner Mutter erzählt?« wollte Clarie wissen, als sie mit Lauralee und Alexander allein war.

»Noch nicht, Clarie. In Jays Familie hat es einen Todesfall gegeben – seine Schwägerin ist gestorben. Im Augenblick hat er nichts anderes im Sinn, als zu seinem Bruder zu fahren.«

»Aber ich muß doch nach Spokane, um den Zug zu nehmen!« wandte Clarie ein, zog den Brief aus ihrer Schürzentasche und schwenkte ihn vor Lauralees Gesicht. »Siehst du? Ich soll schon übermorgen abfahren!«

Lauralee nahm den Umschlag an sich, der einen Zugfahrschein und einen Scheck über eine ansehnliche Geldsumme enthielt. »Du wirst deinen Zug schon nicht versäumen, Clarie«, beruhigte sie das Mädchen, bevor sie zu lesen begann.

Louise Maitlands Handschrift war verschnörkelt und schwer zu lesen, aber die Botschaft,die sie übermitteln sollte, trat mit rührender Klarheit zutage. Sie liebte ihre Tochter, diese Frau, daran bestand kein Zweifel. Sie schrieb über ihre Heirat mit einem Mr. Paul Maitland, einem Bergbauingenieur, und über das weiße Haus, das sie bezogen hatten und in dem bereits ein Zimmer für Clarie eingerichtet worden war.

»Mir ist gar nicht wohl bei dem Gedanken, daß du allein reisen wirst – und gleich so weit«, sagte Lauralee, als sie den Brief gelesen hatte. »Vielleicht könnte dich jemand begleiten. Wie wäre es, wenn Jenny . . .«

»Nein, nicht Jenny!« stieß Clarie hervor, so hitzig, daß Lauralee zusammenzuckte. »Ich will sie nicht in meiner Nähe haben, hörst du?«

Lauralee seufzte. »Also war es Jenny, von der du gestern

abend sprechen wolltest! Clarie, hast du sie mit deinem Vater gesehen?«

Das junge Mädchen nickte beschämt. »Sie brachte ihm immer Wasser, wenn er bei den Obstbäumen war. Und manchmal haben sie sich geküßt, hier in der Küche. Einmal kam ich mitten am Tag herein, weil du mich nach deinem Strohhut geschickt hattest, und da hörte ich ein komisches Geräusch. Ich dachte, jemand täte Jenny weh, deshalb ging ich hinauf, um ihr zu helfen. Da ich hoffte, ihren Angreifer zu überraschen, ging ich sehr leise, Lauralee, und entdeckte sie in deinem Zimmer . . . Auf deinem Bett.«

Lauralee schloß die Augen. »O Gott«, flüsterte sie. »Es tut mir so leid, Clarie.«

»Ich hätte es dir wahrscheinlich nie erzählt«, fuhr Clarie tonlos fort. »Papa drohte, mich halb totzuschlagen, falls ich dir etwas sagte, und ich war sicher, daß er es auch tun würde.« Lauralee nahm Claries Hände und drückte sie beruhigend. Mit Jennys Falschheit würde sie sich später auseinandersetzen, wenn sie sich wiedersahen, und Virgils Betrug, der nur einer von vielen war, schmerzte jetzt kaum noch. »Sie haben mich zum Narren gehalten, aber das soll dich jetzt nicht mehr belasten, Clarie. Es macht mir nichts mehr aus. Ich habe jetzt Jay.«

»Jenny sagte, sie könnte ihn auch haben, wenn sie wollte, genau wie Papa«, flüsterte Clarie.

Jetzt wurde Lauralee doch ärgerlich. Eine zornige Röte stieg ihr in die Wangen. »So, hat sie das gesagt? Dann werden diese junge Dame und ich einiges zu besprechen haben, wenn wir uns wiedersehen!«

Mr. Neggers kam aus Jays Zimmer und lief mit komischer Hast durch die Küche auf den Hof hinaus. Seine Eile brachte Clarie und Lauralee zum Lachen, und der unerfreuliche Moment verging. Kurz darauf kam der Hausierer wieder herein und schleppte zwei riesige Musterkoffer in Jays Zimmer.

»Was mögen die beiden vorhaben?« fragte Lauralee verwundert.

»Keine Ahnung«, antwortete Clarie uninteressiert, stützte ihr Kinn auf beide Hände und begann zu träumen – von Denver, ihrer Mutter, neuen Schulen, hübschen Kleidern und neuen Freunden.

Lauralee überließ sie ihren Träumen und störte sie nicht.

Um zehn Uhr erschien einer von Adriennes Vorarbeitern und brachte Lauralee einen Scheck und einen versiegelten Brief von seiner Arbeitgeberin.

»Wir fangen mit dem Fällen an, Madam«, sagte er. »Am liebsten am Flußufer, falls Sie nichts dagegen haben.«

Lauralee, die den Scheck betrachtete, war in Gedanken ganz woanders. Mit der vereinbarten Summe konnte sie ihre Hypothek ablösen, und selbst dann blieb ihr noch etwas übrig. Sie schaute den grauhaarigen Mann mit geistesabwesenden Blicken an.

»Was ist mit Papas Grab?« erklang Claries Stimme hinter ihr.

Die Frage beschämte Lauralee. Sie hatte überhaupt nicht mehr an die baumbestandene Anhöhe gedacht, auf der sich Virgils Grab befand. Wie hatte sie es vergessen können? »Es ... es befindet sich ein Grab auf meinem Land«, sagte sie. »Auf dem Hügel über dem Fluß.«

»In der Nähe eines Grabs fällen wir keine Bäume« versicherte der Vorarbeiter ihr rasch. »Seien Sie ganz unbesorgt, Madam.«

Lauralee wußte, daß sie ihm glauben konnte, und war erleichtert. »Danke. Ich ... Sie können mit der Arbeit beginnen, wenn Sie wollen.«

Der Holzfäller tippte sich an die Hutkrempe und ging. Lauralee kehrte in die Küche zurück und setzte sich an den Tisch, wo sie Adriennes Brief öffnete, der Dokumente und eine Nachricht für sie enthielt.

›*Liebe Lauralee*‹, hatte Adrienne geschrieben, ›*ich hoffe, daß die Papiere und der Scheck in Ordnung sind. Leider kann ich Jay doch nicht wie geplant nach Colville begleiten, aber er kann natürlich trotzdem mit meinem Dampfboot fahren. Ich wünsche Euch alles Gute. Adrienne.*‹ Die Nachricht stimmte Lauralee nachdenklich, sie fragte sich, was Adrienne davon abhalten mochte, Jay auf seiner Reise zu begleiten. Konnte es etwas mit Pete Townsends Absicht zu tun haben, Adrienne Fragen zu stellen über die Nacht, in der Virgil ermordet worden war? Aber

Pete konnte sie doch unmöglich verdächtigen, jedenfalls nicht aufgrund der Aussage eines vagabundierenden Spielers?

»Lauralee!« Der Schrei aus dem kleinen Schlafzimmer klang nicht unfreundlich, aber sehr ungeduldig.

Im Wohnzimmer begegnete Lauralee Mr. Neggers, der mit einem zufriedenen Lächeln an ihr vorbeiging.

»Ja?« fragte sie, als sie an der Tür zu Jays Zimmer stehenblieb. Er war frisch rasiert, sein dunkles Haar war sauber gebürstet und gekämmt, aber es war sein Lächeln, das Lauralee am meisten erfreute.

»Komm her.« Jay klopfte auf die Bettdecke. »Ich habe etwas für dich.«

Lauralee ging zum Bett und setzte sich vorsichtig und ein wenig mißtrauisch auf den Rand. Sie wußte ja nicht, welch unanständige Gedanken hinter dem Schalk in Jays grauen Augen lauerten. »So? Was denn?«

Seine linke Hand war leicht zur Faust gekrümmt. Jetzt öffnete er die Finger und zeigte Lauralee einen vergoldeten Ehering. »Wärst du bereit, ihn zu tragen, bis ich dir einen echten kaufen kann?«

Lauralee war überwältigt. Für sie war es ein echter Ehering, echt genug jedenfalls, um sich und dem Rest der Welt zu beweisen, daß Jay McCallum sie tatsächlich geheiratet hatte. Ihre Hand zitterte ein wenig, als Jay ihr den Ring über den Finger streifte.

Aber er hielt noch mehr Geschenke für sie bereit. Sie lagen alle unter der Bettdecke versteckt, einige an Stellen, die der Anstand eigentlich zu berühren verbot. Jay hatte französisches Parfum für Lauralee gekauft, eine Auswahl Schildpattkämme für ihr Haar, ein ledergebundenes Tagebuch und eine hübsch bemalte Blechdose mit Pralinen.

Lauralee starrte ihn verwundert an. Noch nie, nicht einmal zu Weihnachten, hatte sie so viele Geschenke erhalten. »Warum . . .«

Jay lachte und berührte mit dem Zeigefinger ihre Nasenspitze. »Mach nicht so ein erstauntes Gesicht! Wenn wir endlich von hier wegkönnen, Lauralee, habe ich vor, dir die ganze Welt zu Füßen zu legen.«

Lauralees Schätze lagen in einem bunten kleinen Haufen auf ihrem Schoß. Ihrer Überzeugung nach hatte er ihr die Welt längst zu Füßen gelegt, selbst ohne diese wunderschönen Geschenke und ohne den goldenen Ring. Sie versuchte, etwas zu sagen und konnte es nicht, war nicht einmal imstande, sich bei ihm zu bedanken. »Dich zu verwöhnen, wird mir eine Menge Spaß bereiten«, sagte er zärtlich.

Endlich fand Lauralee ihre Stimme wieder, aber ganz unter Kontrolle hatte sie sie immer noch nicht, als sie versuchte, Jay zu danken. Ob er wohl ahnte, daß sie ihm für sehr viel mehr zu danken hatte als für Pralinen und Kämme, Tagebücher und Parfums und goldene Eheringe?

Er küßte sie.

Nur mit Mühe gelang es ihr, die Tränen zurückzuhalten. Um sich abzulenken, zeigte sie ihm Adriennes Nachricht, den Scheck und die Dokumente, die den Verkauf der Holzförderungsrechte betrafen. Jay prüfte sie mit der Konzentration und dem skeptischen Stirnrunzeln eines gewissenhaften Anwalts.

»Wenigstens brauchen wir jetzt nicht die Postkutsche zu nehmen«, sagte Lauralee, als Jay mit der Prüfung der Papiere fertig war. Nach einem tiefen Atemzug zeigte sie ihm auch Mrs. Maitlands Brief, in dem noch immer der Zugfahrschein steckte und der großzügige Scheck, den Claries Mutter mitgeschickt hatte.

»Mir ist es nicht recht, daß sie die ganze weite Reise allein unternehmen soll«, sagte Jay, als er den Brief gelesen hatte und ihn Lauralee zurückgab. »Sie ist noch so jung, und wenn man bedenkt, was ihr unterwegs alles zustoßen könnte . . .«

»Ich weiß, Jay, aber sie brennt darauf, die Reise anzutreten. Sie hat so lange darauf gewartet.« Lauralees Kehle wurde eng. Sie würde Clarie sehr vermissen und wagte sich gar nicht auszudenken, wie sehr das Mädchen Alexander fehlen würde.

»Wir schicken jemanden als Gouvernante mit. Jenny French ist Brice jetzt bestimmt lästig. In seiner Lage . . .«

Lauralee dachte an alles, was sie für Jenny getan hatte, und war zutiefst verletzt. »Nein, nicht Jenny. Es muß jemand anderes sein.« Auf Lauralees verwunderten Blick hin erklärte Lauralee ihm, was Clarie ihr kurz vorher anvertraut hatte.

Als ihre Erzählung beendet war, zog Jay seine Frau an sich und hielt sie in den Armen. »Falls es dir ein Trost sein sollte, Liebes, besitzt du mein Versprechen, daß ich dich nie betrügen werde. Niemals und unter gar keinen Umständen.«

Lauralee war so gerührt, daß ihr nun doch die Tränen kamen. Aber sie nahm sich zusammen. »Jay, werden wir hierher zurückkommen? Irgendwann einmal, meine ich.«

Jay seufzte und schaute seine Frau prüfend an. Lauralees Wünsche waren ihm sehr wichtig, und sie erkannte das und liebte ihn um so mehr, weil er sich um Dinge sorgte, denen die meisten Männer keinerlei Bedeutung zugemessen hätten. »Möchtest du denn hierher zurückkehren, Lauralee?«

»Joe Little Eagle hat mir angeboten, die Farm zu kaufen, Jay.« Lauralees Hände lagen in ihrem Schoß, auf ihren Schätzen. »Möchtest du das Land verkaufen?«

Lauralee seufzte. »Ich weiß es nicht.«

»Dann tu es nicht. Oder warte, bis du bereit bist. Im Moment genügt es völlig, wenn wir einen Schritt nach dem anderen tun.« Er seufzte, wie eben Lauralee, und in seine Augen trat ein wehmütiger, gequälter Blick. »Ich muß zu Brice, Lauralee, aber es wird nicht einfach sein. Wenn du lieber mit Alexander in Spokane bleiben möchtest, kannst du mit meinem Verständnis rechnen.«

Sie hob die Hand und streichelte seine glattrasierte Wange. »Clarie setzen wir in den Zug, und Alexander kann in Spokane bleiben. Aber ich begleite dich.«

Jay wirkte so dankbar, so erleichtert, daß Lauralee wieder die Tränen kamen. »Danke«, sagte er rauh.

Der Rest des Morgens verging sehr schnell, weil es soviel zu tun gab. Truhen und Koffer mußten gepackt werden, und Joe Little Eagle wartete darauf, daß Lauralee ihm sagte, was sie während ihrer Abwesenheit von ihm erwartete. Und Mr. Neggers brauchte eine warme Mahlzeit, bevor er mit Pferd und Wagen zu einer weiteren Verkaufsfahrt aufbrach.

Zum Schluß brachte er sie alle, Lauralee und Jay, Clarie und Alexander, in die Stadt. Lauralee, die mit ihrem Mann hinten in dem klapprigen Wagen gesessen hatte, kletterte so würdevoll, wie es in dieser Lage möglich war, heraus, marschierte zur Bank und zahlte ihre Hypothek ab. Dem enttäuschten Gesicht des Bankiers war anzusehen, daß er darauf gehofft hatte, die Farm behalten zu können, falls Lauralee die Raten nicht mehr aufbrachte. Sie lächelte, als sie mit Bargeld in der Tasche und einer neuen Eintragung in ihrem Sparbuch die Bank verließ.

Jay mit seinen Krücken und dem steifen, geschienten Bein an Bord von Adriennes Boot zu bringen, war alles andere als einfach. Aber mit Hilfe mehrerer Besatzungsmitglieder gelang es Lauralee, ihn ins Steuerhaus zu bringen, wo sich Clarie mit Alexander zu ihnen gesellte.

Jays Gesicht war stark gerötet. Seine Hilflosigkeit und die Tatsache, daß sein Hosenbein bis fast zum Oberschenkel aufgeschlitzt war, schienen ihm äußerst peinlich zu sein. »Verdammt!« fuhr er schließlich Lauralee und die Kinder an. »Macht, daß ihr hinauskommt! Ihr macht mich wahnsinnig!«

Clarie zögerte nicht lange, schnappte sich Alexander und ging hinaus an Deck. Aber Lauralee blieb, nachdem sie Clarie zugerufen hatte, gut auf Alexander aufzupassen und der Mannschaft nicht im Weg zu sein.

Jays Gesicht war grau und verzerrt vor Schmerz, sein geschientes Bein ruhte auf einer Holzkiste, die der Kapitän besorgt hatte. »Habe ich dir nicht gesagt . . .«

Lauralee holte die Flasche mit dem Laudanum aus ihrer Tasche und reichte sie Jay. »Hier, nimm das«, befahl sie. »Heute wird es eben ohne Löffel gehen müssen.«

Jay warf ihr einen gereizten Blick zu, aber er nahm die Flasche, entkorkte sie und trank einen großen Schluck von der bitteren Flüssigkeit. Doch während er sich sonst immer über den Geschmack beklagte und sich anstellte wie ein kleiner Junge, der Medizin einnehmen muß, verzog er heute weder das Gesicht noch fluchte er wie gewohnt. Statt dessen schaute er mit einem schiefen Lächeln zu Lauralee auf.

»Du hattest recht«, gestand er, während er ihr die Flasche zurückgab. »Eine Fahrt in der Postkutsche hätte ich nicht überstanden.«

»Natürlich hatte ich recht.« Lauralee beugte sich über ihn

und küßte ihn auf die Stirn, bevor sie die Flasche Laudanum wieder in ihrer Tasche unterbrachte. »Ich gehe jetzt an Deck, um nach Clarie und Alexander zu sehen. Und du sei bitte brav.«

»Brav?« Jay machte wieder ein verärgertes Gesicht. »Ich bin doch kein kleines Kind!«

Lauralee tätschelte ihm den Kopf und verließ das Steuerhaus.

Adrienne Burch hätte es nie zugegeben, aber sie war sehr beunruhigt. Sie saß aufrecht im ehemaligen Lieblingssessel ihres verstorbenen Mannes, aber es war die Erinnerung an Virgil Parker, die ihr die Kraft vermittelte, Pete Townsend zum zweitenmal innerhalb von vierundzwanzig Stunden zu empfangen. Diesmal hatte er sogar Will Enright, seinen Häftling, mitgebracht.

Zögernd und ganz eindeutig mit dem Gefühl, fehl am Platze zu sein in Adriennes elegantem Salon, begann der Spieler Enright seine Geschichte zu erzählen. Er hatte in jener Nacht im Mud Bucket Saloon eine Auseinandersetzung mit Virgil Parker gehabt, das gab er zu. Er war ihm sogar hinausgefolgt. Und dort hatte er beobachtet, wie Virgil mit einer Frau stritt.

»Was hat das alles mit mir zu tun?« fragte Adrienne, wie schon in der Nacht zuvor, als Pete Townsend ihr Enrights Version erzählt hatte.

»Ich denke, daß Sie vielleicht die Frau waren, mit der Virgil in jener Nacht gesprochen hat«, erwiderte Pete, aber das war auch schon seine Antwort bei ihrer ersten Unterhaltung gewesen. »Waren Sie es, Adrienne?«

»Nein«, entgegnete sie knapp.

»Sie lügen«, stellte Pete entschieden fest. »Sie haben draußen auf Virgil gewartet, als er in jener Nacht den Saloon verließ – so war es doch, Mrs. Burch!« Adrienne seufzte. Die ganze Szene erstand ihr wieder vor Augen: Sie glaubte wieder das kalte Wetter zu spüren und die noch viel schlimmere Kälte in Virgils Antworten auf ihr Flehen. Er wollte sie nie wiedersehen, hatte er gesagt – weil er Lauralee liebte und verrückt gewesen sei, das Risiko einzugehen, sie zu verlieren.

Adrienne hatte geweint, gefleht, gebettelt und gedroht. Die Erinnerung daran ließ das Blut aus ihren Wangen weichen, und damit verriet sie sich vor Pete. »Gut, ich war da«, gab sie schließlich zu. »Virgil und ich . . . Wir hatten eine Meinungsverschiedenheit.« Sie schaute Pete ganz offen in die Augen, wich seinem Blick nicht aus. »Ich habe ihn nicht umgebracht. Ich wäre damals gern selbst gestorben, aber ich habe Virgil nicht getötet.«

Sie konnte sehen, daß Pete ihr glaubte. Und daß sie ihm leid tat. »Haben sie Mr. Enright in Virgils Nähe gesehen?«

Adrienne richtete ihren Blick auf den Spieler. »Nein. Aber ich habe Tim McCallum gesehen – er war wütend, weil Virgil wieder hineingehen und weiterspielen wollte. Er beabsichtigte, sein Land zu verwetten, weil er kein Geld mehr hatte.«

»Und dann?«

Adrienne zuckte die Schulter, obwohl sie innerlich wie zerbrochen war. Sie hatte sich weinend in Virgils Arme geworfen, aber er hatte sie fortgestoßen, so hart, daß sie auf die steifgefrorene Wintererde gefallen war. Sie hatte sich aufgerappelt und war durch die Dunkelheit zur Stadt zurückgestolpert. In gewisser Weise stolperte sie seitdem nur noch durch die Dunkelheit, die gleiche wie in jener Nacht. »Ich habe niemanden außer Tim gesehen. Es war dunkel und kalt, und ich war sehr verärgert. Soviel ich weiß, war Virgil auf dem Heimweg zu seiner hübschen, schwangeren kleinen Frau.«

»Aber Lauralee haben Sie nicht gesehen?« fragte Pete.

»Nein.« Adrienne hätte jetzt mit einer Lüge süße Rache üben können, aber das brachte sie nicht fertig. Nicht in einer solchen Angelegenheit. Lauralee hatte Virgil genausowenig umgebracht wie sie selbst.

»Also sind wir wieder ganz am Anfang«, stellte Pete entmutigt fest. »Verdammt – jetzt wissen wir wieder so wenig wie zuvor!«

Lauralee hatte alle Geschenke von Jay eingepackt, mit Ausnahme des Rings an ihrem Finger und der hübschen kleinen

Pralinendose. Die steckte in einer der Taschen ihres weiten Rocks.

Sie trat auf's Deck hinaus und atmete tief den würzigen Duft der Pinien ein, der vom bewaldeten Flußufer zu ihr hinüberdrang. Die am Horizont versinkende Sonne blendete, und sie legte eine Hand über die Augen, um besser sehen zu können. Wie Clarie und Alexander die Pralinen schmecken werden, dachte Lauralee, obwohl sie nicht beabsichtigte, allzu verschwenderisch mit ihnen umzugehen. Solche Dinge sollte man genießen und nicht verschlingen.

Sie ging zur Steuerbordseite, wo sie jedoch nur Bootsleute sah, und schaute dann zum Bug hinüber. Vielleicht hatte das Licht des Sonnenuntergangs sie geblendet, so daß sie deshalb die Kinder nicht gesehen hatte – aber nein, vorn waren sie auch nicht.

Beunruhigt ging Lauralee um das Steuerhaus herum, wo sie wie angewurzelt stehenblieb. Die Dose mit den Pralinen rutschte ihr aus der Hand und fiel klappernd auf das Deck.

Isaiah French stand an der Achterreling und hielt Alexander über das Wasser, während Clarie an seinem Arm zerrte und verzweifelt versuchte, das Kind zu ergreifen.

19

»Mr. French«, sagte Lauralee so ruhig wie möglich, damit Isaiah nicht erschrak und Alexander in das schäumende Wasser hinter dem Dampfboot fallen ließ.

Langsam drehte der bärenstarke Mann sich um und drückte den Kleinen Clarie mit einem schroffen Lachen in die Arme. Das Mädchen eilte sogleich an Lauralees Seite und hielt Alexander fest an sich gepreßt.

»Geh ins Steuerhaus, Clarinda«, befahl Lauralee mit einer Gelassenheit, die sie angesichts ihres Schreckens selbst überraschte. »Nimm Alexander und geh hinein.«

Isaiah lehnte sich an die Achterreling, verschränkte die Arme über der Brust und setzte ein selbstzufriedenes Lächeln auf. »Sie dachten wohl, Sie könnten meine Jenny ewig vor mir verstecken, was, Mrs. Parker?«

Lauralee verzichtete darauf, ihn über ihren neuen Familiennamen aufzuklären. Angesichts dessen, was Jenny ihr angetan hatte, fühlte sie sich einen Moment lang sogar versucht, das Mädchen diesem Ungeheuer von Vater auszuliefern. Aber dieser Impuls verging schnell, für diese Art von Rache war Lauralee zu anständig. »Ich weiß nicht, was Sie meinen, Mr. French. Ich habe Jenny schon seit Tagen nicht mehr gesehen.«

»Sie werden in die Hölle kommen für Ihre Lügen«, antwortete Isaiah mit einem gehässigen Lächeln.

Lauralee straffte die Schultern. »Falls ich wirklich in die Hölle kommen sollte, Mr. French, werden wir uns dort begegnen. Ich kann mir vorstellen, daß Sie zahlreiche Sünden auf dem Gewissen haben. Und Gott wird Sie dafür strafen, falls es nicht schon hier auf dieser Welt durch die Gesetze der Menschen geschieht.«

Überraschenderweise wurde Isaiah leichenblaß. Lauralee hatte den Verdacht, der Wahrheit beunruhigend nahe gekommen zu sein. Aber sie blieb nicht an Deck, um ihren Vorteil zu nutzen. Clarie hatte Jay sicher schon erzählt, was geschehen war. Er würde sich veranlaßt fühlen, auf Krücken an Deck zu humpeln und Isaiah, der ihm in seiner jetzigen Lage natürlich eindeutig überlegen war, zur Rechenschaft zu ziehen.

Sie wandte sich ab und eilte mit wehenden Röcken ins Steuerhaus zurück.

Clarie hatte Jay tatsächlich schon über den Vorfall informiert, und er war so wütend, daß er versuchte, aufzustehen. Lauralee legte beide Hände an seine Brust, um ihn zurückzuhalten.

»Laß mich vorbei, Lauralee«, sagte er kalt.

Zum Glück mischte sich jetzt der Kapitän ein. »Ich kümmere mich selbst um diesen blinden Passagier«, murmelte der alte Mann. »Übernehmen Sie bitte das Steuer, Mr. McCallum, damit ich hinausgehen und Anweisungen geben kann.«

Jay runzelte ärgerlich die Stirn, als er Lauralees erleichterte Miene sah, aber er humpelte zum Steuerrad. Er übernahm es, wenn auch widerstrebend, und der Kapitän drängte sich rasch an ihm vorbei und ging hinaus. Wenige Minuten später kehrte er zurück, löste Jay ab und steuerte das Boot ans Ufer.

»Mr. French verläßt das Schiff«, verkündete der erfahrene alte Seemann augenzwinkernd. »Und die Ratte, die ihn an Bord gelassen hat, geht mit ihm.«

Zweimal kurz hintereinander erklang ein lautes Klatschen, das sogar über das Dröhnen der Schiffsmotoren zu vernehmen war und den Beweis dafür lieferte, daß die Anordnungen des Kapitäns ausgeführt worden waren.

Lauralee wartete eine Weile und ging dann an Deck hinaus, um frischte Luft zu schnappen und sich zu beruhigen. Aber Clarie folgte ihr, Alexander an der Hand, und sogar Jay humpelte ihr nach.

Mächtige Bäume, felsige Berggipfel und weite grüne Wiesen zogen am Ufer vorbei. Der Dunst, der aus dem Fluß aufstieg, legte sich feucht auf Lauralees Gesicht, und Alexander neben ihr gluckste zufrieden über die Pralinen, die er aß. Aber von all dem nahm Lauralee nicht das geringste wahr. Das Entsetzen, das sie empfunden hatte, als sie Alexander in Isaiah Frenchs Händen so hoch über dem Wasser sah, steckte noch zu tief in ihrem Bewußtsein. Wäre dieser Mann wirklich schlecht genug gewesen, ein kleines Kind ins tosende Wasser zu werfen?

In Colville, wo sie Adriennes Boot verließen, übernahm Lauralee die Initiative und mietete eine Kutsche, die sie ins Hotel brachte.

Die Anstrengungen der Reise hatten Spuren in Jays Gesicht hinterlassen, tiefe Linien durchzogen seine Haut, als er die Stufen zum Hoteleingang hinaufstieg und Zimmer für sie verlangte. Ihm dann die Treppe hinaufzuhelfen, war ein Unternehmen, das auch Lauralee ihre letzten Kräfte abverlangte.

»Warum hast du mich heute davon abgehalten, Isaiah French zur Rechenschaft zu ziehen?« fragte Jay, als sie endlich ihr Zimmer erreichten. Mit einem rauhen Seufzer ließ er sich auf der Bettkante nieder und schleuderte die verhaßten Krücken fort.

Lauralee bemühte sich, ihren Sohn zu beruhigen, der vor Erschöpfung wimmerte. Im angrenzenden Zimmer richtete Clarie sich lautstark für die Nacht ein und sang vor Freude über die bevorstehende Reise und die damit verbundenen Aufregungen. Endlich würde sie ihre Mutter wiedersehen; vielleicht würde das einige der Wunden heilen, die das Leben ihr im Laufe der letzten Jahre geschlagen hatte.

»Der Kapitän ist doch recht gut mit Mr. French fertig geworden, nicht wahr?« antwortete Lauralee etwas verspätet. Sie hatte starke Kopfschmerzen und fragte sich, was sie Jenny sagen würde, wenn sie sie wiedersah. Und wie sollte sie die Probleme lösen, die die Situation des Mädchens mit sich brachte? Jenny einfach ihrem Vater zu übergeben, war ausgeschlossen, egal, was sie Lauralee auch angetan hatte.

Jay hob sein geschientes, bandagiertes Bein aufs Bett. Sein wütender Gesichtsausdruck verriet, wie sehr er unter seiner Behinderung litt, und Lauralee empfand heftiges Mitgefühl für ihn. »Man könnte fast glauben, du hättest Angst gehabt, daß er mich niederschlagen würde«, murmelte er gereizt.

Lauralee lächelte, als Alexander auf seinen kurzen Beinchen ins Nebenzimmer wackelte, um Clarie zu suchen.

»Offen gestanden wollte ich das Risiko wirklich nicht eingehen.«

Jay verzog das Gesicht, als er sein verletztes Bein mit beiden Händen zurechtlegte. »Großartig, wenn die eigene Frau kein Vertrauen zu ihrem Mann hat!«

»Jay, du weißt sehr gut, daß ich dir vertraue! Aber du kannst dich in deinem Zustand nicht mit einem hinterwäldlerischen Grobian wie Isaiah French anlegen.«

Jay streckte die Hand aus, ergriff Lauralees Arm und zog sie zu sich aufs Bett. Angesichts seiner eben noch so gereizten Stimmung war sein Blick bemerkenswert sanft, als er sie anschaute. »Du liebst mich also, Mrs. McCallum?«

Lauralee lachte. »Natürlich liebe ich dich. Warum würde ich dich wohl sonst ertragen?«

»Geh und schließ die Tür ab«, befahl er plötzlich mit leiser Stimme und versetzte Lauralee einen sanften Stoß.

Sie tat, was er verlangte, weil sie glaubte, er wolle ihr etwas sagen, was Clarie nicht hören sollte. Als sie jedoch zum Bett zurückkam und sich wieder hinsetzte, begann er, ihr Kleid aufzuknöpfen.

Sie versuchte, sich ihm zu entziehen, aber er hielt sie an ihrem Mieder fest. Als seine warmen Finger ihre Brüste berührten, richteten ihre Brustspitzen sich auf und reckten sich ihm verlangend entgegen.

Entnervend langsam zog er das dünne Hemdchen herab und entblößte Lauralees volle Brüste. Ihr Atem ging schneller, als sie die stumme Bewunderung in seinen Augen sah, und sie stöhnte leise auf, als Jay die Hand ausstreckte und mit einem

Finger eine ihrer rosigen Knospen berührte und einen sanften Kreis darum beschrieb.

»Nicht jetzt, Jay!« flüsterte sie nervös.

Er richtete sich halb auf, stützte sich auf einen Ellbogen und lächelte. »O doch, mein Liebling. Jetzt«, widersprach er, und Lauralee fühlte seinen warmen Atem auf ihrer Brust.

Ganz unbewußt und unabsichtlich legte sie eine Hand um seinen Nacken und zog ihn näher. Als seine Lippen ihren Mund berührten, verschränkte sie die Hände in seinem Haar. Ihr Kopf sank zurück, die Zimmerdecke verschwamm vor ihren Augen, als Jays warme Zunge über eine der spitzen Knospen ihrer festen Brüste strich.

Ohne Lauralees leises Flehen zu beachten, unterzog er zuerst die eine, dann die andere Brust einer zärtlichen Tortur, und Lauralee wimmerte vor Hilflosigkeit und Verlangen.

Als es ihm endlich zu genügen schien, drängte er sie aufzustehen, und Lauralee gehorchte. Jay setzte sich auf, was ihn beträchtliche Mühe kostete, und zog Lauralee zwischen seine ausgestreckten Beine. Dann streifte er ihr das Kleid ab, das unbeachtet zu Boden glitt, und löste die Satinbändchen, die ihre langen Spitzenunterhosen zusammenhielten. Lauralee erschauerte, als er sie bewußt langsam über ihre Hüften gleiten ließ, über ihre Schenkel und dann über ihre Knie.

Lange Zeit begnügte Jay sich damit, Lauralee nur zu liebkosen, ihr lustvolles Seufzen zu genießen und zuzusehen, wie eine Gänsehaut nach der anderen ihren nackten Körper überzog. Er streichelte ihren festen kleinen Po, liebkoste ihre vollen Brüste und spreizte sanft ihre Schenkel.

Dann senkte er den Kopf, und sie spürte seinen warmen Atem an ihrer intimsten Stelle, seine Zunge. Lauralee preßte eine Hand auf ihren Mund, um einen heiseren Schrei zu ersticken, und klammerte sich mit der anderen Hand an Jays Schulter fest, um nicht das Gleichgewicht zu verlieren und zu fallen.

»Jay«, keuchte sie erstickt und wie betäubt von diesem unerwarteten, unfaßbaren Vergnügen. »O Gott . . . ooh!«

Jay nahm sich Zeit, sie zu verwöhnen und in nie geahnte

Sphären körperlicher Lust zu versetzen. Und als das süße Zittern tief in ihrem Innersten begann, spreizte Jay ihre Schenkel noch etwas weiter und führte sie mit heißen Küssen auf den Gipfel der Ekstase.

Als es vorbei war, sank Lauralee auf die Knie und wartete, bis sie wieder zu Atem kam. Und dann begann sie Gleiches mit Gleichem zu vergelten und süße Rache an Jay zu üben.

Später schliefen sie erschöpft ein und teilten sich das schmale Hotelbett.

Lauralee träumte. Sie war zu Hause, im Keller, und kniete auf dem festgestampften Erdboden. Das Gefäß mit dem Wasserglas stand vor ihr, und sie wollte gerade hineingreifen. Den Ärmel ihres Kleids hatte sie schon so hoch aufgerollt, daß er ihr in die Haut des Oberarms schnitt. Obwohl sie wußte, daß sie träumte, daß sie in Wirklichkeit neben Jay auf einem Hotelbett in Colville lag, war ihr sehr unbehaglich zumute.

Sie nahm den schweren Deckel des Gefäßes ab und griff hinein, auf der Suche nach etwas, von dem sie selbst nicht genau wußte, was es war. Als sie die Hand zurückzog, tropfte nicht Wasser von ihrem Arm, sondern Blut. Ein Messer fiel ihr aus der Hand, und sie stieß einen schrillen Schrei aus. Jays ruhige, beharrliche Stimme weckte Lauralee, und sie spürte die tröstliche Wärme seiner starken Hand auf seiner Schulter. Sie zitterte, ihr ganzer Körper war mit kaltem Schweiß bedeckt, ihre Lungen und ihre Kehle brannten, als sie nach Atem rang.

Jay fragte nicht, was sie geträumt hatte; er hielt Lauralee nur ganz fest im Arm und versicherte ihr, daß alles gut war, daß er bei ihr war. Bis zu einem gewissen Grad ließ sie sich von ihm beruhigen, aber dann erfaßte sie wieder das Entsetzen, und sie verließ fluchtartig das Bett und die Sicherheit von Jays starken Armen.

Mit klopfendem Herzen riß sie die Tür zu Alexanders und Claries Zimmer auf und überzeugte sich, daß beide Kinder friedlich schliefen. Mit dem Gefühl, sich wie eine dumme Gans benommen zu haben, schloß Lauralee die Tür und drehte sich beschämt zu Jay um.

»Ich ... Ich dachte, ich hätte sie geweckt ...«

Jay schien zu wissen, daß es eine Lüge war, aber er sagte nichts, stieß nur einen tiefen Seufzer aus und maß Lauralee mit einem Blick, mit dem er ihr bis in die Seele zu schauen schien. Dann ließ er sich zurücksinken und schloß die Augen.

Lauralee fand keinen Schlaf mehr, und sie wußte, wie sinnlos es wäre, auch nur den Versuch zu machen, wieder einzuschlafen. Während die anderen schliefen, ging sie leise im Zimmer auf und ab und wartete darauf, daß sie wieder erwachten. Als es soweit war, begann eine hektische Aktivität, alle mußten sich waschen und umziehen. Jay die Treppe hinabzuhelfen, war genauso anstrengend wie ihn hinaufzubringen, aber Lauralee war dankbar für die Ablenkung.

Sie nahmen das Abendessen im Speisesaal des Hotels ein und besuchten danach eine Aufführung von ›Ten Nights in a Bar-Room‹, die in einem kleinen Theater auf der anderen Straßenseite stattfand.

Aber ihren Traum wurde Lauralee den ganzen Abend nicht mehr los. Er schien ihr auf Schritt und Tritt zu folgen und nur darauf zu warten, daß sie sich hinlegte und die Augen schloß, um dann von neuem ihr Bewußtsein zu attackieren.

Clarie schniefte vor Rührung, als sie alle wieder die Hoteltreppe hinaufstiegen; das Stück hatte sie sehr bewegt. »Als das kleine Mädchen ihren Daddy anflehte, aus dem Saloon nach Hause zu kommen und er . . .«

»Sentimentaler Quatsch!« knurrte Jay, der sehr erschöpft aussah.

Lauralee hielt seinen Arm und stützte ihn, so gut es ging. Am liebsten hätte sie ihm seine Schmerzen abgenommen und den Verlust an Würde, den seine Verletzung für ihn bedeutete. Er haßte es, sich mit aufgeschlitztem Hosenbein in der Stadt sehen zu lassen, haßte die mitleidigen Blicke der Passanten, haßte die Schienen und die Krücken und die Anstrengungen, die ihn auch die einfachste Bewegung kostete. Doch obwohl er oft gereizt war, beschwerte Jay sich nie, und dafür liebte Lauralee ihn um so zärtlicher.

»Wir hätten uns das Stück nicht ansehen sollen«, sagte sie, als sie allein in ihrem Zimmer waren. Clarie und Alexander lagen bereits im Nebenzimmer in ihren Betten. »Es tut mir leid, Jay.«

Er legte die Krücken beiseite und schickte sich in Geduld, als Lauralee ihn entkleidete. Dann holte sie eine Rolle Mullbinden aus ihrer Reisetasche, eine kleine Schere, und begann den alten Verband aufzuschneiden, der eine schmutziggraue Farbe angenommen hatte.

Die Stiche, mit denen Doc Jameson die tiefe Wunde über Jays Schienbein vernäht hatte, malten sich schwarz und häßlich auf seiner Haut ab, aber nichts deutete auf eine Entzündung hin. Erleichtert tupfte Lauralee die Wundgegend mit einer desinfizierenden Lösung ab und prüfte die hölzernen Schienen, um festzustellen, ob sie sich verschoben hatten. Aber sie lagen noch fest in ihrer Verankerung aus Lederbändern.

Lauralee war schon dabei, Jays Bein mit frischem Mull zu umwickeln, als er endlich etwas zu ihrer früheren Bemerkung sagte.

»›Ten Nights in a Bar-Room‹ ist ein Lieblingsstück der Antialkoholiker- Liga«, meinte er und bezog sich auf das übertrieben sentimentale, von frommen Botschaften nur so triefende Theaterstück, das sie sich nach dem Essen angesehen hatten. »Ich hätte eigentlich erwartet, dich danach in einem Zustand gerechten Zornes zu erleben, wenn nicht sogar Schlimmeres.«

Lauralee lächelte ihn an, während sie die Schere beiseite legte und den Mullverband verknotete. »Tatsächlich?« entgegnete sie leichthin.

»Ich war überzeugt, daß du sofort zum Sturm auf mindestens eine der vielen Lasterhöhlen dieser Stadt aufrufen würdest.«

Lauralee lachte. »In der Eile habe ich vergessen, meine Axt einzupacken«, sagte sie.

Jay ergriff ihre Hand und zog Lauralee zu sich aufs Bett. »Du hast dich verändert«, sagte er, während er zärtlich seinen Daumen über ihre Finger gleiten ließ.

Lauralee seufzte. »Früher dachte ich, ich fände keine Ruhe, bis nicht auch der letzte Saloon im Land geschlossen wäre«, gab sie zu.

»Und jetzt?«

»Jetzt habe ich eingesehen, daß ich andere Menschen nicht dazu zwingen kann, nach meinen Prinzipien zu leben. Aber ich bin trotz allem überzeugt, daß Alkohol die Menschen zerstört, und er ist mir noch immer sehr verhaßt.«

Jay hob die Hand, ohne ihre loszulassen, und streichelte ihren Nacken mit der Spitze seines Zeigefingers. »Ich habe festgestellt, daß es mich meine ganze Kraft kostet, mein eigenes Leben in Ordnung zu halten. Wer hat schon die Zeit, auch noch den Rest der Welt nach seinen Vorstellungen zu formen?«

Lauralee erwiderte nichts. Sie bückte sich und küßte Jay auf den Mund, und danach gab es keine Welt mehr, die dringend nach Veränderung verlangte. Danach existierten nur noch sie beide.

Die Zugfahrt war nicht ganz so anstrengend, wie Lauralee befürchtet hatte. Jay gab sich Mühe, seine Schmerzen vor seiner Umwelt zu verbergen. Er beschäftigte sich während der Fahrt mit seinem Buch über Taubstummensprache und übte die Symbole, die er später Alexander beibringen wollte.

Clarie und Alexander waren glücklich und schauten unablässig aus dem Fenster, als befürchteten sie, draußen irgend etwas zu verpassen. Ganz Spokane war von wogenden Weizenfeldern umgeben, die den Kindern zuzuwinken schienen, und weil sie Kinder waren, winkten sie zurück.

Es war später Nachmittag, als sie in Spokane eintrafen, wo schrille Pfiffe ertönten und Glocken läuteten und elegante Kutschen über die Straßen holperten. Clarie war fasziniert und drehte sich nach allen Seiten um, um sich nur ja nichts Interessantes entgehen zu lassen.

Da niemand in Spokane von ihrer Ankunft unterrichtet worden war, wartete natürlich auch niemand vor dem Bahnhof auf sie. Jay mietete eine Kutsche und stieg, nachdem Lauralee, Clarie und Alexander Platz genommen hatten, mit Hilfe des Kutschers mühsam ein.

Clarie starrte verwundert aus dem Fenster, während Alexander sich auf ihrem Schoß zusammenrollte und in einen unruhigen Schlaf fiel. Clarie hielt ihren Stiefbruder mit solch überwältigender Zärtlichkeit, daß Lauralee mit Schrecken an die bevorstehende Trennung der Kinder dachte. Wie sollte sie Alexander nur begreiflich machen, warum Clarie ihn verließ.

Lauralee bemühte sich, es Jay so bequem wie möglich zu machen in der engen Kutsche, und versuchte, nicht an Claries Abreise zu denken oder an die Probleme, die sie auf Brice McCallums Farm erwarteten. Es wird schon alles gut werden, ermahnte sie sich. Eines Tages würde sie an all das zurückdenken und darüber lächeln können.

Es war ein Trost für Lauralee, als sie das stattliche Haus der McCallums erreichten, vor allem deshalb, weil die Hausherrin nicht da war. Die Dienstboten behandelten Lauralee freundlich und zuvorkommend, beeilten sich, Alexander in das für ihn vorgesehene Zimmer zu bringen und Clarie bei den Vorbereitungen für die größte Reise ihres Lebens zu unterstützen.

Lauralee hatte erwartet, daß Jay sich ein Bett suchen würde, vielleicht sogar im Erdgeschoß, um sich sofort hinzulegen. Statt dessen ging er zu dem Telefon, das in der Eingangshalle an einer Wand befestigt war.

Fasziniert schaut Lauralee zu, wie er den Hebel betätigte und die kleinen silbernen Glöckchen vor dem Telefon erklingen ließ. »Zentrale?« fragte er, und Lauralees Augen weiteten sich vor Verwunderung. Sie hatte den Beweis vor sich, konnte es ganz deutlich sehen, und dennoch war ihr völlig unbegreiflich, daß am anderen Ende dieser langen Leitung jemand Jays Stimme hören und ihm antworten sollte. »Geben Sie mir Temple 4432«, fügte er nach einem kurzen, ungeduldigen Schweigen brüsk hinzu. Lauralee schaute mit angehaltenem Atem zu; Jay wandte sich von dem gebogenen, hornähnlichen Mundstück ab und grinste sie an. Sie errötete, weil sie sich plötzlich wie ein Dorftrampel vorkam, aber sie brachte es nicht fertig, den Kopf abzuwenden und Desinteresse vorzutäuschen.

»Ich rufe meine Sekretärin an«, sagte Jay erklärend. »Helene, hier spricht Mr. McCallum. Ja, Jay. Wie geht es Ihnen?« Eine Pause entstand, und Lauralee hörte ein krächzendes Geräusch und eine verzerrte weibliche Stimme durch das Mundstück.

»Ja«, fuhr Jay dann fort, »ich mußte leider meine Pläne ändern. Ich sehe Brice morgen ... Ja, natürlich werde ich ihm Ihr Beileid übermitteln.«

Er brach ab, lauschte geduldig und sagte dann: »Helene, meine Frau und ich brauchen eine Reisebegleiterin für eine junge Dame. Ihre Aufgabe bestünde darin, sie im Zug nach Denver zu begleiten. Ich möchte eine Frau von untadeligem Ruf, Helene, und ich bin bereit, gut dafür zu bezahlen. Selbstverständlich werde ich auch alle ihre Ausgaben übernehmen ... Danke, das wäre wunderbar. Bis bald, Helene.«

Jay legte auf und drehte sich mit einem belustigten Augenzwingern zu Lauralee um. Sie hätte für ihr Leben gern jemanden angerufen, und das wußte er genau.

Er zeigte ihr, wie man die Zentrale erreichte, und Lauralee war hingerissen, als eine antwortende Stimme durch das Kabel zu vernehmen war. Da sie jedoch keine Nummer kannte, die sie verlangen konnte, errötete sie vor Verlegenheit.

»Laß dich mit der Stadtbibliothek verbinden«, flüsterte Jay ihr zu.

»Die Stadtbibliothek, bitte«, sagte Lauralee. Ihre Augen wurden groß, als nach einem eigenartigen Geräusch eine andere menschliche Stimme über den Draht kam und sagte: »Stadtbibliothek. Womit kann ich dienen?«

Lauralee war so verblüfft, daß sie eilig den Hörer in die Halterung an dem hölzernen Telefon zurückhängte. »Donnerwetter!« murmelte sie.

Jay lachte und verlagerte sein Gewicht auf eine Krücke, um Lauralee an sich zu ziehen. »Keine Angst, mein Liebling«, sagte er an ihrem Haar. »Bald wirst du Tag und Nacht über diesen Apparat Gespräche führen. Wußtest du, daß alle Geschäfte in der Stadt auf telefonische Bestellung ins Haus liefern?«

Lauralee versetzte ihm einen Schubs, aber nur ganz sanft, um sein verletztes Bein nicht zu gefährden, und barg ihr Gesicht an seiner Schulter. Aber ihre Neugier war so groß, daß sie einfach fragen mußte: »Würden sie wirklich Sachen liefern, nur weil ich sie telefonisch bestelle?«

Jay lachte und zog sie an sich. »Ja.«

Lauralee schaute zu ihm auf. »Wie sollen wir rechtzeitig eine Begleiterin für Clarie finden? Ihr Zug fährt morgen nacht.«

»Wir finden eine, Lauralee. Und falls du nicht zu müde bist – warum fährst du nicht mit Clarie in die Stadt und kaufst ihr ein paar neue Kleider für die Reise?«

Tränen der Rührung traten in Lauralees Augen. »Du bist ein sehr großzügiger Mensch, Jay, und ich liebe dich sehr.«

Er kniff sie zärtlich in den Po und musterte sie schmunzelnd. »Das höre ich gern – und ich nehme an, auch du bist großzügig genug, um mich jetzt auf die gleiche Weise zu verwöhnen, wie du es gestern getan hast.«

Lauralee errötete, aber ihr Lächeln wollte nicht verblassen, obwohl sie sich die größte Mühe gab, eine strenge Miene aufzusetzen. »Jay!« hauchte sie, und als er auf das Arbeitszimmer deutete, wo sie sich ihm in der Nacht ihrer Heirat so hemmungslos hingegeben hatte, ging sie bereitwillig darauf zu.

Eine gute Stunde später, als die ersten Kandidatinnen für den Posten der Reisebegleiterin eintrafen, schmunzelte Jay noch immer so selbstzufrieden, daß Lauralee ihm am liebsten auch noch sein gesundes Bein gebrochen hätte.

Sie sprachen mit vier Frauen, und die letzte – Mrs. Edna Kaminsky – war diejenige, für die sie sich entschieden. Sie war Witwe und besaß nicht nur gute Referenzen, sondern hatte auch eine Tochter in einer Kleinstadt in der Nähe von Denver. Sie konnte Clarie zu Louises Haus begleiten, sich überzeugen, daß dort alles ›seine Ordnung hatte‹, wie sie es nannte, und dann weiterfahren zu einem ausgedehnten Besuch bei ihrer geliebten Tochter Capitola.

Lauralee verbarg ein Lächeln. »Capitola?« flüsterte sie Jay zu, als Mrs. Kaminsky in eine entfernte Ecke des Raumes ging, um einen Farn zu bewundern.

Jay räusperte sich, vermutlich auch nur, um nicht zu lachen. »Was meinst du, Lauralee?« fragte er leise. »Ist sie geeignet?«

Lauralee fand die Witwe sympathisch, obwohl sie den schlechten Geschmack besessen hatte, einem unschuldigen Kind den Namen ›Capitola‹ zu verleihen. »O ja, ich glaube, sie ist genau die Richtige für diese Aufgabe.«

Mrs. Kaminsky wurde also eingestellt und eilte nach Hause, um ihre Sachen zu packen.

»Warum hast du die ganze Zeit so gegrinst?« zischte Lauralee, als die Witwe fort war. »Man sollte meinen . . .«

»Daß meine Frau mich gerade auf die angenehmste Weise verwöhnt hat«, schloß Jay für sie und lachte, als Lauralee das Blut in die Wangen stieg. Aber dann wurde er ernst und zog sie mit einer Geste der Verzweiflung in seine Arme.

Lauralee brauchte nicht zu fragen, was die Veränderung in seinem Verhalten bewirkt hatte. Sie wußte, daß er an seinen Bruder Brice dachte. »Psst«, flüsterte sie und streichelte das Haar, das sich über seinem Kragen kräuselte. »Ich bin ja bei dir.«

Jay erschauerte in ihren Armen. »Mein Gott, Lauralee, was soll ich ihm bloß sagen?«

»Du brauchst Brice überhaupt nichts zu sagen. Es reicht, wenn du bei ihm bist.«

Dann wurde es Zeit, mit Clarie zu einem Einkaufsbummel aufzubrechen, damit sie neue Kleider für ihre Reise bekam. Aber es kostete Lauralee große Überwindung, Jay allein zu lassen.

Clarie schaute sich mit großen Augen um, als sie die Vielzahl der angebotenen Kleidungsstücke in Filberts Warenhaus erblickte. Vor den einzelnen Verkaufstischen drängten sich elegant gekleidete Frauen, und kleine Glöckchen klingelten, während Körbchen sich an dünnen Drähten in den obersten Stock hinaufbewegten. Das Geld aus jedem Verkauf wurde in diese Körbchen gelegt, die sich mittels eines ausgeklügelten Systems an den Kabeln hinaufbewegten, um kurz darauf mit dem Wechselgeld zurückzukommen.

»Donnerwetter!« flüsterte Clarie beeindruckt.

»Ja, das kann man wohl sagen«, stimmte Lauralee zu.

Claries Blicke hingen noch immer an den Körbchen. »Ob sie den Verkäuferinnen nicht zutrauen, das richtige Wechselgeld herauszugeben?«

Lauralee hatte selbst keine Antwort auf diese Frage. Sie zuckte mit den Schultern, holte tief Atem und begann sich die ausgestellten Kleider anzusehen.

Clarie hatte noch nie in ihrem Leben einen Einkaufsbummel gemacht, und Lauralee war gerührt, als sie sah, mit welcher Begeisterung das Mädchen Dinge für sich auswählte. Aber dann wurde sie traurig, weil sie an die bevorstehende Trennung dachte. Bald würde Clarie auf dem Weg nach Denver sein, und wer konnte sagen, wann sie sich wiedersahen?

Vielleicht nie wieder.

Lauralees Augen wurden feucht, und sie beugte sich über den Saum eines pinkfarbenen Satinkleids, um ihre Tränen zu verbergen.

Clarie waren sie jedoch nicht entgangen, sie nahm Lauralees Hand und drückte sie. »Wenn du willst, bleibe ich bei dir, Lauralee . . .«

Lauralee nahm sich zusammen und setzte ein strahlendes Lächeln auf. »Warum probierst du nicht dieses Kleid an? Die Farbe müßte dir sehr gut stehen.«

Claries Unterlippe zitterte, ihre Augen schimmerten so feucht wie Lauralees. »Ich habe dich sehr lieb, Lauralee«, sagte sie leise. »Andere Frauen wären vielleicht sehr häßlich zu mir gewesen, aber du warst immer nett zu mir. Du hast mir immer das Gefühl gegeben, die gleichen Rechte wie Alexander in deinem Haus zu haben.«

Lauralee umarmte Clarie, dann beendeten sie ihre Einkäufe und bestiegen die wartende Kutsche, um zu dem prächtigen Haus auf dem Berg zurückzukehren.

Jay war da und auch Mrs. Mrs. Kaminsky, die Clarie unverzüglich vorgestellt wurde. Doch anstatt ein kühles Verhalten der Witwe gegenüber an den Tag zu legen, wie Lauralee schon fast erwartet hatte, schien Clarie froh, die weite Reise nach Denver nicht allein unternehmen zu müssen. Oder mit Jenny French.

Der Abschied war nicht leicht, weil Lauralee Clarie so liebgewonnen hatte, als wäre sie ihr eigenes Kind. Es zerriß ihr fast das Herz, als sie Clarie den Zug besteigen sah, und daß Alexander in Jays Armen zappelte und Claries Namen heulte, als der Zug abfuhr, machte den Abschied auch nicht leichter.

Diskret führte Jay seine unglückliche Familie zu dem großen, lauten Speisesaal am Ende des Bahnhofs. Als sie Platz genommen hatten, erschien eine Kellnerin und lächelte Jay an.

»Abschiednehmen tut weh, nicht wahr?« stellte sie mitleidig fest. »Und im Leben scheint man sich immer von dem einen oder anderen Menschen trennen zu müssen.«

Alexander hatte sich beruhigt und schaute sich neugierig in dem vollbesetzten Raum um, aber Lauralee hatte noch immer Mühe, ihre Tränen zu verbergen.

»Ja, Abschiednehmen tut weh«, entgegnete Jay mit geistesabwesendem Blick, und Lauralee wußte, daß er an Brice dachte, der seine Frau verloren hatte.

Sofort richtete Lauralee sich auf, straffte die Schultern und wischte sich resolut die Tränen ab.

20

Mary Cornell stand in der Tür zum Wohnzimmer, ihre Augen waren trocken und brannten vor ungeweinten Tränen. Sie war schon drei Tage in diesem Haus und doch zu spät gekommen, um am Begräbnis ihrer Schwester teilzunehmen. In diesen drei Tagen hatte Brice McCallum sich nur aus seinem Sessel im Wohnzimmer erhoben, um sein Whiskeyglas aufzufüllen und für die wenigen körperlichen Bedürfnisse, die sich nicht ignorieren ließen, Sorge zu tragen.

Brice hatte sich schon lange nicht mehr rasiert, und seine ganze Erscheinung war äußerst ungepflegt. Seine kastanienbraunen Haare waren wirr und ungekämmt, seine blauen Augen rotgerändert, seine Kleider hoffnungslos zerknittert. Aber was das Schlimmste war – er roch.

Lucy wäre sehr betrübt gewesen, wenn sie ihn jetzt hätte sehen können. Den starken, zuverlässigen Brice, den sie in ihren Briefen oft so stolz beschrieben hatte, gab es nicht mehr.

Lucys Schwester Mary war klein und dunkelhaarig und trug ihr Haar in einer kurzen Lockenfrisur. Ihre großen braunen Augen blickten traurig, als sie Brice betrachtete, doch dann straffte sie die Schultern und holte tief Atem. »Brice McCallum«, sagte sie, »du stinkst. Nimm ein Bad.«

In einer trotzigen Geste hob Brice sein Glas und trank es in einem Zug aus. »Ich kann dir dazu nur sagen, was ich Chance auch schon geraten habe«, erwiderte er schroff. »Kümmere dich um deine eigenen verdammten Angelegenheiten und laß mich in Ruhe. Ich habe dich nicht gebeten, hierherzukommen und mir auf die Nerven zu fallen!«

»Nein«, entgegnete Mary tapfer, »das hast du nicht. Es war Lucy, die mich bat, für dich zu sorgen.«

Bei der Erwähnung des Namens fuhr Brice zusammen, als hätte ihm jemand einen harten Schlag versetzt. Dann schien ein Vorhang über seine Augen zu fallen, der die nackte Trauer in seinem Blick verbarg. Er schaute sich stirnrunzelnd nach Mary um und rülpste ganz ungeniert.

Mary war genauso betroffen über Lucys Verlust wie Brice, denn niemand auf der Welt war ihr lieber gewesen als ihre Schwester. Aber die Toten waren tot und begraben, und die Lebenden konnten sie nicht zurückbringen, indem sie verzweifelten und sich selbst vernachläßigten. Ein Mensch mußte weiterleben, ob er wollte oder nicht, und Lucy wäre die erste gewesen, die diese Ansicht kundgetan hätte.

»Ich habe ihren Brief bei mir, falls du ihn sehen willst«, sagte Mary.

Brice legte den Kopf in den Nacken und schloß die Augen. »Laß mich in Ruhe, Mary. Ich will den verdammten Brief nicht sehen.« Die Worte verletzten sie, aber das ließ sie sich vor Brice nicht anmerken. Sie fragte sich, was er wohl sagen würde, wenn er wüßte, daß Mary ihn genauso lange und vielleicht genauso sehr liebte, wie Lucy es getan hatte. Und daß er der Grund dafür war, daß Mary nie geheiratet hatte . . .

Aber obwohl sie um Lucy trauerte und ihr Leben dafür gegeben hätte, sie zurückzuholen, hatte Mary nicht vor, tatenlos mit anzusehen, wie der einzige Mann, den sie je geliebt hatte, sich in Selbstmitleid vergrub, bis er daran starb.

O nein, sie hatte andere Pläne für Brice McCallum. Sie war fest entschlossen, ihn zu verführen, zu heiraten und ihm Kinder zu gebären – und nicht notwendigerweise in dieser Reihenfolge.

»Die rothaarige kleine Hexe erhitzt gerade Wasser für dein Bad«, sagte Mary. »Wir bringen es gern herein, wenn du willst, aber dann wirst du in die Wanne steigen, Brice McCallum, und wenn ich dich eigenhändig ausziehen muß!«

Diese skandalöse Feststellung riß Brice lange genug aus seiner Versunkenheit, um Mary einen schockierten Blick zuzuwerfen. Aber dann, wie sie schon erwartet hatte, zog er sich wieder in sich selbst zurück und murmelte: »Ich kann es fast nicht glauben, daß du die Schwester meiner sanften Lucy bist. Sie hätte niemals eine so unanständige Bemerkung gemacht.«

»Unanständig oder nicht, Brice, ich erlaube dir einfach nicht, in diesem schönen Haus deinen Schweiß- und Alkoholgeruch zu verbreiten. Holst du die Badewanne selbst aus der Vorratskammer, oder muß ich es tun!«

»Tu, was du willst, du kratzbürstige kleine Tyrannin. Mich interessiert das alles nicht.«

Das wußte Mary selbst, aber ihr war auch klar, daß die Zeit die Gewohnheiten eines Menschen änderte. So wandte sie sich ab und ging durch das Haus zu dem kleinen Raum hinter der Küche, wo sie die schwere Wanne von ihrem Haken an der Wand nahm.

Jenny French saß am Tisch und starrte mit verträumten Blicken auf die ausgedehnten Weizenfelder vor dem Fenster. Mary kannte das Mädchen kaum, und doch überfiel sie jedesmal, wenn sie Jenny sah, das unwiderstehliche Verlangen, ihr ins Gesicht zu schlagen. Sie konnte sich nicht entsinnen, jemals in ihrem Leben eine so augenblickliche und intensive Abneigung für jemanden empfunden zu haben.

»Ich dachte, ich hätte Sie gebeten, Wasser aufzusetzen«, sagte sie in ärgerlichem Ton.

Jenny seufzte, aber ihre Augen blitzten herausfordernd, als sie Mary ansah. »Sie sind nicht die Herrin in diesem Haus«, stellte sie trotzig fest.

»Und Sie auch nicht.« Mary zerrte die Wanne über den Küchenboden und freute sich über das entnervende Kreischen, das sie erzeugte. »Also bewegen Sie jetzt Ihren Hintern und stellen Sie das Wasser auf den Herd.«

Jay mietete eine Kutsche in der Stadt und bestand darauf, sie selbst zu lenken, obwohl er von der Zugfahrt noch sehr erschöpft war.

Als sie sich Brice' Farm näherten, wurde Jay immer stiller und schien nachzubrüten über das, was ihn erwarten mochte. Lauralee, die verstehen konnte, wie besorgt er der Begegnung mit seinem Bruder entgegensah, tätschelte ihm mitleidig das Knie.

»Ich fürchte, ich habe Brice nicht mehr sehr gut in Erinnerung«, sagte sie, um Jay von seinen düsteren Gedanken abzulenken. »An jenem Tag, als Alexander so krank war, habe ich ihn kaum beachtet. Erzähl mir doch etwas über deinen Bruder, Jay.«

Nach einem inneren Kampf sagte Jay widerstrebend: »Brice' Arbeiter nennen ihn ›Big Mister‹, und der Name paßt zu ihm. Er ist intelligent und hochanständig, und er arbeitet härter als irgendeiner seiner Angestellten. Er hat Jura und Landwirtschaft studiert, ist aber trotz allem ziemlich naiv.«

»Naiv?«

Die Räder des Einspänners holperten über ein Schlagloch in der Straße, und Jay zuckte vor Schmerz zusammen. »Brice hat stets nach der Überzeugung gelebt, daß sich im Leben immer alles zum Besten wendet.«

Lauralee wurde unbehaglich zumute bei seinem Ton. »Ist es denn nicht so?«

»Nicht unbedingt«, erwiderte Jay, und das war das Ende ihrer Unterhaltung.

Kurze Zeit später hielten sie vor Brice' stattlichem Haus aus roten Backsteinen, das mit seinen vielen glitzernden Fenstern eine unaufdringliche Eleganz ausstrahlte. Blumen säumten den mit Schieferplatten ausgelegten Eingang. Es war offensichtlich, daß Lucy diese so liebevoll gepflegten Blumenbeete angelegt haben mußte, und Lauralee bedauerte Lucys Tod plötzlich ebenso stark, als ob es sich um eine ihrer besten Freundinnen gehandelt hätte.

Mit fest zusammengepreßten Lippen und Augen, die vor Qual ganz dunkel waren, sicherte Jay den Wagen und stieg ab, ohne Hilfe abzuwarten. Aus dem Haus war die Stimme eines Mannes zu vernehmen, der fluchte wie ein Pferdeknecht.

Lauralee war leicht entnervt, während Jay überraschenderweise grinste. »Wenigstens lebt er noch«, murmelte er und reichte seiner Frau die Hand, um ihr vom Wagen zu helfen. »Komm. Ich verspreche dir, daß ich das Ungeheuer nicht an dich heranlasse.«

Das zornige Gebrüll verstummte auch dann nicht, als sie sich dem Haus näherten. Die Tür war nur angelehnt, und Jay ging hinein, ohne anzuklopfen. Lauralee blieb nichts anderes übrig, als ihm zu folgen.

»Verdammtes Frauenzimmer!« dröhnte es aus einem angrenzenden Raum. »Ich kann meine Hosen selbst aufknöpfen!«

Lauralee, die sonst nicht prüde war, erblaßte und blieb abrupt in der Halle stehen. Jay ging jedoch unbeirrt weiter zu der Tür, aus der das Geschrei drang. »Hallo, Brice«, sagte er, als wären derartige Vorgänge vollkommen normal.

»Zuerst Chance, dann dieses teuflische Weib, und jetzt du!« war die unfreundliche Antwort. »Lieber Himmel, könnt ihr mich denn nicht in Ruhe trauern lassen?«

»Ja, ich freue mich auch, dich zu sehen«, hörte Lauralee Jay antworten, als eine kleine, zierliche Frau mit kurzem Haar in der Eingangshalle erschien, deren ganzes Kleid vor Nässe triefte.

Besorgte braune Augen richteten sich auf Lauralee, aber was sie sahen, schien die Frau zu erleichtern. »Ich möchte wetten, daß dieser Mann vom Teufel persönlich erzogen wurde«, sagte sie gereizt, bevor sie weiterging und Lauralee beschloß, ihr zu folgen.

»Ich bin Mary Cornell«, sagte die quirlige kleine Frau als sie die Küche erreichten, und lehnte sich an den Schrank, um Lauralee forschend anzusehen. In Marys intelligenten blauen Augen lauerte der Schalk, und ihrer Stimme haftete ein leichtes Näseln an, das sie in Lauralees Augen jedoch höchstens noch sympathischer machte.

»Lauralee McCallum«, stellte sie sich vor und ließ sich auf einen Küchenstuhl sinken, ohne eine Einladung abzuwarten. Es war ein langer, harter Tag gewesen, und er war noch nicht vorbei.

Mary stocherte im Feuer und setzte einen Kessel Wasser auf die Herdplatte. »Ich habe versucht, Brice zu baden«, erklärte sie freimütig, während sie eine Dose Tee aus dem Regal nahm.

Lauralee errötete, weil sie die Situation nicht begriff und auch nicht sicher war, ob sie sie begreifen wollte. »Oh«, sagte sie deshalb nur.

Mary lächelte. »Wissen Sie, Brice wollte einfach nicht baden. Aber er riecht wie ein Schweinezüchter, und deshalb hielt ich es für besser, die Angelegenheit selbst in die Hand zu nehmen. Ich habe die Wanne einfach ins Wohnzimmer gebracht und hatte ihn schon fast ausgezogen, als Sie und Ihr Mann eintrafen.«

Lauralee war froh, daß sie noch keinen Tee getrunken hatte, denn sicherlich wäre sie daran erstickt. »Ich verstehe«, meinte sie, um das Schweigen zu brechen.

»Lucy war meine Schwester«, fuhr Mary unbekümmert fort. »Ich hatte ihr – Gott sei ihrer armen Seele gnädig – versprochen, mich um Brice zu kümmern. Und das werde ich auch tun, koste es, was es wolle! Selbst wenn . . .«

Lauralee mußte lächeln. »Selbst wenn es bedeutet, ihn zu baden?«

Mary nickte, und trotz der Trauer in ihrem Blick erschien ein Strahlen in ihren Augen.

In der Ferne wurden Männerstimmen laut, und dann war ein wüstes Wasserplanschen zu vernehmen. Lauralee fragte sich, wer jetzt wen baden mochte, und bemühte sich, die derben Flüche und Obszönitäten, die das Wasserplanschen begleiteten, zu überhören.

»Ihr Mann muß Brice' Bruder Jay sein«, erriet Mary. »Lucy hat ihn sehr gemocht. Was ist mit seinem Bein passiert?«

Mary schien zu den Menschen zu gehören, die ständig von einem Thema zum anderen überwechselten, aber das störte Lauralee nicht. »Er ist vom Dach gefallen«, antwortete sie, verzichtete jedoch darauf zu erwähnen, daß Jay Leib und Leben riskiert hatte für ein Schild, auf dem TRUNKENBOLD SALOON stand.

Als der Tee aufgebrüht war, brachte Mary die Kanne zum Tisch und holte Tassen. Aber dann schenkte sie nicht ein, sondern saß nur da, das Kinn auf die Hände gestützt, und lauschte auf das Stimmengewirr im Wohnzimmer.

»Meinen Sie, wir sollten lieber nachsehen, was sie machen?« fragte sie besorgt.

»Auf keinen Fall!« entgegnete Lauralee mit Überzeugung.

Mary biß sich auf die Lippen. Ein gegenteiliger Rat wäre ihr anscheinend lieber gewesen.

Als sie den Tee getrunken hatten, führte Mary Lauralee zu einem geräumigen Schlafzimmer im ersten Stock, und zusammen legten die beiden Frauen frische Laken und Decken auf.

Mary plauderte unablässig, während sie das Zimmer herrichtete, die Fenster öffnete, eine Kanne frisches Wasser für die Waschkommode holte und zwei kleine Jungen anwies, das Gepäck aus dem Einspänner heraufzubringen. Doch trotz ihrer Geschäftigkeit und ihres fröhlichen Wesens war Mary deutlich anzusehen, wie sehr sie um ihre Schwester trauerte.

Lauralee war daher nicht überrascht, als Marys Lächeln plötzlich verblaßte, sie sich auf den Bettrand hockte und bitterlich zu weinen begann. »Ich hatte Lucy versprochen, mich um Brice zu kümmern«, schluchzte sie. »Ich habe es ihr geschworen, aber dieser Mann will nichts als sterben . . .«

Lauralee setzte sich neben Mary und legte einen Arm um ihre schmalen Schultern. »Er trauert, Mary. Das braucht seine Zeit.«

Mary schniefte noch ein wenig, dann trocknete sie mit dem Handrücken ihre Tränen. »Ich weiß. Vielleicht bin ich nur so ungeduldig, weil . . . weil ich Brice McCallum schon immer geliebt habe. Er war Lucys Verehrer, und dann war er Lucys Mann, aber ich liebte ihn.« Braune Augen, in denen so viel Kummer lag, richteten sich auf Lauralee, in der Erwartung, Schock oder Entrüstung zu sehen, aber was sie fanden, war nichts als Verständnis. »Lucy wußte, daß ich Brice liebte. Deshalb mußte ich ihr vor langer Zeit versprechen, mich um ihn zu kümmern, falls ihr je etwas zustoßen sollte. Ich habe mir die größte Mühe gegeben, ihn nicht zu lieben. ›Er ist der Mann deiner eigenen Schwester‹, sagte ich mir, aber nichts änderte sich an meinen Gefühlen, und deshalb habe ich Lucy und Brice nie zu besuchen gewagt . . .«

Lauralee umarmte Mary und lächelte durch einen Schleier mitleidiger Tränen. Brice konnte sich glücklich schätzen, denn wenn er seine Trauer überwunden hatte, erwartete ihn Liebe, und das war etwas, wofür er dem Schicksal danken konnte. Lauralee hoffte nur, daß er klug genug war, es zu erkennen. »Es ist harte Arbeit, die McCallums zu lieben«, sagte sie und dachte an ihre eigenen Erfahrungen und an Kates. »Obwohl ich glaube, daß es die Mühe lohnt. Haben Sie Kate und Chance gesehen, bevor sie nach Washington aufbrachen?«

Mary nickte. »Eine stürmische Beziehung!« meinte sie. »Aber ich glaube, sie lieben sich.«

»Ja, das stimmt.«

Mary runzelte die Stirn. »Ich wünschte bloß, sie hätten diese verflixte Dirne nicht hier zurückgelassen – Jenny Fench heißt sie. Ich habe den Verdacht, daß sie sich schon als zukünftige Hausherrin betrachtet.«

An Jenny erinnert zu werden, war Lauralee sehr unangenehm, und aufgrund ihrer neuesten Erkenntnisse über Jennys Charakter konnte Lauralee sich gut vorstellen, daß Jenny es jetzt auf Brice McCallum abgesehen hatte. »Machen Sie sich um Jenny keine Sorgen, Mary«, sagte sie beruhigend. »Das erledige ich.«

»Vielleicht bin ich nicht besser als sie, denn schließlich habe ich mir ja auch in den Kopf gesetzt, Brice McCallum zu heiraten. aber ich liebe ihn doch schon so lange!« Nachdem das heraus war, vertraute Mary Lauralee auch an, wie sie vorzugehen beabsichtigte, und ihre Pläne brachten Lauralee zum Lachen.

Gerade als ihre neue Freundin den Raum verließ, kam Jay auf seinen Krücken über den Korridor gehumpelt. Er wirkte sehr gereizt und war noch viel nasser als Mary nach ihrem Versuch, Brice zu einem Bad zu überreden.

»Hat er nun sein Bad bekommen?« erkundigte Lauralee sich schmunzelnd. Jay schaute an seiner nassen Kleidung herab und grinste wehmütig. »Ja, und ich auch – indirekt zumindest.« Als er seinen Blick auf Lauralee richtete, sah sie, wie erschöpft und beinahe verzagt er war. »Brice ist in einer schrecklichen Verfassung«, sagte er kopfschüttelnd. »Und ich weiß nicht, wie ich ihm helfen soll.«

Lauralee stand auf, stützte Jay und führte ihn zum Bett. Sie nahm ihm seine Krücken ab, zog ihm den Rock aus und legte ihm die Kissen zurecht, damit er es bequem hatte. Zum Schluß breitete sie noch eine leichte Decke über ihm aus. »Vielleicht ist es schon eine Hilfe für ihn, wenn du nur da bist«, sagte sie und beugte sich über ihren Mann, um ihn zu küssen.

»Oder eine Behinderung«, erwiderte Jay und schloß die Augen. Er war so erschöpft, daß er augenblicklich einschlief.

Lauralee küßte ihn noch einmal, schlich aus dem Zimmer und schloß leise die Tür. Mary war nicht in der Küche, aber Lauralee war ohnehin nicht in der Stimmung für Gesellschaft. Sie öffnete die Fliegengittertür und ging hinaus.

Auch hier im Hof, genau wie im Vorgarten, waren überall Blumen zu sehen. Irgend jemand, vermutlich Lucy, hatte sie in sorgfältig angelegten Beeten gepflanzt, die die verschiedensten Formen aufwiesen. Es gab Beete mit Tigerlilien, die einen Stern darstellten, Primeln, die die Form eines Wagenrads bildeten, und eine Reihe von Zinnien und Iris, die so gepflanzt waren, daß sie einen dicken, farbenfrohen Zopf zu bilden schienen.

Hinter den Beeten erstreckten sich die Weizenfelder, soweit das Auge schauen konnte. Obwohl Lauralee selbst eine Farm betrieb, wurde ihr beim Anblick dieses hohen Weizens, der das ganze Haus umgab, leicht unbehaglich zumute.

Ein junges Mädchen kam aus der Scheune auf das Haus zu, in beiden Händen einen Eimer Milch. »Sind Sie mit ›Big Mister‹ verwandt?« erkundigte sie sich neugierig, während ihr Blick über Lauralees feine Kleidung glitt.

In der Erinnerung daran, wie oft sie selbst schon Eimer mit Milch geschleppt hatte, lächelte Lauralee. »Ja«, antwortete sie. »Mein Mann ist Mr. McCallums Bruder.«

»Dann würden Sie bestimmt gern das Grab sehen«, meinte das Mädchen und stellte die Eimer auf der Eingangsstufe ab. »Sie müssen hier entlanggehen«, sagte sie und zeigte in die entsprechende Richtung.

Lauralee ging um das Haus herum und entdeckte eine einzelne Trauerweide, die neben einem kleinen Teich wuchs. Enten quakten auf dem klaren Wasser, und irgendwie vertiefte das Geräusch den Frieden, der hier herrschte, statt ihn zu zerstören.

Kein Stein bezeichnete Lucys Grab, nur ein grobgeschnitztes Holzkreuz. Lauralee berührte es und dachte voller Trauer an Lucy, an Mary – und vor allem an Brice. Sie setzte sich in das kühle Gras und faltete die Hände im Schoß. Einige Zeit verging, dann erklang eine männliche Stimme hinter Lauralee, die sie vor Schreck zusammenfahren ließ. »Ich habe einen Stein bestellt. Einen Engel aus Marmor«, sagte diese Stimme schroff und irgendwie verteidigend.

Lauralee schaute zu Brice McCallums gutaussehendem, nun aber vom Leid gezeichneten Gesicht auf, und sein Anblick brach ihr fast das Herz. Verzweifelt suchte sie nach Worten, die seinen Schmerz zu lindern vermochten, aber sie fand keine.

Brice ging neben ihr in die Hocke und streckte eine seiner großen Hände aus, um die Steine zu berühren, die Lucys letzte Ruhestätte bedeckten.

»Bring Jay von hier fort«, sagte er nach langem Schweigen. »Er kann mir nicht helfen.«

Lauralee schluckte betroffen. »Jay liebt dich, Brice«, erwiderte sie mit sanftem Vorwurf.

»Ich weiß.« Eisblaue Augen schauten sie an. Irgendwo in seiner gequälten Seele fand Brice die Kraft, ein flüchtiges Lächeln aufzubringen. »Er haßt diese Krücken, was?«

Auch Lauralee zwang sich zu einem Lächeln. Es war das mindestes, was sie für ihn tun konnte. »O ja, er verabscheut sie.«

Brice seufzte. »Chance hat mir erzählt, wie der Unfall geschah, aber ich erinnere mich nicht mehr, was er sagte.«

»Jay fiel vom Dach seines Saloons. Er wollte das Namensschild holen, um es in unserem Wohnzimmer aufzuhängen.«

Schweigen; Brice pflückte einen Grashalm aus und zerdrückte ihn zwischen den Fingern. Ganz offensichtlich neigte er nicht zu müßigem Geplauder. »Bring Jay fort von hier, Lauralee – ich will nicht, daß er mich in diesem Zustand sieht. Ich kann es einfach nicht ertragen.«

Lauralee zögerte, dann berührte sie seine große, warme Hand. »Ich werde es versuchen, Brice, wenn du es wirklich willst. Aber Jay kann sehr stur sein, und ich weiß nicht, ob es mir gelingen wird, ihn umzustimmen.«

Brice stand langsam und mit einer für einen Mann seiner Größe bemerkenswerten Anmut auf. Kein Wunder, daß seine Leute ihn ›Big Mister‹ nannten, denn er strahlte eine Vornehmheit aus, die ebenso auffallend war wie seine beachtliche Körpergröße. »Versuch es. Bitte versuch es, Lauralee«, bat er heiser, und dann entfernte er sich, schlenderte durch das hohe Gras auf die Weizenfelder zu.

Lauralee sah Jenny ganz unvermittelt auftauchen und neben Brice weitergehen. Bei jedem Schritt schaute sie ihn an, und selbst aus der Ferne war ihr Lächeln zu erkennen. Nun begreif doch endlich! schien es zu besagen.

Aber Brice schob Jenny fort wie eine lästige Mücke und ging weiter, mit solch weiten, ausholenden Schritten, daß Jenny hätte laufen müssen, um ihn einzuholen. Mit hängenden Schultern und enttäuschter Miene begann sie in Richtung Haus zurückzugehen und bemerkte erst dann Lauralee, die sie beobachtete.

Für einen Moment wirkte sie verunsichert, als spürte sie, daß Lauralee über ihre Affäre mit Virgil Bescheid wußte. Aber dann kam sie näher.

Lauralee stand auf und strich ihren Rock glatt, aber ihr Blick wich keinen Augenblick von Jennys Gesicht.

»Clarie hat es dir gesagt«, meinte das Mädchen, aber es lag weder Bedauern noch Reue in ihrer Stimme oder in ihrem Verhalten.

»Ja.«

»Nun, das war es dann wohl, nicht wahr? Die Wahrheit ist ans Licht gekommen.«

Lauralee nickte und wunderte sich, daß ihr bisher weder Jennys ausgeprägte weibliche Rundungen aufgefallen waren noch ihr kokettes Verhalten Männern gegenüber. »Ich dachte, du wärst meine Freundin, Jenny. Wir haben zusammen gelernt, und ich war dir behilflich, ein Stipendium zu bekommen, damit du Lehrerin werden konntest.«

Jenny versteifte sich.

»So viel war es auch wieder nicht, was du für mich getan hast. Ich mußte Fußböden schrubben, um mir zu verdienen, wozu das Stipendium nicht ausreichte.«

Lauralee schwieg, und sie war bemerkenswert gelassen. Es hatte Zeiten gegeben, wo sie jede Frau, die es gewagt hätte, Virgil anzufassen, umgebracht hätte. Aber jetzt verspürte sie nichts als Mitleid.

»Er liebte mich!« prahlte Jenny. »Wir wollten zusammen fortgehen.«

»Ich glaube, das hat er Adrienne Burch auch versprochen«, erwiderte Lauralee spöttisch.

Jenny lief rot an. »Virgil hat nur gespielt mit dieser Frau.«

»Und was hat er mit dir getan, Jenny? Warst du seine einzige wahre Liebe, die einzige Frau, die ihn vor sich selbst retten konnte?«

Die kräftige rote Farbe auf Jennys Wangen verwandelte sich in alarmierende Blässe. Lauralee sah, daß sie der Wahrheit sehr nahe gekommen war und fuhr ruhig fort: »Das war ein Satz, den wir einmal in einem billigen Theaterstück hörten, Jenny. Virgil kannte den ganzen Akt auswendig, und oft unterhielt er mich, indem er ihn für mich rezitierte. Aber dann, als der Alkohol sich zum wichtigsten in seinem Leben entwickelte, sagte er diesen Spruch nicht nur ständig auf, sondern glaubte auch daran. Er betrachtete sich als verlorene Seele, der von einem bösen Schicksal übel mitgespielt worden war.«

Jenny zitterte, als sei ihr kalt, und schlug die Arme um ihren Körper. »Virgil hat mich geliebt«, beharrte sie.

»Virgil hat niemanden geliebt, Jenny. Er benutzte dich, er benutzte Adrienne, und er benutzte mich.«

»Jetzt wirst du mich sicher hassen.«

Lauralee schüttelte den Kopf. »Nein. Aber Freundinnen können wir nicht mehr sein, Jenny. Ich könnte dir nie mehr vertrauen.«

Unfaßbarerweise erschien ein hinterhältiges Lächeln auf Jennys Gesicht, das Lauralee an ihren Vater erinnerte. »Du sorgst dich wohl um deinen neuen Mann, Lauralee? Mit Recht, meine

Liebe, denn es gibt keinen Mann auf dieser Welt, den ich nicht ins Bett bekäme, wenn ich es mir vornähme.«

Lauralee schnappte empört nach Luft, aber dann begann sie Jennys Worte als Herausforderung zu empfinden. »Ist das dein Ernst?« erkundigte sie sich lauernd.

»Und ob!« erwiderte Jenny selbstbewußt.

Lauralee lächelte. »Dann versuch doch bitte einmal, Jay zu verführen«, forderte sie Jenny auf. »Aber eins solltest du bedenken: Ob es dir gelingen sollte oder nicht, meine Liebe, ich würde dir in jedem Fall die Haare ausreißen!«

Jenny trat einen Schritt zurück. Sie wirkte plötzlich gar nicht mehr so selbstsicher, so selbstgefällig wie zuvor. »Ich will Brice, nicht Jay. Pete Townsend hat mich eine Weile interessiert, aber außer seinem Stern und seinem guten Namen hat er nichts zu bieten, und ich will mehr. Ich möchte ein Haus wie dieses hier, ich möchte eine Dame sein. Du und Kate, ihr werdet nett zu mir sein müssen, wenn ich eine Dame bin. Ich werde genauso zur Familie gehören wie ihr beide.«

»Kate und ich haben versucht, dir zu helfen, Jenny. Wir waren immer nett zu dir.«

Jenny schüttelte den Kopf. »Nein. Ihr habt euch immer für etwas Besseres gehalten, ihr beide. Selbst wenn ihr gelächelt habt und nett geredet, wart ihr immer etwas Besseres.«

Lauralee seufzte. »Wie dem auch sei, Jenny, du kannst hier nicht länger bleiben. Ich will, daß du deine Sachen packst und dich von jenen verabschiedest, bei denen du es für nötig hältst, weil du nämlich nicht hier bleiben wirst.«

»Du bist nur so gemein, weil Virgil sich bei mir getröstet hat!«

Wieder seufzte Lauralee. Um nicht die Beherrschung zu verlieren, schloß sie für einen Moment die Augen. »Ich will nicht mit dir streiten. Es reicht wohl, wenn ich dir sage, daß es schon genug Leid auf dieser Farm gibt, ohne daß du noch dazu beiträgst.«

»Du erwartest von mir, daß ich zu meinem Vater zurückkehre?«

»Natürlich nicht. Es gibt Tausende Orte, wo du leben kannst, und ich werde dafür sorgen, daß du das Geld bekommst, das du dazu brauchst!«

»Ich werde nirgendwohin gehen!«

Lauralee ging drohend auf Jenny zu, die den Mut verlor, zurückwich und dabei fast in den Teich gefallen wäre. Errötend raffte sie ihre Röcke und rannte auf das Haus zu.

Eine Zeitlang schritt Lauralee wütend neben Lucy McCallums Grab auf und ab. Wie hatte sie nur so dumm sein können, Jenny all diese Zeit zu glauben und zu vertrauen?

Etwa fünfzehn Minuten später kehrte Lauralee ins Haus zurück. Auf dem Herd dampfte Wasser, und so brühte sie eine Kanne Tee auf und setzte sich an den Tisch.

»Es ist vorbei«, flüsterte sie. »Es ist jetzt endgültig vorbei. Beruhige dich.«

Die Kanne klapperte gegen die Tasse, als Lauralee sich Tee einschenken wollte. Sie stellte die Kanne auf den Tisch zurück und schlug beide Hände vors Gesicht.

»Was in aller . . .«

Lauralee schaute auf und sah Mary auf der anderen Seite des Tischs stehen. Die zierliche junge Frau musterte sie besorgt.

»Alles in Ordnung, Lauralee?«

»Ich weiß es nicht. Es kann sein, daß ich mich gründlich zum Narren gemacht habe.«

Mary setzte sich und schenkte mit fester Hand Tee für sich und Lauralee ein. »Sie und die junge Dame haben sich gestritten, vermute ich. Sie sah jedenfalls wütend genug aus, um jemanden umzubringen, als sie hier durchkam.«

Nach einem stärkenden Schluck Tee vertraute Lauralee sich Mary an und erzählte ihr, wie Jenny und Virgil sie betrogen hatten, und daß sie Jenny aufgefordert hatte fortzugehen. Aber die ganze Zeit gingen ihr Marys letzte Worte nicht aus dem Sinn.

Wütend genug, um jemanden umzubringen . . .

21

Adrienne hatte Angst.

Nach und nach prüfte sie jede Tür und jedes Fenster und überzeugte sich, daß alles verriegelt war. Das Haus war so groß, so leer, nicht einmal Cook, der Butler, war da, um ihr Gesellschaft zu leisten, und jeder Schatten drohte die Form eines Mannes oder Monsters anzunehmen.

Du benimmst dich wie eine alberne dumme Gans, dachte Adrienne schließlich entnervt. Es war nur all dieses Gerede über Virgils Tod. Irgendwie hatte es sich in ihr Bewußtsein eingeschlichen und dort Wurzeln geschlagen wie ein Unkraut. Ihr unruhiges, schnelles Atmen und das unheimliche Gefühl, das ihr auf der Wirbelsäule prickelte, waren die Früchte, die daraus erwachsen waren.

Es war sehr dunkel draußen, und das Wohnzimmer wirkte düster, egal wie viele Lampen Adrienne entzündete. Sie ging zum Kamin und überlegte, ob sie ein Feuer machen sollte, entschied sich jedoch dagegen. Das Wetter war noch viel zu warm, und sie würde vor Hitze eingehen.

Als sie sich vom Kamin abwandte, durchfuhr es sie eiskalt. Er war da! Wie war er ins Haus gekommen, ein großer Mann wie er, ohne das geringste Geräusch zu verursachen?

»Sie haben mein Mädchen hier versteckt«, sagte Isaiah French mit schleppender Stimme. »Wo ist sie?«

Adrienne schluckte, zu verängstigt, um sich zu bewegen. »Ich . . . Wie sind Sie hier hereingekommen?«

»Das braucht Sie nicht zu interessieren, reiche Dame. Ich will wissen, wo meine Jenny ist.«

Adrienne sah keinen Grund, jetzt noch Schweigen zu bewahren. Sie ahnte, daß ihr Leben in Gefahr war, daß der Löwe, wenn sie ihm nichts zu fressen vorwarf, sie verschlingen würde. »Sie hat die Postkutsche nach Spokane genommen. Die McCallums kümmern sich um sie. Das ist alles, was ich weiß, ich schwöre es.«

French gab ein krächzendes Geräusch von sich und spuckte aus. »Ich mag es nicht, wenn feine Leute sich in meine Angelegenheiten einmischen«, sagte er nach einer entnervenden Pause, in der er angestrengt zu überlegen schien. »Wir haben unsere eigene Art zu leben und kommen ganz gut damit zurecht.«

Adrienne konnte nur zustimmend nicken. Der Alkoholgestank und all die anderen unangenehmen Gerüche, die von Isaiah ausgingen, waren ihr plötzlich unerträglich.

Er trat schwankend auf sie zu, sein ganzer Körper schien vor unterdrücktem Zorn zu beben. »Alle mischen sich ein. Alle stecken die Nase in meine Angelegenheiten.« Adrienne wich zurück an den Kamin und fühlte den Griff des Schürhakens an ihrem Oberschenkel. »Mr. French – wenn Sie jetzt bitte gehen würden . . .«

Wieder spuckte er verächtlich aus. Seine wäßrigen kleinen Augen funkelten vor Bosheit. »Es hat alles mit Virgil Parker angefangen«, sagte er. »Davor haben uns die Leute in Ruhe gelassen.«

Adriennes Herz stieg ihr in die Kehle und pochte dort so heftig, daß sie keinen Atem fand. Die Erinnerungen an jene schreckliche Nacht drängten sich angesichts ihrer Lage mit erstaunlicher Klarheit in ihr Bewußtsein. Sie hatte Isaiah French nicht vor dem Mud Bucket Saloon gesehen, nur Virgil, den Spieler und Tim McCallum. Aber es hatte ein merkwürdiger Geruch in der Luft gehangen, ein aufdringlicher Gestank, der so gar nicht zu der kalten Winternacht gepaßt hatte.

»Sie waren auch da!« sagte sie, und obwohl Adrienne die Worte augenblicklich bereute, war es zu spät, sie zurückzuholen.

»Parker hatte den Tod verdient. Als verheirateter Mann mit Familie hatte er meiner Jenny nichts zu bieten, und trotzdem hat er ihr das Herz gebrochen. Er machte ihr Versprechungen, obwohl er nie vorhatte, sie einzuhalten.«

»O Gott«, hauchte Adrienne. Der Griff des Schürhakens schien ihre Haut zu versengen, noch durch den Stoff ihres Kleids und ihrer Unterröcke. Aber wie sollte sie ihn schnell genug in die Hand bekommen, um sich damit zu verteidigen? French war viel zu nahe.

»Einmischungen ... Nur Einmischungen, von allen Seiten!«

Adrienne zwang sich, nicht zu schreien.

»Finden Sie nicht, daß Virgil den Tod verdient hatte? Sie hatten auch Gründe, ihn zu hassen, Mrs. Burch. Gute Gründe.«

»Ja ... Ja, das stimmt. Auch ich hatte ...«

»Klar, wenn *Sie* nicht gewesen wären, hätte er sich vielleicht für meine Jenny entschieden und ihr nicht solches Unrecht zugefügt.«

Überwältigende Panik, die sie nicht mehr vor Isaiah zu verbergen vermochte, erfaßte Adrienne. »Virgil hat uns alle ausgenutzt!« stieß sie hervor. »Er hat nur Lauralee geliebt – immer nur Lauralee!«

Abgrundtiefer Haß verzerrte Frenchs verwittertes Gesicht. »Sie war es, die mir meine Jenny weggenommen hat! Ich wußte es, aber keiner wollte auf mich hören ...«

Sieh zu, daß du deine Haut rettest, dachte Adrienne, sonst überlebst du den heutigen Abend nicht! »Ja! Ja, es war Lauralees Idee – alles ...« Adriennes Hand schloß sich um den Griff des Feuerhakens; der Behälter, in dem er zusammen mit dem kleinen Besen und der bronzenen Schaufel stand, kippte klappernd um. Adriennes Herz klopfte so heftig, daß das Pochen von den Salonwänden widerzuhallen schien. Sie hob den Schürhaken wie ein Schuljunge einen Baseballschläger halten würde, und hielt sich bereit, damit zuzuschlagen.

French lachte nur verächtlich über diesen angesichts seiner

Größe so lächerlichen Versuch, sich zu verteidigen, und trat einen weiteren Schritt auf Adrienne zu.

Sie schwang den Schürhaken, er pfiff durch die Luft und traf Frenchs harte, muskulöse Schulter. Mit einem wütenden Brüllen stürzte Isaiah sich auf seine Angreiferin, seine großen Hände schlossen sich um Adriennes Kehle und drückten zu.

Der Schürhaken fiel klappernd auf den steinernen Kamin. Das Geräusch hallte unangenehm in Adriennes Ohren, als sie nach Atem rang. Der Schmerz war so überraschend, so unerwartet, daß er ihr nicht nur den Atem, sondern auch die Sicht raubte.

Ihre Knie gaben nach, und Isaiah French löste seinen Griff um ihren Hals. Ihr Kopf schlug an der Kaminkante auf, und der Schmerz wurde noch viel schlimmer. Ein gleißender Lichtschein durchfuhr ihr Innerstes und tauchte alles in helles, klares Licht. French räusperte sich, spuckte aus, und sie spürte seinen warmen Speichel über ihren Nacken rinnen.

Adriennes Lungen versagten ihren Dienst, ihr Brustkorb hörte auf, sich zu heben und zu senken, und sie starrte aus blicklosen Augen an die Zimmerdecke.

Pete Townsend ordnete die Papiere auf seinem Schreibtisch. Die meisten brachten nichts als Routinearbeit.

Seufzend drehte er die Lampe hoch. Das Gefängnis war ein einsamer Ort, besonders, wenn sich keine Häftlinge darin aufhielten, und da Halpern's Ferry eine ruhige Stadt war, kam das nur sehr selten vor.

Pete lehnte sich in seinem Stuhl zurück, verschränkte die Arme im Nacken und legte die Beine auf den Schreibtisch. Es war sinnlos, hier herumzusitzen, vor allem, nachdem er den Will Enright, den Spieler, freigelassen hatte. Aber sein Zimmer in der kleinen Pension auf der anderen Straßenseite war noch viel einsamer.

Wieder seufzte Pete. Er konnte genausogut hier sitzen wie dort drüben und sich fragen, wer Virgil Parker getötet hatte. Und sich den Kopf darüber zerbrechen, ob es der gleiche

Mensch war, der ein Jahr später Tim McCallum umgebracht hatte. Und obwohl diese beiden Fragen ihn pausenlos beunruhigten, quälte ihn der Gedanke, Lauralee verloren zu haben, noch viel mehr.

Verloren? Hatte er sie denn je besessen?

Pete schüttelte den Kopf. Im gleichen Augenblick öffnete sich die Tür zu seinem Büro, Adrienne Burch stürzte durch den Spalt und sank leblos zu Boden.

Die Luft war heiß, erstickend heiß, und roch nach Rauch.

Lauralees Kehle brannte, als sie sich neben Jay bewegte und die Augen öffnete. Rauch drang durch das offene Fenster, das Glas war in einen glühendroten Schein getaucht.

»Feuer!« krächzte sie, einen Moment lang wie gelähmt vor Angst. Als Jay endlich erwachte und sich hustend aufrichtete, schrie sie das Wort noch einmal.

Jay schaute sich betroffen um, bevor ihn ein weiterer Hustenanfall erfaßte. »Mein Gott . . .«

»Es brennt!« schrie Lauralee und sprang aus dem Bett, um ihren Morgenmantel und die Pantoffeln anzuziehen.

Jay griff nach seinen Krücken und humpelte mit erstaunlicher Schnelligkeit zum Fenster. »Der Weizen . . . mein Gott, er hat den Weizen angezündet!«

Lauralee hatte längst ein Gespür für die Gedankengänge ihres Mannes entwickelt. Und daher war ihr klar, daß ihr Mann glaubte, Brice habe das Feuer, das draußen wütete, höchstpersönlich angezündet. Aber es blieb ihr keine Zeit, eine Möglichkeit gegen die andere abzuwägen.

Überall auf der Farm läuteten Sturmglocken, und Lauralee hörte die verschlafenen, fassungslosen Rufe der Farmarbeiter, die aus ihren Unterkünften strömten, um sich einem alten, gefährlichen Feind zu stellen.

»Was kann ich tun?« fragte sie erstickt, kaum fähig zu atmen durch den Rauch, der schon das ganze Zimmer ausfüllte, während sie Jay beim Anziehen half.

»Du bleibst hier im Haus«, befahl er streng. »Und das ist mir ernst gemeint, Lauralee. Wir wissen nicht, wie schlimm das Feuer ist, und ich möchte nicht, daß du dort draußen bist, falls es nicht unbedingt erforderlich ist!«

Als es Lauralee endlich gelungen war, ihren Mann notdürftig anzuziehen, ließ er sich auf der Bettkante nieder, damit sie den Stiefel über sein gesundes Bein ziehen konnte. An dem anderen trug er eine Art Pantoffel, der wenig Schutz bieten würde inmitten eines Feuers. Mit einem Gefühl der Verzweiflung stimmte sie zu, im Haus zu bleiben, und betete, daß Gott sie alle schützen möge.

Janet und Mary und eine sehr benommen wirkende Jenny waren schon in der Küche. Mary, die anscheinend das Kommando übernommen hatte, befeuchtete Decken und reichte sie an Janet weiter, die sie wiederum jemandem übergab, der wartend vor der Küchentür stand.

Draußen herrschte wüstes Geschrei, aber die Worte waren über dem Knistern und Krachen der Feuersbrunst nicht zu verstehen. Da Lauralee nicht wußte, wie sie anders helfen sollte, lief sie in ihr Schlafzimmer zurück und riß die Decke von ihrem und Jays Bett.

Jenny saß mit geschlossenen Augen am Küchentisch. Eine ihrer Wangen war rußverschmiert. »Wie schrecklich«, sagte sie tonlos. »Das reinste Höllenfeuer.«

»Gut, daß du das erkannt hast«, sagte Mary kalt, während sie Lauralees Decke unter die Pumpe hielt. »Wir hatten uns alle schon gewundert, was es sein könnte.«

»Wie schlimm ist es?« fragte Lauralee. »Sind wir hier in Sicherheit?«

»Der Wind weht in die andere Richtung«, antwortete Janet. »Solange er das Feuer nicht auf das Haus zutreibt, kann uns nichts passieren.«

»Ich wollte ihm nur helfen«, murmelte Jenny. »Aber er ließ es nicht zu . . .«

Aller Augen wandten sich ihr zu. Mary war die erste, die sich rührte; sie hörte mit dem Pumpen auf, ging zum Tisch und zerrte Jenny an den Haaren auf die Beine.

»Was hast du getan?«

»Mr. Mc ... Brice lief draußen in der Dunkelheit herum, und ich ging ihm nach. Ich wolle ihn ein bißchen ... verwöhnen, aber er stieß mich fort und ging weiter. Er hat das Feuer selbst gelegt – ich habe es gesehen!« Jenny schob trotzig die Unterlippe vor, als sie ihr Haar aus Marys Fingern befreite, die Schultern straffte und sich aufrichtete.

Lauralee dachte unsinnigerweise, daß Jays Vermutung richtig gewesen war, als Mary einen Schrei ausstieß und Brice' Namen schreiend hinausrannte. Janet folgte ihr pflichtbewußt.

»Das ist aber ein schlimmes Feuer dort draußen!« bemerkte eine eifrige Männerstimme, und Lauralee und Jenny fuhren zusammen und drehten sich erschrocken um. Im Eingang stand ein junger Mann, Gesicht und Kleider rußgeschwärzt, aber es war ihm anzumerken, daß er kein Farmarbeiter oder Nachbar war, der helfen wollte.

»Wer sind Sie?« fragte Lauralee, als sie sich von ihrer Verblüffung erholt hatte. »Ich komme von der Western Union, Madam. Ich bringe ein wichtiges Telegramm für Mrs. Lauralee McCallum ...«

Es war nicht zu fassen. Ein Telegramm mitten in einer brüllenden Feuersbrunst! Lauralee durchquerte den Raum und nahm dem Boten den gelben Umschlag aus der Hand.

»Wir liefern immer, in jeder Situation«, erklärte der Kurier stolz, ohne Anstalten zu machen, die vom Feuer hell erleuchtete Küche zu verlassen.

»Vielen Dank – aber gehen Sie jetzt bitte«, erwiderte Lauralee geistesabwesend, während sie das Blatt auseinanderfaltete.

»Was ist es?« fragte Jenny und schaute Lauralee neugierig über die Schulter.

Es war nicht einfach, die Nachricht zu entziffern, und als es geschehen war, gaben Lauralees Knie unter ihr nach und sie umklammerte haltesuchend die Stuhllehne.

»Mein Gott«, flüsterte sie.

»Was ist?« wiederholte Jenny mit kaum verhohlener Ungeduld.

Lauralee holte tief Atem. »Das Telegramm ist von Pete Townsend. Adrienne muß ihm gesagt haben, wo wir sind.« Die

Küche verschwamm vor Lauralees Augen, als sie versuchte, das Gelesene zu verarbeiten. »D-dein Vater ist verhaftet worden, Jenny. Er hat gestanden, Virgil ermordet zu haben.«

Jenny gab einen erstickten Schrei von sich und riß Lauralee das Blatt aus der Hand. Während sie las, wich das Blut aus ihren Wangen, und blaue Adern traten an ihren Händen hervor, so fest umklammerte sie das Papier. »O mein Gott – er war's also! Und ich dachte . . .«

Ein Schrecken, der nichts mit dem Feuer auf den Weizenfeldern zu tun hatte, durchfuhr Lauralee und veranlaßte sie, abrupt stehenzubleiben.

»Was dachtest du, Jenny?« fragte sie mit einer Stimme, die ihr Unbehagen deutlich verriet.

»Ich fand das Messer. Es war Tims Messer, und ich habe es in dem Eiertopf verborgen, unten im Keller, damit niemand es finden konnte und wissen würde, warum . . .«

»Was redest du da?« fragte Lauralee beherrscht, obwohl sie längst zu wissen glaubte, worum es ging. Sie entsann sich ihrer Alpträume und erinnerte sich, nach Jays Unfall in das Gefäß gegriffen zu haben, um eine von Virgils Flaschen zu finden. Dabei hatte sie etwas berührt, was sich wie ein kleiner Stock anfühlte. Sie erinnerte sich jetzt auch wieder an Jennys merkwürdige Worte an jenem Tag, als sie befürchtete, gezwungen zu werden, mit ihrem Vater mitzugehen. ›All das Schlechte, was ich getan habe, tut mir so leid‹, hatte sie gesagt.

Lauralees Herz dröhnte in ihrer Brust, als Jenny die Hand krümmte, das Telegramm zerknüllte und es auf den Boden warf. »Ich dachte, Tim McCallum hätte Virgil umgebracht«, sagte Jenny in einem Ton, der seiner ruhigen Gelassenheit wegen um so erschreckender war. »Ich hörte sie streiten. Dann kam Adrienne Burch, und ich versteckte mich. Sie weinte und machte sich komplett zum Narren, aber Virgil schickte sie fort. Ich konnte nicht hören, was sie sagte, aber ich weiß, daß er sie meinetwegen fortschickte. Weil wir zusammen durchbrennen wollten.«

Lauralee hob eine Hand an die Kehle und zwang sich, ganz ruhig zu bleiben. Sie durfte nicht in Panik geraten. Überall waren Männer in der Nähe; wenn sie Hilfe benötigte, brauchte sie nur zu schreien.

Aber würden sie über das Getöse des Feuers den Schrei überhaupt hören?

Jennys Gesicht war stark gerötet, ihre Augen glitzerten bei der Erinnerung an die Ereignisse vor dem *Mud Bucket Saloon*. »Ich wollte Virgil gerade sagen, daß er richtig gehandelt hatte, als ich Mr. McCallum kommen hörte. Er schimpfte Virgil einen Tunichtgut, Virgil erwiderte etwas, und dann war alles ruhig. Ich wartete noch eine Weile, und als ich um die Ecke des Saloons kam, lag Virgil auf der Erde, und in seiner Brust steckte ein Messer. Da ich wußte, daß Mr. McCallum ihn ermordet hatte, nahm ich das Messer und lief zu deinem Haus zurück.«

So unauffällig sie konnte, schaute Lauralee sich in der Küche nach etwas um, das ihr notfalls als Waffe dienen würde. »Warum wolltest du das Messer haben, Jenny?« erkundigte sie sich so gelassen, als sprächen sie über ein kompliziertes Häkelmuster statt über einen Mord.

»Verstehst du nicht, Lauralee? Wer durch das Schwert lebt, stirbt durch das Schwert. Tim McCallum hatte einen Mord begangen, und er mußte durch dasselbe Messer sterben, mit dem er Virgil ermordet hatte.«

Lauralee blieb still. Ganz still. Es war von größter Wichtigkeit, daß sie jetzt einen klaren Kopf behielt. »Das verstehe ich«, log sie. »Du hast das Messer im Eiertopf versteckt, damit niemand erriet, was du beabsichtigtest.«

Jenny nickte eifrig, dann ließ sie plötzlich den Kopf hängen. »Leider habe ich einen schrecklichen Fehler gemacht. Ich wußte nicht, daß Papa Virgil getötet hatte. Ich glaubte, Tim hätte es getan.«

Lauralee schwieg. Irgendwo hatte sie gelesen, daß Wahnsinnige stärker waren als normale Menschen. Viel stärker. Gab es denn nichts in dieser Küche, was sie als Waffe benutzen konnte?

Jennys Gesicht war anzusehen, daß ihr erst jetzt bewußt wurde, was sie da zugegeben hatte. Eine furchtbare Erkenntnis dämmerte in ihren Augen.

»Du wirst es Brice erzählen«, sagte sie heiser, »und dann wird er mich nicht mehr haben wollen! Er wird mich nicht heiraten und mich nicht zu einer Dame machen.«

Lauralee hielt es für zwecklos, Jenny zu sagen, daß sie nichts verraten würde; selbst in ihrem Wahnsinn würde das Mädchen die Lüge erkennen. Lauralee wirbelte herum und floh durch die Küchentür zum Korridor, in der Absicht, die Haustür zu erreichen und draußen die anderen zu finden.

Aber Jenny holte sie im dunklen Eßzimmer ein und schlug sie so heftig nieder, daß Lauralee der Atem stockte. Starke Hände zerrten an Lauralees Haar, der heiße Atem einer Mörderin schlug ihr ins Gesicht. Sie versuchte zu kämpfen, aber Jenny kniete auf ihren Oberarmen.

»Jenny, bitte – sei doch vernünftig...«

»Du! Es ist nur deine Schuld, daß das alles passiert ist! Nur weil du Virgil nicht freigegeben hast – obwohl er dich längst nicht mehr haben wollte! Alles nur deinetwegen!« Lauralee spürte, wie das Mädchen die Hände aus ihrem Haar löste und um ihren Hals schloß. »Wie ich dich gehaßt habe, du kaltes, selbstgerechtes Biest! Wie wir beide dich gehaßt haben, Virgil und ich!«

Lauralee versuchte verzweifelt, sich aus Jennys Griff zu befreien. Sie wußte, daß sie die Oberhand gewinnen würde, wenn sie nur einen Arm freibekam, aber Jennys Finger preßten sich um ihre Kehle, und bald würde sie nicht einmal mehr sprechen können. »Er hat über dich gelacht, Jenny!« rief sie in einem Anfall von Verzweiflung. »Er hat dich zum Narren gehalten. Glaubst du etwa, ich hätte das nicht gewußt?«

Wie Lauralee erhofft hatte, verblüffte die Lüge Jenny so sehr, daß sie ihren Griff lockerte und Lauralee die Hände freibekam. Sie packte Jenny am Haar und stieß sie heftig von sich fort. Aber es war so dunkel, daß Lauralee fast nichts sehen konnte. Wie ein gejagtes Tier kauerte sie sich unter den Eßtisch, atmete tief durch und versuchte nachzudenken.

Jennys Stimme klang bedauernswert klagend in der Dunkelheit. »Hat er wirklich gelacht?« flüsterte sie.

Lauralee dachte nicht daran, zu antworten und sich damit zu

verraten. Lieber Gott im Himmel, flehte sie stumm, laß sie denken, ich sei hinausgelaufen.

»Er hat gelacht!« kreischte Jenny in ihrem Wahnsinn, und Lauralee schauderte, als sie ihren Rock am Tisch vorbeistreifen sah. »Er hat also wirklich über mich gelacht, nicht wahr, Lauralee?«

Sie schloß die Augen und lauschte mit angehaltenem Atem. Jennys Röcke raschelten, als sie sich vom Tisch entfernte, und Lauralee hörte, wie eine Schublade aufgezogen und ein Revolver entsichert wurde.

»Du solltest besser herauskommen, Lauralee«, forderte Jenny sie beinahe freundlich auf. »Ich habe nämlich eine Waffe und fange jetzt an zu schießen. Ich brauche nur eine Lampe anzuzünden, dann kann ich dich sehen.«

Lauralee schätzte ihre Möglichkeiten ab, die Tür zu erreichen, bevor Jenny eine Lampe anzünden und die Waffe abfeuern konnte. Hastig stürzte sie in Richtung Tür. Das Licht flammte auf, als ihre Hand das Holz ertastete, aber Lauralee stieß die Tür auf und warf sich direkt hinter ihr zu Boden.

Schreiend feuerte Jenny zwei Schüsse ab. Lauralee wartete auf den Schmerz, aber er blieb aus. Sie spürte nur die kalten Fliesen unter Gesicht und Händen, hörte entferntes Geschrei und sah den Widerschein des Feuers.

Wie ein in die Enge getriebenes Tier richtete sie sich vorsichtig auf, aber sie war nicht fähig, davonzulaufen. Sie mußte eine volle Minute dort gestanden haben, erstarrt vor Angst und Entsetzen und der Freiheit doch schon so nahe.

»Jenny?« flüsterte sie schließlich zaghaft.

Keine Antwort, nur ein tiefes, nachdrückliches Schweigen, das im Raum zu pochen schien wie ein aufgeregter Herzschlag.

»Jenny?« rief Lauralee noch einmal.

Diesmal glaubte sie ein Stöhnen zu vernehmen. Sie legte eine Hand an die Tür und drückte sie mit angehaltenem Atem auf. Das Licht aus der Küche drang in das Speisezimmer und fiel auf Jenny, die in einer Blutlache auf dem Boden lag. Nie würde Lauralee ihre Augen vergessen, die weitaufgerissen und mit leerem Blick an die Decke starrten.

Mit einem geflüsterten Gebet auf den Lippen wich Lauralee zurück, um sich dann hastig umzudrehen und blindlings in die rotglühende Nacht hinauszulaufen. Ein Instinkt trieb sie zu der Trauerweide und dem Teich, und schluchzend stolperte sie darauf zu.

Jay war da, sicher und stark. Sie konnte seine Silhouette sehen, die sich vor dem Feuer gegen den dunklen Nachthimmel abhob. Sie wollte ihn rufen, aber ihre Kehle war so angeschwollen, daß sie kein Wort herausbrachte.

Noch andere Leute hatten sich am Teich versammelt, sah Lauralee, als sie stürzte, sich wieder aufrappelte und weiterlief. Janet . . . Die beiden Jungen, die auf der Farm arbeiteten . . .

Und Brice.

Als Lauralee ihn mit zuckenden Schultern vor Lucy McCallums Grab knien sah, war ihr eigenes Entsetzen vergessen, ja, sie vergaß sogar, daß Jenny tot oder sterbend im Haus lag. Sie stürzte zu Jay und schmiegte sich in seinen Arm.

Das Feuer war fast erloschen, aber der Rauch war noch so dicht, daß er das Atmen erschwerte. Und überall roch es nach verbranntem Weizen.

Brice schluchzte Lucys Namen; von oben bis unten mit Ruß bedeckt, hämmerte er mit seinen großen Fäusten auf die Erde, als könnte er seine verlorene Geliebte mit seinem Zorn und seiner Verzweiflung wieder ins Leben zurückholen.

Mary, deren Nachthemd zerrissen und rußgeschwärzt war, trat still aus den Schatten. Sanft, so sanft, daß der Anblick Lauralee ans Herz griff, legte sie eine Decke um Brice' Schultern, kniete sich neben ihn auf die Erde und zog ihn in die Arme.

Alle anderen außer diesen beiden entfernten sich. Jay stützte sich auf Lauralee, sie schmiegte sich an ihn, und gemeinsam erreichten sie den Hintereingang des Hauses.

Dort, auf den Stufen, fiel Lauralee alles wieder ein, und sie blieb wie angewurzelt stehen.

Jay bemerkte ihr Zögern nicht, als er sich mühsam die Stufen hinaufquälte. »Eine schreckliche Nacht«, sagte er rauh.

Tränen strömten über Lauralees Gesicht. »Jay«, flüsterte sie, »ich glaube, Jenny ist tot.«

Er drehte sich betroffen zu ihr um. »Was?«

Lauralee setzte sich auf die oberste Stufe und ließ Jay keine andere Wahl, als sich neben ihr niederzulassen. In bemerkenswert ruhigem Ton berichtete sie ihm, was sich zugetragen hatte.

Washington D. C.

Das Haus, das von jetzt an Lauralees Heim sein sollte, war ein schmales Gebäude aus roten Backsteinen, links und rechts von ganz ähnlichen Häusern gesäumt. Als die Kutsche davor hielt, öffnete sich die Tür, und Kate kam mit fliegenden Röcken herausgestürmt.

»Sie sind da!« rief sie, schon auf dem Weg zum Tor. »Chance, schnell, komm! Sie sind da!«

Chance folgte ihr etwas gemächlicher, lächelte jedoch ebenso erfreut wie sie. »Gott sei Dank«, sagte er und öffnete die Kutschentür, bevor der Fahrer den Bock verlassen konnte.

Als erstes nahm Chance Alexander auf den Arm und benutzte seine freie Hand, um Lauralee herauszuhelfen. Jay folgte ihnen, wenn auch etwas mühsamer. Es war ihm anzusehen, wie müde er war, aber seine Augen strahlten vor Freude und Begeisterung, endlich sein Ziel erreicht zu haben.

Jay war in Washington, und in einer Woche würde er Senator sein. Seine Träume waren endlich wahr geworden.

»Ich möchte eine vollständige Liste all dessen, wofür du gestimmt hast«, informierte er Chance, als die Familie sich auf das Haus zubewegte. Aber trotz der Strenge seiner Worte lag eine warme Zuneigung in seinem Ton.

Kate nahm ihrem Mann Alexander ab und begann mit ihm zu spielen, indem sie lachend ihre Nase an seiner rieb. »Ich habe dir ein ganzes Zimmer voller Spielzeuge gekauft«, sagte sie zu ihm.

Lauralee schaute zurück, und da begann es zu schneien. Fast im gleichen Augenblick entzündeten sich die Gaslaternen auf der Straße und warfen goldene Schatten auf den Vorgarten.

Kate und Chance gingen hinein und überließen es einem stolzen Jay, die Eingangsstufen mit Hilfe von Lauralee und seines Stocks zu meistern.

»Ich hasse dieses Ding«, murmelte er mit einem Blick auf den Spazierstock mit dem Griff aus Elfenbein.

Lauralee nahm Jays Arm. »Unsinn. Du siehst viel vornehmer damit aus, Senator.«

Jay lachte. Schneeflocken fingen sich auf dem Rand seines eleganten schwarzen Zylinders. »Ich liebe dich«, sagte er. »Und sobald wir allein sind . . .«

Lauralee errötete, mindestens ebensosehr aus Vorfreude wie aus moralischer Entrüstung. »Jay McCallum!«

Er zog sie an sich und küßte sie. Als der Kuß endete, flüsterte er: »Als erstes werde ich . . .«

»Als erstes«, sagte Lauralee, »wirst du dir eine Lungenentzündung holen!«

Das erste, was Jay dann wirklich tat, war, ein Schild über dem Kamin aufzuhängen, auf dem TRUNKENBOLD SALOON stand und das drei stürmische Amtsperioden lang ein beliebtes Gesprächsthema in Washingtoner Regierungskreisen bilden sollte.

ENDE

Band 18 111

Sandra Brown

Ungezähmte Träume

Deutsche Erstveröffentlichung

Noch begreift Sage Tyler nicht, daß es hauptsächlich ihr Stolz war, der verletzt wurde, als Travis Belcher ihr erklärte, daß er sie nicht heiraten könne. Schließlich hat sie geglaubt, ihn wirklich zu lieben.
In ihrem Elend hat ihr ein Mann wie Arlan Boyd gerade noch gefehlt. Nicht nur, daß er die demütigende Szene belauscht hat, er erklärte Sage auch noch unverblümt, daß ihr nichts Besseres passieren konnte. Eine so wilde, ungezähmte Frau wie sie braucht keinen Schwächling, sondern einen ganzen Mann. Einen Mann wie ihn!

BASTEI LÜBBE

Sie erhalten diesen Band im Buchhandel, bei Ihrem Zeitschriftenhändler sowie im Bahnhofsbuchhandel.